漱石『道草』の詩学

田中邦夫

翰林書房

漱石『道草』の詩学◎目次

序言

『道草』は分かりにくい小説である。その分かり難さの理由は、漱石が『道草』で採用したその描写方法にある。そこで本書で『道草』を分析する方法について記しておきたい。漱石は大正四年の「断片六五」で次のようなメモを残している。

> [a]形式論理で人の口を塞ぐ事は出来るけれども人の心を服する事は出来ない。（中略）論理は実質から湧き出すから生きてくるのである。ころ柿が甘ひ白砂糖を内部から吹き出すやうなものである。形式的な論理は人形に正宗の刀を持たせたと一般で、実質の推移から出る――[b]否推移其物をあとづけると鮮やかに読まれる自然の論理は名人が名刀を持つたと同じ事で決して離れ〳〵にはならないのである。

このメモは漱石が『道草』執筆中に書いたものであるが、この内容は、漱石が『道草』執筆に当たって試みた描写の方法であったと思われる。

ａの「形式論理で人の口を塞ぐ事は出来るけれども人の心を服する事は出来ない」という記述は、平成版『漱石全集』注に指摘があるように、十回や十四回などで描かれている場面――健三が形式論理で細君を抑え付けようとしても細君はその健三の態度に強く反発する場面――がその典型例である。この健三の形式論理への固執は『道草』全体を通して描かれ、その固執は末尾近くでは次第に克服されていく。

たとえば、出産前の細君は、五十三回で「今度はことによると助からないかも知れませんよ」と口にしていたが、無事に赤ん坊を出産すると、彼女は赤ん坊を無事に出産した安堵と赤ん坊への愛しさに心が支配される。この細君の意識の当然の変化を健三は、八十二回では細君の出産前と後とでは言うことに矛盾があると感じる。八十六回では姉が出産祝いの品を贈ってきたのを知って、健三から毎月小遣いを貰う立場にある姉が、人付き合いのために贈答することに健三は矛盾を感じるが、細君の「傍から見れば馬鹿々々しいやうですけれども、其中に入ると、矢つ張り仕方がないんでせう」という意見を聞いて、自分の発想と現実との乖離に気づく場面が描かれる。さらに九十七回では、親類達は皆年を越すのに苦しんでおり、なかでも細君の父が一番ひどそうに思われたとき、健三は細君と交わした次のような「談話」まで思い出す。――相場に手を出して財を失った父について細君は、相場師は役人をしている間は儲けさせてくれるが、「一旦役を退くと、もう相場師が構つて呉れないから、みんな駄目になるんださうです」と言った。それに対して、健三は「それぢや相場師は決して損をしつこないものに極つちまふぢやないか。馬鹿な女だな」と細君を批判したことがあった。この場面で語り手は、健三が「実質の推移」ではなく、「形式論理」で物事を割り切ろうとする自分の思考法の欠点を想起したのである。

これらの例は、先に見たa「形式論理で人の口を塞ぐ事は出来るけれども人の心を服する事は出来ない」ことに健三が気づき出す諸例である。

分かりにくいのはbの「推移其物をあとづけると鮮やかに読まれる自然の論理」という描写方法である。語り手によって描き出された健三の意識の動きについていえば、描かれた健三の意識の表層は理解できても、健三の意識全体の動きについては分かりやすいものではない。とりわけその後半に描かれる健三の意識の動きは理解しにくい。その理由は語り手が、健三の意識の動きを読者に論理の言葉でわかりやすく説明しないからである。しかしその前後のつながりやそれまでに作品の中に描き込まれた健三の意識に注意して健三の意識の動きを追うならば、その意識の動きがはっきりと浮き上がってくる。

このことを考えると、「断片六五」のｂ「推移其物をあとづけると鮮やかに読まれる自然の論理」という記述は、漱石の『道草』の方法の核心であったと考えられる。

一例を挙げよう。六十九回で、健三は姉の病気見舞いに比田宅に出向いたその帰りに、足の赴くまま北に歩いていくと、「新開地のやうな汚ない町」に入る。健三はその場所が、かつて広重の絵を連想させる江戸情緒が残っていた場所であったことに気が付き、その風景の変貌に驚く。その時健三は、子供の頃比田と将棋を指したことを「偶然」思い出し、比田の今でも変わらない姿を連想すると共に、「己自身は必竟何うなるのだらう」と考える。語り手は、この時の健三の顕在化している意識のみに焦点を当て、その意識に流れ込んでいるそれまでの諸意識との繋がりを説明的に描かない。そのため読者は、健三のこの時に顕現している意識と、過去からの意識の流れとの交差に注意を向けないと、この場面の健三の言葉の意味やその時の彼の意識の動きをはっきりとつかみ取ることが出来ない。読者にとって『道草』の難しさはこのような描写方法にあるといえよう。

本書では『道草』に描き込まれている根本的テーマを、主人公健三の顕在化している意識と回想によって顕現する過去の意識との繋がりを「あとづける」ことによって、明らかにしてみたい。

第Ⅰ部　主人公健三の意識の推移と語り手の視線

第一章　『道草』の言葉の基本的特徴（一・二回）

はじめに

『道草』一・二回に見られる『道草』の言葉の基本的特徴について考えてみたい。
『道草』（一回）は次のような書き出しで始まる。

　健三が[a]遠い所から帰つて来て駒込の奥に世帯を持つたのは[①]東京を出てから何年目になるだらう。彼は故郷の土を踏む珍らしさのうちに[b]一種の淋し味さへ感じた。
　彼の身体《からだ》には[c]新らしく後に見捨てた遠い国の臭がまだ付着してゐた。彼はそれを忌んだ。一日も早く其臭を振ひ落さなければならないと思つた。さうして其臭のうちに潜んでゐる彼の誇りと満足には却《かえ》つて気が付かなかつた。

健三は出勤途中にかつての養父島田と出会い、精神的衝撃を受ける。

　ある日小雨が降つた。其時彼は外套も雨具も着けずに、たゞ傘を差した丈で、何時もの通りを本郷の方へ例刻に歩いて行つた。すると車屋の少しさきで思ひ懸けない人にはたりと出会つた。[d]其人は根津権現の裏門の坂を上つて、彼と反対に北へ向いて歩いて来たものと見えて、健三が行手を何気なく眺めた時、十間位先から既に彼の視線に入つたのである。さうして思はず彼の眼をわきへ外させたのである。

彼は知らん顔をして其人の傍《そば》を通り抜けやうとした。けれども彼にはもう一遍此男の眼鼻立を確かめる必要があつた。それで御互が二三間の距離に近づいた頃又眸《ひとみ》を其人の方角に向けた。すると先方ではもう疾くに彼の姿を凝と見詰めてゐた。（中略）

②彼は此男に何年会はなかつたらう。彼が此男と縁を切つたのは、彼がまだ廿歳《はたち》になるかならない昔の事であつた。それから今日迄に十五六年の月日が経つてゐるが、其間彼等はついぞ一度も顔を合せた事がなかつたのである。

健三はその日家に帰っても養父の目つきに悩まされた。一回の末尾は次のような描写で終わっている。

然し[e]細君には何にも打ち明けなかつた。機嫌のよくない時は、いくら話したい事があつても、細君に話さないのが彼の癖であつた。細君も黙つてゐる夫に対しては、用事の外決して口を利かない女であつた。

『道草』一回については、諸氏による言葉の理解や文体を巡って様々な観点からの言及があるように、この作品の言葉の基本的特徴が見られる。そこで本書では、まず一回にみられる①②の推量表現を取り上げてその内実を考え、ついでa「遠い所」b「一種の淋し味」c「新らしく後に見捨てた遠い國の臭」及び出会った島田を第一回ではd「其人」と描きながら、二回では「帽子を被らない男」と使い分けている理由、そして末尾のe「細君」という言葉を取り上げ、それらの言葉の性格の検討を通して、『道草』の言葉の基本的特徴を考えてみたい。

まず①「東京を出てから何年目になるだらう」という表現について考えてみよう。この場面の推量表現には語り手の感慨が重なっている。[1]冒頭の語り手は『道草』に登場する健三から大きな距離を隔てた境地にいる。その語り手が「健三が遠い所から帰つて来て駒込の奥に世帯を持つたのは東京を出てから何年目になるだらう」（＝随分長い間東京に帰ってこなかったなあ）と、今迄の健三の半生を、特別な感慨を持って振り返っているのである。

作品に登場する健三は、海外（イギリス）留学で最新の学問的知識を得て、自分のすべてを学問に捧げようとしている学者である。しかし養父島田との偶然の再会によって、健三は、自分の過去と現在との繋がりや、幼児の時に養父母から受けた心の傷が今の健三の「偏窟」や「強情」という否定的性格を作り出していることに気づいていくことになる。そして健三は、「偏窟」や「強情」という自分の意識の奥底にある、本当の自分の気持ちや願望を見いだし、その本当の願望（＝「自然」）に導かれて、文芸の創作に生きるきっかけを摑んでいくことになる。

語り手はこのような健三の人生の転機にあったその時間を書き始めるに当たって、彼が駒込の奥に所帯を持った時期が健三にとって特別重要であったと感慨しているのである。

それでは何故語り手は具体的な場所を示さずに、健三が抽象的な「遠い所」から、具体的な地名である「駒込」の奥に帰って来たと記すのであろうか。東京に帰る以前の健三が過ごした場所を、語り手が「遠い所」と抽象的に記している理由は、東京を出て再び東京に帰るまでのそれまでの健三の精神的苦しみを伴った場所が、（『道草』の健三の延長線上にある）、語り手の意識にあってはすでに「遠い所」になっているからである。抽象的な「遠い所」から具体的な場所への帰還という感慨には、精神的苦しみの半生から脱けだし新しい境地にある、この時点の語り手の感慨が重ねられていると考えられる。

しかし作品では、右にみたような語り手の感慨は健三の感慨とも重なっており、しかもそれに続く「彼は故郷の土を踏む珍らしさのうちに一種の淋し味さへ感じた」という文章では、「一種の淋し味」を感じているのは健三なので、①の「東京を出てから何年目になるだらう」という感慨も健三の感慨として読者は受け取り、その背後にある語り手の感慨には注意が向かない。そのためこの書き出しは、分析的に読もうとする読者には不分明な文章と映るのである。

二番目の感慨②「彼は此男に何年会はなかつたらう」も同様である。既に指摘したように、語り手は、健三にとっての島田との出会いが、健三の後半生の生き方を変えていく重要な契機となったことを知っている。それ故語り手は、健三の島田との出会いのこの場面を特別な感慨を持って「彼は此男に何年会はなかつたらう」と振り返っているのである。この感慨もまた語り手の感慨であると同時に健三の感慨とも取れるところにその特徴がある。[2]

2 「遠い所」

次に傍線部ａの「遠い所から帰つて来(た)」という表現について、健三の視点に焦点を当てて考えてみよう。「遠い所」ということばは、多様な理解を許容する表現である。何故語り手は健三が東京を出てから住んでいた場所を「遠い所」とぼかし、帰って来たところを「駒込の奥」と具体的場所を記すのであろうか。

第二回末尾では「彼が遠い所から持つて来た書物の箱を此六畳の中で開けた時、彼は山のやうな洋書の裡《うち》に胡坐《あぐら》をかいて、一週間も二週間も暮らしてゐた。」という表現があり、この場合は傍線部の「書物」や「洋書」との関係から「遠い所」とは外国(イギリス)のことと理解できる。しかし冒頭段落の「遠い所」には、第二段落に「遠い國」という記述があるので、「遠い國」とは異なる意味が込められていると考えられる(3)。

傍線部①の健三の感慨は二十八回から二十九回に描かれた健三の気持ちとも重なっており、冒頭段落の「遠い所」と二十八・二十九回で描かれている「遠い過去」とは重なっていると思われる。そこで二十八回・二十九回の記述との繋がりから、冒頭部分の「遠い所」の表現について考えてみたい。

二十八回で比田宅に呼び出された健三は、健三に島田姓に復帰してもらいたいという島田の依頼が比田にあったことを知る。健三はその島田の依頼を断った後、比田と同席していた兄との懐旧談を聞き、次のような感慨を持つ。

斯《こ》んな談話を聞いてゐると、健三も何時《いつ》か昔の我に帰つたやうな心持になつた。同時に今の自分が、何んな意味で彼等から離れて何処に立つてゐるかも明らかに意識しなければならなくなつた。

この健三の感慨は、二十九回で比田宅を出てから、より具体的に繰り返されることになる。

健三は自分の背後にこんな世界の控えてゐる事を遂に忘れることが出来なくなつた。此世界は平生の彼にとつて遠い過去のものであつた。然しいざといふ場合には、突然現在に変化しなければならない性質を帯びてゐた。……

昔しこの世界に人となつた彼は、その後自然の力でこの世界から独り脱け出してしまつた。さうして脱け出したまま永く東京の地を踏まなかつた。彼は今再びその中へ後戻りをして、久し振《ぶり》に過去の臭を嗅いだ。それは彼に取つて、三分の一の懐かしさと、三分の二の厭らしさとを齎《もたら》す混合物であつた。

健三は幼くして実父によって島田の養子にやられ、養父の冷酷さをも体験し、その環境からぬけ出すために勉学に励み、外国に留学し大学での職を得た。こうして健三は、新しい近代的な価値を追求する学問世界に生きる社会的地位を得た。この社会的地位は、かつて自分が育った、江戸町方名主の退廃のにおいのする血縁世界から抜け出すことを可能としたのである。

二十九回の引用部分の「此世界」とは右に記した、血縁関係によって彩られた自分の生まれ育った江戸町方名主の退廃と繋がっている世俗世界を内実とする。「此世界」は平生の彼にとって遠い過去のものであったが、島田と出会うことによって、彼の「現在」として立ち現れるようになったのである。この構造は、世俗世界を脱けだし再び世俗世界に戻ってくる、禅林でいう悟りの意識構造と類似している。(4)

以上の観点からすれば、「遠い所」とは、次のような多様な意味を持っているといえよう。

第一に、「遠い所」とは、自分の生い育った過去を忘れ、親類達とも離れた生き方をすることが出来た「遠い過去」での場所、すなわち彼が自分の信念にしたがって生きることが可能であった場所（地理的にいえば地方や外国）あるいは現実世界とは直接にはかかわらない学問や芸術の世界ということが出来よう。この場合は時間や場所の「遠近」ではなく、意識における「遠近」である。

第二に、「遠い所」とは、健三の意識の奥底に沈んでいた健三の生まれ育った過去の世界とも理解できる。この場合には「遠い所から帰つて来（た）」という表現には、忌み嫌った自分の生まれ育った過去を現在に繋がる「事実」として見つめ直し、その現在として存在する、血によって繋がっている世俗世界（親族達）の中での生き方を模索するという内容が含意されている。

第三に、「遠い所」という表現は、禅林でいう悟る前の世俗世界、悟ってみれば忌み嫌った世俗世界の中に真実があったという自覚を伴った世俗世界とも重なっているといえよう。この観点で留意すべきは「硝子戸の中」（三十）での記述「凡《すべ》て是等の人の心の奥には、私の知らない、又自分達さへ気の付かない、継続中のものがいくらでも潜んでゐるのではなからうか。……所詮《しょせん》我々は自分で夢の間に製造した爆裂弾を、思ひ〳〵に抱きながら、一人残らず、死といふ遠い所へ、談笑しつゝ歩いて行くのではなからうか」との関係である。『道草』では幼い頃健三が島田の養子に出されたという過去が、自分の現在を決定づけていること、それを健三が「継続中」のことであったことに気づいていくことがテーマの一つであることを考えると、『道草』冒頭の「遠い所」は、樋野憲子が既に指摘しているように、「硝子戸の中」の「死といふ遠い所」と重なっていると考えられる。(5)

第二と第三とは重なっており『道草』の構造と関係があろう。『道草』の「遠い所から帰つて来（た）」とはこのような様々な意味を含んでいるのである。このような多様な意味を許容する言葉の多用は、後述する『道草』の方法（「particular case」を「general case」として表現する方法）であるといえよう。

3　「一種の淋し味」

次に引用文中の傍線部b「一種の淋し味さへ感じた」という内容を、考えてみよう。

「一種の淋し味さへ感じた」という表現は故郷の「血縁の世界」から健三が抜け出し、再び故郷に帰ってきたにもかかわらず、健三が依然として自分の親戚達と疎遠になったままであることを示している。彼らと疎遠になったままである表面的理由は、健三が書斎に籠って仕事をする学者であり、彼らと親しく交際する時間がないからである。しかしそれだけでなく、「一種の淋し味」には別の要素もあった。

三回では健三の感じる「淋し味」の原因についてAからEのように描写している。

A　自然の勢ひ彼は社交を避けなければならなかつた。人間をも避けなければならなかつた。彼の頭と活字との交渉が複雑になればなる程、人としての彼は孤独に陥らなければならなかつた。彼は朧気にその淋しさを感ずる場合さへあつた。

B　けれども一方ではまた心の底に異様の熱塊があるといふ自信を持つてゐた。だから索寞たる曠野《あらの》の方角へ向けて生活の路を歩いて行きながら、それが却つて本来だとばかり心得てゐた。温かい人間の血を枯らしに行くのだとは決して思はなかつた。

C　彼は親類から変人扱ひにされてゐた。然しそれは彼に取つて大した苦痛にもならなかつた。

「教育が違ふんだから仕方がない」

彼の腹の中には何時でも斯《か》ういふ答弁があつた。

「矢つ張り手前味噌よ」

是は何時でも細君の解釈であつた。

D　気の毒な事に健三は斯うした細君の批評を超越する事が出来なかつた。さう云はれる度《たび》に気不味《きまづ》い顔をした。ある時は自分を理解しない細君を心《しん》から忌々しく思つた。ある時は叱り付けた。又ある時は頭ごなしに遣《や》り込めた。すると彼の癇癪が細君の耳に空威張をする人の言葉のやうに響いた。細君は「手前味噌」の四字を「大風呂敷」の四字に訂正するに過ぎなかつた。

E　彼には一人の腹違の姉と一人の兄があるぎりであつた。親類と云つた所で此二軒より外に持たない彼は、不幸にして其二軒ともとあまり親しく往来《ゆきき》をしてゐなかつた。自分の姉や兄と疎遠になるといふ変な事実は、彼に取つても余り心持の好いものではなかつた。然し親類づきあひよりも自分の仕事の方が彼には大事に見えた。

右の描写のA・Eの傍線部分によれば、健三の「淋し味」は彼が寸暇を惜しんで書斎に籠もるために生じるものであり、親類達との付き合いが疎遠となる「淋し味」はやむを得ないと健三は感じている。しかし留意すべきは、Aで語り手は「人間をも避けなければならなかつた」と描き、Bでは語り手は「索寞たる曠野《あらの》の方角へ向けて生活の路を歩いて行きながら……温かい人間の血を枯らしに行くのだとは決して思はなかつた」と批判的アクセントを付して描いていることである。(6) 健三が仕事の時間を確保するために「社交を避け」ねばならなかったことは常識的に理解できるが、なぜ書斎に籠もり仕事に精神を集中させることが、「人間をも避け」ることになるのであろうか。またこのことがなぜ、Bのごとく「索寞たる曠野《あらの》の方角へ向けて生活の路を歩いて行」くことになり、「温かい人間の血を枯らしに行く」ことになると、語り手は指摘するのであろうか。このような語り手の指摘は、健三が「淋し味」を感じる原因が単に書斎に籠もり人との交際に欠けるためだけによるのではないことを示している。

Cでは健三は「親類から変人扱ひにされてゐた」ことを「教育が違ふんだから仕方がない」と彼らの視線を無視しようとする。しかし細君もまた「矢つ張り手前味噌よ」と健三を批判する。Dでは健三が細君を叱りつけても「彼の癇癪が細君の耳に空威張をする人の言葉のやうに響」き、細君はその批判を「手前味噌」から「大風呂敷」に変えるだけであつたと語り手は描いている。しかもDの語り手は右の健三の意識の在り方を「気の毒な事に」と批判的アクセントを付し、さらに「細君の批評を超越することが出来なかつた」と描いている。

それでは語り手は、如何なる点に健三の問題点を見ているのであろうか。このことを九・十回で健三が熱を出して寝込んだときの描写を通して考えてみよう。

まず語り手は、健三が熱を出して床につく前段階の健三の意識を次のように描いている。「彼の時間は静かに流れた。然し其静かなうちには始終いら〳〵するものがあつて、絶えず彼を苦しめた。」この時の彼には、細君は「澄ましてゐた」と感じ、「妻にあるまじき冷淡としか思へなかつた」。健三が烈しいくしゃみをしても「細君は黙つて」（＝無視して）いると健三には思われ、健三は腹の中で「同情に乏しい細君に対する厭な心持」を意識する。この細君に対する不快感は健三の熱が冷めた段階でも続いていく。

健三はうたた寝をして風邪を引き熱を出し細君の看護を受けた。その二、三日間健三には記憶がほとんどなかった。正気に返ったとき、健三は「細君の世話になつたのだといふ事を思ひ出した。然し彼は何にも云はずに又顔を背けてしまつた」。「あなた何《ど》うなすつたんです」という細君の呼びかけに、健三は細君の質問の意図をわざとねじ曲げ、「風邪を引いたんだつて、医者が云ふぢやないか」とつっけんどんにいう。細君が厭な顔をして部屋を出て行くと、健三は手を打って呼び返し、「己《おれ》が何うしたといふんだい」と詰問する。「何《ど》うしたつて、――あなたが御病気だから、私だつて斯《か》うして氷嚢を更《か》へたり、薬を注《つ》いだりして上げるんぢやありませんか。それを彼方《あっち》へ行けの、邪魔だのつて、あんまり……」と細君は下を向く。健三は「そんな事を云つた覚はない」と突っぱねる。細君はさらに「そりや熱の高い時仰《おっ》しやつた事ですから、多分覚えちや居らつしやらないでせう。けれども平生からさう考へてさへ居らつしやらなければいくら病気だつて、そんな事を仰しやる訳がないと思ひますわ」という。

斯《こ》んな場合に健三は細君の言葉の奥に果してどの位な真実が潜んでゐるだらうかと反省して見るよりも、すぐ頭の力で彼女を抑えつけたがる男であつた。事実の問題を離れて、単に論理の上から行くと、細君の方が此場合も負けであつた。熱に浮かされた時、魔睡薬《ますいやく》に酔つた時、もしくは夢を見る時、人間は必ずしも自分の思つてゐる事ばかり物語るとは限らないのだから。然しさうした論理は決して細君の心を服するに足りなかつた。

（中略）

健三は座を立つた細君の後姿を腹立たしさうに見送つた。彼は論理の権威で自己を佯《いつわ》つてゐる事には丸で気が付かなかつた。学問の力で鍛え上げた彼の頭から見ると、この明白な論理に心底から大人《おとな》しく従ひ得ない細君は、全くの解らずやに違なかつた。

語り手は、「事実」から離れた「論理」によって実生活をも裁断する健三の思考を、「論理の権威で自己を伴《いつわ》つてゐる事には丸で気が付かなかつた」と批判的アクセントを付して描いている。このことは、健三と細君の気持が通じない原因が単に健三が仕事をするために時間を取られるために細君との間で意思疎通を欠くという性質のものではないことを示している。健三はこの時「始終いら〳〵するものがあつて」(石原千秋によれば、「神経衰弱の病状(7)」)と描かれているように、健三は自分では抑えることの出来ない神経のいらだちによる不愉快な感情を、「事実」と離れた形式論理に託して、細君にぶつけているのである。

語り手は、九回の最初で健三の意識に即して、夫婦間が「冷淡」な状態になるのは、「夫の書斎で暮らす時間が多くなればなる程、夫婦間の交渉は、用事以外に少なくならなければならない筈だと云ふのが細君の方の理窟であつた」と描いていた。確かに健三が書斎に閉じこもり夫婦間の会話がないのは、健三の仕事に意識を集中させる彼の生活とも関係している。しかし右の十回の描写は、単にそれだけでなく、仕事に意識を集中させることによって生じる健三の神経衰弱的苛立ちによる「不愉快な感情」に取り付かれたときの状態が、他者と融け合うことの出来ない「淋しさ」の原因となっていることを語り手は描いているのである。

親類から健三が「変人扱ひ」されていた理由や細君を叱りつける彼の「癇癪」も、健三の神経衰弱的苛立ちが関係している。健三が「人間としての淋しさ」を感じている理由は、彼が仕事のために書斎に籠もることにあるのでなく、仕事に集中することによって生じる健三の苛立ちや、その不愉快な気持ちが昂じて生ずる癇癪や「強情」が関係しているのである。この時の健三は親類達の「変人扱い」や細君の反発の理由を学問の有無にあると信じ、彼が苛立った時には、事実を離れた形式論理を振り回すという歪んだ自分の思考(「強情」)の欠点にも気づくことがなかった。健三が「一種の淋し味さへ感じた」のはこのような彼自身の心の在り方が他者の態度に反映するからであった。

『道草』の語り手は、このような健三の苛立ちや「強情」の由来が三十八回から四十四回で健三の幼児体験にあったことを健三の回想を通して追求し、その弱さに気づき克服し出す健三の姿を描いていく。『道草』冒頭の「一種の淋し味さへ感じた」という描写には、『道草』のテーマの一つが象徴的に示されているのである。

4 「新らしく後に見捨てた遠い國の臭《にほい》」

次に、『道草』一回の冒頭部分の第二段落の語り手の表現を考えてみよう。

第二段落の中心をなすのはc「新らしく後《あと》に見捨てた遠い国の臭《にほい》がまだ付着してゐた」という文章である。ここではこの文章の性格、「新らしく」と「遠い國の臭」との関係を考えてみたい。

「新らしく後に見捨てた遠い国の臭がまだ付着してゐた」という描写の「新らしく」という言葉は、遠藤祐の注(8)にあるように、内容的に分析すれば、「付着してゐた」に掛かるが、文法的には繋がる部分を持たない。そのため読者はこの一文に強い違和感を感じる。この「強い違和感」に作者は意図的であったと思われる。この違和感を感じさせる文法的に繋がる部分のないこの言葉には、文脈から離れた内容を想起させる象徴機能（あるいは暗示機能）があると考えられる。

そこでまず、「新らしく後に見捨てた」という描写が想起させる内容を考えてみよう。

読者は「後に見捨てた」という表現からは作者漱石の「文学論序」の次のような記述を想起せずにはいられない。(9)

『文学論序』――倫敦に住み暮らしたる二年は尤も不愉快の二年なり。余は英国紳士の間にあつて狼群に伍する一匹のむく犬の如く、あはれなる生活を営みたり。……二年の後期満ちて去るは、春来つて雁北に帰るが如し。滞在の当時君等を手本として万事君等の意の如くする能はざりしのみならず、今日に至る迄君等が東洋の豎子《じゅし》に予期したる程の模範的人物となる能はざるを悲しむ。去れど官命なるが故に行きたる者は、自己の意思を以て行きたるにあらず。自己の意志を以てすれば、余は生涯英国の地に一歩も吾足を踏み入る、事なかるべし。従つて、かくの如く君等の御世話になりたる余は遂に再び君等の御世話を蒙るの期なかるべし。

『道草』冒頭の場面に描く、「後に見捨てた」の内容はおそらく右に引いた「文学論序」の漱石の英国に対する決別の気持ち（特に傍線部分）と繋がっていると考えられる。「新らしく」と「後に見捨てた」という繋がりの違和感は右に引用した作者の「文学論序」を想起させる。この観点に立てば、『道草』冒頭第二段落で、「彼の身体には新らしく後《あと》に見捨てた遠い國の臭がまだ付着してゐた」と記している文章の内容、「新らしく」「付着してゐた」「遠い國の臭」とは、留学によって身につけた西洋の最新の学問と、それを身につけているとする自負心であろう。[10]「彼はそれを忌んだ」という「それ」とは、自分が西洋の最新の学問を身につけて日本に帰ってきたとする世間の評価であり、そのことによって生まれる健三の自負心を、語り手は「其臭のうちに潜んでゐる彼の誇りと満足には却《かえ》つて気が付かなかつた」と、批判的アクセントをつけて描いていると考えられる。『道草』のテーマの一つは、健三が高学歴というプライドを捨てる過程の描写にあるからである。

　ここで、健三の学歴に対するプライドの具体例として、四十七回の例を取り上げてみよう。

　島田が帰った後、細君が「何しに来たんでせう、あの人は」と問うと、健三は細君に「解らないね、何うも。一体魚《さかな》と獣《けだもの》程違ふんだから」という。もちろん健三のプライドは外国へ留学したことによってのみ生じたものではない。しかし外国への留学は、当時では知的エリートのしるしであり、この留学によって、最新の学問を身につけたという自負心がこのような言葉を健三に吐かせるのである。しかし四十八回では、自分と島田とが「大した変りはないかも知れないといふ気が強くした」と思い至る場面が描かれ、健三の学者としての自負心の崩壊が描かれる。

このような場面の布石として、冒頭第二段落の「其臭のうちに潜んでゐる彼の誇りと満足」が語り手によって批判的に指摘されている。これもまた『道草』を貫く重要なテーマである。

冒頭段落の「遠い所」が、様々な内容を許容する言葉であることに触れたが、第二段落の「新らしく」もまたその内実をはっきりと規定できない象徴機能を持っていた。このことは「新らしく」という言葉が、第一段落の「遠い所」という意味の多様性と呼応して、『道草』という作品が多様な捉え方を許容する性格を持っていることを示している。

5 「其人」と「帽子を被らない男」

『道草』冒頭において諸氏が等しく指摘しているのは、島田に遭遇した場面での、健三の異様なまでの精神的衝撃の表現である。健三は島田と偶然出会い、そして島田とかかわることによって、冒頭部分で象徴的に示された「一種の淋し味」を克服し、学者としての自負心を『道草』の過程の中で捨てることになっていく。冒頭部分での健三の島田との出会いは、健三にとって今迄自分の持っていた意識の有りようを変えさせる衝撃的出来事だったのである。『道草』冒頭における健三の衝撃の強さと、島田との出会いが健三の意識を変えていく力の内実は、健三の島田への呼称のうちに現れている。

一回では偶然出会った島田は健三によってd「其人」「此男」と意識される（大半は「其人」である）。ところが二回で二回目に出会った場面では島田は「帽子を被らない男」と意識されている（「此男」「其人」と意識されることもあるが大半は「帽子を被らない男」である）。「帽子を被らない男」という言い方は、健三の現在が「山高帽」を被る身分（＝大学で教壇に立つ身分）であり、それに対して島田は「帽子なしで外出する昔ながらの癖を今でも押し通している」（＝時代の変化に対応できず没落する「町家」（江戸町人的要素）の老人）という対比に根ざしている。読者は、この執拗なまでの呼称の繰り返しの多さによって、健三の衝撃の深さを感じるのである。

　ここでは、島田の呼称（「其人」と「帽子を被らない男」）に焦点を当て、その言葉の持つ意味をみていきたい。本章の最初に取り上げた第一回の健三が養父に出会う場面に続いて、養父が「あまりに変らな過ぎた」という健三の内面を描いた後、養父に対する健三の印象を語り手は続けていく。

　彼は固《もと》より其人に出会ふ事を好まなかつた。万一出会つても、其人が自分より立派な服装《なり》でもしてゐて呉れゝば好いと思つてゐた。然《しか》し今目前《まのあたり》見た其人は、あまり裕福な境遇に居るとは誰が見ても決して思へなかつた。帽子を被らないのは当人の自由としても、羽織なり着物なりに就いて判断したところ、何うしても中流以下の活計を営んでゐる町家の年寄としか受取れなかつた。彼は其人の差してゐた洋傘《かふもり》が、重さうな毛繻子《けじゅす》であつた事に迄気が付いてゐた。

二回では養父は次のように描かれている。

　次の日健三は又同じ時刻に同じ所を通つた。其次の日も通つた。けれども帽子を被らない男はもう何処からも出て来なかつた。彼は器械のやうに又義務のやうに何時もの道を往《い》つたり来たりした。

斯うした無事の日が五日続いた後、六日目の朝になつて帽子を被らない男は突然又根津権現の坂の蔭から現はれて健三を脅やかした。それが此前と略《ほゞ》同じ場所で、時間も殆んど此前と違はなかつた。

以下、「其人」と「帽子を被らない男」との使い分けを考えていこう。

『道草』で「其人」という呼称で描かれているのは、島田やその使いの者ばかりでなく、兄の後妻お由、遠い國で一所に下宿して金を借りた友人、御縫さん、義父、義父が金を借りようとする銀行家、御常などがいる。このことから「其人」という表現には、『道草』にあっては現在の健三にとって今はなじむことのない「遠い存在」という意識があると考えられる。しかしながら、健三が島田を「其人」と意識するときには、単になじむことがない「遠い存在」という以外にも付与されている意味がある。

先に私見を記しておきたい。健三にあっては、島田を「其人」と意識するときには、健三にとって「遠い存在」を示すだけでなく、、養い親に対する恩義の感情が関係している。現在の健三にあっては、縁の切れたかつての養い親であった島田の存在は彼の意識の表層に上ることはほとんどなかった。しかし偶然出合った島田の服装は、養い親が「中流以下」の生活をしていることを物語っていた。それは彼にとって辛いことであった。なぜなら健三の意識の奥底では、かつての養い親が幸福な余生を過ごしていることを願っていたからである。このことは健三の意識の奥底では、縁の切れた養父に対して「恩義相応の情合」が存在し続けていたことを示している。

別の例を見てみよう。十二回で島田の使い吉田が尋ねてくる。吉田は健三に島田の窮状を訴え始め、月々幾ばくかの金を遣ってくれるわけにはいくまいかという相談を持ち出した。健三は自分の経済事情を打ち明けて、月々残るものはゼロだと説明した。健三はこれで吉田の用件の片は付いたものと解釈した。すると、吉田は世間話に続けて、次のように言った。「老人も取る年で近頃は大変心細さうな事ばかり云つてゐますが、――どうかして元通りの御交際《つきあひ》は願へないものでせうか」。その吉田の言葉に接した健三の内面を語り手は描いていく。

健三は一寸《ちよつと》返答に窮した。仕方なしに黙つて二人の間に置かれた烟草盆を眺めてゐた。彼の頭のなかには、重たさうに毛繻子《けじゆす》の洋傘《かうもり》をさして、異様の瞳を彼の上に据ゑた其老人の面影があり〳〵と浮かんだ。彼は其人の世話になつた昔を忘れる訳に行かなかつた。同時に人格の反射から来る其人に対しての嫌悪の情も禁ずる事が出来なかつた。両方の間に板挟みとなつた彼は、しばらく口を開き得なかつた。

健三にあって何故この時「重たさうに毛繻子《けじゆす》の洋傘《かうもり》をさして、異様の瞳を彼の上に据ゑた其老人の面影があり〳〵と浮かんだ」のであろうか。その時吉田の言葉から健三は、島田と出会ったときの島田の姿がやはり不如意な生活を送っており（「毛繻子の洋傘」はその象徴）、健三を見るその時の島田の視線には、かつての養子健三との交際を復活させ、心の慰めを得たいとする気持ちが表われていたと感じずにはいられなかったからである。「彼は其人の世話になつた昔を忘れる訳に行かなかつた」という語り手の描写は、このような健三の気持ちを示している。この時健三は島田を「其人」と意識している。この健三の気持ち（島田への「恩義相応の情合」）がこの場面で健三が島田を「其人」と意識している理由であると考えられる。

しかし健三は同時に、島田の「異様な瞳」から彼に対する嫌悪の情を想起せざるを得ず、健三の内部では二つの感情が対立する。それ故、「健三は一寸返答に窮した」のである。その時健三は、島田に対する自分の二つの感情の関係を突き詰めて考えることが出来ず、健三は、義理・不義理といった二分法による形式論理で、「交際《つきあふ》のは厭でならなかつた」自分の気持ちを抑え付け、人間として「正しい方」、すなわち世話になったかつての養父が「交際」を望んでいる以上、たとえ二人の縁は切れていても、その望みを叶えてやるのが「正しい」態度なのだと自分を説得したのである。

右に見てきたように、島田を「其人」と表現するときの健三の意識には、養父として「世話になつた」という健三の気持ちがあったといえよう。

次に「帽子を被らない男」という使い方をみてみよう。

健三が細君と結婚したときには既に島田との関係は切れていた。しかし健三が地方にいる頃、女文字の厚い封書が勤め先に来たことがあり、それを細君に手渡したことがあった（二回）。

> 彼は此長い手紙を書いた女と、此帽子を被らない男とを一所に並べて考へるのが大嫌だつた。それは彼の不幸な過去を遠くから呼び起す媒介《なかだち》となるからであつた。

右の引用部では、「帽子を被らない男」と「長い手紙を書いた女」は、健三にとって、養父母と生活した「彼の不幸な過去を遠くから呼び起す媒介《なかだち》となる」と意識されている。すなわち「帽子を被らない男」とは思い出したくない島田の側面と結びついているのである。一回では島田の呼称として「其人」が多用され、二回では「帽子を被らない男」が多用されているのは、右に見たような健三の島田に対するその時の感情の在り方の違いが関係しているのである。

次に健三の意識における、「其人」と「帽子を被らない男」との関係を考えてみたい。十五回で健三は、島田に世話になった当時を回想する。

> 健三は昔其人《そのひと》に手を引かれて歩いた。其人は健三のために小さい洋服を拵《こし》らえて呉《く》れた。……当時の彼はそ

れを着て得意に手を引かれて歩いた。

　彼の帽子も其頃の彼には珍らしかつた。浅い鍋底の様な形をしたフェルトをすぽりと坊主頭へ頭巾のやうに被るのが、彼に大した満足を与へた。例の如く其人に手を引かれて、寄席へ手品を見に行つた時、手品師が彼の帽子を借りて、大事な黒羅紗の山の裏から表へ指を突き通して見せたので、彼は驚ろきながら心配さうに、再びわが手に帰つた帽子を、何遍か撫でまはして見た事もあつた。

　其人は又彼のために尾の長い金魚をいくつも買つて呉《く》れた。武者絵、錦絵、二枚つゞき三枚つゞきの絵も彼の云ふがまゝに買つて呉れた。彼は自分の身体にあふ緋縅《ひおど》しの鎧と龍頭《たつがしら》の兜さへ持つてゐた。彼は日に一度位づゝ其具足を身に着けて、金紙で拵《こしら》えた采配を振り舞はした。

　彼はまた子供の差す位な短かい脇差の所有者であつた。その脇差の目貫《めぬき》は、鼠が赤い唐辛子を引いて行く彫刻で出来上つてゐた。彼は銀で作つた此鼠と、珊瑚で拵えた此唐辛子とを、自分の宝物のやうに大事がつた。……――この封建時代の装飾品も矢張其人の好意で小さな健三の手に渡されたのである。

　彼はまた其人に連れられて、よく船に乗つた。船には屹度《きつと》腰蓑を着けた船頭が居て網を打つた。……彼の最も面白がつたのは河豚の網にかゝつた時であつた。彼は杉箸で河豚の腹をカンカラ太鼓のやうに叩いて、その膨れたり怒つたりする様子を見て楽しんだ。……


右に引用した健三の幼児期の思い出は、「其人」が買い与えてくれた洋服を着たり帽子を被ったりしたときの健三の得意や満足、また「其人」に武者絵や錦絵を買って貰った時の嬉しい記憶、「其人」に買って貰った自分の身体に合う緋縅の鎧と竜頭の兜を身につけて、金紙で拵えた采配を振り回したその時の得意と満足、そして「其人」に連れられて寄席に行ったり船遊びをしたときの楽しい思い出などであった。

十五回の語り手はその健三の幼児の記憶に続いて、健三の意識を描いていく。

吉田と会見した後の健三の胸には、不図斯《か》うした幼時の記憶が続々湧いて来る事があつた。凡《すべ》てそれらの記憶は、断片的な割に鮮明《あざやか》に彼の心に映るもの許であつた。さうして断片的ではあるが、どれもこれも決して其人と引き離す事は出来なかつた。零砕の事実を手繰り寄せれば寄せる程、種が無尽蔵にあるやうに見えた時、又其無尽蔵にある種《たね》の各自《おの〳〵》のうちには必ず帽子を被らない男の姿が織り込まれてゐるといふ事を発見した時、彼は苦しんだ。

傍線部aでは、健三はこれらの回想が「其人と引き離すことが出来なかつた」と意識しながら、傍線部bでは、「其無尽蔵にある種《たね》の各自《おの〳〵》のうちには必ず帽子を被らない男の姿が織り込まれてゐるという事を発見した時、彼は苦しんだ」と描かれている。右の描写によれば健三は「其人」と「帽子を被らない男」とは同一人でありながら、両者を切り離し、恰も両者が無関係であるかのように回想していたのである。そしてこの場面の健三は「其人」が「帽子を被らない男」と同一人であることを「発見」して苦しんだのである。

さらに健三は「斯《か》んな光景をよく覚えてゐる癖に、何故自分の有つてゐた其頃の心が思ひ出せないのだらう」と考える。語り手はこの時の健三の意識を描いていく。

これが健三にとつて大きな疑問になつた。実際彼は幼少の時分是程世話になつた人に対する当時のわが心持といふものを丸で忘れてしまつた。

「然しそんな事を忘れる筈がないんだから、ことによると始めから其人《そのひと》に対して丈は、恩義相応の情合が欠けてゐたのかも知れない」

健三は斯《か》うも考へた。のみならず多分此方だらうと自分を解釈した。

この時点での健三は自分が「其人」と「帽子を被らない男」とを切り離して意識している理由を理解していない。しかし語り手は四十一回で、この健三の疑問を読者に説明している。四十一回の語り手は、島田夫婦の「全力を尽して健三を彼等の専有物にしやうと力《つと》めた」姿を描いた後、その時の幼児健三の意識を描いていく。

自分たちの親切を、無理にも子供の胸に外部から叩き込まうとする彼等の努力は、却つて反対の結果を其子供の上に引き起した。健三は蒼蠅《うるさ》がつた。

「なんでそんなに世話を焼くのだらう」

「御父《おとつ》ッさんが」とか「御母《おつか》さんが」とかが出るたびに、健三は己れ独りの自由を欲しがつた。自分の買つて貰ふ玩具を喜んだり、錦絵を飽かず眺めたりする彼は、却つてそれ等を買つてくれる人を嬉しがらなくなつた。少なくとも両つのものを綺麗に切り離して、純粋な楽《たのし》みに耽りたかつた。

夫婦は健三を可愛がつてゐた。けれども其愛情のうちには変な報酬が予期されてゐた。金の力で美くしい女を囲つてゐる人が、其女の好きなものを、云ふが儘《まゝ》に買つて呉れるのと同じ様に、彼等は自分達の愛情そのもの、発現を目的として行動する事が出来ずに、たゞ健三の歓心を得るために親切を見せなければならなかつた。さうして彼等は自然のために彼等の不純を罰せられた。しかも自から知らなかつた。

右の描写の傍線部分を踏まえるならば、十五回に描かれた健三の幼児期の思い出、「其人」が買い与えてくれた洋服を着たり帽子を被ったりしたときの得意や満足、「其人」に武者絵や錦絵を買って貰った嬉しい記憶、自分の身体に合う緋絨の鎧と竜頭の兜を身につけて、金紙で拵えた采配を振り回した時の得意と満足、そして「其人」に連れて行ってもらった船遊びの楽しい思い出などは、それらを買い与えてくれた、あるいは連れ歩いてくれた島田と切り離して純粋な楽しみにひたっていた時の幼児健三の記憶であった。すなわち十五回で健三の幼児の頃の回想に登場する「其人」とは、幼児健三の意識から排除された、島田の影であったといえよう。

十五回の語り手は、「ことによると始めから其人に対して丈は、恩義相応の情合が欠けてゐたのかも知れない」と考え、「多分此方だらうと自分を解釈した」とする健三の気持ちを描いている。しかし四十一回の語り手によれば、健三が「是程世話になつた人に対する当時のわが心持といふものを丸で忘れてしまつた」状態にあるのは、幼児期の健三が、「自分の買つて貰ふ玩具を喜んだり錦絵を飽かず眺めたりする」ことと、「それ等を買つてくれる人を嬉しがらなくなつた」こととを「綺麗に切り離し」前者のみを意識するようになったからである。十五回の健三が当時の自分の心を回想しても、「それ等を買つてくれる人を嬉しが」る「自分の有つてゐた其頃の心」を思い出すことが出来ない理由はこの点にあったのである。換言すれば、島田に対する「恩義相応の情合」は健三の意識に存在しているが、島田に対する嫌悪感がその「恩義相応の情合」に蓋をしている。そのため健三はそれを意識化することが出来ないのである。このような健三の心の状態は、既に引いた島田に偶然会ったときの健三の意識「彼は固《もと》より其人に出会ふ事を好まなかつた。万一出会つても其人が自分より立派な服装《なり》でもしてゐて呉れゝば好いと思つてゐた」という、島田との出会いを「好まなかつた」にもかかわらず、その意識の奥底では彼の生活状態を気にし続けていたという意識にも表われている。その意識が『道草』の重要なテーマ、周りの反対を押し切って島田に交際を許し、小遣いを与え続ける健三の行為となって現れていくのである。

次に右の分析を踏まえて、『道草』冒頭で健三が島田と遭遇し、大きな衝撃を受ける意味を考えてみたい。最初に健三の視線に島田の姿が入ったとき、健三は「思はず彼の眼をわきへ外させた」。そして健三はその全神経を集中して島田の動きを感じ取る。健三は島田の視線が健三の「歩調につれて、少しづゝ動いて回るのに気が着《つ》いた位であつた」と語り手は描いている。二回では、六日目の朝に再び島田と出会ったときの健三の意識が描かれていく。

何時《いつ》もの通り器械のやうに又義務のやうに歩かうとした。けれども先方の態度は正反対であつた。何人をも不安にしなければ已《や》まない程な注意を双眼に集めて彼を凝視した。隙《すき》さえあれば彼に近付かうとする其人の心が曇《どん》よりした眸《ひとみ》のうちにありく〵と読まれた。

何故健三は島田との遭遇に是ほどの衝撃を受けるのであろうか。既に指摘してきたように、健三の意識の中では『道草』冒頭の島田は、「其人」（＝恩義の念）と「帽子を被らない男」（＝嫌悪感）に分裂していた。健三はその分裂に蓋をしてきたのであったが、島田と遭遇した瞬間にその蓋が取り払われ、島田に対する「恩義の念」と「嫌悪感」とが彼のうちで烈しく戦うからであった。そしてこのことは、彼の傷ついた過去と現在の関係だけでなく、自分の意識の根底にある人間としての倫理性や存在そのものの意味をも問うことになるであろうことを直感するからであった。健三が島田との遭遇に衝撃を受けるのは、健三の内面でこのような葛藤を引き起こしているからであった。[11]

6　「細君」という呼称

『道草』では健三の内面は細君との関係において描き出される。その点で細君（御住）の描写は『道草』においてきわめて重要な意味を持っている。語り手による細君の描写は、読者にとって分かりやすいものではないが（たとえば七十回の細君の描写についての注（14）を参照）。ここではその検討を「細君」という用語の問題に絞りたい。

本稿の「はじめに」（12頁）に引いた『道草』一回の末尾では御住は「細君には何にも打ち明けなかつた。機嫌のよくない時は、いくら話したい事があつても、細君に話さないのが彼の癖であつた。細君も黙つてゐる夫に対しては、用事の外決して口を利かない女であつた」と紹介されている。この引用に端的にみられるように、御住はほとんどの場合、「細君」という言葉で描かれる。なぜ語り手は御住という本名ではなく、細君という言葉を使うのであろうか。また何故「妻」ではなく「細君」なのであろうか[12]。

歴史的制約を受けた言葉の中で生きねばならない当時の社会にあっては、夫婦の関係やその会話を描く場合に、本名ではなく、「妻」「細君」といった用語を使うことは、自然なこととして受け止められているが、しかし『道草』では「細君」という呼称の使用は「彼女」という代名詞を除けば[13]徹底しており、「御住」や「妻」という表記はきわめて限定された場面でしか使われることはない。このことは語り手が「細君」と記すことに意図的であったことを示している。そこでここでは御住を「細君」と表記する理由について考えてみたい。この問題を考える上で留意すべきは「大正四年断片六五」の作者のメモ書きである。

○general case は人事上殆んど応用きかず。人事は particular case ノミ。其 particular case ヲ知るものは

本人のみ。
小説は此特殊な場合を一般的場合に引き直して見せるもの（ある解釈）。特殊故に刺戟あり、一般故に首肯せらる。（みんなに訴へる事が出来る）

右は漱石が『道草』執筆中のものであるが、『道草』において「御住」ではなく「細君」という言葉を語り手が使用している理由の解説にもなっている。このメモ書きによれば、語り手が特定の個人を表す御住という本名ではなく、細君という表記を使うのは、「particular case」としての健三・御住という夫婦の関係を、「general case」としての一般的な夫婦関係にある普遍的な特徴として読者が読み取ることが出来るようにするためであったと考えられる。この問題は本稿で検討してきた、「遠い所」「一種の淋し味」「遠い國の臭《にほい》」「其人」「帽子を被らない男」と同様の性格を持っている。

『道草』においてほとんどの場合、御住を「細君」と記していることには、右にみたように、「particular case」を「general case」として読者が読み取ることが出来るようにするための作者の意図があったと考えられるが、その場合「妻」ではなく「細君」と記していることには、別の問題（語り手の人間観の深まり）が関与していると考えられる。これについては、すでに玉井論文で指摘されていることではあるが、さらに考える必要であると思われる。そこで以下、御住を「妻」ではなく「細君」と記している理由を考えてみたい。

結論を先に示せば、『道草』の語り手は、夫婦は互いに対等な別個の主体であり、そのことを互いに認め合わねばならないという立場から、健三と御住という夫婦の意識のありようを描いている。そのため語り手は、健三に寄り添って健三の意識を描いているときも、「妻」ではなく「細君」という言葉を使っていると考えられる。

まずこのことを『道草』の先行作品『心』との関係で考えておきたい。『心』の先生は結婚した女性（静）を

「妻《さい》」という言葉で学生の私に語る。ところが「上　先生と私」十回で、夫婦喧嘩をした先生は学生の私を散歩に誘い出し、その帰りに、お宅の前までお供しましょうかという私の言葉を遮り、「もう遅いから早く帰り玉へ。私も早く帰つて遣るんだから、妻君の為に」という。その先生の言葉に私は次のような思いを持つ。

先生が最後に付け加へた「妻君の為に」といふ言葉は妙に其時の私の心を暖《あた》かにした。私は其言葉のために、帰つてから安心して寐る事が出来た。私は其後も長い間此「妻君の為に」といふ言葉を忘れなかつた。

学生の私がこのような印象を持ったのは、「……の為に」という言い方に「奥さん」を大切にしようとする先生の気持ちが表われていることもあるが、それだけでなく、何時も先生が口にする「妻」という言い方を「妻君」（＝細君）という表現に変えていたこともあろう。「妻君」という言い方それ自体に、自分の妻を自分と対等の存在として、その「奥さん」の気持ちを大切にしようとする先生の意識を学生の私が感じ取ったからである。

また、「下　先生と遺書」十回では、学生であったときの「先生」が、下宿先の「未亡人」に初めて会った時、その夫人は私の下宿希望の話を聞いて、いくつか質問した後、その場でその希望を許可する。その決断力に対し、学生であった先生が「私は軍人の妻君といふものはみんな斯《こ》んなものかと思つて感服しました」と感じる場面がある。ここでの「妻君」という言い方には、学生である私のうちに、奥さんの決断力に対する尊敬の念が投影している。

これらの場面から、作品『心』においては、「妻君」という言葉は当時の婚姻制度に縛られた「妻」のあるべき意識からより自由な、既婚女性の人格とその主体性を積極的に肯定する語感があったと思われる。それに対して「妻」という言葉は、当時の我が国の家制度における夫―妻という関係を、その語感のうちに内包していると考えられる。『心』の学生である「私」にとって、先生の「妻君の為に」という言葉が、「心を暖かにした」理由は、先生が、夫婦であっても心の底までは理解し合えないと感じている妻を、自分とは対等な、人格と主体性を持つ他者として接しようとしていることにあったからであろう。『道草』で御住がほとんどの場合「細君」という言葉で表現されているのは、語り手が『心』の先生が行き着いた境地、結婚した女性の主体性に対するこのような肯定的認識を持っているからである。

『道草』では代名詞の「彼女」という言葉を除けば、ほとんどの場合、御住は「細君」と記されているが、「細君」以外の表記も存在する。ここでその例を見ておきたい。

健三の兄や姉は会話の中では、健三の細君を「御住さん」と呼ぶ。健三は御住と話をしているときには御住を「御前」という。健三自身が細君を本名で「御住」と呼ぶ場面はなく、三十回と五十二回に次のような類似の場面が二例あるだけである。三十回では、手紙を放り出してうたた寝をしている細君をみたとき、健三にあっては腹立たしい気持ちと、ヒステリー発作を起こしているのではないかという心配とが交錯する。その時の健三の内面を語り手は描いていく。

健三は斯《か》うした細君の態度を悪んだ。同時に彼女の歇私的里《ヒステリー》を恐れた。それからもしや自分の解釈が間違つてゐはしまいかといふ不安にも制せられた。

彼は其所《そこ》に立つた儘《まゝ》、しばらく細君の寐顔を見詰めてゐた。肱の上に載せられた其横顔は寧ろ蒼白かつた。

彼は黙つて立つてゐた。御住といふ名前さへ呼ばなかつた。

五十一回には、ヒステリー発作を起こしたがすぐ発作の治まった細君の寝顔に健三が手をかざし、息が規則正しいことを確かめて、その手を引くという場面がある。

するともう一度細君の名を呼んで見なければまだ安心が出来ないといふ気が彼の胸を衝《つ》いて起つた。……彼は正体《たわい》なく寐入つた細君を、わざ〳〵揺《ゆす》り起して見る事が折々あつた。……彼の神経は斯《こ》んな気の毒な真似をして迄も、彼女の実在を確かめなければ承知しなかつたのである。

三十回の傍線部分の「御住といふ名前さへ呼ばなかつた」という描写の内実は分かりにくい。そこで先に五十一回の例を検討し、その関係で三十回の傍線部分の内実を考えてみたい。

五十一回の細君はヒステリー発作を起こしたが、すぐ正常の意識を取り戻した。しかし健三はその寝入ってる細君の「実在」を確かめずにはおれなかった。その行為を語り手は「細君の名を呼んで見なければまだ安心が出来ないといふ気が彼の胸を衝《つ》いて起つた」と描いている。細君に御住と呼びかけることは「彼女の実在」を確かめることを意味したのである。このことを踏まえるならば、三十回で健三が細君の「うたた寝」姿をみて、「御住といふ名前さへ呼ばなかつた」という意味の内実は、健三の意識のうちで、細君をだらしないと批判する意識と、ヒステリー発作を起こして彼女の「実在」が消滅しかけているのではないかと感じる不安の意識とが、彼のうちで競い合い、その両者の力が拮抗してる事を意味している。そのため健三はこの場面で「御住といふ名前」を口に出す（＝彼女の生（実在）への不安を口に出す）ことが出来なかったのである。以上のことを考えるならば、この二例では（傍線部で）健三が「御住」という名前を口に出して呼びかけることは、御住という個としての「実在」（＝生）を確かめようとする行為に他ならないことを示しているのである。

次に健三が御住を「妻」と呼ぶ二つの例も見ておきたい。島田が健三宅を訪れたとき、細君は伏せっていた（四十九回）。

「誰か病気ですか」と島田が訊《き》いた。

「えゝ妻《さい》が少し」

「左右《さう》ですか、それは不可《いけま》せんね。何処が悪いんです」

島田はまだ細君の顔を見た事がなかつた。何時何処から嫁に来た女かさへ知らないらしかつた。従つて彼の言葉にはたゞ挨拶がある丈であつた。健三も此人から自分の妻《さい》に対する同情を求めやうとは思つてゐなかつた。

右の場面の傍線部aは、健三自身の言葉である。傍線部bは健三自身の気持ちを語り手が健三の意識に寄り添って描いたものである。これらの場面では、健三が「妻」という言葉を使い、語り手もその時の健三の気持ちに即して「妻」という言葉を使っている。この場面では、警戒を要する島田を相手にした健三の意識にあっては、自分と御住との関係は、当時の社会通念として存在する、夫―妻という関係のもとに捉えられているのである。

以上の例と七十一回の例を除けば、『道草』の中では御住は語り手によって「細君」という言葉で表現されている。

『道草』七十一回での語り手の描写を通して「細君」と「妻」の違いを考えてみよう。七十一回では『道草』における「細君」と「妻」の関係が典型的に示されている。七十回で健三は細君に、姉夫婦の他人同士のような関係についての思いを語り、「然し己《おれ》達夫婦も世間から見れば随分変つてるんだから、さう他《ひと》の事ばかり兎《と》や角云つちやゐられないかも知れない」という。すると細君は「矢つ張同なじ事ですわ。みんな自分丈は好いと思つてるんだから」と、健三の自分に対するいつもの手前勝手な態度を批判する。[14] この細君の言葉に反発した健三は、「字が書けなくつても、裁縫《しごと》が出来なくつても、矢つ張姉のやうな亭主孝行な女の方が己は好きだ」と言い返す。細君は「今時そんな女が何処の国にゐるもんですか」とさらに反発する。語り手は「細君の言葉の奥には、男ほど手前勝手なものはないといふ大きな反感が横はつてゐた」と七十回を結んでいる。以上の描写を前提として、七十一回の冒頭では、健三に対する細君の反発心が生まれた背景が描かれていく。

筋道の通つた頭を有つてゐない彼女には存外新らしい点があつた。彼女は形式的な昔風の倫理観に囚《とら》はれる程厳重な家庭に人とならなかつた。政治家を以て任じてゐた彼女の父は、教育に関して殆《ほと》んど無定見であつた。母は又普通の女の様に八釜《かま》しく子供を育て上る性質《たち》でなかつた。彼女は宅《うち》にゐて比較的自由な空気を呼吸した。さうして学校は小学校を卒業した丈であつた。彼女は考へなかつた。けれども考へた結果を野性的に能《よ》く感じてゐた。

「単に夫といふ名前が付いてゐるからと云ふ丈の意味で、其人を尊敬しなくてはならないと強《し》ひられても自分には出来ない。もし尊敬を受けたければ、受けられる丈の実質を有つた人間になつて自分の前に出て来るが好《い》い。夫といふ肩書などは無くつても構はないから」

右はこの時の健三の意識から離れた語り手の視点による描写である。語り手が言う「野性的に能く感じてゐた」の「野性」とは、歴史社会的環境による影響によってても変わることのない人間に備わった根源的能力を意味する。(15)語り手によれば、細君は家庭で昔風の教育を受けることがなく、また女学校で夫唱婦随を旨とする教育を叩き込まれることもなかった。そのため彼女は旧道徳による倫理的強制を受けることなく、彼女の持つ人間本来の倫理性(類の意識)にしたがって夫婦のあるべき関係を感じることが出来たのである。彼女が感じていた人間本来の夫婦の結びつきとは、妻の側からすれば、当時の家制度によって夫に権力が与えられても、夫に尊敬するだけの「実質」(16)がなければ、尊敬することは出来ないというものであった。語り手はこのような細君の感受性を人間の根源に存在する感情として描いている。と同時に、「彼女には存外新らしい点があつた」と記しているように、細君のこの感じ方を語り手は、西欧の男女平等思想と結びついた「新しい」夫婦観と類似していることを示唆している。

それに対して語り手は健三の夫婦観を描いていく。

> 不思議にも学問をした健三の方は此点に於て却つて旧式であつた。自分は自分の為に生きて行かなければならないといふ主義を実現したがりながら、[c]夫の為にのみ存在する妻を最初から仮定して憚《はゞ》からなかつた。
>
> 「あらゆる意味から見て、[d]妻は夫に従属すべきものだ」
>
> 二人が衝突する大根は此所にあつた。
>
> [e]夫と独立した自己の存在を主張しやうとする細君を見ると健三はすぐ不快を感じた。動《やゝ》ともすると、「女の癖に」といふ気になつた。それが一段劇しくなると忽《たちま》ち「何を生意気な」といふ言葉に変化した。

七十回で機嫌を損ねた健三は、七十一回でも細君の立場に配慮することが出来ず、自己中心的な意識に支配されている。この時の健三の利己的意識の遠因は、彼の幼年時代に島田夫婦に育てられた時の心の傷にある。養父母の利己的愛情の中で生きねばならなかった幼児健三が負った心の傷は、「順良な彼の天性」が彼の意識の奥へ落ち込み、その「陥欠」を補うものとして「強情」が生まれ、その強情は他者の気持ちを無視し、健三のうちに自分のために人は存在するとまで感じるようになった「自己中心主義」（＝強情）への固執をうみだしたのであった。この健三の幼児期に負った心の傷は、大人になった健三においてもしばしば意識の表層に現れその傷口が開くのである。

その時には健三の「順良な彼の天性」は彼の意識の奥底に落ち込み、他者の気持ちを無視し、自分の意見を押し通そうとする「強情」が意識の表層に立ち現れる。この時の他者の気持ちに配慮出来ない健三の「強情」の意識には、旧道徳がたやすく入り込む。こうしてこの場面の苛立った健三の意識にあっては、御住は「細君」ではなく、旧道徳が既婚女性に押しつける「妻」でなければならなかった。傍線部cdでは、当時の世俗を支配している通念の影響を受けた、他者の立場に全く配慮出来ない、苛立った健三の意識の細君への押しつけを、語り手はその時の健三の意識に即して描き出しているのである。しかし語り手はただちに傍線部eでは御住を「細君」と描いている。それは語り手がこの時の健三の意識から離れて語り手の立場から御住を、夫と対等な存在として意識していることによるのである。

語り手は、右の引用部分に続いて叙述していく。

> 細君[f]の腹には「いくら女だつて」といふ挨拶が何時《いつ》でも貯へてあつた。
> 「いくら女だつて、さう踏み付けられて堪《たま》るものか」
> 健三は時として細君[g]の顔に出る是丈の表情を明かに読んだ。
> 「女だから馬鹿にするのではない。馬鹿だから馬鹿にするのだ、尊敬されたければ尊敬される丈の人格を拵《こしら》えるがいゝ」
> 健三の論理は何時の間にか、細君が彼に向つて投げる論理と同じものになつてしまつた。
> 彼等は斯《か》くして円い輪の上をぐる〳〵廻つて歩いた。さうしていくら疲れても気が付かなかつた。

健三は細君の「いくら女だつて、さう踏み付けられて堪《たま》るものか」という表情に接すると、今迄の旧道徳に染まった立場からの発言を修正して、「女だから馬鹿にするのではない。馬鹿だから馬鹿にするのだ」という奇妙な理屈を口にする。ここでは、今迄の旧道徳の論理を捨てて、ごまかしに掛かっている健三の意識が描かれている。もちろん健三の「強情」は依然として続いており、自分に口答えをする細君を屈服させようとしている。しかしこの健三の奇妙な論理のすり替えには、健三の意識の内部で次のような彼の意識の対立が存在していることを示している。

健三は、「いくら女だつて、さう踏み付けられて堪《たま》るものか」という細君の表情に接して、健三の心の内部では、自分のこの時の手前勝手な主張は間違っており、夫婦は対等な存在なのだとする意識（「順良な彼の天性」）が湧き上がり、その健三の内部にある本来の「順良な彼の天性」が、旧道徳を是とする「強情」の意識を批判している。[17] そのため利己主義を貫こうとするこの時の健三の「強情」の意識は、彼の意識のうちにあるこの批判を無視することが出来ず、「強情」を貫き通すために、論理をすり替えて自分の内なる「順良な彼の天性」を誤魔化し、なおかつ細君を屈服させようとするのである。しかしこの場面の細君は健三の理不尽な「強情」に屈服しようとしない。そのため彼らの対立は、共に疲れ切ってどちらかの「強情」の意識が消えるまで、何時までも続いたのである。

七十一回に見られるように、苛立って強情の意識に支配されている健三にあっては、御住は「妻」と意識されている。しかし健三の意識から距離を置いた語り手は御住をただちに「細君」と描き直すのである。『道草』では御住はほとんどの場合「細君」という言葉で表現されているが、その理由は右に見てきたように、語り手と健三とには大きな距離があり、語り手は御住を健三と対等な人格と主体性を持つ他者として、認識しているからなのである。

『道草』において御住がほとんどの場合、「妻」ではなく「細君」と記されている理由を考えてきた。語り手が「御住」という固有名詞や「妻」という一般名詞を使わず「細君」という言葉を使っている理由は、健三夫婦という「特殊な」事例を「一般的」な事例として読み取ることが出来るようにするためであるとともに、語り手が『心』

の主人公先生の人間不信の境地から脱けだした、細君を自分と対等な人格と主体を持つ存在として感じ取る人間観に立っているからなのである。

おわりに

『道草』一・二回に使われているいくつかの言葉とその内実を他の回との繋がりを通して検討してきた。ここで取りあげた言葉は、登場人物の内面の表現なのか、それとも語り手の内面の表現なのか、あるいは両者の融合したものなのか、その区別や程度は読者には判然としないことが多い。またこれらの言葉には象徴的・暗示的要素が付与されている場合が多い。これらの言葉の要素は、作者が自伝的要素を主要な材料として、人間の意識構造――我執と類の意識との関係――を追求する『道草』の意図的方法によって貫かれている。本稿で検討してきた一・二回の言葉には、これから展開されることになる『道草』の言葉の基本的特徴が暗示されているのである。

注

（1）この推量の言葉の理解について、金子明雄は「問題は、この表現が伝達する直接的な情報内容ではなく、この表現の形式が読者にもたらす含意である。」「検討すべきは推量の主体の二重性である。問題の核心は、誰が語っているかではなく、誰の意識が語られているかという点にある。」としている。（「三人称回想小説としての『道草』――『道草』再読のためのノート――」「漱石研究」4号　一九九五年、『日本文学研究論文集成』27　夏目漱石2　若草書房　一九九八年　所収）

（2）大嶋仁は、「『道草』における作者と主人公の関係――マクレラン訳との文体比較を通じて――」（『講座夏目漱石』第4巻　有斐閣　一九八二年二月。『漱石作品論集成』第⑪巻「道草」桜楓社　一九九一年六月所収）で、『道草』第一回の文体の特質を、「（第一回）第一文「健三が遠い所から帰つて来て……何年目になるだらう」においては、作者は主人公と何処かで融合し、主人公の心理的世界が作者のそれと重ね合わせられて語られている」が、「第二文「彼は故郷の土を踏む珍らしさのうちに一種の淋し味さへ感じた」においては、作者は主人公から分離し、主人公の心理的世界を外側から描いている」と指摘している。この大嶋の論には、作者と語り手の区別という視点はないが、「作者」を「語り手」と置き換えるならば、ここでの指摘は適切である。私見によれば、大嶋の指摘を「語り手」という観点から理解すれば、次のようにいうことが出来よう。

――第一段落の第一文は語り手の描写であるが、この語り手の視線は健三の視線と重なっている。というよりはむしろ語り手の感慨が前面に出ているというべきであろう。それに続く第二文「彼は故郷の土を踏む珍らしさのうちに一種の淋し味さへ感じた」と描写する語り手の視線は、健三に寄り添った位置にある。次の段落（「彼の身体には新らしく後に見捨てた遠い国の臭がまだ付着してゐた……」）の語り手の位置は、さらに健三の意識の外側にある。とりわけ第三文の「其臭のうちに潜んでゐる彼の誇りと満足には却つて気が付かなかつた」という描写は、健三の意識と大きな距離のある高所からなされている。――

『道草』の語り手の視線の位置は、右の冒頭部分に見られるように、部分的に登場人物の意識になりきって、その意識を吐露することもあれば、登場人物に寄り添いながら、すぐ外側から、その意識を描くこともある。また高所から登場人物の意識を批評したりすることもある。『道草』の語り手の視線の位置と登場人物との距離は自由自在である。

作者漱石は『道草』執筆していた時期、次のような「断片」（大正四年断片六五）を書き残している。

○心機一転。外部の刺戟による。又内部の膠着力による。
○一度絶対の境地に達して、又相対に首を出したものは容易に心機一転が出来る
○屢《しばしば》絶対の境地に達するものは屢心機一転する事を得
○自由に絶対の境地に入るものは自由に心機の一転を得

右の「心機一転」は作者自身の意識のありようであると共に、『道草』の語り手の視点の移動について記したものであろう。『道草』はこのような語り手の視線によって描かれており、『道草』の登場人物の描写では、登場人物と語り手の位置との距離を考えることが重要である。ところで、右にみた登場人物と語り手の位置の距離を自由自在に移動させるという『道草』の手法は、読者には『道草』を分かりにくい作品と感じさせる要因ともなった。ここでその問題にも

少し触れておきたい。『道草』においては、健三と語り手の距離がほとんどない場面もかなり存在する。この時には読者は語り手の視線に即して健三のその時の内面を理解できない場合がしばしば生ずる。健三にあって、複数の意識や感情が交差している場面で、健三の主体にあってその交差がまだ整理できていない状態であるばあいには、読者は語り手の価値づけられた視点というフィルターを通さずにその時の健三の意識をうけとるので、読者はそこに描かれた健三の意識やその動きをすぐには理解できないことになる。（その典型が、清水孝純氏によってペリフラーズの例として指摘された、五十二回の健三が講義をしている場面の描写であろう。）『道草』の分かり難さの最大の理由は、このような描写方法にあるといえよう。

（3）大嶋は前掲論文で、「遠い所」と「遠い国」の違いは、文脈の構造の違いとかかわり、前者が「心理的世界の表現」であるのに対し、後者は「そうした心理的世界からは脱けだし、「国」という物理的世界の方へ吸収されている」と指摘している。

（4）越智治雄は「道草の世界」（『漱石私論』角川書店　一九七一年六月）で次のように記している。

「遠い所」は「多義的」で、「漱石が修善寺の三十分の死を通じて遠い時空のあわいからまさに帰って来たことをこそ想起するほうがよい。……おそらく漱石は、『こゝろ』（大三・四〜八）のKのように「もつと早く死ぬべきだのに何故今迄生きてゐたのだらう」、人はついに死すべき命をながらえているにすぎぬのではないかという思いを、反芻していたに相違ない。その漱石がいまあらためて遠い所からの還路をたどろうとしている。存在の深い淵にただ一人で立った男にしても、帰って来るのは日常、まさにわれわれの言う人生を措いてないのだ。」

この越智の「遠い所からの還路をたどろうとしている」という理解の仕方は、禅林の考え方と共通する。

（5）樋野憲子（「『道草』論――「自然の論理」について――」「文学」一九七三年七月、『漱石作品論集成』⑪巻「道草」所収）に次の記述がある。「「道草の世界」は、常にその「遠い所」という「極点」（越智氏前掲論文）〔筆者注、越智治雄「道草の世界」、『文学』昭和四四年一一月〕によって相対化されている。その遠い所とは、一つには「硝子戸の中」にいうように「死といふ遠い所」（三十）であったろう。」

（6）宮井一郎はBの部分を引いて「ここには健三という人物の、その核心が、短い文章の中に縮写されている感がある。「異様の熱塊」を、自分の「本来だ」と信ずる健三にたいして、それを「索莫たる曠野の方角」だといい、「温かい人間の血を枯らしに行くのだ」と否定的に健三の錯誤を指摘するのは作者である。」と正しく指摘しながら、その論の最後では

「いうまでもなく「異様の熱塊」や「索莫たる曠野の方角」の途こそが、作者の考えている健三の「本来」なのだ、ということが判った」と記している。(『漱石の世界』一九六七年一〇月　講談社、『漱石作品論集成』十一巻「道草」所収論文)。

(7) 平成版『漱石全集』十巻(岩波書店)の石原千秋注

(8) 『日本近代文学大系』27(『夏目漱石集Ⅳ』角川書店　昭和四九年)の遠藤祐注

(9) 注8の遠藤祐にその指摘がある。

(10) 小森陽一は、「遠い国の臭」を「洋行」したことによる「誇りと満足」と指摘している。(「文豪が「本郷」を消した理由」(『東京人』通巻七十号、一九九三年七月)

(11) 亀山佳明(『漱石と個人主義』(新曜社　二〇〇八年二月)は、レヴィナスの「相対的他者」(自我)と絶対的他者(自己)という概念を援用して「島田老人の不気味さ」の由来を説明したあと、さらに次のように記している。島田の不気味さは「健三の思い込みに由来するものともいえる」として、「暗い過去のために健三は彼を心の底から嫌っているのだが、彼に世話になったこと、ある時は彼に愛情さえ抱いていたことも記憶にとどめており、嫌悪とは裏腹に恩義をも感じている。そのことが彼に強迫神経症的な不安を与えている。罪を犯したと錯覚する神経症者が絶えず罪を償わなければならない、という強迫的な思いに駆られるのと同様に、彼は相手に自分を脅かす存在を見ることになる。」

(12) 「細君」という用語の重要性を指摘した論に、玉井敬之「『道草』論」(「國語と國文学」平成二年八月。『漱石一九一〇年代』翰林書房　二〇一四年一月に所収)がある。玉井は「語り手が主人公健三のもっとも身近な存在であるその妻を、名前ではなく「細君」と呼んだことは注意に価する」として、第一回の末尾を引いて「(御住が『道草』に登場させられたときから)健三の妻というよりも、「細君」以外の何者でもない、確固とした存在と人格を主張している」と指摘している。

江種満子(「『道草』のヒステリー」「國語と國文学」平成六年一二月)は、『道草』の語り手がお住を「細君」と記述していることについて次のように記している。「『道草』で御住を終始「細君」と呼称しているのは語り手である。語り手は、健三が「妻」と意識する女性を、その健三の意識に即して「妻」とも「御住」とも呼ぶことはしないが、しかし作者漱石自身が日記の同じ日の同じページに、感情の起伏次第でこれらを混用し、かつ使い分けたように、語り手の使う「細君」は、語り手の分を守って、他者の妻のためにある「細君」の称を意志的に貫徹させはするものの、この「細君」の称には、同時に若干の隔意、そしてアイロニーが滲まずにはいない」。優れた論であるが、『道草』における細君という言葉にある「若干の隔意」や「アイロニー」の具体例は示されていない。

(13) もちろん代名詞の「彼女」という言葉の使用も多いが、「彼女」という用語は御住だけでなく、姉・御常など女性一般に使われており、ここでは検討の対象外とする。

(14) 原文では次のように描写されている。

「然し己《おれ》達夫婦も世間から見れば随分変つてるんだから、さう他《ひと》の事ばかり兎や角云つちやゐられないかも知れない」

「矢つ張同なじ事ですわ。みんな自分丈は好いと思つてるんだから」

健三はすぐ癪に障つた。

「御前でも自分ぢや好い積《つもり》でゐるのかい」

「ゐますとも。貴夫が好いと思つてゐらつしやる通りに」

彼等の争ひは能《よ》く斯《か》ういふ所から起つた。

この場面の傍線部の細君の発言は読者にとって分かりにくいものである。読者はその直前で健三の意識に寄り添って作品を読んでいるので、ここでの細君がなぜ傍線部のような言葉を夫に投げるのか戸惑う。しかし健三の立場を離れて細君の立場に立つならば、健三の自分（細君）に対して同意を求める発言は、いつも健三の手前勝手な態度を我慢している細君にあっては反発する発言であったと理解できる。語り手にあっては、健三に同化し彼の意識を描いているときであっても、そのとき健三の意識のありようの制限が全体との関係で複眼的に認識されているのである。『道草』の読みの難しさの一つは、読者が語り手の複眼的視点に即してその場面を読むことが容易ではないことにある。

(15) ここでいう「野性」とはベルクソン『創造的進化』でいう「本能」と同じであろう。ベルクソンは『創造的進化』で次のように記している。人間の「知性は生命にたいする本性的な無理解を特徴とする。それとは反対に生命の形式そのものに型どられているのが本能である。（中略）もしも本能のなかにまどろんでいる意識が目ざめるなら、本能が外に出て行動になるかわりに内にこもって認識になるなら、私たちが本能に問うすべを知りかれも答えることが出来るなら、本能は生命の奥ぞこの秘密を私たちに打ち明けてくれるにちがいない。」（ベルクソン著真方敬道訳『創造的進化』岩波文庫　二〇〇頁））ここで『道草』でいう「野性」の内実について考えてみたい。人間の根源的意識にあって男女は対等であるが、私有財産の発生と共に、男女差別の意識が社会化されて定着し、現在でもその残滓を引きずっている。『道草』の「野生」とは男女は対等であるとする人間の根源的意識を意味している。一方、人間の本来の意識を発展させた「人格」という枠組みでは、男女は対等の存在として意識され続ける。この場面の健三の口にする「人格」と、語り手のいう「野性」とは、その内実は同じである。

(16)「実質」という言葉の内実を「役に立つ」とする理解が多いが、しかし語り手はこのすぐ後に、健三の「尊敬されたければ尊敬される丈の人格を拵えるがいゝ」という言葉を受けて、「健三の論理は何時の間にか、細君が彼に向つて投げる論理と同じものになつてしまつた」と描いているので、ここでの「実質」の内容は「人格」と考えるべきであろう。

(17)このことは語り手だけでなく、健三もまた意識の奥底では、御住を自分とは別個の主体であると是認していることを示している。

第二章　生活世界に接触する健三の意識の特色（三回〜二十三回）

はじめに

島田と出会う前の健三は姉や兄とも疎遠であった。しかし島田の出現は、彼を今迄疎遠であった姉や兄と結びつけ、彼の意識を姉や兄の生きる現実の生活世界に引きずり出していくことになった。ここではまず三回における島田と出会う前の健三の意識のありようについての語り手の紹介に触れ、ついで四回から二十三回にみられる、生活世界に接触する健三の意識の特色を考えていきたい。

Ⅰ　三回で語り手の紹介する、島田と出会う前の健三の意識のありよう

まず語り手は、島田と出会う前の健三の生活と、その時の意識のありようを三回で次のように紹介する。健三は大学に籍を置く学者であり、その仕事に毎日追われており、精神的余裕のない生活を送っていた。

[a]自然の勢ひ彼は社交を避けなければならなかつた。人間をも避けなければならなかつた。彼の頭と活字との交渉が複雑になればなる程、人としての彼は孤独に陥らなければならなかつた。[b]彼は朧気にその淋しさを感ずる場合さへあつた。けれども一方ではまた心の底に異様の熱塊があるといふ自信を持つてゐた。だから索寞た

る曠野《あらの》の方角へ向けて生活の路《みち》を歩いて行きながら、それが却つて本来だとばかり心得てゐた。温かい人間の血を枯らしに行くのだとは決して思はなかつた。

留意すべきは、a「人間をも避けなければならなかつた」「人としての彼は孤独に陥らなければならなかつた」という表現には、語り手の批判的アクセントが付されていることである。bでは語り手は健三の内面に降り立ち、aで描いた健三の姿を厳しく批評している。その語り手の批評を取り出せば以下のようになろう。健三の主観に即せば、彼は学問研究に「異様の熱塊があるといふ自信を持つてゐた」。健三はその「異様の熱塊」によって学問研究に邁進することが「本来」の自分の在り方だと考えている。しかしその行為は、「索寞たる曠野《あらの》の方角へ向けて生活の路を歩いて行」き、「温かい人間の血を枯らしに行く」ことになるのに、健三はそのことに気づいていない。

次いで語り手は親類と細君に対する健三の態度を描いていく。

健三は親類達による変人扱いに対しても、彼等と自分とは「教育が違ふ」と考え、彼等の視線を無視しようとしている。それに対して細君は「矢つ張り手前味噌よ」と健三の自己中心の考えとそのプライドを批判する。健三はこのような細君の批判に接すると、癪に障り、忌々しく思い、叱りつけたりした。しかし細君はその表現を変えるだけで健三に対する評価は変わらなかった。

そして語り手は、健三が島田と出会うことがなかったら、右にみたような健三の意識には変化がなかったであろう、日曜には学問上の思索で疲れ切った四肢を畳の上に横たえて半日の安息を貪るにすぎなかったろう、と批評している。

語り手の紹介には、言外に次のような批評が込められている。養父島田との出会いは、健三に衝撃を与え、健三の意識のありようを変え、親類達や細君との関係をも変えていくことになるのだ。語り手は三回でこのような前置きをして、四回から健三に与えた島田と出会った衝撃の波紋を描いていく。

2　健三の意識の揺れ

三回の末尾で、島田の実際の生活ぶりを知ろうとして姉宅を訪れる健三の姿が次のように書き出されている。

次の日曜が来たとき、健三は「不図《ふと》途中で二度会つた男の事を思ひ出した。さうして急に思ひ立つたやうに姉の宅へ出掛け」た。

この描写の「不図《ふと》」「急に思ひ立つたやうに」という表現は、仕事にすべての時間を注がねばならないとする意識を突き破って、島田の生活を案じる意識が彼の意識に浮上し彼を行動へとかりたてたことを示している。

まず語り手は四回の冒頭で、健三の意識に寄り添いながら、読者に健三の姉を紹介していく。

姉は喘息持ちであったが、余程苦しいとき以外は家中を動き回っていた。その落ち着きのないがさつな態度やしゃべり方には品位がなかった。「彼女と対坐する健三は屹度《きつと》苦い顔をして黙らなければならなかつた。」「是が己の姉なんだからなあ」「彼女と話をした後の健三の胸には何時でも斯《か》ういふ述懐が起つた。」

このように語り手は、まず姉を軽蔑する健三の意識を描き出している。しかし健三は姉宅を訪ねたとき、座敷を見回し、見覚えのある古ぼけた額を見て、姉夫婦と幼少の頃の自分との関係を回想する。

自分は小さい頃この家に始終遊びに行った……この家の主人(1)と、座敷の中で相撲を取って姉から叱られた……屋根に登って無花果をもいで、其皮を隣家の庭に捨て、隣家から尻を持ち込まれたこともあった。……主人が箱入りのコンパスを買ってやるといって彼を騙したなり、何時までも買ってくれないことを非常に恨めしく思った事もあった。姉と喧嘩した後、向こうから謝ってきても堪忍してやらないと覚悟をきめながら、こちらから出向いて姉がお這入りと言うまで門口に立っていた自分の滑稽なども思い出した。……。語り手は、姉夫婦に親しくして貰った懐かしい昔の記憶を回想する健三の意識を描いている。「古い額を眺めた健三は、子供の時の自分に明らかな記憶の探照燈を向けた。さうして夫程世話になつた姉夫婦に、今は大した好意を有つ事が出来にくゝなつた自分を不快に感じた。」――健三は姉夫婦に対する自分の親しみの情が変化してしまったことを痛感せずにはいられなかったのである。

次いで語り手は健三と対座している目の前にいる姉に対する気持を描いていく。

姉は夫の比田が勤め先の近くに変な女を囲っているという評判も知らず、夫が家に帰らない日は夫が職場で宿直をしていると信じ切っていた。その姉は「利かぬ気」で、比田との夫婦喧嘩の派手な立ち回りをしたことを健三は思い出した。健三は、その姉が比田に騙されていることが「妙に不憫に思はれて来た」。姉は相変わらずよく喋る女で、彼は何時までも自分の用件を言い出す機会を見つけることが出来なかった。健三は姉に小遣いの増額を言葉巧みに頼まれても、それを厭と言うことも出来なかった。語り手は姉の巧みなおしゃべりを実に生き生きと描き出している。

健三は帰り際になってやっと島田に出会ったことを口にすることが出来た。しかし姉からは、健三の意を迎えるような言葉と、姉から借金を取り立てようとする島田に対する憎らしそうな語気に接するばかりで、健三は姉から聞き出そうとした「目下の島田」についての情報を全く得ることが出来なかった。

以上が四回から七回までの概略であるが、ここでは、姉に対して違和感を感じながらも、その違和感を抑え付けて姉に調子を合わせている健三の姿が描かれている。

留意すべきは右の描写と、その後六十六回で兄から（姉の喘息がひどく）ことによると難しいかも知れないので見舞いに行くようにとの連絡を受けて、健三が姉を見舞いに行った時の六十七・六十八回での姉に対する健三の意識との関連である。この時姉は既に回復期に向かっており、健三は何時もの姉の姿に接する。しかしこの時の健三の意識は、四回から七回までとは正反対の要素を帯びている。それは次のような相違である。

A　四回では、姉の「落付《おちつき》のないガサツな態度」や「少しも品位といふものがな」い喋舌《しやべ》り方に接して、健三は「是が己の姉なんだからなあ」と述懐する。それに対して六十七回では、健三は姉との会話の中で、姉と自分とが「大変懸け隔つたやうでゐて、其実何処か似通つた所のある」ことに気づき、「姉はたゞ露骨な丈なんだ。教育の皮を剝《む》けば己だつて大した変りはないんだ」と「事実の上に於て突然人間を平等に視た」瞬間を経験する。両者は正反対の意識である。

B　四回では、姉は（健三が毎月与える小遣いで）「御陰様で斯《か》う遣《や》つて毎日牛乳も飲んでるし……」と語るが、健三は姉に「少し痩せた様ですね」と応え、その姉の言葉に何の抵抗も感じずに聞き流している。

ところが六十八回では、「養生はしてゐるよ。健ちやんから貰ふ御小遣の中で牛乳丈は屹度飲む事に極めてゐるんだから」という姉の言葉に対して、健三は「田舎ものが米の飯を食ふやうに、彼女は牛乳を飲むのが凡ての養生ででもあるかのやうな事を云つた」と批判的に意識している。両者は正反対の要素をもつ。

C　四回の姉が「肉のない細い腕を捲《まく》つて健三の前に出した」ときの[a]「大きな落ち込んだ彼女の眼の下を、薄黒い半円形の暈《かさ》が、怠さうな皮で物憂げに染めてゐた。健三は黙つて其ぱさ〳〵した手の平を見詰めた」という場面には、姉の持病を心配する健三の心遣いがある。一方、六十八回では「姉さんも斯《こ》んなぢや何時あゝなるか（位牌になること――筆者注）分からないよ」という姉の言葉に対する、健三の意識が次のように描かれている。「己のは黙つて成し崩しに自殺するのだ。気の毒だと云つて呉れるものは一人もありやしない」「彼はさう思つて[b]姉の凹み込んだ眼と、痩《こ》けた頬《ほ》と、肉のない細い手とを、微笑しながら見てゐた」。六十八回bの姉に対する「微笑」は難解であるが、この時の健三は姉に対して強い反感を持っており、「姉よりも、却つて自分の方を憐んだ」とあるので、おそらく姉の姿を突き放して見ている冷たい「微笑」であろう（この健三の「微笑」を『硝子戸の中』三十九回の「微笑」と同じと解することは文脈上困難である）。Cにおける四回の傍線部aと、六十八回の傍線部bとは酷似しているが、両者の意識の方向性は正反対である。

右に見てきたようにAとBCにおける、四回で描かれている健三の意識と、六十七・六十八回で描かれている健三の意識とは正反対の方向性を持っている。以下、その方向性の違いの原因を考えてみよう。

Aの六十七回における姉を自分と同じ対等の存在として意識するその人間観は、健三の意識の奥底にある、人間を対等の存在とする、人間が本来的に持っている類的意識の表出である。一方、BCの六十八回における姉に対する烈しい批判は、彼の辛い養子体験に基づくものであった（この問題については第八章参照）。語り手はこのような健三のうちに生じている人間についての平等意識と、金に支配されて、養子を金を稼ぐ道具のように考える姉に対する強い批判意識との共存を、四回（から七回）までの描写と六十七、六十八回の描写との対比のうちに描き出しているのである。以上のことを考えると、四回の描写と六十七、六十八回の描写の類似から語り手は、健三の世話になった姉に対する親しみの気持と、金に支配された姉の意識への反撥という意識の揺れを浮かび上がらせているのである。

八回では彼の島田への意識の揺れが次のように描かれる。

「島田は今でも元の所に住んでゐるんだらうか」

斯《こ》んな簡単な質問さへ姉には判然《はっきり》答へられなかつた。健三は少し的《あて》が外れた。けれども自分の方から進んで島田の現在の居所を突き留めやうと迄は思つてゐなかつたので、大した失望も感じなかつた。彼は此場合まだ[a]それ程の手数を尽す必要がないと信じてゐた。たとひ尽すにした所で、[b]一種の好奇心を満足するに過ぎないとも考へてゐた。其上今の彼はc斯《か》ういふ好奇心を軽蔑しなければならなかつた。彼の時間はそんな事に使用するには余りに高価すぎた。

右引用中の傍線部の健三の意識を考えてみよう。aの「それ程の手数」とは、「島田の現在の居所を突き留めるために労力をさくことである。この行動を健三に強いようとするのは、健三の内部にある島田の生活を案ずる意識である。しかし右の引用によれば健三はa「まだそれ程の手数を尽す必要がないと信じてゐた」のである。何故健三はその「必要がない」と「信じてゐた」のであろうか。それは島田への嫌悪感と共に、健三が意識の表面では、島田に幼少の頃世話になったとはいえ、既に縁も切れているので、援助の手を差し伸べる義務もない、従って島田の現在の居場所を突き止めて、島田の実際の生活状態を知る必要もないはずだと考えているからである。

しかし「信じてゐた」という表現は、彼の心の奥底には、この思いとは異なる思い、たとえ縁が切れていても、養父が生活に困っているなら援助しなければならないとする思いが存在していることを示している。それ故健三の現在を支配している意識は、心の奥にあるその思いを押さえ込むために以下のように主張しているのである。養父の現在の場所を突き止めようとすることは、「一種の好奇心」に過ぎず、それ故b「たとひ（その手数を）尽くした所で、一種の好奇心を満足するに過ぎない」、今の自分は何よりも学問という「仕事」に時間を割かねばならない、cこんな「好奇心」に時間をつぶす余裕はないと。こうして健三の意識は、島田の生活を案ずるおのれのもう一つの意識を「軽蔑し」、その意識の動きに蓋をしようとしているのである。

次いで語り手は、「島田は今でも元の所に住んでゐるんだらうか」と姉に質問し、島田が住んでいた「元の所」（健三が実家に引き取られた後も、彼がしばしば出入りしていた頃の島田の居所（「二十年前の光景」））を回想する健三の姿を描き出している。その回想は次のようなものであった。

「彼はたゞ想像の眼で、子供の時分見た其人の家と、其家の周囲とを、心のうちに思ひ浮べた。」その家の周囲は、○○様の御屋敷の幅の広い大きな堀が続いており、「水の変らない其堀の中は腐つた泥で不快に濁つて」おり、「所々に蒼い色が湧いて厭な臭さへ彼の鼻を襲つた。」……その御屋敷の反対側の小さな平屋が疎らに並んでいた町並みの、老人の歯のように所々空いていたその一角を、島田は買って住まいを拵えた。彼の家は四間しかない家だったが、「木口抔は可成《かなり》吟味してあるらしく」、間取りにも工夫があり、狭い庭には立派な石灯籠が据えてあり、島田はその家を何時も雑巾がけし、庭も手入れしていた。島田は粗末な貸家を一軒建てた。さらにもう一軒建てるつもりらしかった。

健三が回想した家の周囲の堀の腐った泥の厭な臭いは、健三の島田への嫌悪感と結びついているが、しかしそこでの島田の生活は経済的に余裕のあるらしく思わせるものであった。健三が回想したこの島田の余裕あるらしい生活もまた、島田の生活を案ずる彼の気持に蓋をする役割を担ったのである。

語り手は右のような健三の回想を描いた後、再び場面を姉と健三の会話場面に移し、次のように描いていく。

「ことによると、良人《うち》では年始状位まだ出してるかも知れないよ」

健三の帰る時、姉は斯《こ》んな事を云つて、暗に比田の戻る迄話して行けと勧めたが、彼には[a]それ程の必要もなかつた。

彼は其日無沙汰見舞かた〴〵市ヶ谷の薬王寺前にゐる兄の宅《うち》へも寄つて、島田の事を訊いて見やうかと考へてゐたが、時間の遅くなつたのと、[b]どうせ訊いたつて仕方がないといふ気が次第に強くなつたのとで、それなり駒込へ帰つた。其晩は又翌日の仕事に忙殺されなければならなかつた。さうして島田のことは丸で忘れてしまつた。

右の描写で何故彼は比田から島田の生活状態を聴き出すことをa「それ程の必要もなかつた」と考えるのであろうか。又「兄の宅へも寄つて、島田の事を訊いてみやうかと考へてゐた」のに、何故b「どうせ訊いたつて仕方がないといふ気が次第に強くなつた」のであろうか。それは、先にみた回想が端的に示すように、島田の生活を案ずる必要はないだろうという気持が膨らんでいたことと、翌日の仕事（講義）の準備のために、時間を注がねばならないとする気持が、島田の生活を案ずる気持に蓋をしてしまったからである。こうして「其晩は又翌日の仕事に忙殺され」、「島田の事は丸で忘れてしまつた」のである。この場面では島田に対する嫌悪感と仕事の準備をしなければならないという気持が、島田の生活を心配する気持（島田に世話になったとする恩義の気持）を抑え付けたのである。

3　健三の神経の苛立ちと論理への固執

九回は次のような描写で始まる。

彼はまた平生の我に帰つた。活力の大部分を挙げて自分の職業に使ふ事が出来た。彼の時間は静かに流れた。然し其静かなうちには始終いら〳〵するものがあつて、絶えず彼を苦しめた。

傍線部「始終いら〳〵するもの」とは、平成版岩波『漱石全集』注が記すように、健三の「神経衰弱」的要素の現われと考えられる。（この場面は『道草』で健三の神経衰弱の現れを紹介する最初である。）九、十回では、この健三の「神経」の苛立ちが描かれていくことになる。右の引用に続いて、健三の家庭生活の場面が描かれる。

遠くから彼を眺めてゐなければならなかつた細君は、別に手の出しやうもないので、澄ましてゐた。それが健三には妻にあるまじき冷淡としか思へなかつた。

右の表現について考えてみよう。細君は「遠くから彼を眺めてゐなければならなかつた」「別に手の出しやうもないので」という表現は、語り手が細君の意識に寄り添った表現であるが、語り手によれば、細君のこの気持は、健三が書斎にいるときには、仕事以外のことで話しかけることが出来ないので、自然とこのような態度を細君が取るようになったのである。一方細君が「澄ましてゐた」、および「健三には妻にあるまじき冷淡としか思へなかつた」と健三に感じられる細君の態度は、「始終いら〳〵するもの」に苦しんでいる健三の意識に映る細君の姿である。しかし「冷淡としか思へなかつた」という表現は、健三の立場に立てば、このようにしか見えないが、細君（他者）の立場に立てばこの見方は当てはまらないという、語り手の見方を示している。

語り手は健三の細君に対する意識を描いた後、その視線を直ちに細君の立場に移し、細君の意識に寄り添って、細君の気持を読者に紹介する。

細君はまた心の中で彼と同じ非難を夫の上に投げ掛けた。夫の書斎で暮らす時間が多くなればなる程、夫婦間の交渉は、用事以外に少なくならなければならない筈だと云ふのが細君の方の理窟であつた。

ここで語り手は以下のような細君の気持（の一部分）を描いているのである。——夫はいつも書斎で仕事をしているため意思疎通を欠くようになっている。もっと夫婦らしい時間を持つ配慮をして欲しい。——ついで語り手は、「自然の勢ひ」細君は子供だけを相手にするようになり、子供も又書斎に近づかずたまに書斎に入るといたずらをして叱られたと家庭内の状態を描いた後、健三の気持を「彼は子供を叱る癖に、自分の傍《そば》へ寄り付かない彼等に対して、やはり一種の物足りない心持を抱いてゐた」と描いている。この「子供を叱る癖に」という表現には、健三が「一種の物足りない心持を抱いてゐた」原因は、仕事による苛立ちを子供にも向ける健三の子供達への態度にあるのに、このことを彼は反省することがなかった、とする批判的アクセントがある。

健三が「一種の物足りない心持ちを抱いてゐた」というこの語り手の記述は、先に見た「遠くから（書斎にいる）彼を眺めてゐなければならなかつた細君」を「澄ましてゐた」と感じ、細君にとってはやむを得ないこの態度を「妻にあるまじき冷淡」と感じる健三の意識の在り方と軌を一にしている。

語り手はここで、細君と意思疎通を欠き、子供が彼に近寄らない原因が、「始終いら〳〵」している健三の心の在り方に根本原因があることを暗示している。

その後語り手は一週間後の日曜日、健三が風邪を引いて高熱を出し細君に看護される場面を描き出し、健三と細君の意思疎通を欠く状態をさらにクローズアップしていく。晩食の時、健三は寒気を感じ、嚔《くさみ》を二つする。

> 傍にゐる細君は黙つてゐた。健三も何も云はなかつたが、腹の中では斯《か》うした同情に乏しい細君に対する厭な心持を意識しつゝ箸を取つた。細君の方ではまた夫が何故自分に何もかも隔意なく話して、能働的に細君らしく振舞はせないのかと、その方を却つて不愉快に思つた。

> 翌朝の健三は身体の不調を感じたが無理に朝食の膳に付いた。

（健三は）いつもは規定として三膳食べる所を、其日は一膳で済ました後、[a]梅干を熱い茶の中に入れてふう〳〵

吹いて呑んだ。然し其意味は彼自身にも解らなかつた。此時も細君は健三の傍に坐つて給仕をしてゐたが、別に何にも云はなかつた。彼には其態度がわざと冷淡に構へてゐる技巧の如く見えて多少腹が立つた。彼はことさらな咳を二度も三度もして見せた。夫でも細君は依然として取り合はなかつた。

語り手は傍線部a「梅干を熱い茶の中に入れてふう〳〵吹いて呑んだ」という健三の行為について、「其意味は彼自身にも解らなかつた」と描いている。その行為は、健三の身体が発汗を要求しており、その身体の生理的要求に健三が無意識に従っていることにあると考えられるが、しかしそれだけでなく、彼のこの行為には次のような気持が含まれていた。

昨夜床に入る前に健三には「熱い葛湯でも飲んで、発汗したい」という気持があったが、既に十二時過ぎであり、「家内のものはもう皆な寐てゐた」ので、その願望は実現しなかった。翌朝のこの場面で、健三が「梅干を熱い茶の中に入れてふう〳〵吹いて呑んだ」という無意識の行為には、昨晩の「発汗したい」という願望が実現できなかったことを細君の配慮のなさが原因であるかのように感じて、その不満を無意識のうちに細君に当てつけている行為でもあった。別言すれば、彼のこの仕草には、細君は夫が身体の不調を口にしなくとも夫の状態を察し妻らしい行動を取るべきだ、という気持が投影しているのである。

しかし細君は、体調がよくないことを口にしない夫の態度を「不愉快」に感じており、夫が言い出すまでは、黙っている方がよいと考え、健三の言外の要求を無視している。その結果この細君の「別に何にも云はなかつた」態度は、健三には「わざと冷淡に構えてゐる技巧の如く見えて多少腹が立つた」のである。

傍線部b「彼はことさらな咳を二度も三度もして見せた」という場面で健三がわざと咳を「二度も三度もして見せた」のは、彼がその行為によって細君に夫が風邪を引いていることに注意を向けさせて、それにふさわしい行動を取ることを暗に要求していることを示している。語り手はその時の細君を「夫《それ》でも細君は依然として取り合はなかつた」と描いている。それは、彼が何か言い出すまで待つという態度を細君がとり続けているからである。

　こうして健三は細君に対する不愉快な気分を引きずったまま出勤した。その間、健三は、悪寒がし、脈も早く、熱による身体の不調を自覚した。彼は例刻通りに宅に帰り、細君に床を延べさせ、その中に這入って寐た。しかし「彼は自分の風邪気の事を一口も細君に云はなかつた」。語り手は、「細君の方でも一向其所《そこ》（夫の身体の不調）に注意してゐない様子を見せた」「それで双方とも腹の中には不平があつた」と描いている。健三の不平は細君が健三の状態を察して、それに応じた世話をしようとしない点にあった。一方「細君の不平」は、床を延べさせるだけで、体の不調については何も言わない夫の態度が、細君の無視と感じることにあった。

　その後細君は「御飯を召上《めしや》がりますか」と呼びかけても、目をふさいでうつらうつらしている夫の、「飯なんか食ひたくない」という返事を聞いて、夫は身体の具合がかなり悪いのだと直感し、彼の額に手をあて、それから医者を呼び、かいがいしく健三の看護をし出す。その後健三は「魔に襲はれたやうな気分が二三日つゞいた。健三の頭には其間の記憶といふものが殆んどない位であつた」と語り手は描いている。

　健三は正気に返ったとき、「枕元に坐つてゐる細君を見た」。そうして急にその細君の世話になったのだという事を思い出した。しかし彼は何も言わずに、又顔を背けてしまった。語り手は「それで細君の胸には夫の心持が少しも映らなかつた」と描いている。語り手の描写によれば、正気に戻った健三の意識には、細君に対する感謝の念が浮かび上がっている。しかし彼の意識を支配している「苛立ち」は、すぐにその感謝の念を抑え付け、健三の気持を細君に対する不愉快な意識に固執させるのである。

　健三は細君の「あなた何うなすつたんです」という問いに対して、「風邪を引いたんだつて、医者が云ふぢやないか」と、わざと細君の質問意図をねじ曲げる。その時健三は細君の口から、病中の健三が看護している細君に向かって「彼方《あっち》へ行け」「邪魔だ」といったことを聞かされる。しかし健三は、「そんな事を云つた覚《おぼえ》はない」と突っぱねる。さらに細君が「そりや熱の高い時仰しやつた事ですから、多分覚えちや居らつしやらないでせう。けれども平生からさう考へてさへ居らつしやらなければいくら病気だつて、そんな事を仰しやる訳がないと思ひますわ」と言うのに対して、健三は強弁を弄して細君を言い負かす。その健三の強弁のありようを語り手は描いていく。

斯《こ》んな場合に健三は細君の言葉の奥に果してどの位な真実が潜んでゐるだらうかと反省して見るよりも、すぐ頭の力で彼女を抑えつけたがる男であつた。事実の問題を離れて、単に論理の上から行くと、細君の方が此場合も負けであつた。熱に浮かされた時、魔睡薬に酔つた時、もしくは夢を見る時、人間は必ずしも自分の思つてゐる事ばかり物語るとは限らないのだから。然しさうした論理は決して細君の心を服するに足りなかつた。

傍線部cの「熱に浮かされた時、魔睡薬に酔った時、もしくは夢を見る時、人間は必ずしも自分の思つてゐる事ばかり物語るとは限らない」という言葉は、健三が細君に強弁した内容を示している。健三はたとえ自分が細君に邪険な言葉を口にしたとしても、〈それは熱によって正気を失ったときに口にしたことであり、そのことで平生の自分がこのようなことを考えていることにはならない〉という理窟で細君を言い負かしたのである[2]。

右で留意すべきは、その時の細君を言い負かした健三の論理、b「事実の問題を離れて、単に論理の上から行くと細君の方が此場合も負けであつた」と語り手が描いている「事実の問題」と「論理」との関係である。

語り手のいう「事実の問題」とはa「細君の言葉の奥に果してどの位な真実が潜んでゐるだらうかと反省して見るよりも」と語り手が記している〈言葉の奥に潜んでゐる真実〉と同内容である。

一方、語り手がここで言う「論理」とは、作者漱石が大正四年の断片六五で次のように記している「形式論理」

のことである。

形式論理で人の口を塞ぐ事は出来るけれども人の心を服する事は出来ない。……論理は実質から湧き出すから生きてくるのである。……形式的な論理は人形に正宗の刀を持たせたと一般で、実質の推移から出る——否推移其物をあとづけると鮮やかに読まれる自然の論理は名人が名刀を持つたと同じ事で決して離れ〳〵にはならないのである。(3)

語り手によれば、論理は「事実の問題」(＝真実)と結びついていなければ説得力はない。しかし健三の論理は「事実の問題」から離れた「形式論理」でしかないのである。

さらに語り手は「よござんす。何《ど》うせあなたは私を下女同様に取り扱ふ積《つもり》で居らつしやるんだから。自分一人さへ好ければ構はないと思つて、……」といって「座を立つた細君の後姿を腹立たしさうに見送つた」健三の意識を描いていく。

彼は論理の権威で自己を佯《いつわ》つてゐる事には丸で気が付かなかつた。学問の力で鍛へ上げた彼の頭から見ると、この明白な論理に心底から大人しく従ひ得ない細君は、全くの解らずやに違なかつた。

語り手によれば、「事実の問題」から乖離した「論理」(＝形式論理)への健三の固執(一般論へのすり替え)は、「自己を詐っている」のであるが、しかしこの時の健三はそのことに「気が付かなかつた」。このような健三の「論理」へのすり替えは、右にみたような健三の神経が苛立ったときに端的に表われるのである。

健三の「論理」への固執は、次に見るように、神経の苛立っていない平生の健三の思考の特色でもあり、細君には夫の「我」と映る性質のものであった。以下語り手の描写は、平生における健三の思考の特色である論理の固執に焦点を当てていく。

十一回で健三は病中に来た、島田のことで訪ねてきた男（吉田）の名刺を細君から手渡された。細君は夫をこの男と会わせたくなかった。しかし健三は、「会つても好い。何も怖い事はないんだから」という。語り手は二人の意識の交差を次のように描いている。「細君には夫の言葉が、また例の我だと取れた。健三は a それを厭だけれども正しい方法だから仕方がないのだと考へた。」

健三がその男と「会つても好《い》い」と考えた理由は、彼がかつて世話になった島田の使いである以上a「厭だけれども正しい方法だから仕方がないのだ」と考えたからである。

十二回では再度訪ねてきた吉田と健三の会話が描かれる。吉田は島田の窮状を訴え始め、「（島田に）月々若干《なにがし》か貢《みつ》いで遣《や》つて呉れる訳には行くまいか」と持ちかける。健三は自分の月給の使い道を説明し、残るものはないとその要請を断る。その説明を大人しく聴いていた吉田は世間話を続けた後、十三回で話をまた島田の身に戻し、「何《ど》んなものでせう。老人も取る年で近頃は大変心細さうな事ばかり云つてゐますが、——どうかして元通りの御交際は願へないものでせうか」と言った。健三は返答に窮した。その時の健三の意識を語り手は描いていく。

> 彼の頭のなかには、重たさうに毛繻子の洋傘をさして、異様の瞳を彼の上に据ゑた其老人の面影があり〳〵と浮かんだ。彼は其人に世話になつた昔を忘れる訳に行かなかつた。同時に人格の反射から来る其人に対しての b 嫌悪の情も禁ずる事が出来なかつた。（中略）何う考へても c 交際《つきあふ》のは厭でならなかつた健三は、また何うしてもそれを断わるのを不義理と認めなければ済《す》まなかつた。彼は厭でも正しい方に従はうと思ひ極めた。

健三は吉田に承知の返事を逼られて次のように言う。

「さういふ訳なら宜しう御座います。承知の旨を向《むかふ》へ伝へて下さい」

右の場面で健三が吉田に島田との交際を承諾したのは、傍線部分のように、b「それを断わるのを不義理と認めなければ済まなかつた」c「厭でも正しい方に従はうと思ひ極めた」からである。健三が考えるacの「正しい方」とは、健三が自分の心のうちで感ずる、幼少の頃島田に育てて貰ったという恩義にしたがった行動、人間としてあるべき行動をとるということであった。しかし健三にあっては島田に対する恩義の念とともに、強い嫌悪の情も存在していた。

健三がc「厭でも正しい方に従はうと思ひ極めた」のは、心のうちに存在する嫌悪の念を抑え付けて、島田に対する恩義の念に従おうとしたことを意味している。この島田に対する感情のうちにある、幼少の頃世話を受けた人に対する恩義の念（＝「順良な彼の天性」）が心のうちに生ずることは人間として極めて自然なことである。しかし不幸なことに健三にあっては、島田に対して恩義を受けたという人間としての自然な感情と共に強い嫌悪の情をもたねばならなかったのである。十四回で健三は、「（健三の実父が）島田とは絶交だから、向後一切付合《つきあひ》をしちやあならないつて仰しやつたさうぢやありませんか」と細君の注意を受ける。しかし健三は「己から見ると、交際《つきあひ》を拒絶する丈の根拠がないんだから」と言い切る。この健三の意識には、実父に対する反発と共に、人として正しい方に従おうとする気持（論理への固執）が表われている。しかし健三は「腹の中で其交際が厭で〳〵堪らないのだという事実を意識した」と語り手は描いている。この描写には自分の意識を「正しい方」に律しようと努力しながらも、養父への嫌悪感を抑えることの出来ない健三の意識のありようが描かれている。

このような健三の内面の葛藤は「細君の胸に映ら」ず、細君は「自分の夫が又例の頑固を張り通して、徒《いたづ》らに皆なの意見に反対するのだとばかり考へた」と語り手は描いている。

もちろん神経が苛立ったときの「論理」のすり替えと平生に於ける「論理」の固執とは質的に異なる。前者は彼の心のうちにある気持の「真実」から離れた「形式論理」への固執であり、後者は彼の心のうちにある「嫌悪感」に蓋をして、人間として「正しい方」と考える行動への固執である。しかしともに、自分の内面の真実（「自然」）に蓋をして、（形式）論理に固執するという点では共通しているのである。(4)

4　健三の島田に対する感情の分裂

十五回の語り手は健三の意識に寄り添いながら、健三がこの時島田に世話になった過去の回想を通して健三の意識を分裂させた幼児体験を描いていく。既に一、二回を扱った章で引いた部分であるが、論の性質上再度その回想を引く。

健三は昔其人《そのひと》に手を引かれて歩いた。其人は健三のために小さい洋服を拵《こし》らえて呉れた。……当時の彼はそれを着て得意に手を引かれて歩いた。

彼の帽子もその頃の彼には珍らしかつた。浅い鍋底の様な形をしたフェルトをすぽりと坊主頭へ頭巾のやうに被るのが、彼に大した満足を与へた。……

其人は又彼のために尾の長い金魚をいくつも買つて呉れた。武者絵、錦絵、二枚つゞき三枚つゞきの絵も彼の云ふがまゝに買つて呉れた。彼は自分の身体《からだ》にあふ緋縅《ひおど》しの鎧《よろい》と龍頭《たつがしら》の兜さへ持つてゐた。……

彼はまた子供の差す位な短かい脇差の所有者であつた。……彼は（目貫の）銀で作った此鼠と、珊瑚で拵えた此唐辛子とを、自分の宝物のやうに大事がつた。……――この封建時代の装飾品も矢張《やはり》其人の好意で小さな健三の手に渡されたのである。

彼はまた其人に連れられて、よく船に乗つた。船には屹度腰蓑を着けた船頭が居て網を打つた。……彼の最も面白がつたのは河豚《ふぐ》の網にかゝつた時であつた。彼は杉箸で河豚の腹をカンカラ太鼓のやうに叩いて、その膨れたり怒つたりする様子を見て楽しんだ。……

語り手は右のように「其人」と結びついた楽しい光景を回想する健三の内面を描き、次いでその後の健三の思いを記していく。

其無尽蔵にある種《たね》の各自《おのおの》のうちには必ず帽子を被らない男の姿が織り込まれてゐるといふ事を発見した時、彼は苦しんだ。

「斯《こ》んな光景をよく覚えてゐる癖に、何故自分の有《も》つてゐた其頃の心が思ひ出せないのだらう」

これが健三にとって大きな疑問になつた。実際彼は幼少の時分是程世話になった人に対する当時のわが心持といふものをまるで忘れてしまつた。

「然しそんな事を忘れる筈がないんだから、ことによると始めから其人に対して丈は、恩義相応の情合が欠けてゐたのかも知れない」

健三は斯《か》うも考へた。のみならず多分此方だらうと自分を解釈した。

右の描写で留意すべきは、健三の回想にあって、島田は「其人」（健三を連れ歩いて健三を喜ばせ、健三に気に入ったものを買い与えてくれた島田の側面）と、「帽子を被らない男」（健三が強い嫌悪を感じる島田の側面）とに分裂していることである。

しかし健三は「其人」が「帽子を被らない男」と同一人物であることを認識しなければならず、その認識が健三を苦しめるのである。そのため現在の自分がこれほど世話になった「其人」に親しみの情を感じない理由を「ことによると始めから其人に対してだけは恩義相応の情合が欠けてゐたのかも知れない」と考える。

語り手はこのような健三における「其人に対してだけは恩義相応の情合が欠けてゐたのかも知れない」という考えの内実や、「其人」と「帽子を被らない男」との関係を追求していくことになる。

十六、十七回では、健三が吉田と連れ立ってきた島田と会見する場面が描かれる。この時の彼を支配していたのは、島田が自分に対して横柄な態度を取るのではないかという「恐れ」であった。語り手はその時の健三の意識を描いていく。

　今の健三は、単に言葉遣ひの末でさへ、斯《こ》んな男から自尊心を傷けられるには、あまりにも高過ぎると、自分を評価してゐたので。

健三の島田への嫌悪感は自分が世間から尊敬される留学までした高学歴の学者であるというプライドによって眼前に現われた島田に身構えさせたのである。

しかし島田が眼前にいないときには、健三のうちには島田の世話になったという思いがわき上がり、その自分の気持を理解しない細君の言葉に接すると淋しさを感じることになる。

十八・十九回では、ある日細君は外出し、帰宅後その折のことを話題にした。彼女は実家に行った帰りに健三の兄のところにも立ち寄った。語り手は、細君が健三の兄から聞いた話と健三の回想を通して、健三が幼児期に島田の養子となり、再び実家に戻った事情を読者に紹介する。健三が島田の養子となったのは、健三が三つから七つまでの間であり、それ以降は実家で生活したが、籍は戻らず、十四、五年後、健三が二十二の時、手切れ金が養育料の名の下に、健三の父から島田に渡され、ようやく籍も戻った。

十九回の後半では、細君は兄のことば、島田と付き合い出すとどんな面倒が起らないとも限らないという意見を伝えて、健三に島田との付き合いをやめさせようとする。しかし健三は「面倒つて何《ど》んな面倒を指すのかな」「然し義理が悪いからね」と理由を付けて兄の注意や細君の気持を無視しようとする。ここには養父島田には世話になったという「恩義の念」が立ち現れ、その「恩義の念」に固執しようとする健三の意識が描かれている。

「然し八ッで宅《うち》へ帰つたにした所で、復籍する迄は多少往来もしてゐたんだから仕方がないさ。全く縁が切れたといふ訳でもないいんだからね。」

細君は口を噤《つぐ》んだ。それが何故だか健三には淋しかつた。

健三のことばには島田に世話になったという気持がにじみ出ている。一方「細君は口を噤《つぐ》んだ」という描写は、この時細君が、島田と付き合おうとする健三の気持に批判的であったことを示している。そのため健三は自分の気持を理解しない細君と自分との意識の断絶を「淋しかつた」と感じるのである。続いて健三が「己も実は面白くないんだよ」と口にすると、細君は夫のその言葉に乗じて、島田との交際を絶たせようとする。「ぢや御止《およ》しになれば好いのに。つまらないわ、貴夫《あなた》、今になつてあんな人と交際《つきあ》ふのは。一体何《ど》ういふ気なんでせう。先方《むかふ》は」

「御兄《おあに》さんは何でもまた金にしやうと思つて遣《や》つて来たに違ひないから、用心しなくつちや不可《いけな》いつて云つて居らつしやいましたよ」と。

その細君の言葉を聞いた健三の内面を、語り手は以下のように描いている。「其所《そこ》（金の要求）を既に防ぎ止めたとばかり信じてゐた理に強い健三の頭に、微かな不安が又新らしく萌《きざ》した」と。ここには「事実」（＝内面の真実）を離れた「論理」で「正しい方」に自分を強制しようとする健三の意識を突き破って、「事実」の核心を見つめようとするもう一つの健三の意識が顔を出している。しかしその不安は彼の仕事の忙しさのために消えてしまう。

右にみてきたように、語り手はこれらの場面で、島田に対する健三の相反する気持の揺れを描いているのである。

5　健三の心の傷の現われ

二十回から二十一回までの語り手は「事実」（＝内面の真実）から離れた「形式論理」で物事を割り切ろうとする傾向を生み出した原因ともなっている健三の心の傷に焦点を当てていく。以下、その場面を見ていきたい。

二十回で健三は細君から家計簿を見せられ、細君が彼女の着物と帯を質に入れた顛末を聞いた。二十一回では彼はもう少し働こうと決心し、「その決心から来る努力が、月々幾枚かの紙幣に変形して、細君の手に渡るやうになつたのは、それから間もない事であつた」と語り手は描き、その努力によって得た金を健三が細君に渡す場面を描いていく。

彼は自分の新たに受取つたものを洋服の内隠袋《うちかくし》から出して封筒の儘《まま》畳の上へ放り出した。黙つてそれを取り上げた細君は裏を見て、すぐ其紙幣の出所を知つた。家計の不足は斯《かく》の如くにして無言のうちに補なはれたのである。

語り手はその時の細君の様子とその内面を描いていく。

其時細君は別に嬉しい顔もしなかつた。然し若《も》し夫が優しい言葉に添へて、それを渡して呉れたなら、屹度《きっと》嬉しい顔をする事が出来たらうにと思つた。……

何故健三は細君が望んでいたように、自分が努力して得た金を、手ずから細君に渡さずに、傍線部のように封筒のまま畳の上に放り出すという方法をとったのであろうか。その表面的理由は、語り手が二十一回の最後で記している次の健三の意識と関係している。

健三の新たに求めた余分の仕事は、彼の学問なり教育なりに取《と》つて、さして困難のものではなかつた。たゞ彼はそれに費やす時間と努力を厭《いと》つた。無意味に暇を潰すといふ事が目下の彼には何よりも恐ろしく見えた。彼は生きてゐるうちに、何か為《し》終せる、又仕終せなければならないと考へる男であつた。

右に描かれた健三の主観に即せば、健三にとって家計を補うためのこの余分な仕事は自分のすべき学問的目標にとっては邪魔な仕事であり、こんなことに時間を潰さねばならないことへの腹立たしさが、健三の努力して得た金を封筒のまま畳の上に放り出すという行為になって現れているのである。

これが健三が金の入った封筒を畳の上に放り出して細君に渡した表面的理由である。しかしこの健三の主観に即した理由は、健三が封筒に入った金を畳に投げ出して細君に渡したことの自己合理化という側面を強く持っている。以下、健三が合理化せずにはいられないこの時の行動の背景を考えてみたい。

語り手は金を入れた封筒を畳の上に放り出して細君に渡した健三の姿を描いた後、次のような場面を描いている。

細君は其折の物足らなさを回復するために、二三日経つてから、健三に一反の反物を見せた。

「あなたの着物を拵《こしら》へようと思ふんですが、是は何《ど》うでせう」

細君の顔は晴《はれ》々しく輝《かゞ》やいてゐた。然し健三の眼には[a]それが下手な技巧を交へてゐるやうに映つた。彼は其不純を疑がつた。さうしてわざと彼女の愛嬌に誘はれまいとした。細君は寒さうに座を立つた。細君の座を立つた後で、[b]彼は何故自分の細君を寒がらせなければならない心理状態に自分が制せられたのかと考へて益《ますます》不愉快になつた。

細君と口を利く次の機会が来た時、彼は斯《か》う云つた。

「己《おれ》は決して御前の考へてゐるやうな冷刻な人間ぢやない。たゞ[c]自分の有《も》つてゐる温かい情愛を堰《せ》き止めて、外へ出られないやうに仕向けるから、仕方なしに左右するのだ」

「誰もそんな意地の悪い事をする人は居ないぢやありませんか」

「御前は始終してゐるぢやないか」

細君は恨めしさうに健三を見た。[d]健三の論理《ロジック》は丸で細君に通じなかつた。

「貴夫《あなた》の神経は近頃余つ程変ね。何《ど》うしてもつと穏当に私を観察して下さらないのでせう」

健三の心には細君の言葉に耳を傾ける余裕がなかつた。彼は自分に不自然な冷《ひや》かさに対して腹立たしい程の苦痛を感じてゐた。

「あなたは誰も何にもしないのに、自分一人で苦しんでゐらつしやるんだから仕方がない」

二人は互に徹底する迄話し合ふ事のついに出来ない男女のやうな気がした。従つて二人とも現在の自分を改める必要を感じ得なかつた。

傍線部ａにおける健三の細君に対する感じ方は、健三が努力して得た金を封筒のまま畳のうえに投げ出した理由が、次のことにあったことを示している。彼はその封筒を手ずから優しく渡すことが、細君の嬉しそうな顔を見るための「技巧」であると感じ、わざとその封筒を畳の上に放り出して、細君に渡すという方法をとったのである。傍線部ｂの健三の心理、「自分の細君を寒がらせなければならない心理状態に自分が制せられた」という心理を健三は傍線部ｃで細君に次のようにいいかえて説明している。「自分の有《も》つてゐる温かい情愛を堰き止めて、外へ出られないやうに仕向けるから、仕方なしに左右《さう》するのだ」と。

健三のここでいう「自分の有《も》つてゐる温かい情愛を堰き止めて、外へ出られないやうに仕向ける」とは、どのようなことをいうのであろうか。結論を先に示せば、それは健三が幼少期に島田と御常に育てられたことによる心の傷と結びついていたのである。

そこで語り手がその理由を描いている四十回から四十二回の内容（健三が養父母に育てられた時に負った心の傷）を、この場面を理解するにあたって必要な限りにおいて見ておきたい。

四十回――島田夫婦は吝嗇であったが健三に対しては不思議なくらい寛大であり、健三が望むものを買い与えた。

四十一回――彼等は「一種の不安」から全力を尽くして健三を彼等の専有物にしようと務めた。……「従つて彼等から大事にされるのは、つまり彼等のために彼の自由を奪はれるのと同じ結果に陥つた。彼には既に身体の束縛があつた。然しそれよりも猶《なほ》恐ろしい心の束縛が、何も解らない彼の胸に、ぼんやりした不満足の影を投げた。」

四十二回――「同時に健三の気質も損《そこな》はれた。順良な彼の天性は次第に表面から落ち込んで行つた。さうして其陥欠《かんけつ》を補ふものは強情の二字に外ならなかつた。／彼の我儘《わがまま》は日増に募つた。……彼には、凡ての他人が、たゞ自分の命令を聞くために生きてゐるやうに見へた。彼は云へば通るとばかり考へるやうになつた。／やがて彼の横着はもう一歩深入りをした。／……彼の弱点が御常の弱点とまともに相搏《あひう》つ事も少なくはなかつた。……」

右の引用四十二回では、養父母の影響を受けて「順良な彼の天性」が意識の表面から落ち込み、その代わりに「強情」が意識の表面を支配するようになった、と語り手は描いている。その「強情」は他者である細君を自分の「恣意」に従わせようとする健三の態度をも作り出していったのである。先に見た二十一回の健三がいうc細君が「自分の有つてゐる温かい情愛を堰き止めて、外へ出られないやうに仕向ける」とは、この時の健三にあっては、細君に御常のイメージが重なり、幼児の時に養母から負った心の傷が開き、あたかも細君が御常と同様に、健三の「順良な彼の天性」を外に表現させないようにしているかのような強迫観念に駆られた精神状態に陥っているのである。

このことを踏まえるならば、二十一回の傍線部d「健三の論理は丸で細君に通じなかつた」と語り手が描いている「論理」とは、健三の心の傷が生み出す「強迫観念」の心理的「論理」といえよう。細君は「貴夫《あなた》の神経は近頃余つ程《ぽど》変ね」(5)「あなたは誰も何にもしないのに、自分一人で苦しんでゐらつしやるんだから仕方がない」という。語り手はこの細君の言葉を通して、健三が幼児の時に抱え込んだ心の傷(「強迫観念」)の現れに苦しんでいることを示している。

健三が努力して得た金を封筒のまま畳の上に放り出して細君に渡した理由として語り手が描いている、学問以外のことで時間を潰さねばならない腹立ちという自己合理化の背景には、彼の幼少期に抱え込まなければならなかった心の傷が関係している。語り手は二十回から二十一回にかけて、島田夫婦から受けた健三の心の傷が、現在の健三夫婦の間に影を落としていることを描いているのである。

6　健三の御縫さんへの「恋」の性格

二十一回の最後から二十二回にかけては、健三が幼少期に抱え込まなければならなかった心の傷と、健三の恋愛感情との関係に焦点が当てられる。

二十二回で、健三は留守中に島田が訪ねてきて「旅行してゐたものだから御不沙汰をして済みません」と言ったことを細君から聞く。健三は「(島田が行った先は) 御縫さんて人の宅《うち》なんでせう」という細君の言葉から、御縫さんの嫁入り先の柴野と、その妻としての御縫さんの姿を連想する。

柴野と御縫さんが結婚した当時、健三にはその新宅の門をくぐった記憶を持っていた。その時柴野は「冷酒をぐい〳〵飲んだ。御縫さんは白い肌をあらはに、鏡台の前で髪を撫でつけてゐた。彼はまた自分の分として取り配けられた握り鮨をしきりに皿の中から撮《つま》んで食べた……」この記憶には健三のうちに、肉体を持った存在としての御縫さんとは縁がなかったという気持がにじみ出ている。

この健三の回想に関連して細君と健三の会話描写が続く。

「御縫さんて人はよつぽど容色《きりやう》が好《い》いんですか」「何故」「だつて貴夫《あなた》の御嫁にするつて話があつたんださうぢやありませんか」。

この細君の嫉妬の交じった言葉には、健三の回想する態度に、御縫さんに対する恋愛に近い感情を細君が感じ取っていることを示している。この細君の嫉妬の交じった言葉から、健三は自分と御縫さんとのかつての結婚の可能性を連想する。健三が十五、六の少年の時、島田の家に寄ろうとしたとき、健三は門前の橋の上にいた御縫さんに、出会い頭に会釈されたことがあった。彼はその場面を友人に見られて冷やかされた。この思い出は、健三が実家には戻ったが籍は戻らず、島田の家にしばしば出入りしていた頃のことである。この時の島田には健三と御縫さんとを結婚させようとする意向があった。しかし当時の健三にあっては御縫さんとの結婚は考えられないものであった。

語り手は健三が御縫さんを結婚相手として考えることが出来なかった理由として（健三の意識に即して）次の三点をあげている。

A「御縫さんは年歯《とし》からいふと彼より一つ上であつた。」

B「その頃の健三は、女に対する美醜の鑑別もなければ好悪も有たなかつた。」

C「羞恥《はにかみ》に似たやうな一種妙な情緒があつて、女に近寄りたがる彼を、自然の力で、護謨球《ごむだま》のやうに、却つて女から弾き飛ばした。」

これらは主として健三がまだ少年であったことに根ざす理由であるが、彼が御縫さんとの結婚を考えることの出来ない最大の理由は、最後に付け加えられた（この場面では健三が想起することを避けている）次のDに暗示された「面倒」な点にあったと考えられる。

D「彼と御縫さんとの結婚は、他に面倒のあるなしを差措《さしお》いて、到底物にならないものとして放棄されてしまつた。」

ここでいう「他《ほか》に面倒のあるなし」の「面倒」とは、健三の籍を巡る実家の父と島田との不和・対立、健三が御縫さんと結婚した場合の健三にのしかかる、嫌悪を感じている島田に対する義務、御縫さんの実母御藤さんが娘を健三の兄と結婚させたがっていたことなどであったと考えられる。

しかしこのような「面倒」は、当時を回想するこの時の健三の意識の奥底に押さえ込まれており、この時の健三の意識は「他《ほか》に面倒のあるなしを差措《さしお》い」た、健三の御縫さんに対する恋以前の幼少期の「羞恥に似たやうな一種妙な情緒」（純粋な健三の意識）にのみ向かっている。

語り手はこの「他に面倒のあるなし」の「面倒」の内容のうち、彼女の母親の御藤さんが、御縫さんを健三の兄と夫婦にしたいという希望を持っていたことを二十三回で描き出す。また二十五回から三十七回にかけては、兄が持ってきた古い書類を健三夫婦が読む姿を通して、実父と島田との対立を回想する健三の姿が描かれる。これらの回で描かれている内容は、二十二回ではまだ顕在化されない健三の心の奥で眠っている意識であった。これらの「面倒」が、健三の御縫さんへの「憧れ」を、「恋」として意識できない厳禁された感情に変形させたのである。

二十三回では、健三が少年の頃の御縫さんの回想に続いて、健三が御縫さんに好意を抱いていたのではないかと感じている細君の嫉妬が「貴夫何《あなたど》うして其御縫さんて人を御貰ひにならなかつたの」「もし其御縫さんて人と一所になつてゐらしつたら、何《ど》うでせう。今頃は」と展開される。

それに対して健三は、何時もの形式論理で「何うなつてるか判らないぢやないか、なつて見なければ」と応じ、さらに細君が「でも殊《こと》によると、幸福かも知れませんわね。其方が」と言うと、健三は「左右《そう》かも知れない」と細君の気持を無視した返答をする。語り手はそのときの健三と細君の会話を続けて描いていく。

「何故そんな事を訊《き》くのだい。詰《つま》らない」

細君は窘《たし》なめられるやうな気がした。彼女にはそれを乗り越す丈の勇気がなかつた。

「どうせ私は始めつから御気に入らないんだから……」

健三は箸を放り出して、手を頭の中に突込んだ。さうして其所《そこ》に溜つてゐる雲脂《ふけ》をごし〳〵落し始めた。

細君は健三の一言で、これ以上健三の御縫さんへの気持を追求し、夫に自分に対する本当の気持を言わせることが出来なかった。そのため細君は彼女の本音を吐露したのである。貴方は御縫さんに好意を持っていながら私と結婚したので、私に冷たい態度を取るのだと。健三はこの細君の本音を理解してやっと今迄の細君の言葉の意味を知るのである。しかし語り手は健三と細君の気持の交差をこれ以上は描かず、「二人はそれなり別々の部屋で別々の仕事をした」と描くばかりである。

その後語り手は、「御縫さんの話がまた二人の間の問題になつたのは、中一日置いた後の事で、それも偶然の切ツ懸けからであつた」と記し、その後日談を次のように描いている。

健三は細君から「島田の事で会ひたいから一寸《ちょっと》来てくれ」という比田からのはがきを受け取り、兄も同席することを知る。語り手はその時の健三の内面を「健三の頭に不図《ふと》又御縫さんの影が差した」と描いている。健三はこの時御藤さんもまた健三の実家との関係を維持するために、自分の娘御縫さんを彼の兄と夫婦にしたいという希望を持っていたらしいことを思い出したのである。

この場面で語り手は「健三の頭に不図《ふと》又御縫さんの影が差した」と描いているが、この時健三が御縫さんと兄の結婚の可能性を思い出したのは偶然ではなく、二日前の細君の嫉妬の籠った質問が、彼の内にある御縫さんに対する気持を呼び起こしていたからである。しかしこの場面でも語り手は御縫さんに対する健三の意識をこれ以上描かない。

健三の御縫さんへの意識が全面的に展開されるのは、「不治の病気に悩まされてゐるといふ御縫さんに就いての報知《たより》」に健三が接する六十二回の前半においてである。六十二回においては、不治の病に悩まされている御縫さんへの健三の意識が描かれる。（六十二回の健三の御縫さんへの意識については第七章参照。ここではその結論のみ記しておきたい）。

Ａ　健三の御縫さんに対する意識を「交際」という言葉で表現することが出来るならば、その交際は「極めて淡くさうして軽いものであつた」。そして健三にとってこの交際は「恋愛」ともいいかえることが可能なものであった。

Ｂ　御縫さんは「強烈な好い印象のない代わりに、少しも不快の記憶に濁されてゐない」人であった。

Ｃ「其人の面影は、島田や御常のそれよりも、今の彼に取つて遥かに尊かつた。人類に対する慈愛の心を、硬くなりかけた彼から唆《そゝ》り得る点に於て。また漠然として散漫な人類を、比較的判明《はつきり》した一人の代表者に縮めて呉れる点に於て。」

御縫さんは個我を感じさせない点に於いて、健三の救いであった。彼女は現在の健三にとっても人間の理想であった。しかも子供を残して死に赴くであろう御縫さんの子ども達への心残りを思うとき、健三の意識にあっては世俗に生きるために必要な個我も彼女から消えさり、彼女は個我や肉体を持たない人類愛（人間としての類の感情）の象徴的存在として理想化されることになったのである。

御縫さんの描写の展開を考えるならば、二十一回から二十三回にかけて、細君が嫉妬交じりに詰問した健三の御縫さんへの「好意」には、六十三回で描き出される健三の人間に対する理想、個我を感じさせず、同時に強い人間としての類の感情を持つという人間への憧れがその根底にあったといえるのである。と同時に、このような人間に対する理想、とりわけ我執を感じさせない女性御縫さんを理想化する意識は、養父母の我執に苦しめられた健三の傷ついた意識が生み出す人間の理想化、世俗的感情から離れた、人間の個我と結びついた恋愛感情を超越した人間の類としての感情（しかし個我を感じさせない対象には、恋愛感情は成立しない。それは宗教的「愛」というべき性質のものである）でもあったのである。

おわりに

本章では『道草』四回から二十二回に描き出される健三の意識の特色を見てきた。ここでは子供の頃親しんだ姉に今では違和感を持ってしまっている健三の意識や、その姉との会話を通して養父島田の経済状態を気にする健三の姿、そして平生の健三と家族との関係や、健三の苛立った意識に映る細君の姿とその時の細君を抑え付けようとする健三の意識、さらには細君との会話によって引き出される健三の心の奥に存在する御縫さんの思い出などが描かれる。

ここに描かれた健三の意識は、現在の健三の意識の特徴、苛立った時だけでなく、平生においても自分の気持に蓋をして「形式論理」に固執しようとする健三の思考や、御縫さんに対する気持が彼の心の傷と繋がっていることが示唆される。語り手がここで描き出している現在の健三の意識のありようは、現在の健三の意識の特徴の紹介であると共に、後にその特徴を作り出した背景や原因を描き出すための伏線なのである。

注

(1) この場面で姉の夫比田を「主人」と健三は意識している。それはこの時の健三の意識にあっては、かつては親しく接していた姉の夫比田が、現在では疎遠の関係として意識されているからである。

(2) この場面で健三は細君の問いの核心からずらした論理を展開して細君の口を塞いでいる。この健三の強弁の描写は九十七回で健三が自分の論理の欠点に気づく場面と関係する。ベルクソン『創造的進化』に次のような記述がある。「知性は非有機的な、すなわち人工の道具を制作する能力である。(中略) 知性はもっとも役立つものを、つまり示された枠にうまく嵌まりこむものを探すことであろう。（中略）このように全く形式的な知性認識でも本能の素材的な認識にくらべて数えきれぬ利点をもっている。形式は中味がないからこそ、無数の事物のなかからかわるがわる勝手に取ってきて自分を満たすことができる。」おそらくこのようなベルクソンの理解を踏まえての描写であろう。（ベルクソン著真方敬道訳『創造的進化』岩波文庫　一八六頁）

（3）　断片六五の記述はベルクソン『創造的進化』を踏まえたものであろう。すなわちここでいう「実質」とは生命過程のような運動や流れ（推移）、事柄の変化を指していると考えられる。

（4）　亀山佳明は桶谷秀昭の考え――（本文引用中での）b（「何う考へても交際《つきあふ》のは厭でならなかつた健三は、また何うしてもそれを断るのを不義理と認めなければ済まなかつた」という部分）と、c（「厭でも正しい方に従はうと思ひ極めた」という部分）には「意味の飛躍がある」とする理解――を援用しながら次のようにいう。「桶谷のいうように、これら二つの文章の間には飛躍があり、何度読んでも意味が曖昧であることをまぬがれない。なぜそうなのか。ここには通常の論理を超えた何かがあり、われわれもそれが意味を不明にしていると考えるほかはない」。このように亀山はこの場面を理解して養父島田を「絶対的他者の体現者」とする見解を展開している。しかし私見によれば、既に示したようにこの二つの部分に「飛躍」は存在しない。健三にあっては、養父島田に対する嫌悪の念が極めて強いため、健三は意志の力でその「嫌悪の念」を抑え付け、「正しい方」と考える信念の論理――人間の倫理として自分を育ててくれた人に対しては感謝の念を持って行動すべきだとする論理――を自らに強制しているのである。

（5）　小林敏明『憂鬱なる漱石』（せりか書房　二〇一六年一〇月）は、この部分を引いて次のように指摘している。「お住は健三の神経衰弱すなわち精神の病をはじめから知っているということである。言い換えれば、彼女の側から見れば、二人の間に諍いが起るのは、健三がたんに独断的で権威主義的だからではなく、むしろ彼の「病気」のせいなのだ」

第三章　健三の血縁世界（二十四回〜三十七回）

はじめに

語り手は健三の生家の歴史的性格について、ほとんど何も語らない。わずかに三十二回で実父の書いた証文の「下書らしいもの」を細君が読みあげる場面で、その文章が「丸で旧幕時代の町人が町奉行か何かへ出す訴状のやうに聞こえ」、健三は「自然古風な自分の父を眼の前に髣髴し」、「其父から、将軍の鷹狩に行く時の模様などを、それ相当の敬語で聞かされた昔も思ひ合された」という描写などから、江戸時代にこの地域で勢力を張っていた家柄であったことが類推できる程度である。

『硝子戸の中』（二十三）で作者漱石は「（近所の喜久井町という町は）私の家の定紋が井桁に菊なので、夫《それ》にちなんだ菊に井戸を使つて、喜久井町としたといふ話」や、父が自宅前から南へ行く時に登る長い坂に「自分の姓の夏目といふ名を付け」、夏目坂としたことを回想する。このような『道草』以外の文章から、『道草』の健三の生家のモデルである夏目家の江戸末期から明治初期にかけてのこのあたりでの威勢ぶりを知ることができる。

鷹見安二郎「漱石の養父――塩原昌之助」[1]や江藤淳『漱石とその時代』第一部によれば、島田のモデルである塩原昌之助もまた、父の代からの「夏目小兵衛直克（漱石の実父）が肝煎をしていた二十番組の配下に属する名主」であり、彼の父半助が昌之助が幼少の頃死んだので、小兵衛が後見人となり、昌之助が十四歳の時に家督を相続させた間柄であった。しかし明治になって江戸の名主制度は廃止され、名主達は既得権を失い、夏目家もまた没落する運命にあった。『硝子戸の中』では、かつての権勢の残り火のような彼等の生活ぶりが描かれている。比田のモデル高田庄吉（築土の名主高田家を継いだ人物の長男）の遊び人としての姿や、漱石の兄や親戚達の「放蕩」ぶり、そして少年時代の漱石がこのような江戸末期の頽廃の系譜にある文化や文芸に影響を受けた姿をも描き出している。しかし『道草』にあっては、このような生家にかかわる人々の家筋や経歴および健三の江戸文化への傾倒についてはほとんど描かれることはない。語り手は意識的に、このような家柄や社会的背景との関係を作品から排除している。描かれているのは、健三の意識に映る、名主制度が解体され彼等が近代の荒波に放り出された後の、一人の人間としての姿である。

そこでここでも語り手の視線に沿って、二十四回から三十七回迄に描かれた、『道草』の語り手の視線に映る、健三と生家の人々との関係を見ていくことにしたい。

Ⅰ　親戚達と健三の繋がり——比田と健三の共通点と相違点

二十四回からは健三が指定された日に比田宅に出向く場面が始まる。比田の用件は、比田宅に来た島田の依頼（健三に島田姓に復帰して欲しいとの依頼）への返事の相談であるが、描写の中心は比田宅で健三が意識する「血と肉と歴史とで結びつけられた」親戚達（比田夫婦や兄）と健三との繋がりである。焦点が当たっているのは主として、比田と健三の共通点と相違点である。ここでは語り手の描写の順序に従って、①比田の、妻（健三の腹違いの姉お夏）に対する態度と、健三の細君に対する態度との相違、②比田の読書と健三の読書との違い、③島田姓に復帰して欲しいという島田の依頼に対する健三の反応、④比田と健三の生活感覚の共通点と相違点、を考えていきたい。

まず比田の妻に対する態度と健三の細君に対する態度から考えてみたい。比田の妻（健三の姉）は持病の喘息の発作に苦しんでいた。しかし比田は健三に「いえなに又例の持病ですから」と言って平然としていた。語り手は比田を「三十年近くも同棲して来た彼の妻に、たゞの一つ優しい言葉を掛けた例《ためし》のない男であつた」と描いている。

時間に遅れて来た兄は、姉の烈しい喘息発作のため、病室からなかなか出てこなかった。不安になった健三が病室に行こうとすると、比田は「なあに大丈夫、大丈夫。あれが持病なんですから大丈夫。……私なんざあもう年来馴れつ子になつてるから平気なもんですよ。実際又あれを一々苦にしてゐるやうぢや、とても今日迄一所に住んでる事は出来ませんからね」と言った。語り手はその比田の言葉を聞いた時の健三の内面を「健三は何とも答へる訳に行かなかつた。たゞ腹の中で、自分の細君が歇私的里《ヒステリー》の発作に冒された時の苦しい心持を、自然の対照として描き出した」と描いている。

この時健三が自分の細君のヒステリー発作に冒されたときの苦しい心持を腹の中で描き出したのは、彼が次のように感じているからである。自分なら細君が発作に苦しんでいるときには、「苦しい心持」になるのに、比田は彼の妻が発作で苦しんでいても平然としている。比田は「本当に手前勝手な人だ」という皆の批評通りの男で、自分は比田のような「自分の都合より外に何にも考へてゐない」人間ではないと。

この場面の健三は妻に対する比田の態度に批判意識を持ちながらも、他の場面では健三自身も、比田と同様な細君に対する「身勝手」な態度を取っているという自覚を持っている。ここではその例として三十回と六十六回の場面をみておきたい。三十回は次のように書き出されている。「家へ帰ると細君は奥の六畳に手枕をしたなり寐てゐた。健三は其傍《そば》に散らばつてゐる赤い片端《きれはし》だの物指《ものさし》だの針箱だのを見て、又かといふ顔をした。」何故この時健三は傍線部で「又かといふ顔をした」のであろうか。語り手によれば「細君はよく寐る女」であり「健三を送り出してから又横になる日も少なくはなかつた」。その原因が彼女の「ヒステリー性」と関係していることを健三は知っていた。四十七回には、「細君の寐るときは、歇私的里《ヒステリー》の起つた時に限るやうに健三には思へてならなかつた」という描写もある。細君の説明によれば、「飽く迄眠りを貪《むさ》ぼらないと、頭が痺《しび》れたやうになつて、其日一日何事をしても判然《はっきり》しない」状態になるのであった。しかし健三は「或は左右《さう》かも知れないと思つたり、又はそんな事があるものかと考へたりした」。「ことに小言を云つたあとで、寐られるときは、後の方の感じが強く起つた」。健三は細君がよく寝るのが彼女のヒステリー性に原因があり、だらしなく見えるその「昼寝」も彼女のヒステリー性の観点から見守ってやらねばならないと感じている。しかし彼が不愉快な気持になっているときには、その細君の昼寝を自分に対する面当てのために「不貞寐《ふてね》をするんだ」と感じる。こうして健三は不愉快な気分の時には、ヒステリー性と関係のある細君の「昼寝」をも「又か」と感じ、不愉快な気持に襲われるのである。しかしその一方で、語り手は、寝ている細君の頬が「滑り落ちるやうにこけてゐた」と彼が感じ、自分のこのような細君への「身勝手な態度」が細君を痩せさせた原因ではないかと健三が感じていることをも描き出している。

先に見たように、二十六回の健三は妻に対する比田の身勝手な態度に批判的意識を持ち、「自分の細君が歇私的里《ヒステリー》の発作に冒された時の苦しい心持」を思い出している。しかし三十回の健三は、自分の細君の昼寝がヒステリー発作を防ぐために必要なことであることを感じつつも、細君のだらしない昼寝姿を見て、「又か」と感じてしまう。語り手は、この時の彼が比田の妻に対する態度と同様な態度をとってしまう自分自身を自覚している姿を描き出している。

六十六回では次のような描写も存在する。この時の姉の喘息はその後快方に向かうが、六十六回の健三は兄が風邪をひいて何時までも熱が引かず苦しんでいるという知らせを耳にする。

兄が癒ると共に姉がまた喘息で悩み出した。

「又かい」

健三は我知らず斯《か》う云つて、不図《ふと》女房の持病を苦にしない比田の様子を想ひ浮べた。

この場面の傍線部分で、健三は「また喘息で悩み出した」姉を「又かい」と思わずにはいられない自分自身を比田と同じだと感じている。比田の自分の妻に対する態度に健三は批判意識を持ちながらも、健三自身のうちにもまた、比田と同様な「身勝手さ」の意識が生じていることを、語り手は描き出している。

以上の三十回・六十六回との関係で二十六回に描かれた健三の意識、自分は比田のような「手前勝手」な人間ではないとする意識を考えるならば、二十六回の比田に対する批判意識は、比田の身勝手さを目の当たりにしたときの健三の気持であり、状況が違えば、健三もまた比田と同様な「手前勝手」な意識に支配されることを語り手は描き出しているといえよう。しかし語り手は、これらの諸場面を読者にわかりやすく説明的に描かないので、読者にとってはわかりやすいものではない。

次に比田と健三の読書の態度を考えてみたい。二十五回で、健三が姉の喘息発作に心を痛めて病室から戻ってくると、比田は本を読んでいた。この時比田が本を開いていたのは、健三へのもてなしという意味合いがあった。しかし健三には比田の心遣いは理解できなかった。

[a]「比田と読書――是は又極めて似つかはしくない取合はせであつた」。しかもそれが「常山紀談」であったので健三は「少し驚ろいた」。[b]比田は馬琴の八犬伝も持っていることを話した。そして「健ちやんは江戸名所図絵を御持ちですか」と聞き、「私や大好きだ……」といって、古い本を取り出し、「恰《あたか》も健三を江戸名所図絵の名さへ聞いた事のない男のやうに取扱つた」。しかし「健三には子供の時分その本を蔵から引き摺《ず》り出して来て、頁から頁へと丹念に挿絵を拾つて見て行くのが、何よりの楽みであつた時代の、懐かしい記憶があつた」。

語り手はこの時の健三の気持を「此分では迚《とて》もその頃の悠長な心持で、自分の研究と直接関係のない本などを読んでゐる暇《ひま》は、薬にしたくつても出て来まい」、「たゞ焦燥《あせり》に焦燥《あせ》つてばかりゐる今の自分が、恨めしくもあり又気の毒でもあつた」と描き、さらに「兄が約束の時間迄に顔を出さないので、比田は其間を繋ぐためか、しきりに書物の話をつゞけやうとした。……[c]不幸にして彼の知識は、常山紀談を普通の講談ものとして考へる程度であつた。[d]それでも彼は昔し出た風俗画報を一冊残らず綴ぢて持つてゐた。」と続けている。

右で留意すべきは語り手が傍線部ａｂとほぼ同じ内容をｃｄでくりかえし、その間に健三が幼少時代、名所図会の挿絵を見て楽しんだ記憶を挿入していることである。このことは、比田が江戸庶民の絵本への接し方、挿絵を楽しむという享受の仕方の系譜のうちに生きており、少年時代の健三もまた、このような挿絵の接し方の伝統のうちに生きていたことを示している。しかし現在の健三は「その頃の悠長な心持」で、自分の研究と直接関係しない本を読む余裕がなく、「たゞ焦燥《あせり》に焦燥《あせ》つてばかりゐる今の自分が、恨めしくもあり又気の毒でもあつた」と、書籍を学問における真理探究の材料としてしか読むことが出来なくなっている自分の読書の仕方に疑問さえ感じている。

この場面での語り手は、これ以上健三の研究と読書の関係を描かない。しかしここには学問の為に、読書の仕方も歪になっていること、学問が自分の目指す本当の仕事ではないと感じているにもかかわらず、その学問に全力を注ぐことしか自分の生き方はないと考えている健三の意識がある。この時の彼の学問が自分の目指す本当の仕事ではないと感じている気持は『道草』全編を貫き、最終回近くで、本当に自分のしたい仕事が、「論理」を駆使する学問ではなく、「人間の血を啜る」（＝人間の心の真実を描き出す）文芸の創作活動であることを自覚させる力となっていくのである。

次に健三に対して島田姓に復帰して欲しいとする島田の依頼を比田から聞いた時の健三の反応を見ていきたい。二十七回から比田が健三を呼び出した用談が始まる。

話しは意外にも単純であつた。——ある日島田が突然比田の所へ来た。自分も年を取つて頼りにするものがゐないので心細いといふ理由の下《もと》に、昔し通り島田姓に復帰して貰《もら》ひたいから何《ど》うぞ健三にさう取り次いでくれと頼んだ。比田も其要求の突飛《とつぴ》なのに驚ろいて最初は拒絶した。然し何と云つても動かないので、兎も角も彼の希望丈は健三に通じやうと受合つた。——たゞ是丈なのである。

語り手は、この話を聞いた健三の内面を「何《ど》う考へても変としか思はれなかつた」「彼は何時《いつ》迄も変だと思ふ気分に制せられてゐた。彼の頭から判断すると、そんな事は到底ありやう筈がなかつた。彼は最初に吉田が来た時の談話を思ひ出した。次に吉田と島田が一所に来た時の光景を思ひ出した。最後に彼の留守に旅先から帰つたと云つて、島田が一人で訪ねて来た時の言葉を思ひ出した。然し何所《どこ》を何《ど》う思ひ出しても、其所《そこ》から斯《こ》んな結果が生れて来《き》やうとは考へられなかつた。」と描いている。

留意すべきは十三回で、島田の使い吉田は健三から島田への月々の仕送りを断られると、「老人も取る年で近頃は大変心細さうな事ばかり云つてゐますが、——どうかして元通りの御交際は願へないものでせうか」と言い、その時健三は「其人の世話になつた昔を忘れる訳に行かなかつた」、「彼は厭でも正しい方に従はうと思ひ極め」、島田との交際を承諾したという事実である。

吉田の言葉「老人も取る年で近頃は大変心細さうな事ばかり云つてゐますが、——どうかして元通りの御交際《つきあひ》は願へないものでせうか」という内容と、二十七回で比田が健三に伝えた島田の言葉の内容、「自分も年を取つて頼りにするものがゐないので心細いという理由の下《もと》に、昔し通り島田姓に復帰して貰ひたい」という内容とは、島田が年を取って心細いという点で同一線上にある。もちろん、「元通りの交際《つきあひ》」と、「島田姓に復帰」することとの間には、大きな違いはあるが、島田は「元通りの交際」を承諾した健三の心のうちに、年取った養父の心細さに対する同情と恩義の念を読み取り、もう一押しすれば健三が元通りの親子の関係に戻り、自分を扶養してくれる可能性を感じ、その瀬踏みを比田を通してしたと考えられる。然し語り手は、島田の気持を島田の立場に即して描くことをしない。

この時の健三はこのような島田の意図を直感することが出来ず、自分が島田との交際を承諾したときの苦しい気持も思い出すことなく、ただ「変だ」と思う気持に「何時迄も」制せられただけであった。二十七回の健三は十三回の自分の島田に対する心の葛藤を思い出すことがないのである。

語り手は二十八回の冒頭でその時の健三の意識を「健三の眼から見ると、島田の要求は不思議な位理に合はなかつた。従つてそれを片付けるのも容易であつた。たゞ簡単に断りさへすれば済んだ。」と描き出している。

この時の健三にあって島田の要求が「不思議な位理に合はなかった」と感じるのは、この時健三が、島田と自分との養子縁組の関係は既に法律的に切れているという、比田や兄と同じ立場、すなわち、法律の（形式）論理の観点から、島田や吉田の言動を思い出しているからである。それは、この場の雰囲気が、比田や兄の言葉の島田への悪口雑言によって塗りつぶされており、そのことが、健三の心の奥にある島田への恩義の念に蓋をしてしまっているからである。そしてその場の雰囲気によって、健三は「何時迄も変だと思ふ気分に制せられ」、島田の気持を推測することもしない。その場の雰囲気は彼に島田の申し出を「彼の頭から判断すると、そんな事は到底ありやう筈がなかつた」という「不思議な位理に合はなかった」こととして健三に裁断させたのである。

この相談は「比田が代表者として島田の要求を断るといふ事になつた。それは三人が三人ながら始めから予期してゐた結局」であったと語り手は描いている。しかし語り手はこの場面で健三が「不思議な位理に合わなかつた」と感じる理由を読者に説明しない。そのため読者にはこの時の健三の意識の動きを直ちに理解することが難しいのである。

2　血縁世界から脱けだした健三

次に比田と健三の生活感覚の共通性と相違性について考えてみたい。
その後、比田と兄は、江戸町人の退廃の臭いのする懐旧談に花を咲かす。比田が塩煎餅を取つてやたらにボリボリと噛んだのを、兄が「相変らず能く食べますね。今でも鰻飯を二つ位遣るんでせう」と言ったのをきっかけに、健三は比田に連れられて寄席などに行った帰りによく二人で屋台店の暖簾をくぐったことや、比田に寄席で聴いたシカヲドリとかいう三味線の手を教えられたり、隠語などを習い覚えさせられたことを思い出した。比田は江戸末期町人の娯楽世界の系譜に生きる男であった。

語り手は比田と兄の談話を聞いて、「健三も何時《いつ》か昔の我に帰つたやうな心持になつた。同時に今の自分が、何んな意味で彼等から離れて何処に立つてゐるかも明らかに意識しなければならなかつた」と描いている。この場面では健三が島田の許から実家に帰った後、比田や兄の江戸末期町人の生活感覚の中で少年期を過ごしたこと、そのため彼等の生活感覚が健三のうちにも浸透しており、比田と兄の懐旧談を聞いていると、その生活感覚が彼のうちによみがえり「昔の我に帰つたやうな心持」にさせるのである（この「心持」は『硝子戸の中』十九から二十一回などの描写と繋がっている）。二十九回からは、健三の意識した「同時に今の自分が、何んな意味で彼等から離れて何処に立つてゐるかも明らかに意識しなければならなくなつた」という内容が展開されていく。

語り手は、二十八回の終わりで兄と健三は姉の発作が鎮まるまで姉の枕元に坐っていた後、別々に家を出たと描いた後、二十九回を次の描写から始めている。

健三は自分の背後にこんな世界の控えてゐる事を遂に忘れることが出来なくなつた。此世界は平生の彼にとつて遠い過去のものであつた。然しいざといふ場合には、突然現在に変化しなければならない性質を帯びてゐた。……／昔しこの世界に人となつた彼は、その後自然の力でこの世界から独り脱けだしてしまつた。

傍線部の「此世界」とは二十四回で描かれた、健三が実家で生活するようになってからの、実父や比田・兄の強い影響を受けた、健三が少年期に体験した世界を指している。この世界は「凡てが頽廢の影であり凋落の色であるうちに、血と肉と歴史とで結び付けられた」（二十四回）江戸末期町人の生活感覚を受け継ぐ没落した旧家（町方名主）の血縁の世界である。それは、彼にとって、「三分の一の懐かしさと、三分の二の厭らしさとを齎《もたら》す混合物であった」。健三がこの世界に「三分の一の懐かしさ」を感じるのは、健三は「此世界」で少年期を過ごしており、その生活感覚を久しぶりに味わったからであった。「三分の二の厭らしさ」を感ずるのは、健三が「此世界」から脱けだし、今では社会の中で自己を発揮する近代的個人主義的生き方を是とする「別の世界」に生きており、その現在の観点から、幼少期に過ごした江戸的退廃の臭いのする「此世界」を批判的に振り返るからである。

次いで語り手は、健三が幼少期を過ごさねばならなかった江戸末期の町方名主の流れを扱む退廃した生活感覚から抜け出すために必要であった努力とその時間の長さに焦点を当てる。

彼は若い青年と散歩しているとき、ふと芸者の取り次ぎをする見番をみて、昔芸者をしていた女[2]が、人を殺した罪で、二十年余を牢屋の中で過ごし、やっと世の中に顔を出すことが出来るようになった時の「淋しみ」を想像し、「自分も矢っ張り此芸者と同じ事なのだ」と自分に言い渡し、青年に「他事《ひとごと》ぢやないね君。其実僕も青春時代を全く牢獄の裡《うち》で暮したのだから」という。ここで健三のいう「牢獄」とは、学校と図書館であり、そこでの努力によって、、健三は血縁社会から抜けだし、個人の能力が発揮出来る社会的位置（学者としての地位）を手に入れることが出来たのである。語り手は健三の意識に即して、次のように彼の気持を描き出している。「過去の牢獄生活の上に現在の自分を築き上げた彼は、其現在の自分の上に、是非共未来の自分を築き上げなければならなかつた」と。すなわち健三は学者として学問に生きることが自分にとって最善の道だと考え、それ以外の道はないと信じている。しかし、このように考える彼の意識には、その学問の道は、「徒《いたづ》らに老ゆるといふ結果より外に何物をも持ち来《きた》さないやうに見えた」のである。

健三にあっては、二十年余を牢屋の中で過ごし、やっと世の中に顔を出すことが出来た女の「淋しさ」と同様、自分にとっては江戸末期町人の退廃の臭いのする血縁社会から抜け出す為に、学校と図書館にあたかも「牢獄」のように自分を縛り付けて手に入れた学者としての生き方は、「淋しさ」をもたらすものでしかないと強く感じている。それ故健三は「学問ばかりして死んでしまつても人間は詰《つま》らないね」と青年にいわねばならなかったのである。

この場面の健三は、江戸末期町人の影響が強く残る没落した旧家の血縁世界から脱けだし、近代的個人主義に生きることが出来る社会的立場を獲得したという側面を肯定しながらも、彼が努力して獲得した、学者としての社会的位置を、心の奥底では本来の自分の生き方ではないと感じている。この時の健三の心境は「青年」に通じなかったばかりでなく、読者にもすぐには分からない。おそらくこの時の健三自身にあっても、その理由は明確な形で意識できていなかったと思われる。

留意すべきは、三回での健三は、学問への「異様な熱塊」があるという自信によって、「温かい人間の血を枯らしに行くのだとは決して思はなかつた」にもかかわらず、二十九回の健三は、二十年余も牢屋の中で月日を送ってやっと世の中へ顔を出すことが出来るようになった芸者の「淋しさ」に自分の心中を重ね合わせ、「学問ばかりして死んでしまつても人間は詰らないね」と青年におのれの心中を吐露せずにはいられなかったことである。三回の健三に比して、二十九回の健三にあっては、今迄の「異様な熱塊」による学問の道が、「暖かい人間の血を枯らしに行く」ことになると強く感じている。と同時にこの時の健三の裡に、「(人間の心臓に)温かく流れる血潮を啜(る)」(『心』下「先生と遺書」二回)(=人間の心の真実を描き出す)仕事をしたいという願望があったことを示している。

以上のことを考えるならば、この時の健三が発した言葉の背景にある思いとは、百一回で、初めて具体的願望として意識されることになる、「自分の血を啜」る(=心の裡の真実を描き出す)文学創作に生きたいという思いであったといえよう。

3　健三と兄の過去と現在

三十一回では、比田宅での、兄も同席した会談を契機として、兄が持ってきた健三の養子にかかわる書類を健三夫婦が読む場面が始まる。その夫婦の書類を読む姿を通して、健三が島田の養子であった時期や、父が健三の籍を取り戻すに当たっての経緯が紹介されていく。語り手はまず、その書類を手にした健三の気持を「今更鄭寧に絡《から》げたかんじん撚《より》の結び目を解いて、一々中を撿《あら》ためる気も起らなかつた。／「開けて見《み》たつて何が出て来るものか」／彼の心は此一句でよく代表されてゐた。」と描いていく。この描写は、この書類には自分の不幸な経歴が詰まっていると健三が感じていることを示している。

細君は「御父様が後々の為にちやんと一纏めにして取つて御置きになつたんですつて」「それもみんな貴夫《あなた》に対する御親切からなんでせう」という。細君の説明によれば、この書類は父親が、島田のことだから健三にどんなことを云って来ないとも限らない、その時にはこれが役に立つといってわざわざ一纏めにして兄に渡したものであった。しかし健三はその細君の説明を聴いても父親の「親切」には注意が向かわず、「左右かね、己は知らない」と、その書類が「自分の眼に触れないで、長い間兄の手元に保管されてゐた」ことにのみ意識を向け、自分が長い間束京にいなかったことから、この事情が「別段の不思議ではなかつた」と意識するばかりである。

ここには健三を不幸にしたのは、自分を島田の許に養子に遣った実父であり、その実父の「親切」を認めようとしないこの時の健三の意識が描かれている。

健三がその書類の結び目を解くと、様々な書類やその下書きが出てきた。「明治二十一年子《ね》一月約定金請取の証」と書かれた帳面のしまいには「右本日受取右月賦金は皆済相成候事」と島田の手蹟と彼の印があった。卒業証書や賞状なども入っていた。彼はその賞状から、褒美として「勧善訓蒙」だの「輿地誌略」だのを貰って「喜びの余り飛んで宅へ帰つた昔を思ひ出した」。しかし彼のその記憶は、親との喜びへと延びることはなかった。

細君は健三から手渡された、「健三の父と島田との懸合に就いて必要な下書らしいもの」を読み下した。健三が島田の許に養子に遣られたのは、実父が幼少の島田を養育したことの縁であった。その部分を細君が読んだとき、「健三は因果な自分を自分で憐れんだ」と語り手はその時の健三の気持を描いている。

実父の下書きには、健三が三歳から八歳の間島田の家で暮らしたこと、島田と御常に不和が生じ、夫婦が離別したため、健三は八歳の時実家に引き取られて養育されたこと、島田は健三の籍を実家に返さないのみならず、健三を戸主にして金を借り散らした例などが記してあった。また比田が書いたとおぼしき証文——島田と手を切るときに養育料として島田に渡した金の証文や残金を月賦に手渡す予定であることなどが書かれた証文——も出てきた。

これらの書類からは、健三の運命を決定づけ、又これからの健三の生をも支配し続けるであろう、強欲な島田の養子に健三がなったという事実が浮かび上がっている。しかしこれらの書類からは、養子となっていた頃の幼児健三の養父島田に対する意識や、島田の健三に対する意識は推し量れないものであった。幼児健三の意識に映っていた島田（や御常）との関係は、健三の回想を通して主として三十八回から四十四回に掛けて描かれることになる。

しかし三十三回から三十七回の語り手は、血族の世界に生きた兄と、その世界から脱出した健三との関係を描き出すことに焦点を当てており、引き続き実父の残した書類と健三の現在との関係や、健三の兄に対する意識や繋がりを描いていく。そこで本稿でも語り手の描く順序に従って、三十三回から三十七回にかけて描かれる、健三の立場や兄の過去と現在に対する健三の思いを、語り手の視線に即してみていきたい。

三十三回で健三はその書類を元のかんじん撚《より》で括ろうとすると、その紐はぷつりと切れた。細君が「あんまり古くなつて、弱つたのね」というと、健三は「まさか」と応える。この場面で、細君の言葉に健三が「まさか」と応えたのは、健三にとって自分が島田の養子になったことや、自分の生まれ育った血縁世界が「古く」なっておらず、現在も健三を支配し続けていると感じているからである。しかし語り手は、細君は赤と白で撚《よ》つた細い糸を火鉢の抽斗《ひきだし》から出して来て、其所《そこ》に置かれた書類を新らしく絡《から》げた上、それを夫に渡した、と描写を続けている。

この場面で細君が書類を結び直した「細い糸」は、「赤と白と撚《よ》り合せた細い糸」「紅白の糸」（三十六回）と繰りかえし表現され、三十五回では細君と兄の会話が細君と健三の結婚式にもおよんでいることから、健三が細君と新しい家庭を持ったことで、現在はその古い世界から脱けだしていることの象徴と考えられる。

次いで語り手は、三十三回後半から三十五回で、兄の過去と現在の違いに焦点を当てていく。三十三回で、兄が今日葬式に行くとき、ここで健三の袴を借りて穿いていったので、二三日中に「屹度また入《い》らつしやいますよ」と細君が言った。その言葉を聞いて「健三は自分の袴を借りなければ葬式の供《とも》に立てない兄の境遇を、一寸考へさせられた」。こうして健三は「袴」を媒介として、昔と現在の兄の境遇とその意識の変化を連想していく。

健三は卒業したとき、兄から貰ったべろ〳〵の薄羽織を着て友達と写真を撮ったことを覚えていた。又懇意な友人の新婚披露に招かれたときにも、兄の袴羽織を借りて間に合わせたことを記憶していた。今は逆転している兄と自分の関係は、健三に「今昔の感」という「情緒」を感じさせずにはおかなかった。健三の袴を借りねば葬式の供にも立てない兄の今の境遇は、健三もまた「何時自分が兄と同じ境遇に陥らないものでもないといふ悲観的な哲学があつた」ことをあぶり出している。そして次の三十四回では、その悲観的哲学の内実が描かれることになる。

三十四回――兄は病身であったが隔晩に局に留まり、夜通し働かねばならなかった。彼は何時も同じ職務に従事しており、「次第に消耗して行くより外には何の事実も認められなかつた」。彼は「自分のため又家族のために働らくべく余儀なくされ」、失職を何よりも恐れた。このような兄の惨めな現在の生活は、派手好きで勉強嫌いのかつての兄の生活を思わずにはいられなかった。兄は旧家の道楽息子によくあるように、「三味線を弾いたり、一絃琴を習つたり、白玉を丸めて鍋の中へ放り込んだり、寒天を煮て切溜で冷したり、凡ての時間は其頃の彼に取つて食ふ事と遊ぶ事ばかりに費やされてゐた。」そして父が亡くなるのを待って、家屋敷を売り払い小さな家へ入った。三人の子が生まれたが、最愛の惣領の娘が悪性の肺結核に罹り、彼女が斃《たお》れた時、彼の家の箪笥は空になっていた。近代社会の生存競争の荒波は、江戸末期町人の道楽意識を引きずっていた兄の生活を容赦なく襲ったのである。兄は「みんな自業自得だと云へば、まあそんなものさね」と述懐せねばならなかった。こうして彼は健三の外国で着古した洋服を貰ってそれを大事に着て毎日局へ出勤したのである。

一方健三は、強欲な島田の許に養子に遣られ、「順良な彼の天性」は傷つけられ、偶然が重なって実家で暮らすようになっても籍のもどらない彼は実父からも冷遇された。彼はその逆境から抜け出すために勉学に励み、実父の影響下にある血縁世界（比田や兄の生きる退廃世界）から抜け出すことになった。しかし健三の生きる近代の競争社会では、兄のような派手好きで勉強嫌いであった旧家の道楽息子に限らず、細君の父親のように、社会の成功者でも何かのきっかけで、忽ち経済的困窮に陥るのである。それ故健三もまた、近代の競争社会の中で生きる以上、「何時自分が兄と同じ境遇に陥らないものでもないといふ悲観的な哲学」を持たねばならなかったのである。

三十五回――二三日経って兄は袴を返しに来た。細君はその袴からの連想で、その袴を穿いた健三との「異様な結婚式」の様子を話題にした。兄が「今日は待つて丶、例の事件を話して行かなくつちあ」といったので、細君は

「ふいと立つて茶の間へ時計を見に這入《はい》」り、「此間の書類を手にしてゐた」。語り手はこのように描いて、描写の焦点を再び書類に当てていく。

三十六回――健三が座敷に出たとき、「赤と白と撚《よ》り合せた細い糸で括《くく》られた例の書類は兄の膝の上にあつた。」兄は「今一寸見たら此中には君に不必要なものが紛れ込んでゐるね」「御由の送籍願が這入《はい》つてるんだよ」と言った。その兄の言葉を聞いて、健三は兄の三回目の結婚とその時の自分の態度を次のように想起する。兄は最初の妻と離別し、二度目の妻とは死別した。三度目の妻を迎えるとき、彼は自分から望みの女を指名して父の許諾を求めた。その時の健三は「教育も身分もない人を自分の姉と呼ぶのは厭だと主張して、気の弱い兄を苦しめた」。「習俗を重んずるために学問をしたやうな悪い結果に陥つて自ら知らなかつた彼には、とかく自分の不見識を認めて見識と誇りたがる弊があつた。彼は慚愧の眼をもつて当時の自分を回顧した。」

語り手は兄が最初の妻を別離した理由には全く触れていない。又二度目の妻が病気の時、兄が「大して心配の様子もなく能《よ》く出歩いた」理由も「人はそれを気に入らない妻に対する仕打ちとも解釈した。健三も或は左右だらうと思つた」と描くだけで、語り手はそれ以上、兄が二度目の妻が病気になっても大して心配もしなかった理由について描いていない。しかし語り手が「三度目の妻を迎へる時、彼は自分から望みの女を指名して父の許諾を求めた」と記しているところから、一、二度目の兄の結婚は父親の指図によるものであったことが暗示されている。[3] しかし兄が三度目の妻と結婚するときの父の態度も語り手は描かない。またこの時健三が兄の結婚に反対した理由もはっきりとは描かない。

語り手がもし兄の結婚についての父の態度に焦点を当てると、読者の意識はこの時の父の家父長的態度に焦点が移ってしまうことになる。そのため語り手は、この時兄の結婚に対する父の態度を度外視し、二度の兄の結婚が彼の意に沿うものでなかった事のみに焦点を当てているのである。語り手は、兄の三度目の結婚相手お由と兄の馴れ初めやお由の「教育も身分もない」その内実についても全く描かず、この時の健三の「教育も身分もない人を自分の姉と呼ぶのは厭だ」と主張した「不見識」を、不見識と認めながら、しかしそれを「見識と誇りたがる当時の健三の弊」にのみ焦点を当て、「彼は慚愧の眼をもつて当時の自分を回顧した」という、現在の健三の意識のありようのみに読者の意識が向くようにしている。

三十六回後半では、語り手の描写は右の健三の回想から、健三と兄の対話場面に戻る。健三は、「送籍願が紛れ込んでゐるなら、それを御返しするから、持つて行つたら好《い》いでせう」と言った後、「不図《ふと》其日附が知りたくなり、「一体何時《いつ》頃でしたかね。それを区役所へ出したのは」と兄に聞いた。兄は、「もう古い事さ」と云つたぎりであったが、「其唇には微笑の影が差した」と語り手は描き、その時の兄の心中を「最初も二返目も失敗《しくじ》つて、最後にやつと自分の気に入つた女と一所になつた昔を忘れる程、彼は耄碌してゐなかつた。同時にそれを口へ出す程若くもなかつた」と描いている。

兄は書類の帯を解き始め一枚の書き付けを取り出した。それは父の手蹟による長女の出産届の下書きであった。

「御覧、虫が食つてるよ。尤も其筈だね。出産届ばかりぢやない。もう死亡届迄出てゐるんだから」／結核で死んだ其子の生年月を、兄は口のうちで静かに読んでゐた。

これらの描写では、父親も兄とお由の結婚を認め、兄はやっと好きな女と一緒になり、家庭の幸福も手に入れたであろうこと、しかし生まれた最愛の長女は「年頃になる少し前から」結核に病み、遂に兄はその子を失ってしまったこと、兄はその長女を救うために財産のすべてを失い、今は家族を支えるために、身を粉にして過酷な労働に耐えかつ衰えていかねばならないこと、このような兄の「淋しい」心中が見事に描かれている。以上が父の手蹟《て》になる書類から紡ぎ出された兄の内面である。

ここで本稿の文脈から脱線するが、三十四回での父の死と三十六回の「是も御父さんの手蹟《て》だ」という矛盾について考えてみたい。左は三十四回の最後での、兄長太郎の描写である。

> 兄弟が死に絶えた後、a自然健三の生家の跡を襲《つ》ぐやうになつた彼は、父が亡くなるのを待つて、家屋敷をすぐ売り払つてしまつた。それで元からある借金を済《な》して、自分は小さな宅《うち》へ這入《はい》つた。それから其所《そこ》に納《おさ》まり切らない道具類を売払つた。
>
> 間もなく彼は三人の子の父になつた。そのうちで彼の最も可愛がつてゐた惣領の娘が、年頃《としごろ》になる少し前から悪性の肺結核に罹《かゝ》つたので、彼は其娘を救ふために、あらゆる手段を講じた。(中略)二年越煩《ごしわづら》つた後で彼女が遂に斃《たお》れた時、彼の家の簞笥は丸で空になつてゐた。(中略)彼は健三の外国で着古した洋服を貰つて、それを大事に着て毎日局へ出勤した。

右の記述の傍線部aによれば、長太郎は父が死んだ後家督を継ぎ、その後「三人の子の父になつた」。ところが左に引く三十六回の後半では、父が長太郎の長女喜代子の出生届の下書きを書いているだけでなく、喜代子が死んだときに、その出生届の下書きの生年月に棒を引いている(ように読める)。

> 彼はごた〳〵した故紙《こし》の中から何の雑作もなく一枚の書付を取り出した。bそれは喜代子といふ彼の長女の出産届の下書であつた。「右者《みぎは》本月二十三日午前十一時五十分出生致し候」といふ文句の、c「本月二十三日」丈《だけ》に棒が引懸けて消してある上に、虫の食つた不規則な線が筋違に入つてゐた。

「[d]是もお父さんの手蹟《て》だ。ねえ」

彼は其一枚の反故《ほご》を大事らしく健三の方へ向け直して見せた。

三十四回の最後で語り手は、父が死んだ後、家督を継いだ兄は家屋敷をすぐ売り払い、「借金を済し」、小さな宅に移り住み、「間もなく彼は三人の子の父になつた」、兄の長女喜代子は「年頃になる少し前から」肺結核に罹り、二年越し煩った後死んだ、と描いていた。一方、三十六回の傍線部では、兄の長女喜代子の出生届の下書きを書いたのは父であり、さらにその父が喜代子の出生届の下書きの「本月二十三日」に「棒を引懸けて消してある」ように読める。

この矛盾はどのように理解したらよいのであろうか。三十六回の兄の言葉から、父が喜代子の出生届の下書きを書いていたとすると、父が死んだのは喜代子が生まれてから後であると一応解釈することも可能である。このような読み方をするためには、「間もなく彼は三人の子の父になつた」から「彼は健三の外国で着古した洋服を貰つて、それを大事に着て毎日局へ出勤した」までを挿入部分と理解することになる。「間もなく彼は三人の父になつた」という表現は、時間の経過がはっきりしない表現なので、このような解釈も可能である。このように読むならば、喜代子の誕生は父の死よりも前のことであり、父が兄の長女の出生届の下書きを書いたこととは矛盾しない。

しかし読者はこのような読み方を素直にすることが出来ない。その理由は、喜代子が死んだ後に父が死んで、兄が父の家屋敷を売り払い、移った「小さな宅」に「納まり切らない道具類を売払つ」て金に換えたとするならば、この描写は喜代子の病気の治療のために兄が凡ての金を使い、「彼の家の簞笥は丸で空にな」ったとする描写や、兄が「健三の外国で着古した洋服を貰って、それを大事に着て毎日局へ出勤した」という描写と、矛盾する印象を読者は受ける。読者は、兄が父の家督を継いだのち、その家屋敷を売って僅かに残った金をも喜代子の病気の治療のために使い果たしたというように読むからである。

漱石の伝記的要素を考慮してみると、漱石の兄直矩が三番目の妻みよ（作品ではお由）と結婚したのは明治二十五年四月、父直克が死んだのは明治三十年六月なので、父が生きている間に喜代子が死んだとすると、彼女の結核に罹った年齢は三歳前後になり、「年頃になる少し前」という年齢とも、かけ離れていると言わざるを得ない。

以上見てきた作品内の時間的矛盾は、兄の言葉「是もお父さんの手蹟《て》だ」という点にある。この兄の言葉を描き込んだ作者には、このような時間的矛盾を犯してまでも兄と健三の対座場面に書き入れようとした大切なことがあったからであると思われる。すでに記したように、本文の記述のうちに兄長太郎が一、二度目の妻を「気にいらな」かった理由は、父の指図による結婚であったことが暗示されている。三度目の結婚は長太郎の「望みの女」で、父の許諾を求めた。本文には描かれていないが、父はその結婚を許可したのであろう。そして三十六回の父の書いた、兄の長女の出生届の下書きと、その下書きの「本月二十三日」だけに引いた「棒」からにじみ出しているのは、孫喜代子の出生を喜び、その孫を溺愛した父の気持と、その孫を失った深い悲しみである。父の悲しみは、出生届の下書きの生まれた時間にまで棒を引くことが出来なかったのである。作者は省筆によって孫を得た父の喜びとその孫を失った悲しみをこの場面に書き込んでいる。健三にとって父は冷酷な人間であった。しかし語り手は、家長としての父の内面にある、人間としての根源な喜びと悲しみ（孫の誕生と死）を、この場面のうちに描き込んでいると考えられる。作者の記述の矛盾は、兄長太郎の言葉と出生届の下書きの生年月にしか棒を引いていないその書類を通して、父親の心の奥にある人間としての根源的な喜びと悲しみを描きだそうとして、引き起こされたものと思われる。

三十七回の冒頭では、過去にしか喜びを見出すことの出来ない兄と対座している健三の意識が描かれる。健三は兄と対座していると、「自分の進んで行くべき生活の方向から逆に引き戻されるやうな気がした」。健三は兄とは違い、「未来に希望」を持っていた。しかしこの時の彼は自分の「異様な熱塊」に身を任せた学問の道が、自分の生活を「索寞たる曠野《あらの》の方角」へと導くものであり、「温かい人間の血を枯らしに行く」ことになると感じている。語り手は、健三もまた兄と同様、「淋しさ」を抱え込んで生きねばならなかったことを描き出している。競争社会に生きる以上、人間は淋しさを抱え込まねばならない。これが健三が兄と対座して感じた近代に生きる人のありようであった。

兄と対座した健三の「淋しさ」を描いた後、三十七回前半の途中からは、兄が健三と会う目的であった「此間の相談通り島田の要求を断つた」兄の報告が描かれていく。しかし語り手は、兄のその報告や健三との会話の内実を描かない。描いているのは健三が兄に質問したときの兄の返事のつかみ所のなさである。

兄は此間の相談通り島田の要求を断つた旨を健三に話した。然し何んな手続きでそれを断つたのか、又先方がそれに対して何んな挨拶をしたのか、さういふ細かい点になると、全く要領を得た返事をしなかつた。

兄が「全く要領を得た返事をしなかつた」とあるので、健三は兄にその「手続き」や島田の挨拶などを質問したのであろう。その質問に対する兄の返答は、「要領を得た返事」でなかったばかりでなく、「何しろ比田からさう云つて来たんだから慥《たしか》だらう」といういいかげんなものであった。同様に、「其比田が島田に会ひに行つて話を付けたとも、又は手紙で会見の始末を知らせて遣つたとも、健三には判明《わか》らなかつた」。そのことについての兄の返答は、「多分行つたんだらうとは思ふがね。それとも彼《あ》の人の事だから、手紙丈で済まして仕舞つたのか。其所はつい聴いて来るのを忘れたよ。……あの男も随分無責任だから、ことによると行かないのかも知れないよ」というものであった。

しかしこの時の健三の意識は、兄の返答のいい加減さへの批判には向かわずに、「健三の知つてゐる比田も無責任の男に相違なかつた」と、健三の感じる比田の性格へと向かっている。その一方、兄が「然しこんだの事なんざあ、島田がぢかに比田の所へ持ち込んだんだからねえ」と「暗に比田自身が先方へ出向いて話し合を付けなければ義理の悪いやうな事」を言っても、健三の意識は比田の無責任さには向かわず、兄と自分の性格の類似性に向かうのである。

其癖彼（兄——筆者）はこんな場合に決して自分で懸合事などに出掛ける人ではなかつた。少し気を遣はなければならない面倒が起ると必ず顔を背けた。さうして事情の許す限り凝《じ》と辛抱して独り苦しんだ。……／「自分も兄弟だから他《ひと》から見たら何処《どこ》か似てゐるのかも知れない」。／斯《か》う思ふと、兄を気の毒がるのは、つまり自分を気の毒がるのと同じ事にもなつた。

兄と対座している健三の意識は、兄の報告の不分明さから、比田の無責任さへ、さらには兄の性格へと移り、そしてその兄の性格と自分の性格の類似性へと移っていくのである。

このような健三の意識の変化は、この時の健三にとって、島田姓に戻って欲しいという島田の依頼は、真面目に考えられない性質のものであり、島田にその断りをしたことの兄の報告は、健三にとって神経をとがらせる必要もないことを前提としている。この時の健三にとって兄の話は雑談程度の重さしかなく、そのため彼の意識の対象はとりとめもなく移り動くのであろう。それゆえ健三は、「姉さんはもう好《い》いんですか」と話題さえ変えようとするのである。こうして次の場面では、兄と自分とは「兄弟だから他《ひと》から見たら何処《どこ》か似てゐるのかも知れない」という、その類似性がテーマとなっていくことになる。

「あゝ。どうも喘息《ぜんそく》つてものは不思議だねえ。あんなに苦しんでゐても直癒《じきなほ》るんだから」

「もう話が出来ますか」

「出来るどころか、中々能《よ》く喋舌《しやべ》つてね。例の調子で。——a姉さんの考ぢや、島田は御縫さんの所へ行つて、智慧を付けられて来たんだらうつて云ふんだがね」

「bまさか。それよりあの男だから彼《あ》んな非常識な事を云つて来るのだと解釈する方が適当でせう」

「さう」

兄は考へてゐた。c健三は馬鹿らしいといふ顔付をした。

「dでなければね。屹度《きつと》年を取つて皆なから邪魔にされるんだらうつて」

e健三はまだ黙つてゐた。

「何しろ淋しいには違ないんだね。それも彼奴《あいつ》の事だから、人情で淋しいんぢやない、慾《よく》で淋しいんだ」


（中略）

f健三は慾で淋しがつてる人に対して大した同情も起し得なかつた。


a「姉さんの考ぢや、島田は御縫さんの所へ行つて、智慧を付けられて来たんだらうつて云ふんだがね」という兄の言葉を聞いて、健三がb「まさか」といい、cで「健三は馬鹿らしいといふ顔付をした」のは、健三には御縫さんがそんなことを言うはずがないという確信があるからである。

一方兄は、健三にaの内容を強く否定されて、dで「でなければね。屹度《きつと》年を取つて皆《みん》なから邪魔にされるんだらうつて」と姉の言葉の内容を変えてしまうのである。語り手はこの時の健三はe「まだ黙つてゐた」と描いている。健三が「まだ黙つてゐた」理由は、兄の修正した言葉「屹度年を取つて皆《みん》なから邪魔にされるんだらう」という内容は、健三の心を痛める性質のものであり、そのため兄の言葉に同意することが出来なかったからである。

兄は健三が自分の言葉に依然として同意しないので、「年を取つて皆から邪魔にされる」という言葉を、さらに「人情で淋しいんぢやない、慾で淋しいんだ」と変化させる。その兄の言葉を聞いてやっとf「健三は慾で淋しがつてる人に対して大した同情も起し得なかつた」と兄の言葉に同意するのである。

健三にとって、島田が年を取って淋しい状態にいることには心を痛めざるを得ない。健三は実家に籍が戻ることがなければ、老いた島田を扶養する立場にあったことを意識せざるを得ないからである。しかし最後に兄が言うように島田が「慾で淋しがつてる人」ならば、健三が島田を忌み嫌う理由と合致し、この点からすれば健三は島田に「大した同情も起」こさなくて済むのである。

兄は健三の意に沿うように健三に語る内容を融通無碍に変化させていく。健三もまた、この時の自分の都合のよいような内容（島田に世話になったという「恩義」の感情に蓋をして、嫌悪する島田の強欲さへの批判に合致する内容）を兄から聞き（引き出して）、自分の島田への嫌悪感を合理化している。

島田姓に復帰して欲しいという島田の依頼を健三が拒否するに好都合な意見のみを兄から求めようとする点で、健三の意識のありようは、兄の融通無碍に相手と調子を合わせる意識のありようと類似している。

右の場面で語り手は、健三が「兄弟だから他《ひと》から見たら何処か似てゐるのかも知れない」と感じている、その兄と自分の類似性を描いているのである。

おわりに

健三の生家の人々、比田や兄には既に財産もなく、彼等は一介のサラリーマンに過ぎなかった。しかし彼等のうちには江戸末期町人の系譜を引くかつての名主一族の頽廃した血が流れている。

語り手が焦点を当てているのは、近代の荒波に飲み込まれ、かつての町方名主の権威や既得権をうしなって没落した血族達の、一個の人間としての生活意識と健三の生活意識との同質性と異質性である。

比田の中にはかつての遊び人としての気質が依然として濃厚に存在し、彼は外で女を囲っているという評判があり、妻の重い喘息をも気遣うこともなかった。兄もまたかつては遊び人であったが、今は残った家族のために失職におびえながら、毎日局へ出勤し、夜勤のある辛い仕事に従事している過去の人であった。

血族の中では、かつて生家には不用なものとして父から島田の養子に出され、偶然が重なって生家に戻ってきた健三は、その血族の世界から抜け出す努力をしたその結果、今では大学で教鞭を執る学者という社会的位置を得たが故に、彼等から一族の心棒のようにみられていた。しかし近代の競争社会に生きねばならぬ健三もまた、「何時兄と同じ境遇に陥らないとも限らないという悲観的な哲学」を抱え込まねばならなかった。健三は比田や兄とは異なる人間であると考えていた。しかし健三は、彼等と同質な性格の欠点と没落の危険性に生きていることを自覚しなければならなかったのである。

本章では語り手の視線に即して二十四回から三十七回に描かれている内容を分析してきた。語り手は各場面を説明的に描かない。そのため読者には、ここで描かれた健三の意識はわかり難い描写として存在しているといえよう。

注

（1）鷹見安二郎「漱石の養父――塩原昌之助」『世界』岩波書店　昭和三八年一〇・一二月、平岡敏夫編『日本文学研究大成』「夏目漱石Ⅱ」国書刊行会　平成三年所収。

（2）『定本漱石全集』十巻「道草」岩波書店　二〇一七年一二月、長島裕子注に指摘があるように、モデルとなっている芸者は花井お梅である。彼女は明治二十年六月九日の夜、自分の箱屋を刺し殺し二十四歳で無期徒刑となったが、十五年後の四十歳の時釈放される。『道草』では「二十年余も牢屋の中で」過しとあるが、実際は十五年。この事件は当初から巷の話題となった（『明治ニュース辞典』第三巻　毎日コミュニケーション出版部　一九八四年、『日本奇談逸話大事典』勉誠社　平成六年）。健三は「見番」→「箱屋」→お梅箱屋殺しの連想で、お梅を想起したと考えられる。江藤淳『漱石とその時代』第一部9明治二十年の項に、「日本橋浜町二丁目の芸者、花井お梅の箱屋殺しの評判で持ち切っていた。金之助の心には、なぜかこの花井お梅の刃傷沙汰が深く印象づけられた」とある。

（3）江藤淳『漱石とその時代』第一部10によれば、素材となった兄夏目和三郎直矩の最初の妻は「朝倉ふじ」、二度目の妻は「水田登世」で、「ふじの場合と同様、登世と直矩との間の縁談も父親同士の間でまとめられた」とある。

第四章　幼児期健三の孤独と心の傷（三十八回〜四十五回）

はじめに

語り手は三十五回から三十七回において、兄が「過去の人」であったことを描いた後、三十八回の冒頭で、健三もまた「事件のない日が又少し続」くと、「切り棄てられべき筈の過去」が湧き上がり、「過去の人」となったと描いている。こうして語り手は、「過去の人」という連想で、三十八回からは「過去の人」となった健三の幼児期の回想を描き出していく。ここでは健三の幼児期の回想の位置について考えてみたい。

I　健三の幼児期の回想

健三の生の出発点にある幼児期の最初の記憶は「大きな四角な家」の記憶であった。その家には「不思議な事に」「人が誰も住んでゐなかつた」。彼は「幾つとなく続いてゐる部屋」だの、「遠く迄真直《すぐ》に見える廊下だのを、恰《あたか》も天井の付いた町のやうに考へ……そこいら中馳《か》け廻つた」。道路を隔てた向こう側には「唐金の仏様」があり、彼はよくその仏様によじ登った。「彼はまた此四角な家と唐金の仏様の近所にある赤い門の家を覚えてゐた」。その「赤い門の家」は「狭い往来から細い小路を二十間も折れ曲つて這入つた突き当りにあつた」。

語り手が描き出した右の記憶の断片は幼児健三の記憶の最初に位置するものである。しかし語り手はその記憶の断片の意味を健三の置かれていた当時の状況との関係において読者に分かるように説明しない。そのためこの「大きな四角い家」の性質も、「赤い門の家」と彼との繋がりも読者には分からない。そこで作品とは離れるが、作者漱石の幼児期を補助線として健三のこれらの記憶の意味を考えてみたい。

平成版『漱石全集』二十七巻の「年譜」によれば、明治四（一八七一）年六―七月頃「塩原昌之助一家は内藤新宿仲町にあった旧妓楼「伊豆橋」（維新の頃まで漱石の異母姉左和の夫福田庄兵衛（実母千枝の甥に当る）が経営していたが、廃業して空家になっていた）に移り住んだ」。この場面の健三の回想を、作品を書いている作者漱石の忠実な記憶の投影とするならば、この「大きな四角な家」は既に廃業して空家になっていた「伊豆橋」であり、健三は島田夫婦とともにここに住んでいたのである。また諸説あるが全集年譜によれば、明治五年七月頃には「昌之助は伊豆橋から内藤新宿北町に移っていた」とあり、「赤い門の家」は、この内藤新宿北町の家を指すと考えられている。これらの作品外の事実を念頭に置くならば、幼児健三は「大きな四角な家」でも「赤い門の家」でも島田夫婦と暮らしていたはずであった。しかし作品内ではこの「大きな四角の家」や「赤い門の家」での養父母島田夫婦との生活は健三の記憶から欠落している。記憶にあるのは、誰もいない空間にいる自分の姿でしかなかった。

作品では、養父母の存在が欠落していたこの幼児健三の記憶に関連して次のような幼児健三の記憶が続いている。

「赤い門の家」は、「狭い往来」の奥にあった。その「狭い往来」を左に曲がると、長い下り坂があり、人の余り近づかないその坂道の途中の窪地の奥には掛茶屋があり、床几さえあった。葭簀《よしず》の隙からのぞくと、奥には石で囲んだ池が見えた。その池のうえには藤棚が釣ってあった。周囲には躑躅が多かった。池の中には緋鯉があちこちと動いた。濁った水の底を幻影《まぼろし》のように赤くする其魚を健三は是非捕りたいと思った。

或日彼は誰も宅《うち》にゐない時を見計つて、不細具《ぶさいく》な布袋竹の先へ一枚糸を着けて、餌と共に池の中に投げ込んだら、すぐ糸を引く気味の悪いものに脅かされた。彼を水の底に引つ張り込まなければ已《や》まない其強い力が二の腕迄伝つた時、彼は恐ろしくなつて、すぐ竿を放り出した。さうして翌日静かに水面に浮いてゐる一尺余りの緋鯉を見出した。彼は独り怖がつた。……

この時池の中で泳いでいた緋鯉は「濁つた水の底を幻影《まぼろし》の様に赤くする」存在と健三には映り、それを釣り上げようとした瞬間、その存在は「糸を引く気味の悪いもの」に変貌し、さらに「彼を水の底に引つ張り込まなければ已まない」ものとなった。彼はその翌日、「静かに水面に浮いてゐる一尺余りの緋鯉を見出した」。しかしにもかかわらず、「彼は独り怖がつた」。幼児の感覚世界にあっては、この時の緋鯉は単なる緋鯉ではなく、彼を異界へと引っ張り込む、恐怖を感じさせる存在として意識されたからである。このような幼児期の感覚世界から健三は現在に立ちもどる。

「自分は其時分誰と共に住んでゐたのだらう」
彼には何等の記憶もなかつた。彼の頭は丸で白紙のやうなものであつた。けれども理解力の索引に訴へて考へれば、何うしても島田夫婦と共に暮らしたと云はなければならなかつた。

右の描写は、この時の健三には死への恐怖を訴え、その恐怖をやさしく包み込んで癒やしてくれる親の愛が存在しなかったことを示している。健三にあって養父母は、自分の恐怖心を訴え、それを癒やしてくれる存在ではなかったのである。幼児健三は孤独であった。そのため幼児健三の心は、「独り怖が」らねばならなかったのである。

健三が思い出す最初の記憶である「大きな四角の家」には誰もおらず、その空間の中で走り回った記憶や、動かない「唐金の仏様」によじ登って独りで遊んだという記憶、そして「赤い門の家」の近くの池で緋鯉を釣り上げたときの恐怖の記憶は、幼児健三の心をやさしく包み込んで安心を与えてくれる親が存在しなかったことによって生ずる孤立感や死の恐怖と表裏一体のものであったのである。健三は養父母島田夫婦に肉親のような愛情を感ずることがなかったのである。

このような幼児健三の「孤独」は、成人した健三の意識にも強い影響を与えることになった。多くの評者が健三の緋鯉に対する恐怖について論じているが、私見によればその恐怖は健三が子供の持つ生（実在）に対する不安を癒やしてくれる親の愛を持たなかったことによるのである。(1)

その後語り手は、「然し島田夫婦が彼の父母として明瞭に彼の意識に上《のぼ》つたのは、それから間もない後の事であつた」と記し、その時に健三の意識に上った養父母の姿を描き出していく。

その最初の描写は、語り手の視線を通して、当時の幼児健三と島田夫婦の関係を読者に紹介する性質のものである。まず語り手の描写によるその場面の養父母の姿を見ておきたい。

島田の家は「細長い屋敷を三つに区切つたもの、真中にあつた。」（作者漱石の実体験を全集年譜によって記すならば、この「細長い屋敷」は、明治六年三月「養父塩原昌之助が第五大区五小区の戸長に転任となり、その事務扱い所である浅草諏訪町四番地の棟続きの住まいに移った」とある建物である）。河岸に面した長方形の広間は、もと店になっていたらしく思われたが、その広い部屋をある西洋人が借りて英語を教えていたことがあった。その西洋人を「島田の妻の御常は、化物と同居でもしてゐるやうに気味を悪がつた」。これが語り手の描く、健三の意識に上った養母の最初の姿であった。幼児健三の意識に最初に浮かび上がった養母御常の姿は、優しい母親像ではなく、他人として突き放された認識対象として登場している。

島田もまた同様であった。健三がふと気が付くと、その広い部屋は「扱所《あつかいじょ》」に変わっていた。語り手は読者のために、それは「今の区役所の様なもの」で、「みんなが低い机を一列に並べて事務を執つてゐた。……島田は此扱所の頭《かしら》であつた」と紹介している。健三は自分の家の隣が扱所《あつかひしよ》なので、その「公」の場所へ時々顔を出し、「他《ひと》に蒼蝿《うるさ》がられるやうな悪戯を続けざまにした」。しかし島田は「出来る限りの専横をもつて、此小暴君の態度を是認した」。島田は幼児健三を甘やかすだけで、公私の区別を教える父親ではなかった。これが語り手の紹介する、幼児健三の覚えている最初の、他人のように突き放されて記憶されている島田の姿であった。

ついで語り手の描写は幼児健三と島田夫婦との私的生活での関係に焦点を当てていく。「島田は吝嗇な男であつた。妻の御常は島田よりも猶吝嗇であつた。……然し健三に対する夫婦は金の点に掛けて寧《むし》ろ不思議な位寛大であつた。……彼の望む玩具は無論彼の自由となつた」。語り手は、幼児健三の意識に即しながら、その具体例を描いていく。

A　其中には写し絵の道具も交つてゐた。彼はよく紙を継ぎ合はせた幕の上に、三番叟の影を映して、烏帽子姿に鈴を振らせたり足を動かさせたりして喜こんだ。

B　彼は新らしい独楽《こま》を買つて貰つて、時代を着けるために、それを河岸際の泥溝《どぶ》の中に浸けた。所が其泥溝は薪積場の柵と柵との間から流れ出して河へ落ち込むので、彼は独楽の失くなるのが心配さに、日に何遍となく扱ひ所の土間を抜けて行つて、何遍となくそれを取り出して見た。そのたびに彼は石垣の間へ逃げ込む蟹の穴を棒で突ッついた。それから逃げ損なつたもの丶甲を抑えて、いくつも生捕りにして袂へ入れた。……

このＡＢの例は、十五回での健三が幼児の時の「其人」（島田）に様々なものを買って貰った記憶と繋がっている。また次に記す四十一回の「健三は己れ独りの自由を欲しがつた。自分の買つて貰ふ玩具を喜んだり、錦絵を飽かず眺めたりする彼は、却つてそれ等を買つてくれる人を嬉しがらなくなつた。少なくとも両つのものを綺麗に切り離して、純粋な楽《たのし》みに耽《ふけ》りたかつた」という描写とも繋がっている。そしてこの二例とも、親や友達と遊ぶことなく、独り遊びする孤独な幼児健三の姿と表裏の関係にある。語り手はこのような幼児健三の姿を描いた後、「要するに彼は此吝嗇な島田夫婦に、余所から貰ひ受けた一人つ子として、異数の取扱ひを受けてゐたのである」と彼の置かれた状態を纏めている。

島田の健三を甘やかす態度と、島田が吝嗇であるにもかかわらず、健三の欲しがるものに対しては「不思議な位寛大であつた」こととは同一平面にあり、このような島田やお常の健三に対する態度と幼児健三の独り遊びする孤独な姿とは表裏の関係にあったのである。問題は語り手が描く島田夫婦から「異数の取扱ひを受け」た結果として健三が島田夫婦に心を閉ざしてしまうことになる健三の意識への影響である。その影響の内実を語り手は次の回から描いていくことになる。

2　健三の心の傷

四十一回の語り手は、四十回で描いた幼児健三が「異数の取扱ひを受け」た内実（島田夫婦の健三への接し方と健三に与えたその影響）を描いていく。

四十一回は以下の描写から始まる。「然し夫婦の心の奥には健三に対する一種の不安が常に潜んでゐた」。その「一種の不安」は彼等に健三に対して次のような質問をかけさせた。「御前の御父ッさんは誰だい」「ぢや御前の御母《おつか》さんは」「ぢや御前の本当の御父ッさんと御母さんは」と。ことに御常はしつこかった。「御前は何処《どこ》で生れたの」「健坊、御前本当は誰の子なの。隠さずにさう御云ひ」、さらには「御前誰が一番好きだい。御父ッさん？

御母《おつか》さん？」と。健三が貰い子であるという彼等の不安は、健三が自分たちを本当の親だと思い込ませた結果を確かめずにはおれなかった。

先に健三の孤独と釣り上げた緋鯉に健三が恐怖を抱いたことと深い関係があることを見たが、ここで描かれている島田夫婦の言葉や態度が幼児健三に自分の出自に不安を抱かせることになったのである。この養父母の言葉や態度が与える幼児健三の不安は、三十八回での緋鯉を釣り上げようとした瞬間の「彼を水の底に引つ張り込まなければ已《や》まない其強い力」に対する恐怖（自己存在の不安）と同質であり、その後の健三の自己存在に深い懐疑を意識させる要因となった。健三の性格は、健三の幼児期のこの時に形成されたのである。

このような幼児健三に対する養父母の健三への接し方と健三の状態について、語り手は次のように描いている。「夫婦は全力を尽して健三を彼等の専有物にしやうと力《つと》めた。また事実上健三は彼等の専有物に相違なかつた」と。そしてこの時の健三の気持を語り手は「彼は苦しめられるやうな心持がした。時には苦しいより腹が立つた。向《むか》ふの聞きたがる返事を与へずに、わざと黙つてゐたくなつた」と描いている。語り手は、四十三回で描く健三の強情や反抗意識が生まれてくる前段階の状態を、このように描き、健三への養父母の態度の影響を「彼等から大事にされるのは、つまり彼等のために彼の自由を奪はれるのと同じ結果に陥つた。彼には既に身体の束縛があつた。然しそれよりも猶恐ろしい心の束縛が、何も解らない彼の胸に、ぼんやりした不満足の影を投げた」と説明している。次いで語り手は、島田夫婦の健三に対する「心の束縛」を描いていく。

夫婦は何かに付けて彼等の恩恵を健三に意識させやうとした。それで或時は「御父ッさんが」といふ声を大きくした。或時はまた「御母さんが」といふ言葉に力を入れた。御父ッさんと御母さんを離れたたゞの菓子を食つたり、たゞの着物を着たりする事は、自然健三には禁じられてゐた。

語り手はその結果を「自分達の親切を、無理にも子供の胸に外部から叩《た》き込まうとする彼らの努力は、却つて反対の結果を其子供の上に引き起した」と解説し、その時の健三の内面を以下のように描いていく。

「御父ッさんが」とか「御母《おつか》さんが」とかが出るたびに、健三は己れ独りの自由を欲しがつた。自分の買つて貰ふ玩具《おもちゃ》を喜んだり、錦絵を飽かず眺めたりする彼は、却つてそれ等を買つてくれる人を嬉しがらなくなつた。少なくとも両《ふた》つのものを綺麗に切り離して、純粋な楽《たのし》みに耽りたかつた。

右の傍線部分は、十五回で描かれた島田についての幼児健三の分裂した記憶――幼い健三を遊びに連れ歩き、彼のいうがままに玩具や彼の気に入った装飾品など様々なものを買い与えてくれた「其人」と、彼の嫌悪する「帽子を被らない男」に養父像が分裂している記憶――や、三十八回から四十回で回想する「殆んど人といふものの影が働らいてゐな（い）」、幼児健三の内面や独り遊びする孤独な彼の姿と繋がっている。

養父母は、彼等の言葉や態度が、親の無私の愛情を欲する幼児健三を苦しめ、その心の自由を奪い、「順良な彼の天性」を傷つけていったことに気が付くことがなかったのである。

四十二回は「同時に健三の気質も損はれた。順良な彼の天性は次第に表面から落ち込んで行つた。さうして其陥《かん》欠《けつ》を補ふものは強情の二字に外ならなかつた」という描写から始まる。

語り手は四十二回では、健三の心が傷つけられ、彼の心に親に対する「自然」な（素直な）態度が消えて、「強情」と反抗意識が生まれ、その「強情」が次第に強くなっていった状態を三段階に分けて描いている。

第一は今まで見てきたように、自分の世界に閉じ込るようになったことである。

第二は、「彼の我儘は日増しに募つた」状態になったことである。その結果「凡ての他人が、たゞ自分の命令を聞くために生きてゐるやうに見へた。彼は云へば通るとばかり考へるやうになつた」。
第三は「やがて彼の横着はもう一歩深入りをした」状態になったことである。健三は親に起こされて縁側で小便をしたとき、地面に転がり落ち、腰が立たなくなったことがあった。「動けるやうになつてもわざと動かなかつた」。そして彼が自由に動き回ったときの「御常の驚ろいて嬉しがりようが、如何にも芝居じみた表情に充ちてゐたので、彼はいつそ立たずにもう少し寐てゐればよかつたといふ気になつた」。彼の反抗意識は御常に心配させることに快感さえ感じるようになった。

さらに「彼の弱点が御常の弱点とまともに相搏《う》つ事も少なくはなかつた」状態になった。或日一人の客と対座していた御常は、甲という女を聞きづらいほど罵った。その客が帰った後甲が尋ねてきた。すると御常は甲に「今誰さんとあなたの事を大変賞めてゐた所だ」と「不必要な嘘」までついた。それを傍で聞いていた健三は腹を立て、「あんな嘘を吐《つ》いてらあ」とその嘘を暴露した。甲の帰った後、御常は「御前と一所にゐると顔から火の出るやうな思《おもひ》をしなくつちやならない」と怒ったが、「健三は御常の顔から早く火が出れば好い位に感じた」（即ち御常が怒っても平然としていた）。健三の倫理感は、「強情」と結びつき、親の立場を考慮することなく自分の感じるその醜さを人前で暴露して平然とするようになったのである。語り手はこの時の健三と御常の関係を次のように描いている。

「彼の胸の底には彼女を忌み嫌ふ心が我知らず常に何処かに働いてゐた。いくら御常から可愛がられても、それに酬いる丈の情合が此方に出て来得ないやうな醜いものを、彼女は彼女の人格の中に蔵《かく》してゐたのである。」

こうして健三の「強情」は、他者の気持を配慮することなく、自分の気持をそのまま口にし批判するという直情的なものになっていったのである。

語り手は、このような幼児健三の強情と結びついた倫理感、相手の立場を考えずに、自分の感じた正しさを絶対化する「強情」に裏打ちされた「我」への固執を、養父母によって作られた「彼の弱点」として描き、この「彼の弱点」が、成人した健三の性格となっていったことを暗示している。

健三の心を傷つけたものは、養父母の健三に対する「可愛がり方」だけではなかった。その決定的な影響は島田夫婦の健三の眼の前で繰り広げられた、殴る、蹴るといった暴力を振るう「諍い」の姿であった。

四十三回の語り手は、島田が御藤さんと親しくなったことから島田夫婦に不和が生じ、彼等の諍いから受けた幼児健三の心のありさまを描いていく。（この描写については第Ⅱ部第一章「『道草』の「自然」」を参照願いたい）。

次に語り手は、「やがて御常は健三に事実を話して聞かせた」という記述から、御常の語る「事実」や彼女の仕草と口調を描きながら、彼女に対するそのときの健三の「心持」を描いていく。

語り手の視線から描かれた御常のいう「事実」に依れば、御常が「世の中で一番の善人」であり、島田は「大変な悪もの」で、「最も悪いのは御藤さん」であった。語り手は御常がそれを語るときの仕草の、健三に与える影響を、御常の「口惜《くや》しくつて堪《た》まらないといふ顔付」や「眼から涙を流した」その「劇烈な表情は却つて健三の心持を悪くする丈で、外に何の効果もなかつた」と描いている。また「彼奴《あいつ》は讐《かたき》だよ。御母《おつか》さんにも御前にも讐《かたき》だよ。骨を粉にしても仇討をしなくつちや」と「御常は歯をぎり〳〵と噛んだ」と。その御常の仕草や口調は、健三に「早く彼女の傍《そば》を離れたくなつた」という気持を引き起こしただけであった。と同時にこのような御常の仕草や口調は健三の脳裏に御常に対する固定観念として染みついてしまったのである。この問題については第七章で取り上げるが、ここでは健三の脳裏に染みついた御常に対する固定観念となっている状態に触れておきたい。

六十二回で老いた御常が突然健三の前に現われる。そのとき健三の意識に寄り添った語り手は「彼は手を拱《こまぬ》いて島田の来るのを待ち受けた。其島田の来る前に突然敵《かたき》の御常が尋ねて来やうとは、彼も思ひ掛けなかつた」と描き、さらには「驚ろくよりも寧ろ迷惑さうな顔をした」とこの時の健三の意識を描いている。ここで健三が「敵《かたき》の御常」と意識しているのは、四十三回で島田を「彼奴は讐《かたき》だよ。御母さんにも御前にも讐だよ。骨を粉にしても仇討をしなくつちや」と幼児健三に語る、その「仕草」や「口調」が健三にあっては御常の固定観念となってしまっており、御常と「讐《かたき》」という言葉が結びついているからである。「驚ろくよりも寧ろ迷惑さうな顔をした」のは、この場面でいえば、島田と離婚した御常に対して同情は全く感じず「早く彼女の傍《そば》を離れたくなつた」という、御常に対する幼少時の嫌悪感が最初に健三の意識に浮かび上がってきたからである。四十三回で描かれた御常の仕草や口調は、大人になった健三にあってもトラウマとして存在し続けているのである。

四十三回に戻ろう。語り手はこの時の健三の意識を、「彼は始終自分の傍《そば》にゐて、朝から晩迄彼を味方にしたがる御常よりも、寧《むし》ろ島田の方を好《す》いた」と描き、その視点を島田との関係に移している。

島田は、以前と違って、宅《うち》にいないことが多かったが、それでも時々健三を連れて以前通り外へ出かけることがあった。ある日島田が健三を連れて御藤さんの娘御縫さんと共に、汁粉屋に入ったことがあった。家に帰った健三は御常から誰と汁粉屋に入ったかと詰問を受けた。健三は「事実を有の儘《まゝ》に告げた」が、御常は「いろ〳〵な鎌を掛けて、それ以上の事実を釣り出さうとした」。「彼奴《あいつ》も一所なんだらう。本当を御云ひ」と「彼女は何うしても（御藤さんも）行つたと云はせやうとした」。このような御常の態度に健三のうちに生じている「強情」（反抗心）は、健三に次のような態度をとらせたのである。「健三は何《ど》うしても云ふまいと決心した」と。

語り手はその健三の内面を次のように言い換えている。健三は「彼女を卑しんだ」、「たゞ不愉快の念のみ募つた」と。語り手は御常の質問がさらには「汁粉屋で御前を何方《どつち》へ坐らせたい。右の方かい、左の方かい」といった些細な事柄にまでに及び、「嫉妬から出る質問は何時迄経《た》つても尽きなかつた」と描いている。

右に描き出した御常の態度を、四十三回の最後で語り手は次のように批評している。幼児健三に対する「その質問のうちに自分の人格を会釈なく露はして顧り見ない彼女は、十にも足りないわが養ない子から、愛想を尽かされて毫も気が付かずにゐた」と。

四十四回では、島田夫婦が離婚した後の御常と健三の生活の意識の一端が描かれる。「御常は会ふ人毎《ごと》に島田の話をした。口惜《くや》しい〳〵」と言って泣き、「死んで祟つてやる」と口にした。語り手によれば、「彼女の権幕は健三の心をます〳〵彼女から遠ざける媒介《なかだち》となるに過ぎなかつた」。そして語り手はその時の御常の健三に対する態度を次のように描いている。「夫と離れた彼女は健三を自分一人の専有物にしやうとした。また専有物だと信じてゐた。「是からは御前一人が依怙《たより》だよ」と。語り手はこの時の健三は「どうしても素直な子供のやうに心持の好い返事を彼女に与へる事が出来なかつた」と描き、その理由を「健三を物にしやうといふ御常の腹の中には愛に駆られる衝動よりも、寧ろ慾に押し出される邪気が常に働らいてゐた。それが頑是ない健三の胸に、[b]何の理窟なしに、不愉快な影を投げた」と記している。

四十三回から四十四回の語り手は、島田と離婚した後、島田を罵倒し、ひたすら健三を自分に引きつけようとする御常に対する健三の意識を「早く彼女の傍を離れたくなつた」「たゞ不愉快の念のみ募つた」「愛想を尽か（した）」「彼女の権幕は健三の心をます〳〵彼女から遠ざける媒介となるに過ぎなかつた。」「何の理窟なしに、不愉快な影を投げた」と描くばかりである。この繰り返される類似した語り手の描写は、御常によって傷つけられた健三の心の傷の深さを示している。こうして健三にあっては、御常のイメージは健三の不愉快な感情と結びつき深い心の傷となって残ったのである。そしてこの心の傷は、細君の子供達に対する言動に御常のイメージを重ねてしばしば細君を批判するという、健三の病的な言動として立ち現れることになるのである。（この問題については第十二章「健三の心の傷とその克服への動き」を参照願いたい）。

語り手は健三の幼少期の長い回想を「彼女は又突然健三の眼から消えて失くなつた。さうして彼は何時の間にか彼の実家へ引き取られてゐた」と締めくくり、右にみてきた長い回想から現在に立ち戻った健三の気持を、「[c]「考へると丸で他《ひと》の身の上のやうだ。自分の事とは思へない」／健三の記憶に上《のぼ》せた事相は余りに今の彼と懸隔してゐた。

それでも彼は他人の生活に似た自分の昔を思ひ浮べなければならなかつた。d しかも或る不快な意味に於て思ひ浮べなければならなかつた。」と描いている。

健三は傍線部cで何故「自分の事とは思へない」と述懐するのであろうか。健三は無意識のうちに島田夫婦と自分との繋がりを拒否していた。それ故健三にあっては、過去と切り離されていると今迄思っていた自分の現在が、その不愉快な過去の延長線上にあることを如何しても直視できないからである。それではd「しかも或る不快な意味に於て思ひ浮かべなければならなかつた」とは如何なることを示しているのであろうか。ここでいう「ある不快な意味」とは、幼児健三の傍線部a「不愉快の念」b「不愉快な影」が現在の健三の言動にも強い影響を与え続けていることを意味している。それは、例えば、六十三回で健三の前に現れた御常に対して、健三は「自分と此御婆さんの間に、少しの気脈も通じてゐない事に気が付」き、六十四回では、語り手はその時の健三の意識を「御常の性格が牢として崩すべからざる判明《はつきり》した一種の型になつて、彼の頭の何処かに入つてゐたのである」と描いていることと繋がっている。この場面の語り手は、d「不快な意味」という言葉を通して、三十八回から四十四回までの幼児健三に与えた御常の「不愉快な影」が、現在の健三に強い影響を与え続けていることを描いているのである。しかもその御常の「不愉快な影」は、既に指摘したように、細君への「不愉快」な感情の内にも甦ってくるのである（その例については第二章「3　健三の神経の苛立ちと論理への固執」を参照願いたい）。

3　回想から戻った健三

語り手は島田夫婦が健三に与えた心の傷の大きさを四十五回後半でさらに描いていくのであるが、その前に回想から現在に戻った健三が御常の消息について細君と話し合う場面が四十四回後半から描かれる。細君は御常の再婚した相手が波多野という警部であったことを記憶していた。それは健三の許に御常から長い手紙が来たときに、健三が細君に語ったことがあったからであるが、健三には記憶がなかった。四十五回前半では、この御常の長い手紙からの連想で、健三は幼児の時に島田夫婦に育てられたことによって生ずる心の葛藤を以下のように想起していく。

その手紙には「彼女とはさして縁故のない人ですら、親切に毎月若干《いくら》かづつの送金をして呉れるのに、小さい時分あれ程世話になつて置きながら、今更知らん顔をしてゐられた義理でもあるまいと云つた風の筆意が、一頁ごとに見透かされた」。その時の健三はその手紙を兄に送り、「勤先《つとめさき》へこんなものを度々寄こされては迷惑するから、少し気を付けるやうに先方へ注意してくれと頼んだ」。兄からは「もと〳〵養家先を離縁になつて、他家へ嫁に行つた以上は他人である、其上健三はその養家さへ既に出て仕舞つた後なのだから、今になつて直接本人へ文通などされては困るといふ理由を持ち出して、先方を承知させたから安心しろ」と返事があった。

　御常の手紙は其後ふつつり来なくなつた。健三は安心した。然し何処かに心持の悪い所があつた。彼は御常の世話を受けた昔を忘れる訳に行かなかつた。同時に彼女を忌み嫌ふ念は昔の通り変らなかつた。要するに彼の御常に対する態度は、彼の島田に対する態度と同じ事であつた。さうして島田に対するよりも一層嫌悪の念が劇《はげ》しかつた。

何故健三はａ「何処かに心持の悪い所があつた」のであろうか。兄の手紙の内容は、健三の気持を代弁したものであった。しかし健三は、御常に対して強い嫌悪感をもつものの、兄のような法律的形式論で「御常の世話を受けた」という気持を切り捨てることが出来なかった。健三が「何処かに心持の悪い所があつた」のは、彼の心の奥にある「御常の世話を受けた」という恩義の意識が、兄を通して御常から手紙が来ないようにした自分の行動を批判しているからである。この場面では語り手はこれ以上健三の内面を追求しない。しかしこの健三の恩義の念と法律的形式論との関係は、『道草』の最後の場面で、健三が実家に復籍する際に島田に与えた証文を利用して、島田が健三から金を取ろうとする場面において再び焦点が当たることになる。

四十五回後半の始まる直前では、御常までが「遣つて来られちや困るな」という健三の想いを描いた後、「細君の腹の中は猶の事であつた。細君の同情は今其生家の方ばかりに注がれてゐた」と、語り手は細君の内面は彼女の父親の「経済上の苦境」にあったことを描いている。語り手の視線は、健三の気持に即すると同時に、細君の立場にも易々と転じている。このような語り手の複眼的意識は、『道草』の語り手の特徴であり、今迄語り手の視線に即して、健三の内面を追っている読者は、この場面の語り手の描写対象の転換についていくことが出来ず、文脈的違和感を持つ。このような語り手の転換（複眼的視線）に『道草』を読む難しさがある。

右のように細君の意識に描写対象を移した後、語り手は再び、健三の意識に戻り、健三が「時々宅《うち》へ話しに来る青年と対坐して、晴々しい彼等の様子と自分の内面生活とを対照し始めるようになつた」エピソードを描いていく。

健三は青年に次のように言った。「君等は幸福だ。卒業したら何にならうとか、何をしやうとか、そんな事ばかり考へてゐるんだから」「君等は僕のやうに過去に煩らはされないから仕合せだと云ふのさ」健三はこう言って「其青年に仏蘭西のある学者が唱へ出した記憶に関する新説を話した」。

人が溺れかゝつたり、又は絶壁から落ちようとする間際に、よく自分の過去全体を一瞬間の記憶として、其頭に描き出す事があるといふ事実に、此哲学者は一種の解釈を下したのである。

「人間は平生彼等の未来ばかり望んで生きてゐるのに、其未来が咄嗟に起つたある危険のために突然塞《ふさ》がれて、もう己は駄目だと事が極《きま》ると、急に眼を転じて過去を振り向くから、そこで凡ての過去の経験が一度に意識に上るのだといふんだね。その説によると」

語り手は、この健三の話を聞いた青年の気持を「青年は健三の紹介を面白さうに聴いた。けれども事状を一向知らない彼は、それを健三の身の上に引き直して見る事が出来なかつた」と描いている。健三が青年に紹介した「記憶に関する新説」は、健三自身の島田の出現によって自分の過去を回想するようになったことに重ねられて語られている。

健三は島田と出会う前は、自分の過去と現在とは切れていると考えていた。過去に目をつぶり、未来のみを見て学者として生きようとしていた。しかし島田の出現によって健三は、切れているはずの島田夫婦と一緒に暮らした自分の過去をことあるごとに思い出し、自分の現在が過去の強い影響を受けて存在していることを認めねばならなかった。健三にとって過去における島田との生活の回想は、自分の「未来が塞がれて」「己はもう駄目だ」と感じさせるものであった。すなわち健三が実行しようとしていた学者としての人生は、過去の人間である島田の出現によって阻害され遂行できないと感じていた。(2) しかし四十五回のこの場面における健三が青年に紹介した「記憶に関する新説」と健三の過去の回想との関係は読者にはやや整合性が欠くように感じられる。なぜなら健三が青年に紹介した「新説」は、人が当に死なんとする瞬間に「自分の過去全体を一瞬間の記憶」として思い出すことがあるという点にあり、健三が島田と遭遇して以降しばしば過去を回想するようになったこととの間にはかなりの落差があるからである。この時の学者としての道を突き進もうとしていた健三の意識にあっては、自分の過去を象徴する島田の出現によって「未来が塞がれて」「己はもう駄目だ」と意識させたと思われる。しかし語り手は、「健三も一刹那にわが全部の過去を思い出すような危険な境遇に置かれたものとして今の自分を考えるほどの馬鹿でもなかった。」と批評している。この批評の内実は分かりにくいが、『道草』の展開に即して考えるならば、彼の過去の回想は彼のうちにある人間としての心や、彼本来の自分自身、そして彼本来のしたい仕事への願望を目覚めさせていくことになり、本当の自分自身（人間としてのあるべき姿）を獲得していくことになるからである。この場面の語り手の批評の分かり難さは、このような『道草』全体における健三の意識の推移を語り手が踏まえていることによるのである。

おわりに

本章で取り上げた三十八回から四十五回での健三の幼児期の回想とそこに描かれた健三の心の傷は、『道草』全体の中で極めて重要な位置を占めている。現在の健三の意識のありようは、健三が幼児期に、島田の養子となったという事実を抜きにして考えることは出来ない。健三の現在は健三によって回想される幼児期に受けた島田夫婦の影響やその心の傷と深く結びついている。そして未来の健三の生き方も又、この過去と無関係ではあり得ない。語り手が健三の回想を通して幼児期の健三の姿を執拗なまでに描いているのは、健三の過去が、健三の現在を形作っている彼の生の出発点に他ならないからである。

注

（1）この部分の主要な諸論の見解を①～④で紹介し、最後に⑤で拙稿の見解を示しておきたい。

①　柄谷行人（「意識と自然」　初出は「群像」二十四巻六号一九六九年六月、『漱石論集成』所収　第三文明社　一九九二年）は、健三の緋鯉を釣り上げた時に感じた恐怖について、次のように記している。「これはたんに存在しているということを、対自的にとらえた瞬間の恐怖にほかならない。おそらくそれは原始人における宗教の発生を暗示すると

いえるだろう。（中略）緋鯉に対して彼が感じた恐怖は、彼が彼自身の存在（自然）とは乖離し異和として存在するという了解の投射である。対象としての緋鯉はなんでもないものだが、そのとき彼が感じている不安は対象性をもたない。」

②　角川書店「夏目漱石集Ⅳ」（「日本近代文学大系」27　昭和四九年）の遠藤祐の補注で引かれているところであるが、江藤淳は『漱石とその時代　第一部』（昭和四五年）で次のように記している。「この池は、いわば金之助の感受性がとらえた「生」のかたちである。彼がそのなかに糸を投じると、「生」は恐ろしい力で彼をその根源の暗い部分にひきずりこもうとする。（中略）金之助のなかから、この「生」を怖れ、自分が存在していることに脅える敏感な幼児は終生去らなかった」。また江藤は「道草と明暗」（一九六五年七月九日／読売ホールにて講演。一二／「日本の近代文学」所載。読売新聞社刊）で、幼児健三が緋鯉を釣り上げようとしたときの恐怖の場面を引いて次のようにも述べている。「こういうところに、漱石が人間の生活の根本に澱《よど》んでいる暗い、しかも非常に力強い、どうしようもないような力を敏感に感じとっていたことがありありと反映されている。（中略）その暗い力を律し、それに秩序をあたえる理念というものは、もはや「道草」の世界にはない。」（『江藤淳著作集1漱石論』一九七一年に所収）

③　越智治雄は「道草の世界」（初出は「国文学」一九六八年『漱石私論』一九七一年所収）でこの江藤の後者の説を引いた上で、この説を「人間存在の根底に潜んでいる恐怖と言い替えることも可能だろう。翌日、鯉が静止した姿を水面に浮かべたとき、もはやそれは幼児の心をそそる「幻影」ではありえない。明らかに彼は鯉にかかわったのであり、それゆえに彼は恐れや不安から目をそらすことはできないのである」として、その注では「三女の出生にただ一人立ち合う健三は「恐ろしくなつて急に手を引込め」（八十）るが、是は偶然の一致にすぎぬのだろうか。生命存在の根元に通ずる畏怖として両者は共通するのではないか。そしてその場合、鯉に死を読みとることが動かないとしたら、この三女の誕生と合わせて、そこに一つの輪が完成する」と記している。

④　清水孝純「方法としての迂言法」（初出『文学論輯』三一号　昭和六〇年八月、『漱石　その反オイディプス的世界』所収　翰林書房　一九九三年）で、（明瞭な意味を欠いている）「イメージの積み重ねから浸み出てくるのは、生に対する一種の漠然たる恐怖感とでもいうべきものである」とされ、幼児健三が緋鯉を釣り上げようとしたときの恐怖について、「すぐ糸を引く気味の悪いもの」、傍に大人がいれば、それが緋鯉だと教えたかもしれない。教えられることで、気味の悪さは減少するだろう。しかし幼い彼は、孤独の中でその強い力と対峙しなければならない。濁った水底に潜

む無気味な力、そのとき健三は始めて、存在というものの無気味さを体験したといえるだろうと思う。（中略）幼い健三にとって、それは彼自身の存在の根底そのものに忍びよる畏怖の感情であり、不安の感情であったにちがいない。（中略）漱石文学の最も深い基底をなすともいえるくらいの原体験なのであり（中略）実はこのような無気味な力の潜在は全編を貫いて流れているものなのである」とされる。

⑤　私見によれば、諸氏が記しているような漱石（ここでは健三）の原体験は、養父母であった島田夫婦から無償の愛を受けなかった幼児健三の孤独によるのである。漱石は『硝子戸の中』（三十八）で彼が少年の頃の次のようなエピソードを記している。――昼寝をしているとき彼は夢の中で自分の所有でない金銭を多額に消費してしまい、苦しんだ。そして大声で母を呼ぶと、「母は其時微笑しながら、「心配しなくても好《い》いよ。御母さんがいくらでも御金を出して上げるから」と云つて呉れた。私は大変嬉しかつた。それで安心してまたすや〳〵寐てしまつた」――。『道草』の健三は、このような我が子を包み込み安心させる親の愛を島田夫婦から受けることがなかったのである。

（2）　この時何故健三は「未来が塞がれて」「己はもう駄目だ」と感じるのであろうか。その理由はこれまで描かれた場面だけでは分かりにくい。この時の健三の気持は四十六回や四十九回で具体的に描かれることになる。そこでこれらの回で描かれている健三の意識との繋がりで、この場面の健三が「未来が塞がれて」「己はもう駄目だ」と感じる理由を考えてみたい。

四十六回では、健三の島田に対する思いが「此老人は正しく過去の幽霊であつた。また現在の人間でもあつた。それから薄暗い未来の影にも相違なかつた」と描かれている。健三にとって島田との養子縁組は実父が養育費を払ったことによって解消されているにもかかわらず、島田と現在の自分とは無関係であると割り切ることが出来ない。養父島田が経済的に困窮しているならば、養子であった自分は島田の面倒をみるべきではないかと、かつて世話になったとする気持（「順良な彼の天性」）が健三自身に問いかけ、健三のうちにある島田を無視しようとする気持を批判しているからである。「薄暗い未来の影」とはこのような、嫌悪する島田の世話をしなければならない未来の自分の姿に対する健三の気持の表れであった。

四十九回では「彼はこの老人が或日或物を持つて、今より判明《はつき》りした姿で、屹度自分の前に現れてくるに違ないといふ予覚に支配された。其或物がまた必ず自分に不愉快な若《もし》くは不利益な形を具へてゐるに違ないという推測にも支配された」と島田に対する健三の思いが描かれている。この時島田が「或日或物を持つて、今より判明《はつき》りした姿で、屹度自分の前に現れてくる」と健三が感じている「或物」とは九十五・百二回で描かれる健三が島田に渡した、不義理不人情なことはしたくないと書いた書付であろう。健三にとっては自分の心のうちにある素直な気持を表現した書付が、島田によってあたかも法的な強制力のある証文のように利用され、島田の世話をする義務があると強迫されるのではないかと健三は感じているのである。この書付の内容——不義理不人情なことはしたくないと記した健三の率直な気持——は、情義の問題として島田への世話や援助を義務に近いものとして健三に強いる性質のものとして健三の意識を圧迫している。このような健三の過去は、健三の現在の気持を縛り付けている。それ故四十五回の健三は「未来が塞がれて」「己はもう駄目だ」と感じるのである。

第五章　語り手と洋燈の象徴性（四十六回～五十回・八十回）

はじめに

語り手は、四十六回から四十七回で、島田の来訪と、その目的についての健三夫婦の会話を描いた後、四十七回から四十九回にかけては再び健三宅に現われた島田と対座する健三の意識を洋燈の光のなかで描いている。また五十回では洋燈の暗い光のなかで、ヒステリー発作を起こして伏せっている細君の状態を心配する健三の姿を、八十回では洋燈の光に照らされた細君の出産場面における健三の意識を描いている。これらの洋燈の光は、語り手の視線の性格を端的に示している。ここでは四十六回から四十七回に描かれた島田の来訪についての健三夫婦の会話の描き方を検討した後、四十七回から五十回及び八十回に描かれる語り手と洋燈の象徴性との関係を考えてみたい。

Ⅰ　島田の来訪と健三夫婦の会話の描き方——四十六回から四十七回

最初に語り手における島田来訪についての健三夫婦の会話の描き方について見ていきたい。四十六回では島田が健三宅に現われる。その時の健三の内面を語り手は、「健三の胸は好奇心の刺戟に促されるよりも寧ろ不安の漣《さゞ》瀲《なみ》に揺れた」と描いている。ここで語り手がいう「好奇心」とは、比田を通した、養子に戻って欲しいという島田の依頼を、健三が断ったにもかかわらず、島田が健三の前に現れた理由を知りたいとする気持であった。もちろん

「寧ろ不安の漣漪《さゞなみ》に揺れた」のは、島田の来訪は、健三に不利益な事を言い出すためではないかと健三が感じているからである。

客間での島田は世間話をするだけであったが、しばらくすると「何時の間にか島田の言葉遣《づかひ》が崩れて来た」。しかし島田は健三の眼を見て、「一旦横風の昔に返つた彼の言葉遣が又何時の間にか現在の鄭寧さに立ち戻つて来た」と語り手は描いている。この島田の言葉遣いの変化は、島田がかつての親子関係を、言葉遣いを通して健三の心に復活させることにあったことを示している。しかし島田の言葉遣いの崩れに不快を感じている健三の「腹を読」み、島田は「健三に対して過去の己れに返らう〳〵とする試みを遂に断念してしまつた」。しかし、このような島田の意図は健三には分からなかった。ついで島田は「室の内をきよろ〳〵見廻し始め」「李鴻章の書は好きですか」と突然質問をかけ、「好きなら上げても好《よ》ござんす」と言った。後に細君が「本当は買つて呉れつていふ気なんですよ」と指摘したように、島田は健三から金を引き出す手がかりを得ようとしたのである。この時健三は「昔し島田は藤田東湖の偽筆に時代を着けるのだと云つて」、その漢詩を書いた半切の唐紙を、「台所の竈《へつい》の上に釣るしてゐた」ことを思い出し、取り合わなかった。こうして島田は、健三に食い入る手がかりをつかめずに帰って行った。

以上の島田の行動は、健三の視点、或はそれに近い語り手の視点から描かれており、島田の内面は描かれていない。語り手は、島田の来訪の意図をその言葉遣いのうちに描いているのであるが、健三には分からなかった。健三の意識に即してこの場面を理解しようとしている読者もまた島田の意図がすぐには分からない。

四十七回では島田が来た目的についての健三と細君の会話が描かれる。細君が「何しに来たんでせう、あの人は」と問うと、健三は「解らないね、何《ど》うも。一体魚《さかな》と獣《けだもの》程違ふんだから」と応える。ところが細君はこの健三のことばの意味が解らず「何が」と問わねばならなかった。健三は「あゝ云ふ人と己などとはさ」と応える。

この夫のプライドの高さに接した細君の内面を語り手は「細君は突然自分の家族と夫との関係を思ひ出した」と

描き、その細君の内面を描いていく。

両者の間には自然の造つた溝《みぞ》があつて、御互を離隔してゐた。片意地な夫は決してそれを飛び超えて呉れなかつた。溝を拵《こしら》えたものゝ方で、それを埋めるのが当然ぢやないかと云つた風の気分で何時迄も押し通してゐた。里ではまた反対に、夫が自分の勝手で此溝を掘り始めたのだから、彼の方で其所《そこ》を平にしたら好からうと云ふ考へを有つてゐた。細君の同情は無論自分の家族の方に在つた。彼女はわが夫を世の中と調和する事の出来ない偏窟な学者だと解釈してゐた。同時に夫が里と調和しなくなつた源因の中に、自分が主な要素として這《は》入《い》つてゐる事も認めてゐた。

この場面での、島田の来訪の目的を健三と話し合っていた細君は、健三のプライドの高さに接して、突然実家と夫の不和の原因も夫のプライドの高さにあることを想起し、夫と実家の不和の原因を巡る両者の対立のありさまを連想したのである。この場面での細君の関心は、島田の来訪の目的から夫と実家の不和に移っており、島田の来訪の目的についての話を切り上げようとする。しかしその細君の内面の変化に気付かない健三は、「御前はさう思はないかね」と島田の来訪の目的についての話を続ける。やむなく細君も又話を島田の来訪の目的に戻す。こうして語り手は、島田が李鴻章の掛け物を遣ろうといった意図や、復籍のことを島田が言い出さなかったことの理由について話し合う健三夫婦の会話を描いていく。

右の場面で、島田の来訪の意図について不審がる健三夫婦の意識に即して島田の来訪の意図を理解しようとしていた読者にあっては、細君の突然の連想、とりわけ細君の実家と夫の関係の不和の原因の「主な要素として」細君自身が這入っていることを認めていたというこの場面の細君の思いはやや違和感を感じさせる。

『道草』の語り手の視点は大正四年の「断片六五」にみられる次のような境地にいる作者の視点と同質と考えられる。

○一度絶対の境地に達して、又相対に首を出したものは容易に心機一転が出来る
○屢《しばしば》絶対の境地に達するものは屢《しばしば》心機一転する事を得
○自由に絶対の境地に入るものは自由に心機の一転を得

四十七回のこの場面の語り手は、健三のことばに触発された細君の意識の変化に即して、（自由に心機を一転させて）、細君の変化した意識のその内実を描き出すのであるが、読者はこの語り手の「心機一転」の描写に付いていくことが出来ず、違和感を感ずることになるのである。(1)

2　洋燈の光に照らし出される島田と健三の生

次に語り手と洋燈との関係を見ていきたい。四十七回の後半からは、「三日程して」灯火《あかり》を付けて机に向かっている健三宅に島田が訪ねてくる。そのとき健三は下女から、細君が「気分が悪い」と伏せっていた事を知らされる。島田との面会を謝絶することが出来ずに不愉快な気分になっている健三にはこの時の細君の状態が「細君の寐るときは歇私的里《ヒステリー》の起つた時に限るやうに健三には思へてならなかつた」。不機嫌な時には、細君のヒステリー発作をこのように批判的に意識する健三の姿がしばしば描かれる。

四十八回では「電気燈のまだ戸毎《とごと》に点《とも》されない頃だつたので、客間には例《いつ》もの通り暗い洋燈《らんぷ》が点《つ》いてゐた」とい

う描写から始まる。次いで語り手は、客間で調子のよくない洋燈をいじっている島田の姿を、「健三が客間へ出た時、島田はそれを自分の手元に引き寄せて心《しん》を出したり引っ込ましたりしながら、灯火《あかり》の具合を眺めてゐた」と描き出している。

洋燈の灯をのぞき込んでいるこの島田の姿を見て、健三の心に島田の性格が次のように浮かんでくる。彼は「頗《すこぶ》る几帳面な男」で、「持つて生れた倫理上の不潔癖と金銭上の不潔癖の償ひにでもなるやうに、座敷や縁側の塵を気にし」、掃除をした。「物が壊れると彼は屹度《きっと》自分で修復《なほ》した。……何《ど》の位な時間が要《い》つても、又何《ど》んな労力が必要になつて来ても、彼は決して厭はなかつた」。

そして、健三の回想は、この島田の性格が次のような金銭意識への「正直」さと結びついていることに移っていく。「彼には手に握つた一銭銅貨の方が、時間や労力よりも遥かに大切に見え」、「目に見えない損は幾何《いくら》しても解らなかつた」。かつて御藤さんは島田を「宅《うち》の人はあんまり正直過ぎるんで」と言ったことがあった。健三は「今考へて見ると」、その批評は、「慥《たしか》な根底があるらしく思へた」と感じ、お藤さんのいう島田の「正直」の意味について「必竟大きな損に気のつかない所が正直なんだらう」と考える。

右の回想において、健三が島田を「大きな損の気のつかない所が正直なんだらう」と考えた内容は、島田が目先の小さな利害に執着し、その損得しか考えることが出来ず、複雑な損得計算をすることが出来なかったことにあった。このような島田の目先の利益に固執して生きる生き方を、お藤さんは島田の「正直」と考えたのだろうと、健三は感じたのである。その「正直」さ故に、島田の代理人吉田の言によれば、島田は人に騙されてみんなすってしまい、今は金銭に困る生活を送らねばならなかったのである。

次いで健三は島田について「たゞ金銭上の慾を満たさうとして、其慾に伴なはない程度の幼稚な頭脳を精一杯に働らかせてゐる老人を寧《むし》ろ憐れに思つた」という感慨を持つ。

この時何故健三は島田を「寧《むし》ろ憐れに思つた」のであろうか。健三は島田が嫌いであった。この時健三の意識が島田への嫌悪感だけに支配され続けていたならば、島田を「憐れ」と感ずることはないであろう。この時健三が島田を「寧ろ憐れと思つた」のは、健三の眼に島田が、目先の金銭欲への固執によってその一生を台無しにしてしまった、世俗世界での敗残者として映ったからである。健三の眼に、島田へのこのような認識が生じた理由は、語り手が健三の眼に映る島田の姿を「凹んだ眼を今擦《す》り硝子の蓋《かさ》の傍《そば》へ寄せて、研究でもする時のやうに、暗い灯を見詰めてゐる彼を気の毒な人として眺めた」と描き出していることと深い関係がある。

健三の眼前で洋燈の暗い灯を見つめている島田の姿は、健三には無意識のうちに島田が洋燈《らんぷ》の「暗い灯」に、自分の欲望通りに一生を終えることが出来ない理由を問うているように感じたのである。そのためこの時の健三の意識にあっては、彼を世俗世界の敗残者と感じ、島田に対する嫌悪の念が後退し、「寧《むし》ろ憐れ」という情が浮かび上がったのである。

四十八回から五十回の語り手は読者に「洋燈」の光に強い象徴的性格を感じさせるような描写を意識的にしている。もちろん洋燈の光の象徴的性格を考慮せずとも、この場面で描かれている健三の意識の内実は変わらない。しかし語り手の付与している洋燈の光の意味との関係で島田や健三の内面を読むことが語り手の視線に合致した読み方であり、その読み方を踏まえて、語り手の描写に即した健三や島田の意識の分析が必要となる。そこでここでは、語り手の視線に即して「洋燈の暗い光」との繋がりで健三の意識を見ていきたい。語り手は島田の姿に健三自身を重ね合わせていく健三の意識を描き出す。

「彼は斯《か》うして老いた」／島田の一生を煎じ詰めたやうな一句を眼の前に味はつた健三は、自分は果して何《ど》うして老ゆるのだらうかと考へた。

この時の健三にあっては、自分の欲望を達成せずして自分の一生を終わるであろう島田の老い方は、自分の願望をも達成せずして一生を終わることになるかもしれない健三自身の老い方と重なったのである。何故島田の一生を「憐れ」「気の毒」と感じた健三の意識が、自分の老い方にも向かうのであろうか。留意すべきは、この時島田と同様、健三もまた洋燈の光に照らされ、無意識のうちに、洋燈の光と向き合っていることである。洋燈の光は健三に彼自身の一生の意味をも考えさせずにはおかなかった。そのため島田が人生の終着点から島田自身の一生の意味を洋燈の灯に問うていると感じた健三の無意識な思いが、今度は島田と同様に彼本来の願望を達成せずして老いるかもしれない健三自身の一生の意味に向かうのである。この時の健三の意識を語り手は次のように描き出している。

彼は神といふ言葉が嫌であつた。然し其時の彼の心にはたしかに神といふ言葉が出た。さうして、若《も》し其神が神の眼で自分の一生を通して見たならば、此強慾な老人の一生と大した変りはないかも知れないといふ気が強くした。

健三は「神といふ言葉が嫌であつた」にもかかわらず、何故この時の健三の心に「神といふ言葉が出」て、かつ「其神の眼で自分の一生を通して見たならば」という、仮定条件を出してまで、その神の視点で、自分の老い方を意識するのであろうか。それは健三が、島田と健三を照らしている洋燈の光を、「神」の光に類する性格、人間の社会的地位やプライドといった世俗的レベルの意識をはぎ取り、生死のレベルに於いて人間の生きる価値を意識させる力を帯びているものとして無意識裏に感じているからである[2]（語り手は読者にこのような読み方をさせるような描き方をしている）。

四十八回の末尾は次のような洋燈の描写で結ばれている。

其時《とき》島田は洋燈《らんぷ》の螺旋《ねぢ》を急に廻したと見えて、細長い火屋《ほや》の中が、赤い火で一杯になつた。それに驚ろいた彼は、又螺旋《ねぢ》を逆に廻し過ぎたらしく、今度はたゞでさへ暗い灯火《あかり》を猶《なほ》の事暗くした。／「何《ど》うも何処か調子が狂つてますね」／健三は手を敲《たゝ》いて下女に新らしい洋燈を持つて来《こ》さした。

右の末尾の描写は、洋燈の調子が悪く、その明かりを調節できないで困惑している島田の姿であるが、しかし既に見てきたように、この洋燈の光は、登場人物の意識の奥底を照らし出す、人間の運命を司っているものの視線と重なっているかのように描かれている。それ故読者にはこの光によって照らし出されている洋燈の光を調節できずに困惑している島田の姿に、洋燈の光に象徴されているもの（＝人間の行動を支配している存在）によって彼の生涯は支配されており、彼はそれをどうすることも出来ず、その晩年は憐れな老い方をしなければならなかったという象徴的意味が重ねられているように感じられるのである。

3　洋燈の光と島田への健三の同情と警戒

四十九回の前半ではその続きが描かれる。

島田は二人に関係する話を避け、「成るべく唯《たゞ》の話をしやうとした」。しかし二人の間には共通する興味ある話題はなかった。健三は退屈した。しかしその退屈のうちに、その老人がある日、自分に不愉快な若しくは不利益な「或物」(3)を持って現われるという推測にも支配された。健三はその退屈のうちに鋭い緊張を感じる。語り手はその時の健三の意識を「その所為《せゐ》か、島田の自分を見る眼が、さつき擦《すり》硝子の蓋《かさ》を通して油煙に燻ぶつた洋燈《らんぷ》の灯を眺めてゐた時とは全く変つてゐた」と描いている。

この場面で何故語り手は「島田の自分を見る眼が、さつき擦《す》り硝子の蓋を通して油煙に燻ぶつた洋燈の灯を眺めてゐた時とは全く変つてゐた」と、ことさらに描き込んでいるのであろうか。

四十八回で洋燈の灯を見つめていたときの島田の意識に現われていたのは、洋燈の芯を直そうとする島田の「几帳面」な意識であり、その時には健三から金をせびるきっかけを掴もうとする島田の意識は、洋燈の芯を直そうとする意識の背後に後退していた。そのためこの洋燈の光を見つめている島田の姿は、健三にあっては、島田が自分の願望を遂げることなく老いた理由を洋燈の光に問うているかのように感じる。こうして健三は洋燈の火を見つめている島田の老いた姿から、島田への警戒心を働かさせずに、島田の人となりを回想し、人間の生死の観点から、不如意な老後を送らねばならない島田の姿を、「気の毒な人」と感じることが出来たのである。

しかし四十九回のこの場面での島田の眼は洋燈の光から離れ、健三に向いていた。この時島田の意識にあっては、洋燈の芯を直そうとする「几帳面」な意識は消え、彼の守銭奴的意識が立ち現われている。健三にあっても島田を「気の毒」と感じる意識は消え、「唯の話」を無理にしようとする島田の眼の「人の悪い厭な色」から、島田が自分に近づいてきた理由が、旧交を温めることにあるのではなく、自分に「不利益」をもたらす意図にあると感じる。こうして四十八回で健三の意識に上っていた、生死の観点から人間の一生を振り返る意識は引っ込み、世俗の中で身を守るための警戒心（我の意識）が「鋭どい緊張」となって彼の意識に上ったのである。読者もまたこのような語り手の暗示に即して、洋燈の光が人間の心の奥底にある意識を照らし出すものであったと感じるのである。語り手がこの場面で洋燈の光をことさらに強調しているのは、このような読み方に読者を導くことにあったといえよう。

4　洋燈の光に照らし出される細君の生と健三の不安

五十回の洋燈の光もまた人間の生死の観点から、人間の意識を照らし出す性格を持っている。まず島田が帰った後、奥で寝ている細君の意識が定かでなく、うつろな目で天井を見ているその状態を心配する健三の意識が洋燈の光に重ねられて描かれる。

襖の影に置かれた洋燈《らんぷ》の灯は客間のよりも暗かつた。細君の眸《ひとみ》が何処に向つて注がれてゐるのか能く分らない位暗かつた。

この場面での洋燈の光は細君の眸の光と関連して、細君への健三の意識を照らし出すものとしての象徴的役割を負っている。語り手は、細君がヒステリー発作を起こしたときの健三の気持ちを、「彼は結婚以来斯《か》ういふ現象に何度となく遭遇した。然し彼の神経はそれに慣《な》らされるには余りに鋭敏過ぎた。遭遇するたびに、同程度の不安を感ずるのが常であつた」と描き出している。

次いで語り手はその健三の不安を健三の行為のうちに描き出す。健三は細君のそばに座らせていた下女を立ち退かせるが、その後には「赤い筋を引いた光るものが畳の上に残つた。……何時もなら婢《をんな》を呼び返して小言を云つて渡す所を、今の彼は黙つて手に持つたまゝ、しばらく考へてゐた。彼は仕舞に其針をぷつりと襖に立てた。さうして又細君の方へ向き直つた」。

この描写については、細君の生の「実在」に対する不安が、健三の幼児期に持たねばならなかった人間の「実在」に対する不安と重ねられて、健三に意識されていることを別章で指摘した（第Ⅱ部第二章「細君に対する「情愛」の性格」）。洋燈の光によって浮かび上がったこの針の光は、健三にあっては、細君の実在への不安を象徴するものであった。その後健三の目に映る細君の様子が描かれていく。細君の「黒い大きな瞳子《ひとみ》には生きた光があつた。けれども生きた働きが欠けてゐた。彼女は魂と直接に繋がつてゐないやうな眼を一杯に開けて、漫然と瞳孔《ひとみ》の向いた見当を眺めてゐた」。健三が声を掛けても「細君は返事をせずに只首丈をそろりと動かして心持健三の方に顔を向けた。けれども其所に夫の存在を認める何等の輝きもなかつた」。健三は「おい、己だよ。分るかい」と声を掛けるが、その「ぞんざいな此言葉のうちには、他《ひと》に知れないで自分にばかり解つてゐる憐憫と苦痛と悲哀があつた。それから跪まづいて天に禱る時の誠と願もあつた」。

　この時の健三は細君が生から離れて死へ向かっているのではないかという不安を持たざるを得ず、その不安は健三に「他《ひと》に知れないで自分にばかり解つてゐる憐憫と苦痛と悲哀」を自覚させ、「跪まづいて天に禱る時の誠と願」を生み出さずにはおかなかった。この場面で健三の内部にわき上がる「他《ひと》に知れないで自分にばかり解つてゐる憐憫と苦痛と悲哀」と、それに基づく「跪まづいて天に禱る時の誠と願」とは、人間の生死が強く意識されるときに湧き上がる、人間の根底にある、人間の生を絶対的価値と感ずる人間の類の意識の発現である。その点で五十回のこの場面の「天」と五十七回の「神」とは重なっているのである(4)。

　五十回の洋燈は、右にみてきたような、正常な意識を失った細君の生に対する健三の不安に光を当てる存在としてこの場面に描き込まれているのである。

5　洋燈の象徴的性格の強弱

以上四十八回から五十回までの展開を洋燈と類の意識という視点からみてきたが、『道草』においては、洋燈はこれらの回以外にも数例ある。そのうち語り手と洋燈の関係を考える上で最も重要なのは、八十回の洋燈である。また他の例（七十一回・八十四回）の洋燈は、象徴的性格はうすいが、四十八回から五十回及び八十回に見られる象徴的性格を理解する上で有効である。そこで以下、まず八十回の洋燈の性格を検討し、ついで象徴性の低い洋燈の例（七十一回・八十四回）を検討し、先に見た四十八回から五十回までの洋燈の役割を考えてみたい。

まず結論を先に示しておきたい。すでにみてきたように、四十八回から五十回までの洋燈は強い象徴性を帯びている。同様に、八十回の洋燈も又強い象徴性を持つが、その象徴性は四十八回から五十回とはやや異なる。また七十一回・八十四回にも洋燈が描かれているが、その象徴性は弱いといえよう。

八十回では、細君が急に産気づき出産した胎児を、健三が暗闇のなかでまさぐって触る場面が描かれる。その場面の冒頭では洋燈の光が「其時《とき》例の洋燈《ランプ》は細長い火蓋《ほや》の中で、死のやうに静かな光を薄暗く室内に投げた」と描かれている。

この場面で語り手の描く「死のやうに静かな光」という表現には、赤ん坊の誕生（＝生の出現）に対する健三の非日常的意識を描く語り手の視線が投影されている。

この時暗闇の中で胎児に触れた感触は「今迄経験した事のない或物《あるもの》」、「其或物は寒天のやうにぷり〳〵してゐた」、「恰好の判然しない何かの塊」、「動きもしなければ泣きもしな（い）」「塊」、「強く抑へたり持つたりすれば、全体が屹度《きつと》崩れて仕舞ふに違ない」と感じるものであった。

その時の健三にあっては、その「或物」は生死の区別のつかない「何かの塊」として出現したのである。もちろん健三は「恐ろしくなつて急に手を引込めた」後、直ちにこの感覚から抜け出し、この「或物」は自分の赤ん坊であるという感覚が湧き上がり、「此儘にして放つて置いたら、風邪を引くだらう。寒さで凍えてしまふだらう」という懸念が働き、細君が用意しておいた脱脂綿を引きちぎってその「柔かい塊《かたまり》の上に載せた」のである。

この時の「死んでゐるか生きてゐるかさへ弁別《みわけ》のつかない」「或物」に触れた感覚と、洋燈の「死のやうに静かな光」とは、共に生死のレベルにおける感覚世界と繋がっている。即ち、この時の洋燈の「死のやうに静かな光」とは、健三の日常意識の根源にある、生死の観点から人間存在の意味を問う意識を照らし出す語り手の視線なのである。「例の洋燈」という表現は、作者が洋燈の光を、右のような意味を持たせて『道草』の中に描き込んでいることを示している。

四十八回から五十回に描かれた洋燈の光とは、健三の意識の根底にある人間としての類の意識の外在化したものであり、それは神や天の視線とも言い換えうる性質のものである。と同時に、この洋燈の光は語り手が登場人物の意識の奥底にある人間の類の意識を描き出す視線の拠り所なのである。

一方、八十回に描かれた洋燈の光には、神や天の視線は感じられず、健三の意識の根底にある生死の視点から人間存在の意味を問う視線が強く現われているといえよう。両者に共通しているのは、洋燈の光には語り手が登場人物の意識の根底を描き出す視線が託されているということであろう。

次に七十一回と八十六回の洋燈の象徴の程度を考えてみたい。

七十一回末尾で健三は細君から彼女の父親が健三の留守に訪れたことを告げられる。語り手はこの時の二人の姿を〈久しく細君の父を訪ねないでいた健三にあっては、義父がわざわざ出向いてきたことへの不審が、口数を多くした。一方細君の言葉は常より少なく、その少なさは不平や無愛想から来る寡黙とも違っていた〉と描いている。

語り手はこのように二人の姿を描いた後、洋燈と二人の姿を「夜は何時の間にやら全くの冬に変化してゐた。細い燈火《ともしび》の影を凝《じつ》と見詰めてゐると、灯は動かないで風の音丈が烈しく雨戸に当つた。ひゅう〳〵と樹木の鳴るなかに、夫婦は静かな洋燈《あかり》を間に置いて、しばらく森《しん》と坐つてゐた」と描き入れている。

　ここに描き込まれている洋燈の光は、疎遠の間柄となっている義父がわざわざ出向いてきたことへの健三の不審とその背景にある義父との関係への思いや、実父が夫健三に会う目的を推察し寡黙とならざるを得ない細君の内面を浮かび上がらせており、これから描き出すことになる義父に対する健三や細君の意識への語り手の視線の象徴であると読者には感じられる。

　しかしながら、七十二回から七十九回までには洋燈は描き込まれておらず、これらの回では、読者は洋燈の光を意識することなく、語り手の視線をとおして、登場人物達の内面の奥底を知ることになる。その点で、七十一回末尾の洋燈の象徴性は弱く、ここでの洋燈は七十二回に描かれた二人の会話や、七十三回から描かれることになる義父の来訪の目的や健三の対応を描く語り手の視線を暗示するにとどまっている。

　次に八十六回の洋燈の光について考えてみたい。八十四回から八十八回にかけては、健三の自己意識の絶対化の矛盾の自覚が描かれる。八十三回の最後で健三が「恰《あたか》も自分自身は凡《すべ》ての技巧から解放された自由の人であるかのやうに」という意識を持っていたことが描かれる。ところが八十四回では細君の反発をなだめるために「技巧」を使っている健三の姿が描かれる[5]。

　貸本屋から借りた小説を読んでいる細君は、健三から「斯《こ》んなものが面白いのかい」と聞かれ、自分の文学趣味の低いことを嘲られているように感じ反発する。その時「健三はもう飽きたという風をして、手摺のした貸本を投げ出した。／「読むなと云ふんぢやない。それは御前の随意だ。然し余《あん》まり眼を使はないやうにしたら好《い》いだらう」と、語り手はこの時の健三が「技巧」を使って細君の機嫌を取ったことを描き出しているのである。

次いでこの場面の最後で語り手は細君と健三の仕事ぶりとその意識を描いている。

Ａ　細君は裁縫《しごと》が一番好きであつた。夜眼が冴えて寐られない時などは、一時でも二時でも構はずに、細い針の目を洋燈の下に運ばせてゐた。（中略）「えゝ、針を持つのは毒ですけれども、本位構はないでせう。それも始終読んでゐるんぢやありませんから」……彼女は笑つて取り合はなかつた。「御前が困らなくつても、己が困る」健三はわざと手前勝手らしい事を云つた。

Ｂ　同時に彼のノートは益《ますます》細かくなつて行つた。……日の光の弱つた夕暮の窓の下、暗い洋燈《ランプ》から出る薄い灯火《ともしび》の影、彼は暇さへあれば彼の視力を濫費して顧みなかつた。細君に向つてした注意をかつて自分に払はなかつた彼は、それを矛盾とも何とも思はなかつた。

Ａで細君に対して「わざと手前勝手らしい事を云つた」のは、この場での細君と何時もの諍いが起らないようにするために健三が「技巧」を使っていることを示している。一方Ｂで、健三は細君には視力を濫費するなと注意しながら、かつての自分が「視力を濫費して顧みなかつた」ことを「矛盾とも何とも思はなかつた」と語り手は描いている。健三が「矛盾」とも思わなかったのは、健三にとって仕事のために目を酷使することは必要なことであったからである。健三が「凡ての技巧から解放された自由の人である」という自己絶対化の意識を持っていても、細君との無用な諍いを避けるために「技巧」が必要な場面では、「技巧」を使うことを「何とも思はなかつた」のはごく自然である。ＡＢの場面の「洋燈」は、その光が暗く「目を悪くする」原因として描かれている。と同時に、今迄検討してきた象徴性の強い「洋燈の影」との繋がりを意識すれば、この場面の「洋燈の影」は健三の自己絶対化の矛盾に光を当てている存在でもあるといえよう。しかしこのことを認めるにしても、語り手が「洋燈」に込めた「暗示」の程度は弱いといえよう。

おわりに

右にみたように、七十一回・八十六回の洋燈の光の象徴的要素は弱い。しかし四十八回から五十回までと八十回に描き込まれている洋燈の光の象徴性は強く、そこでの洋燈の光は、語り手によって具体的な洋燈の光であると同時に、登場人物の意識の奥底にある人間としての根源的意識を浮かび上がらせる語り手の視線の拠り所として書き込まれているのである。

注

(1) 読者に読みにくさを感じさせるこの語り手の手法は『道草』を彩る大きな特徴である。たとえば、五十二回から六十二回までの描写内容は細君と健三の気分を契機として展開していく。また七十回の語り手は、健三の比田に対する批判から、細君の反発を契機として、細君が健三と言い争う理由の描写に移っていく。このような話の展開もまた読者にとってはなじみにくいものである。

(2) 望月俊孝は『漱石とカントの反転光学』(九州大学出版会 二〇一二年九月)で、「(多くの論がこの部分の)「神の眼」にとびついて、そこになにか特別の意味を読み込んでゆく。そして場合によってはさらに、「則天去私」の「悟達に向かう「絶対の境地」獲得の徴候を指摘されることになる」と指摘して、その注でその諸論を批判的に紹介している(二一五頁)。拙稿での「神」の考え方については次章「健三における自己・神・類の意識」を参照願いたい。

(3) この時健三は意識化できていないが、「或物」とは九十五回で描かれる健三がかつて島田に渡した「不義理不人情なことはしたくないものだ」という意味を書いた証文であろう(第Ⅰ部第四章注2参照)。

（4）五十七回の「神」については次章「健三における自己・神・類の意識」を参照願いたい。
（5）この「技巧」の問題については、第Ⅰ部第十一章「健三における言葉の論理の絶対化とその矛盾の自覚」で論じたので、参照願いたい。

第六章　健三における自己・神・類の意識
――『心』との繫がり――（五十四回・五十七回・六十一回）

はじめに

四十八回の語り手は、健三が「神といふ言葉が嫌であつた」にもかかわらず、健三のうちに「神といふ言葉が出」て、「若《も》し其神が神の眼で自分の一生を通して見たならば、此強慾な老人の一生と大した変りはないかも知れないといふ気が強くした」と描いている。ここでは健三が「神」に惹かれた理由を考えてみたい。

Ⅰ　健三が神に惹かれた理由――神と類の意識

健三が「神といふ言葉が嫌であつた」理由は、語り手が五十七回で「彼の道徳は何時《いつ》でも自己に始まつた。さうして自己に終るぎりであつた」と描いているように、当時の健三が「自己」を思考の立脚点としており、「自己」のうえに神を置く信仰に、違和感を持っているからである。にもかかわらず何故この時健三は、たとえそれが仮定であれ、神の眼を意識したのであろうか。結論を先に示せば、キリスト教を典型とする宗教は人間の生死や生きる苦しみの立場から人間の生の意味を問うものであり、宗教における生死のレベルからする人間の平等観とその人類愛への共鳴が、この時の健三にあったからである。

このことを論証するに当たって、まず宗教（キリスト教）の「人類愛」に健三が強く惹かれていたことを示す五十四回の例を取り上げてみよう。

其時代（健三の外国留学以前――筆者注）には発作の起るたびに、神の前に己《おの》れを懺悔する人の誠を以て、彼は細君の膝下に跪《ひざま》づいた。彼はそれを夫《おつと》として最も親切で又最も高尚な所置と信じてゐた。

この時の健三が意識していた「神の前に己れを懺悔する人の誠」とは、世俗に生きるために持たねばならない個我の欲（＝世俗での欲望や人間の個を維持するための行動）を、神の前で懺悔して、神の体現する人類愛（人間の価値を生死のレベルから絶対的なものと捉える人間の類的感情）に生きようとする意識である。細君の発作の起るたびに、この時の健三にあっては彼の個我意識（世俗における自己の保身にかかわる我の意識）は凡て消え去り、その心は細君へのいたわりの気持ちによって満たされたのである。それは健三には細君の生の状態が死と向き合っていると感じるからである。

「其時代」の健三はまだ神に親しい感情を抱いており、その神に右のような健三の気持を重ね合わせることが出来た。しかしイギリス留学期には、神とは人間の諸能力の投影にすぎないという考えに至っていた健三にあっては、イギリス留学から帰国した現時点では、神を信じることは出来なかった。しかし制限ある個我意識に苦しむ健三は自分の内にある人間としての根源的意識（個我の根底にある人間としての類の意識）との同質性を宗教の人類愛に感じ取り、その内実である、我執のない人類性（類としての意識）に依然として強く惹かれていたのである。

留意すべきは、五十回では意識が定かでないヒステリー症状が出て寝ている細君に対する健三の内面を、語り手は「跪《ひざ》まづいて天に禱る時の誠と願もあつた」と描いており、五十四回の「神」は「天」とも言い換えうる概念であったことである。このことは健三にとっての「神」と「天」とが重なり合っており、健三の惹かれていたのが人格神キリストに限るものではなく、宗教に共通する人類愛（人間が本来的に持っている類の意識が投影した観念）であったことを示している[1]。

イギリスから帰国後の健三の意識を描いた五十七回の場合をみてみよう。神経衰弱が昂じたこの時の健三は自分の癇癪を抑えることが出来ず、子供が育てている草花の鉢を蹴飛ばした。また保険の勧誘員の名刺を取り次いだ下女を大声で叱ったりした。後者について、語り手はその自分の行為を恥じる健三の意識を描いていく。

> 彼はあとで自分の態度を恥ぢた。ａ少なくとも好意を以て一般の人類に接する事の出来ない己れを怒つた。ｂ同時に子供の植木鉢を蹴飛ばした場合と同じやうな言訳を、堂々と心の裡《うち》で読み上げた。……無信心な彼はｃ何《ど》うしても、「神には能く解つてゐる」と云ふ事が出来なかつた。ｄもし左右《さう》いひ得たならばどんなに仕合せだらうといふ気さへ起らなかつた。／ｅ彼の道徳は何時でも自己に始まつた。さうして自己に終るぎりであつた。

傍線部ａの「少なくとも好意を以て一般の人類に接する事の出来ない己れを怒つた」という健三の意識の「少なくとも」という表現には、「一般の人類」（＝世俗に生きるために我欲を持たざるを得ない人々）を神のように愛することが出来なくとも、「好意」ぐらいは持つべきなのに、といった意味合いがある。

しかし健三は、自分の苦しみの原因とは直接には関係ない保険の外交員や取り次ぎの下女に、発作的に癇癪の捌け口を向ける自分を見つめねばならなかった。癇癪を破裂させた健三には、神のような「人類愛」は勿論のこと、それに類似した「好意」さえ人に対して持つことが出来なかったのである。

健三はａで自分の心の狭さを怒ったにもかかわらず、ｂでは、「……言訳を、堂々と心の裡《うち》で読み上げた」と、自分の心の狭さを合理化している。ここには健三の心の裡にある自己弁護する強い自我意識に対する語り手の批判的アクセントが存在するが、しかし同時に語り手はこの時の健三が自分の意志では制御できない発作的行動に苦しまねばならず、そのため「自己」の外に自分の苦しみの原因を求め、かつ自分にしか分からないその苦しみの理解者の存在を欲せずにはいられなかった姿を描いているのである。

　ここでc「神には能く解つてゐる」とd「もし左右《さう》いひ得たならばどんなに仕合せだらうといふ気さへ起らなかつた」という語り手の言葉について考えてみたい。この時の健三にはeの語り手の言葉が示すように、人間としての「自己」への強い固執があった。そのため彼は、どんなに苦しくとも自分の外に絶対者（神）の存在を認めその存在に自己の苦しみの救いを求めることを、自分の信念に反することとして拒否していたのである。しかしc「何《ど》うしても「神には能く解つてゐる」と云ふ事が出来なかつた」という表現は、発作的癇癪に苦しむ健三が意識の奥底では自分の苦しみの理解者としての絶対者（神的存在）を欲していることを示しているのである。

　健三の「自己」への固執はe「彼の道徳は何時でも自己に始まつた。さうして自己に終るぎりであつた。」と描かれているが、この時の「自己」の性格についてはこれ以上語り手によって説明されることはない。そのため読者も健三の「神」と「自己」の関係についての考えをこれ以上知ることは出来ない。しかしこの問題は『道草』のテーマにかかわる重要な問題である。そこで、『道草』とは離れるが、『道草』の素材となっている漱石がイギリス留学時から帰国して大学で教鞭を執っていた頃までに継続的に作成していた「ノート」を通して漱石の「自己」と神についての思索の内実を考えてみたい。

2　漱石の「ノート」に見られる「自己」と神の関係

ここで取り上げる「ノート」（紙片）は、岩波『漱石全集』二十一巻「ノート」のうち「V－5 Religion」と題するものである。このノートにおいて漱石はクロージアの『文明と進歩』『知的発達の歴史』などについて、当時の漱石が共鳴したり反発したりした内容やそれにかかわる彼の思索を書き付けている。(2) その記述内容はくりかえしも多く、論として整理されたものではないが、岡三郎氏の紹介によれば、これらのノートは「漱石がいかに欧米の科学的研究成果に対して〈自己本位〉の思索を推し進めていたかを確かめることが出来る」ものである。氏はこのノートの性格について「漱石はピアソンやクロージアに対して完全に「私の個人主義」でいう〈自己本位〉の態度で摂取すべきものは吸収し、足らざるところは自ら補うようにして思索の規模を拡大し、内容の充実をはかっていったのである」と紹介されている。(3) 岡氏は「ここではまだ〈自己本位〉という標語で体験が語られていない」とされるが、これらのノートでは、selfish という言葉がしばしば使われており、この言葉の内実は、この当時の漱石の〈自己本位〉と同内容であると考えられる。

そこでここでは全集二十一巻で「V－5 Religion」と題された紙片のうち、selfish という言葉に焦点を当て、この時の漱石が理解した、①「神」の基本的性格、②「神」と人間の願望・理想との関係、③社会進化の諸原理、を検討し、その上で④この時の漱石の信仰に対する態度、をみていきたい。

まず最初にこのノートに記された「神」の基本的性格（①）をみておきたい。

God トハ hero（人間）ヲ magnify セル者ナリ．其 character ハ hero ノ character ニ depend スルコト明ナリ．

hero ノ character ハ intellectual condition ト social and material environment ニテ定マルコト無論ナリ．……故《ゆえに》 God ノ character ハ当時ノ selective principle ヲ示ス．己等ノナサント欲シテナス能ハザル ideal ヲ project シテ God トス

漱石によれば神とは人間の諸要素の投影なのである。神を人間の投影とする視点は、この時の漱石が「欧米の科学的研究成果」から学んだ基本的宗教観であった。

次に「神」と人間の願望・理想との関係（②）を記している部分をみてみよう。

God ハ己レノナラント欲スル標準ノ人間ナリ極楽ハ己レノ得ント欲スル願望ナリ God アリ極楽アルハ人間ニ理想アルコトヲ示ス今ニ満足セザルコトヲ示ス．此現実ヲ之ヲ未来ノ子孫ニ期セズシテ幽冥世界ニ期シタルハ intellect ノ至ラザルニ帰スト雖ドモ如何ニ人間ガ selfish ナルカヲ証明スルニ足ル．幽冥世界ハ己ノ往ク処ナリ此世ニテナレザル人若クハ遂ゲザル願望ヲ満タサント欲ス selfish ナル考ハ茲《ここ》ニ明ニ顕ハル、ナリ

漱石によれば「極楽」（＝宗教の示す理想）とは、現実に苦しむ人間の願望の投影であり、宗教のこの観念は、現実世界に生きねばならない人間が、理想を求めずにはおれない「selfish」な存在であることを示しているのである。さらに selfish と関連して、人間の self-preservation（注—自己維持、人間存在の肯定の意であろう）について漱石は次のように記している。

God ハ intellect ヲ satisfy スルタメノ仮定ナリ……物ノ cause ヲ知リタキコト cause ヲ知リタキハ cause ヲ

知ルコトガ self-preservation ニ便ナリシヨリ起ル．……去レバ God ハ此点ヨリ見テ self-preservation ノ means ヲ計ル為ニ其 idea ヲ人心ニ作リ出セル者ナリトス．

漱石によれば、神とは「物ノ cause（原因）」を知ろうとする人間の知性を満足させる「仮定」にすぎない。人間が「物ノ cause」を知ろうとするのは、人間の「自己維持」のためであり、人間の知性はその能力である。人間が selfish であるとは、人間が self-preservation するための、人間に備わった能力なのである。

漱石のいう selfish の内実が強く現われている、宗教と人間の進歩の諸原理③に関する記述を取り上げてみよう。

（信仰が―筆者）future assurance ヲ得ン為（261）トハ方便ナリ……始メヨリカヽル principle（right, good, true といった社会進歩の原理のこと―筆者）アル故ニ吾人ハ安心セヨト云フガ如クンバ理ニ反スル者ナリ．此 principle アルガ故ニ吾人ハ進化スルニアラズ吾人ガ此 principle ヲ作ルナリ　吾人ハ吾人ノ master ナルコトヲ覚悟セザル可ラズ

ここで漱石のいう「selfish」とは、社会進歩を推し進める主体としての人間の自覚を意味している。漱石個人が自分のうちにある人間としての知性によって社会進歩を推し進める覚悟（気概）をも記していることが注目されよう。

この時の漱石が信仰を右のように理解し、信仰を拒否しながらも、信仰へのこだわり④を示す部分を取り上げてみたい。漱石は、「religion ハ霊精ノ安慰ヲ与フル物ナリト」というが、しかしその「気休メ」を与える一言

に疑念の余地があるときには、心に「気休メ」や「安心」は与えられないだろうと述べた後、次のように記している。

吾ハアラユルモノニ向ツテ絶体ニ信ヲ措クノ智識ヲ有セザルナリコノ故ニ我ハ信ナキナリ霊精ノ慰藉ナキナリ．何故ニ霊精ノ安慰ヲ求メザルカト問フニヤ．求メザルニアラズ求メ得ベキニアラヌヲ自覚スルガ為ナリ．……智ヲ滅シテ立命ヲ冀フノ徒タルヲ愧ヅルナリ．……余ハ智識ヲマヒシテ安心ヲ求メントハセザルナリ

この時の漱石は、宗教に心の慰安を求めることは自分の知性を麻痺させることであり、恥ずべき行為であると断言する。このような断言をこの時のノートに記していることは、彼が自分の生に烈しい苦しみを感じていたことを示している。しかしこの時の漱石は、右のノートに記したような selfish の立場から、宗教に救いを求めることを拒否し、その苦しみに堪えながら、己の知性によって生きようとしていたのである。

右にみてきたように、この時の漱石は selfish の立場から、神の存在を否定し、自分の知力に絶対の信頼を置き、宗教に心の慰安を求めようとする気持を抑え付けていたのである。漱石が『道草』において設定した時間（イギリス留学から帰国して大学で教鞭を執っていた頃）における健三の「自己」と「神」の関係はこのようなものであった。『道草』五十七回に戻る。留意すべきは一四七頁引用の c「（自分の苦しみを）神には能く解つてゐる」 d「もし左右いひ得たならばどんなに仕合せだらうといふ気さへ起らなかつた」と、この時の健三の意識を描いている語り手の立場である。ここでの「さへ」という表現は、この時点での語り手は作中の健三の意識のレベルを脱しており、宗教（「神」）が人間の苦しみを救う存在であることを認めている立場にいることを示している。作中の健三に対するこの批評を含んだ言葉は、宗教が個人を超えた人間の類の意識を体現したものであるという、その本質を理解し

ている語り手（作者）が、神の存在を拒否しながらも神の存在を希求せずにはいられない、この時の健三の「自己本位」への固執とその矛盾を、宗教の本質であるその人類性の立場から描き出していることを示しているのである。

3　健三における「人類に対する慈愛の心」

健三の他者に対する意識を考えるうえで留意すべきは、「人類」や「人類に対する慈愛の心」という言葉を健三が使用していることである。これらの言葉はキリストの「人類愛」と繋がっていると考えられるが、より根本的には、健三自身の意識の奥底にある人間の類の意識に根ざすものである。この類の意識という考えは既に留学中のノートにおいて顕著に表われている漱石の神に対する見方を深めたものであるが、ここでは『道草』に即し、健三のいう「人類」や「人類に対する慈愛の心」という言葉の使い方を、健三の御縫さんに対する思いを通して考えてみたい。[4]

六十一回で、健三と細君は御縫さんが不治の病にあることを話題にする。御縫さんには〈沢山の子供があるようだ〉という健三の言葉を聞いて、細君は「成人しない多くの子供を後へ遺して死に、行く、まだ四十に充たない夫人の心持を想像に描いた」という場面が描かれる。六十二回では健三におけるお縫さんの面影が描かれる。

強烈な好い印象のない代りに、少しも不快の記憶に濁されてゐない其人の面影は、島田や御常のそれよりも、今の彼に取つて遥かに尊かつた。[a]人類に対する慈愛の心を、硬くなりかけた彼から喚《そゝ》り得る点に於て。[b]また漠然として散漫な人類を、比較的判明《はつきり》した一人の代表者に縮めて呉れる点に於て。[c]――彼は死なうとしてゐる其人の姿を、同情の目を開いて遠くに眺めた。

健三にとって御縫さんは、「我」を感じさせない、「少しも不快の記憶に汚されてゐない」人であった。しかもこの時御縫さんは不治の病にあり、健三は御縫さんの面影を人間の生死のレベルから回想することになった。そのため健三の意識にあっては、御縫さんの個我の側面は消え去り、彼女の面影は理想化される。こうして健三の意識は、御縫さんの個我の裡にある人間としての根源（類の意識）に向かうのである。

まず傍線部aで御縫さんの面影が「人類に対する慈愛の心を、硬くなりかけた彼から喚《そそ》り得る点に於て」「尊かつた」という意味について考えてみたい。傍線部bでいう「漠然として散漫な人類」とは、健三にとって世俗に生きる人々は我執の塊であり、人間が本来的に持っている類の意識（個我の奥底に存在する人間としての普遍的な意識＝人間性）を感じさせない存在であったことを意味している。当時の健三には、普遍的な人類性が人に存在しているかさえ疑わしいと思わずにはいられなかったのである。そのため健三の人間に対する意識は「硬くなりかけ」ていた。すなわち人間不信に陥りかけていた。しかし健三にとって御縫さんは、我を感じさせない人であり、しかも彼女は「成人しない多くの子供を後に遺して死にゝ行」かねばならない人であった。おそらく自身の生は捨て置き、残していく子供の将来のことしか考えなかったであろう御縫さんの心の裡を思うとき、健三は深く彼女に同情せずにはいられなかった。こうして御縫さんへの深い同情は「人類に対する慈愛の心」を人間不信に陥りかけていた健三のうちに復活させずにはおかなかったのである。

次に傍線部b「漠然として散漫な人類を、比較的判明《はっきり》した一人の代表者に縮めてくれる点に於て」「尊かつた」という内容を考えてみたい。

既に触れたように、「漠然として散漫な人類」とは、世俗に生きる人は人間が本来的に持っているはずの「類の意識」（他者への愛情）を感じさせない我執の塊としか思われない存在であることを意味していた。しかし自分の生は捨て置き、子供達のことしか考えなかったであろう御縫さんの面影は、人間の本質が我執ではなく人類愛（＝他者への愛＝類の意識）にあることを健三に再確認させることになったのである。御縫さんが「漠然として散漫な人類を、比較的判明《はっきり》した一人の代表者に縮めて呉れる点に於て」「尊かつた」とは、健三にとってこのような思いが込められていたのである。

次に傍線部c「彼は死なうとしてゐる其人の姿を、同情の目を開いて遠くに眺めた」という内容を考えてみると、語り手が健三の意識をこのように描いているのは、健三にとって御縫さんは追憶の中に生きている遠い存在であったからである。それ故健三にとって御縫さんの面影が尊くとも、健三は「其人の姿を……遠くに眺め」ねばならなかった。世俗社会で生きている健三にあっては、この御縫さんの死は島田への御縫さんからの月々の仕送りが途絶えることを意味し、このことは島田にあってはさらに健三に寄りかかり金をせびり取ろうとする大きな要因となるであろうと予想せざるを得ず、御縫さんの死の自分への現実的影響に注意を向けなければならなかったのである。

問題を、健三の「人類に対する慈愛の心」に絞ろう。御縫さんは不治の病にあり、健三は生死の観点から、多くの子供を残して死なねばならない彼女の心情、自分の「生」は念頭になく、ひたすら子供の将来を案ずる無私の情愛に、共感し深い同情を懐いている。このことに留意するならば、健三の「人類に対する慈愛の心」とは、人間の生に絶対的価値を感じる意識（人間の生死のレベルでの類の意識）であるといえよう。この御縫さんへの健三の気持ちは、七十八回に描かれた、健三の細君への「情愛」、彼女の強いヒステリー症状のうちに現れた、自分の死をもいとわない赤ん坊への無私の情愛に対しての健三の感情と同じ性質のものである。健三の「人類への慈愛」とは、人間の意識の根源にある、人間の類の意識、普段は世俗に生きるための我欲（世俗意識）に抑え付けられている意識であるといえよう。もちろんそれは我欲とは無限の距離のある、宗教の本質である人類愛（キリストの人類愛や仏の慈悲）に近い性格のものである。

以上の検討を踏まえるならば、健三が「神」に惹かれた理由は、留学時代には人間の道徳の根拠を、人間の「自己」（＝個我意識）にあると信じていたが、今では人間の個我の奥底に存在している人間としての根源的意識（類の意識）にあると感じていたからであるといえるのである。

4　作品『心』との繋がり

ここで、健三の「人類に対する慈愛の心」の性格をさらに前作『心』との繋がりでも考えてみたい。結論を先に示せば、健三の「人類に対する慈愛の心」とは『心』（下「先生と遺書」五十四）での先生の思想的到達点「大きな人道の立場から来る愛情」を受け継いだものである。以下このことを考えてみよう。『心』（下「先生と遺書」）では「先生」が書き残した遺書の内容が展開されている。——Kが自殺した後、お嬢さんは今は私の妻となっている。しかし私と妻の間にはKの面影が入り込み、私は最愛の妻にさえ打ち解けることが出来ない。私は「何処からも切り離されて世の中にたつた一人住んでゐるやうな気」がする。そこでは先生の妻や母親に対する意識が描かれていく。

A　（妻の母が病気になると、私は）力の及ぶかぎり懇切に看護をしてやりました。是は病人自身の為でもありますし、又愛する妻の為でもありましたが、[a]もつと大きな意味からいふと、ついに人間の為でした。私はそれ迄にも何かしたくつて堪らなかつたのだけれども、何もする事が出来ないので[b]已《や》むを得ず懐手をしてゐたに違《ちがひ》ありません。

B　母が亡くなつた後、私は出来る丈妻を親切に取り扱かつて遣りました。たゞ当人を愛してゐたから許《ばかり》ではありません。[c]私の親切には箇人を離れてもつと広い背景があつたやうです。丁度妻の母の看護をしたと同じ意味で、私の心は動いたらしいのです。

C　（妻は私の親切に満足らしく見えましたが、物足りなさがあったようです）女には大きな人道の立場から来る愛情よりも、多少義理をはづれても自分丈に集注される親切を嬉しがる性質が、男よりも強いやうに思はれますから。

右の傍線部b「違《ちがひ》ありません」c「あつたやうです」d「らしいのです」という推測の言葉に示されているように、先生は自分の到達した境地にはっきりした自覚を持っていないようである。留意すべきは先生の妻への愛情は「親切」と言い換えられ、その「親切」はa「もつと大きな意味からいふと、ついに人間の為」c「箇人を離れてもつと広い背景があつた」e「大きな人道の立場」といった、個人を超えた性格のものであることが強調されていることである。このことは次のことを内実としていると思われる。

人間は人類としては存続し発展しているが、各個人は死なねばならない存在である。人間は母親の子への愛情に現われているように、類の存続のためには、自分の命をも犠牲にすることも厭わない意識をその根底に持っている。しかし近代の競争社会にあっては、程度の差はあれ、人は生まれながらに持っている他者のために生きたいと願望する人間としての類の意識を抑制し、自分が生きるために他者を押しのけて自分の利益を計ろうとする我の意識を持たざるを得ない立場に置かれる。『心』（下「先生と遺書」五十四）での先生のたどり着いた「大きな人道の立場」とは、近代社会に生きねばならないこのような人間の類の意識と個我意識との関係を、実体験を通して思い知らされ、その結果として生み出された、宗教的な意識にも類似する、類の意識の立場からする他者に対する情愛の在り方の理想なのである。妻への先生の情愛は妻の個我に向けられたものではなく、妻の個我の奥底にある、普遍的な人間性に向けられている。それゆえここでは妻への愛は「親切」と言い換えられているのである。この「人間の為」という「親切」が、『道草』では「慈愛」という、やや宗教的臭いのする言葉で表現されているのである。

以上のように考えることが出来るならば、健三が懐く「人類に対する慈愛の心」とは、作者が『心』でたどり着いた「大きな人道の立場から来る愛情」の、明確な思想的表現であったといえよう。

おわりに

本章では『道草』四十八回で「神といふ言葉が嫌いであった」にもかかわらず、健三が神に惹かれた理由を見てきた。健三の理解する神とは人間の諸能力の投影であった。健三が「神」という言葉が嫌いであった理由は、この当時の健三は「自己」を自分の生き方の核心に据えており、神への信仰は己の人間としての知性の弱さに基づくと考えていたからである。しかし健三は血のつながりや己の神経衰弱という個の制限を自覚するにつれて、己の自我の奥底にある人間としての類の意識に向き合い、次第に個を超えた普遍的人類性としての神や「自然」を意識するようになったのである。

注

(1) 我が国の「神」という概念は曖昧であり、多様な意味を内包していることは、柳父章『翻訳語成立事情』(岩波新書)などによって指摘されている。おそらく健三にあっては、神・仏・天・「自然」の内容は重なり合っていたと考えられる。なお、第Ⅱ部第一章(『道草』の「自然」)も参照願いたい。

(2) 漱石はクロージャーの『文明と進歩』と『知的発達の歴史』を読んで、原書に下線を引いたり書き込んだりしている。クロージャーの両書の内容や漱石の反応については藤尾健剛「漱石・クロージャー・マルクス」(『日本文学・語学論攷』翰林書房 一九九四年・『日本文学研究論文集成』26「夏目漱石Ⅰ」若草書房 一九九八年)に、また宗教にかかわる書き込みや下線を施された箇所についての検討は、同氏の「漱石・宗教・進化論――クロージャーへの書き込みの検討」

（香川大「国文研究」平成五年）に詳しい。
（3）岡三郎『夏目漱石研究　第一巻　意識と材源』第四章
（4）御縫さんに対する健三の思いについては、第Ⅰ部第七章11を参照いただきたい。

第七章　追憶や連想によって描かれた健三夫婦の個我意識と類の意識の交差

――展開の方法――（五十回～六十五回）

はじめに

『道草』は追憶や連想によって彩られた作品である。人間の意識は現実によって規制されるが、追憶や連想も例外ではない。しかし現実に直接向かう意識に比べれば、追憶や連想は、相対的に心の奥底にある人間の類の意識が活動できる領域であるといえよう。『道草』において追憶や連想が多用されているのは、それが人間の意識の活動（個我意識と類の意識の交差）を描き出すにふさわしい意識形態だからである。

本章では、『道草』五十回から六十五回迄を取り上げ、語り手の追憶や連想によって描かれた登場人物達の意識のありよう（個我意識と類の意識の交差）を考えてみたい。

I　細君のヒステリー発作に向き合う健三の不安

四十七回は『道草』で細君のヒステリー症状が本格的に描かれる最初の場面である。その後半で島田が健三宅を訪れた時、細君は伏せっていた。五十回では島田が帰った後、細君の横に坐ってその状態を心配する健三の姿が描かれる。(1) 健三が細君に声をかけ、その肩を揺すっても、細君は首を健三の方に向けるだけで、その瞳には「夫の存在を認める何等の輝きもなかつた」。語り手はこの時の細君の状態を心配する健三の姿を、「おい己だよ。分るかい」／斯《か》ういふ場合に彼の何時《いつ》でも用ひる陳腐で簡略でしかもぞんざいな此言葉のうちには、他《ひと》に知れないで自分にばかり解つてゐる憐憫と苦痛と悲哀があつた」と描いている。この時細君は突然平生の我に返った。細君は時折意識を失うという病状があったのである。五十回の後半から五十一回にかけては正気に返った細君を残して翌日の準備のために書斎に戻って仕事をしようとするが、しかし依然として細君の状態が気になり、寝ている細君を揺り起こして「彼女の実在」を確かめずにはおれない健三の姿が描かれる。そして五十一回の末尾で語り手は、翌朝の正常な状態に戻っている細君の姿を描き、二人の態度を「昨夜の事は二人共丸で忘れたやうに何にも云はなかつた」と描いている。

この五十一回の最後は、五十二回中頃から始まる健三と細君の会話に続いているが、その間にやや長い挿入部分があり、そこでは学生の前で講義する健三の内面が描かれている。挿入の最後の部分では語り手は、島田に対する健三の気持ちを描いていく。

是程細君の病気に悩まされてゐた健三は、比較的島田のために祟《たゝ》られる恐れを抱《いだ》かなかつた。彼は此老人を因業で強慾な男と思つてゐた。然し一方では又それ等の性癖を充分発揮する能力がないものとして寧ろ見縊《みくび》つてもゐた。たゞ要らぬ会談に惜い時間を潰されるのが、健三には或種類の人の受ける程度より以上の煩ひになつた。

右は語り手が細君の症状に対する健三の不安の描写から五十二回の健三の島田についての意識に繋げる役割を担っており、五十二回後半の、健三の島田に対する意識を描くための前提となる描写である。この時の細君の病気に悩まされていた健三にあっては、「島田のために祟られる恐れを抱かなかつた」ことや島田の強欲を「見縊《みくび》つてもゐた」ことが強調されている。この彼の意識には、細君の病気以外のことに意識を向ける余裕がなく、島田と自分との関係に自分の意識を向けることを拒否したい気持ちが表れている。この描写も又、病気の細君に対する健三の情愛の性格を示すものである。

2　島田についての健三夫婦の会話

次に五十二回中頃から始まる健三夫婦の島田についての会話の検討に移ろう。

細君の病状への心配が遠のくと、今度は「島田のために祟られる恐れ」や島田の「強欲」な性癖を強く意識する健三の姿が描かれる。この場面では語り手は、細君の病状を心配しているときの健三の島田を見くびっていた意識とは一見正反対に感じられる意識に焦点を当てている。

その時の細君との会話は「何を云つて来る気かしら、此次は」という健三の言葉から始まる。語り手はこの時の健三と細君の会話のきっかけを「（島田に）襲はれる事を予期して、暗にそれを苦にするやうな健三の口振《くちぶり》が細君の言葉を促がした」と描いている。そして細君に、「何うせ分つてゐるぢやありませんか。そんな事を気になさるより早く絶交した方が余つ程得ですわ」といわれて、健三はその意見を内心肯定しながら、細君の「そんな事」という言葉に自尊心を少し傷つけられて「それ程気にしちや居ないさ、あんな者。もと〳〵恐ろしい事なんかないんだから」と彼の内面とは反対のことをいう。そして細君に「恐ろしいつて誰も云やしませんわ。けれども面倒臭いにや違ひないでせう、いくら貴夫《あなた》だつて」と言われると、健三は「世の中にはたゞ面倒臭い位な単純な理由で已《や》める事の出来ないものが幾何《いくら》でもあるさ」と応えるのである。こうして細君の言葉に否定的に関係しながら健三の島田への気持が描かれる。ここでは夫の内面を理解しない細君の言葉に自尊心を傷つけられ、その細君の言葉の方向と反対のことを言う健三の姿が描かれるのである。ここでは言葉の表面では島田の存在を気にしていないようなふりをしながら、その実島田の生活を心配しつつ、同時に島田の「強欲な性癖」への嫌悪と、その来訪の目的への恐れを懐いている健三の意識が描かれている。そして島田が来たとき、面会を拒絶するわけにはいかなかった健三が島田の要求に応じて、小遣いを与えたことが描かれていく。

語り手はこの時の健三を、島田の要求の仕方が、「健三の神経を自尊心の一角に於て傷め付ける程強くも現はれてゐなかつた」ので、健三は書斎の机から紙入れを持ってきて、紙幣をつかみ出して島田に渡したと描いている。しかし細君には「片意地」を張って、そのことを言おうとしない。そしてその後も、島田の態度が健三の「自尊心」を傷つけない範囲であるときには健三の島田の生活への気遣いが島田への嫌悪感を抑え付け、彼に小遣いを与え続けるのである。以上の場面では語り手は次のような健三の意識のありようを描いていると考えられる。

細君にヒステリの病状が現われたときには、健三の心は細君の病状への心配で一杯となり、島田の来訪を「恐れ」ることもなく、彼を「見縊《みくび》」る意識に支配される。しかし細君の病状への心配が消えると、彼の内面は、再び島田の生活への心配と同時に、島田への「恐れ」と嫌悪感が彼の心を支配することになる。そして細君に「自尊心」を傷つけられるような言い方をされると、細君の言葉とは反対のことを言うが、島田が来たときには、島田の言葉が健三の自尊心を「傷めつける程強くも現はれてゐなかつた」ので、島田の生活状態への配慮が、彼への嫌悪感を抑え付け小遣いを与えるのである。

3　健三の紙入の役割と語り手の連想による各場面の描写

五十二回末尾に描かれる健三が書斎から持ち出した「紙入」は、五十三回だけでなく、島田と健三の関係の象徴として、五十六回に繋げる小道具として使われることになる。五十二回末尾から五十六回の話の展開を検討するにあたって、まず、五十二回から五十六回までの展開の概略をみておきたい。

健三は紙入の中を開けて島田に見せた。さうして彼が帰つたあとで、空の財布を客間へ放り出した儘また書斎へ入つた。細君には金を遣つた事を一口も云はなかつた。

右の「紙入」の描写は、五十三回前半で描かれる、健三の紙入に黙って紙幣を補充しておくという細君の、「滅多に」しない「気の利いた」行為の描写へ繋がっていく。と同時にこの「紙入」の描写は、五十六回での「紙入」を話題にする島田と健三の姿の描写へも繋がっていく。

一方この間にある五十三回後半から五十五回にかけては、五十三回で描いた細君の「気の利いた」行為（すなわち細君の「気分」）から「気分」という連想によって繋がっていく。五十三回では、黙って健三の紙入れに紙幣を入れておくという、細君の滅多にしない「気の利いた」行為（すなわち「細君の気分の変化」）から、語り手の描写は「其内細君の御腹が段々大きくなつて来た……気分も能く変化した」という細君の妊娠中の「気分」の描写へと繋がり、さらに五十四回では、細君の「気分」の変化から健三の（神経衰弱による）「気分」の変化に焦点が移り、健三の「神経衰弱」の昂じた意識のありさまが描かれていくことになる。そして五十五回では健三の「神経衰弱」によって

「二人の関係が極端な緊張の度合いに達すると」、細君と子供達を実家に帰し、独り生活する健三の「気分」や細君に対するその「気分」の変化が描かれていく。

以上のように五十三回から五十五回にかけては、細君の「気の利いた」行為↓細君の気分の変化↓健三の神経衰弱が昂じたときの彼の気分や細君に対する気分の変化へと、連句の手法を思わせる連想によって各場面の描写が繋がっていく。この間、描かれるテーマは五十三回から離れ、時間もまた二回にわたり大きく過去に戻る。そして五十六回では再び五十二回のテーマに繋がり、「紙入」を話題とする島田と健三の姿が描かれていく。このような語り手の連想による描写内容の展開は、各場面の論理的繋がりを読もうとする読者にはなじみにくい手法である。

おそらくこのような時間と場面の繋がりの分かり難さは、すでに過去に起り、現在も続いている健三と細君との諍いや細君の妊娠・出産時の意識などを描き出すために必要な要素を「連想」という手法で作品内に導入していることによるものと思われる。こうして『道草』は読者にはわかりにくい構造を持っていくのである。

4　五十三回後半から五十五回までの語り手の連想——登場人物の「気分」

まず、前節で概観した五十三回後半から五十五回までの語り手の連想（登場人物の「気分」から「気分」への連想）による描写の特徴をみていきたい。

五十三回の後半では、細君の「気分の変化」が描かれる。健三の紙入れに黙って紙幣を補充していた細君の行動を知って「健三は細君の心遣を嬉しく思ふよりも寧ろ珍らしく眺めた。彼の理解してゐる細君は斯《こ》んな気の利いた事を滅多にする女ではなかつたのである」という文章を契機として、細君の「気分」についての語り手の連想は、「其内細君の御腹《おなか》が段々大きくなつて来た。起居《たちゐ》に重苦しさうな呼息《いき》をし始めた。気分も能《よ》く変化した」という文章を呼び起こし、語り手の描写の焦点は細君と健三の「気分」の変化に移っていく。
まず語り手が描き出したのは「妾《わたくし》今度はことによると助からないかも知れませんよ」という、出産を控えた細君の「気分」であった。健三に「何故だい」と問われても「何故だかさう思はれて仕方がないんですもの」と細君は応えることしか出来なかった。

質問も説明も是以上には上《のぼ》る事の出来なかつた言葉のうちに、ぼんやりした或ものが常に潜んでゐた。其或ものは単純な言葉を伝はつて、言葉の届かない遠い所へ消えて行つた。鈴《りん》の音《ね》が鼓膜の及ばない幽《かす》かな世界に潜り込むやうに。

細君の言葉の裡に「常に潜んでゐた」「ぼんやりした或もの」とは、続いて描かれる細君の連想（記憶）と結びついていた。

彼女は悪阻《つわり》で死んだ健三の兄の細君の事を思ひ出した。さうして自分が長女を生む時に同じ病で苦しんだ昔と照し合せて見たりした。もう二三日食物が通らなければ滋養灌腸《かんちょう》をする筈だつた際どい所を、よく通り抜けたものだなどと考へると、生きてゐる方が却つて偶然の様な気がした。

細君の思いは、女性が新しい生を生み出すときに持つ、出産時にひょっとしたら自分は死ぬかもしれないという気分に彩られていた。傍線部分の細君の持つ「ぼんやりした或もの」とは、人間の意識のうちにある人間の実在にかかわる死の不安の感情であったといえよう。その人間の実在への不安の感情は、細君にとっては言葉では的確に表現できるものではなく、「ぼんやりした或もの」としか表現できない性質のものであった。

五十四回は「気分の変化」という連想で、細君の気分から「健三の気分にも上り下りがあつた」という描写に繋がっていく。描かれているのは、気分が苛立っているときの健三の意識に映る細君の姿である[2]。

五十五回では、時間が不分明となり、細君が身重になる前の時間にさかのぼっている。描写の焦点は、健三の神経衰弱が昂じ、細君を実家に帰したときの、健三の意識とその気分にある[3]。

5　五十二回から五十六回へ――「紙入」による繋がり

次に五十二回の「紙入」から五十六回の「紙入」への語り手の連想による繋がりをみていきたい。五十六回では、「同時に島田はちよい〳〵健三の所へ顔を出す事を忘れなかつた。……健三は時々書斎に入つて、例の紙入を老人の前に持ち出さなければならなかつた」という描写で始まる。傍線部の「同時に」という言葉は、五十三回後半から描かれることになる細君の出産間際での「気分の変化」の描写の書き出し部分「其内細君の御腹が段々大きくなつて来た」の「其内」と対応し、意識的に時間をぼんやりさせて、連想という手法によって現在と未来の描写に必要な過去の出来事を、この場面に導入するための語り手の手法といえよう。五十三回のこの場面で細君の妊娠が始めて読者に紹介され、しかも既に細君が既に起居《たちい》にも重苦しそうな状態になっていることが描かれる。こうして五十六回の時間は五十二回最後から、繋がっていくのである。

以上五十二回から五十六回までの展開を見てきた。その展開は健三や細君の「気分」の変化による連想という手法によってなされているといえよう。

6　五十六回から六十二回へ――金の問題と恩義の念

次に五十六回から六十二回への展開の手法を見ていきたい。

五十六回から六十二回前半までは、金の問題に焦点が当たる。語り手は「左《さ》う斯《か》うしてゐるうちに」（＝時間が経つと）島田の金の要求が積極的になり、まとまった金を要求するようになったことを記し、健三が細君にその不満をもらすと、健三は五十二回とほぼ同様な「引つ掛るから悪いのよ。だから始めから用心して寄せ付けないやうになされば好《い》いのに」という批判を細君から受ける。健三が「絶交しやうと思へば何時だつて出来るさ」と片意地を張ると、細君は「然し今迄付合つた丈が損になるぢやありませんか」と主張する。健三が「そりや何の関係もない御前から見れば左《さ》うさ。然し己は御前とは違ふんだ」と言い返す。

細君には健三の意味が能《よ》く通じなかつた。
「何《ど》うせ貴夫《あなた》の眼から見たら、妾《わたくし》なんぞは馬鹿でせうよ」
健三は彼女の誤解を正してやるのさへ面倒になつた。

右には健三の気持ちを誤解した細君の姿とこの時の健三の気持ちが描かれているが、語り手はその内実を分析的に示そうとしない。その描写の意味を論理の言葉で示せば次のようになろう。細君の言葉は、細君には島田が金を強請りに来る老人としか映らないことを示している。一方、健三の「何も関係のない御前から見れば左うさ」という言葉には、島田にかつて世話になっており、その恩義に報いたいという健三の気持ちがある。細君の「誤解」とは、このときの健三の言葉に健三の島田に対する恩義に報いたいとする気持ちが現われていることが理解できなかったことにあった。

五十六回の末尾では、語り手はその時の二人の会話から離れ、連想という手法によって時間を拡大して、「二人の間に感情の行違でもある時」を想起し、この時の二人の関係を描写していく。

　二人の間に感情の行違《ゆきちがひ》でもある時は、是丈の会話すら交換されなかつた。彼は島田の後影を見送つたまゝ黙つてすぐ書斎へ入つた。そこで書物も読まず筆も執らずたゞ凝《ぢつ》と坐つてゐた。細君の方でも、家庭と切り離されたやうな此孤独な人に何時迄《いつ》も構ふ気色を見せなかつた。夫が自分の勝手で座敷牢へ入つてゐるのだから仕方がない位に考へて、丸で取り合ずにゐた。

語り手は連想という手法によって、「二人の間に感情に行違」があるときの健三と細君の姿を描き出している。その時の健三の姿には、かつて自分を育ててくれた恩人に対して、その願望を叶えてやりたいが、それに応えてやるだけの金は手元にない、という彼の苦しみが描かれている。細君には島田に対する健三のこの気持ちが分からず、健三が何時もの「偏屈で強情な」態度を取っていると映り、健三に突き放した態度をとり続けるのであった。さらに語り手の連想は健三と細君の「感情の行違」から「癇癪の破裂」へと繋がっていく。

こうして語り手は連想という手法によって、五十六回末尾の、「夫が自分の勝手で座敷牢へ入つてゐるのだから仕方がない位に考へて、丸で取り合ずにゐた」というこの時の細君の態度や、恩義を感じている人の望みを叶えてやることが出来ない健三の苦しみといふ描写から、五十七回の冒頭「健三の心は紙屑を丸めた様にくしや〳〵した。時によると肝癪の電流を何かの機会に応じて外《ほか》へ洩らさなければ苦しくつて居堪《いたゝ》まれなくなつた」という書き出しへと繋げていく。健三の癇癪が破裂した場面では、健三の癇癪はまず第一に、細君に対して向けられたであろうが、語り手は細君に対しての癇癪の破裂は描かず、その癇癪が子供や下女・保険の勧誘員に向かった場面に描写を限定している。それは健三の癇癪の破裂が、罪もない子供や下女・保険の勧誘員にも向けられたことを描くことによって、健三の癇癪の破裂によって生じる道徳的葛藤を浮き立たせるためであったと考えられる。

7　健三の癇癪の破裂・一般の人類・神

語り手の描写は五十七回からは、その孤独な健三の意識の苦しみのありように移る。語り手はまず癇癪を破裂させたその時の健三の姿を「彼は子供が母に強請《せび》つて買つて貰つた草花の鉢などを、無意味に縁側から下へ蹴飛ばして見たりした」と描いている。

健三が子供の鉢を「縁側から下へ蹴飛ば」す行為は、その鉢が「母に強請《せび》つて買つて貰つた」ものであることと関係があろう。自分を無視する細君の態度への屈折した感情がこの行為に投影している。

赤ちやけた素焼の鉢が彼の思ひ通りにがら〳〵と破《われ》るのさへ彼には多少の満足になつた。けれども残酷《むご》たらしく摧《くだ》かれた其花と茎の憐れな姿を見るや否や、彼はすぐ又一種の果敢《はか》ない気分に打ち勝たれた。何にも知らない我子の、嬉しがつてゐる美しい慰みを、無慈悲に破壊したのは、彼等の父であるという自覚は、猶更彼を悲しくした。彼は半ば自分の行為を悔いた。然し其子供の前にわが非を自白する事は敢《あへ》てし得なかつた。

傍線部によれば、この時健三は「半ば」しか「自分の行為を悔い」ていない。その結果として、彼は「其子供の前にわが非を自白する事は敢てし得なかつた」のである。それは、自分の発作的行為が自分の意思に基づくものではなく、自分の意思以外の何かによって操られているという感覚を持つからであろう。健三は癇癪が鎮まった時点では、自分の行為を悔いるのであるが、自分の道徳的やましさを認めることが出来ない。それ故健三は「己《おれ》の責任ぢやない。必竟こんな気違じみた真似を己にさせるものは誰だ。其奴《そいつ》が悪いんだ」と、悲痛な自己弁護をしなければならなかったのである。

語り手は、この時の健三に必要なものは他者との「平静な会話」であったと的確に描いている。しかしこの時の健三には細君との会話によって気持ちを落ち着けることは出来なかったのである。さらに語り手は連想によって、別の場面での鬱屈した意識の爆発を描いていく。

> 常でさへ有難くない保険会社の勧誘員などの名刺を見ると、大きな声をして罪もない取次の下女を叱つた。其声は玄関に立つてゐる勧誘員の耳に迄明らかに響いた。彼はあとで自分の態度を恥ぢた。少なくとも好意を以て一般の人類に接する事の出来ない己れを怒つた。同時に子供の植木鉢を蹴飛ばした場合と同じやうな言訳を、堂々と心の裡で読み上げた。

右の引用では、語り手の視線は、健三の抑えることの出来ない癇癪の爆発が「罪もない」人々に向かうことによって生ずる健三の慚愧の念と、それを無視しようとする気持ちとの交差のありように焦点を当てている。傍線部の「一般の人類」とは、他者のために生きたいとする人間本来の意識を持ちながら、しかし世俗に生きるためには、自分の利益をまず第一に考える「我」を持たねばならない世俗の人々を指している。健三は世俗に生きる人々のこの心の構造を理解している自覚を持っているのであるが、発作的にこの「一般の人々」にも、鬱屈した気持ちを爆発させてしまうのである。彼はこの自分の発作的行動に怒りを向ける。語り手は、彼が子供の鉢を蹴飛ばした時と同様な次のような健三の言い訳に焦点を当てる。「己が悪いのぢやない。己の悪くない事は、仮令《たとひ》あの男に解つてゐなくつても、己には能く解つてゐる」と。

この時の健三は自分の意志とは無関係に自分を突き動かす衝動（癇癪の破裂）と彼の人間としての意識（＝「順良な彼の天性」＝類の意識）との分裂に苦しみ、この分裂した自分の行動を理解してくれる「あの男」（＝神）の存在を欲している。この場面で「神」を「あの男」と表現しているのは、健三が「神」の存在を認める事を拒否しているからである。彼の意識にあっては、道徳の根本であると確信していた「自己」に固執し続け、信仰と向き合うことが出来なかった。「己には能く解つてゐる」という健三のことばは、この時の彼が、神とは人間の意識の投影に外ならないと確信しており、神にすがるのではなく、「自己」に生きようとしていたことを示している。その健三の姿を、語り手は、「無信心な彼は何《ど》うしても、「神には能く解つてゐる」と云ふ事が出来なかつた。もし左右《さう》いひ得たならばどんなに仕合せだらうといふ気さへ起らなかつた。彼の道徳は何時でも自己に始まつた。さうして自己に終るぎりであつた」と描いている。

8　健三の「自己救済」と「世俗に生きる人々の救済」との関係

語り手は右の場面でこれ以上健三の「神」についての希求の意識を描こうとしない。何故語り手は健三の宗教による救済の意識をこれだけの描写にとどめるのであろうか。それはこの場面の健三の意識にあっては、自分自身の心の救済よりも金に苦しむ人々の救済により強い意識があったからである。そのため健三の連想は、健三自身の救済から世俗に生きる人々の救済の問題（すなわち信仰から金の問題）に移っていく。語り手は金に苦しむ世俗に生きる人々を救済したいという健三の願望を「彼は時々金の事を考へた。何故物質的の富を目標《めやす》として今日迄働いて来なかつたのだらうと疑ふ日もあつた。」と描いていく。

この健三の意識には、自分の生き方の信念である「自己本位」では、金が支配している世俗の人々を助けることは出来ない、どうすれば、金に苦しんでいる人々を幸福にすることが出来るか、という思いがある。

彼はけち臭い自分の生活状態を馬鹿らしく感じた。自分より貧乏な親類の、自分より切り詰めた暮し向に悩んでゐるのを気の毒に思つた。極めて低級な慾望で、朝から晩迄齷齪《あくせく》してゐるやうな島田をさへ憐れに眺めた。

「みんな金が欲しいのだ。さうして金より外には何にも欲しくないのだ」

斯《か》う考へて見ると、自分が今迄何をして来たのか解らなくなつた。

この時の健三の意識には、二つの方向性が内在している。

第一は「金の力で支配出来ない真に偉大なもの」を彼が求めてきたとする立場から、金が支配する世俗世界を超越できる立場を獲得せねばならないという内面への方向性である。この意識は宗教的思索へと繋がっていく。

第二は、六十回に繋がる意識で、世俗の中で自分の周りの親族達は金に苦しんでいる、恩義ある島田が本当に生活に困っているなら、援助してあげなければならないが、それを実現するためには金が手に入るような社会的立場を獲得せねばならないという現実社会への方向性である。この意識は六十回の島田の生活の実際を知ろうとする行動へと繋がっていく。

まず語り手は、五十七回の末尾で第一の方向を描いていく。

彼は元来儲ける事の下手な男であつた。儲けられても其方に使ふ時間を惜がる男であつた。卒業したてに、悉《ことごと》く他の口を断つて、たゞ一つの学校から四十円貰つて、それで満足してゐた。彼はその四十円の半分を阿爺《おやぢ》に取られた。残る二十円で、古い寺の座敷を借りて、芋や油揚ばかり食つてゐた。然し彼は其間に遂に何事も仕出かさなかつた。

五十八回から六十回までは第二の方向の問題（彼の生きる現実世界と金の関係）に焦点が当たる。まず五十八回では、外国から帰ってきた時の、金のないことによる苦労が回想され、ついで五十九回では、外国にいるときの金の欠乏による惨めな生活、及び帰国してから留学中に同宿した男から借りた金を返すための算段などが連想されていく。そして六十回の冒頭では、金銭的に無能力な自分をせびりに来る島田を「最も質《たち》の悪い其種の代表者」と感じる健三の意識が描かれる。しかしにもかかわらず六十回からは、本当に島田が生活に困っているなら、援助しなければならないと感じ、島田の実際の生活を知ろうと行動する健三の姿が描かれていく。彼は姉や比田に島田の経済状態を尋ねるが、二人の答えは「好《い》い加減の範囲を脱し得ない上つ調子のもの」でしかなかった。ここでは姉夫婦の「上つ調子」な言葉に描写の焦点が当てられ、彼らの性格が見事に浮き彫りにされている。

9　健三と細君の感情の齟齬と齟齬の生じない場合への語り手の視線の変化

六十一回では健三は細君に「今の島田の実際の境遇」についての意見を求める。細君の答えは、自分で調べたらどうかという高飛車な意見であった。この回では細君の健三を非難する調子が健三の勘に障り、機嫌を損ねた健三がぷいと立って書斎に入ってしまう姿が描かれる。太っ腹な細君には、健三が自分で調べもせず、他人の意見を通して島田の生活の実際を知ろうとする意識は、度胸のない神経質な苦しみとして映ったのである。

語り手はこの時の健三と細君の感情の齟齬を描き出した後、「島田の事に限らず二人の間には斯《か》ういふ光景が能く繰り返された。其代り前後の関係で反対の場合も時には起つた」と記し、健三と細君の間で「反対の場合」（感情的齟齬が生じない場合）を連想していく。このような語り手の連想による視点の変化（島田の経済状態への健三の配慮から、細君の無理解へと描写の焦点が移り、さらにその反対の健三夫婦の感情の齟齬がない場合の描写へと転換していく語り手の描写手法）に読者は付いていくことが難しく、語り手のこの場面の連想による話の展開に読者は戸惑いを受けることになる。

健三は細君に「御縫さんが脊髄病なんださうだ」「到底《とても》助かる見込はないんだとさ。それで島田が心配してゐるんだ。あの人が死ぬと柴野と御藤さんとの縁が切れてしまふから、今迄毎月送つてくれた例の金が来なくなるかも知れないつてね」と語る。細君は「可哀想ね今から脊髄病なんぞに罹つちや。まだ若いんでせう」と尋ねる。すると健三は「己より一つ上だつて話したぢやないか」と細君の記憶の悪さに声を荒げる。しかし細君はその健三の態度を無視し、「子供はあるの」と質問を続ける。この場面では細君が健三の言い方に反発しなかったので健三も「何でも沢山あるやうな様子だ。幾人《いくたり》だか能く訊《き》いて見ないが」と冷静に応じ、二人の感情の齟齬はこれ以上生じなかったのである。

10　産を間近に控えた細君の夫健三への求愛の気持

次いで語り手の視線は、この時の細君の気持ちを、「細君は成人しない多くの子供を後へ遺して死にゝ行く、まだ四十に充たない夫人の心持を想像に描いた。間近に逼《せま》つたわが産の結果も新たに気遣はれ始めた」と描いていく。

こうして語り手の視線は、細君の産を間近に控えた気持ちから、多くの子を残して死なねばならない御縫さんの気持ちを連想する細君の内面に移っていく。

さらに、この時の細君の気持ち（自分の「重さうな腹を眼の前に見ながら、それ程心配もして呉れない男の気分」の背景にある、夫健三の妻に対する気持ちを確かめたいとする意識の動き）をも描き出す。それは、「一体あの人は何うして其御藤さんて人と――」と口にした細君が「少し躊躇した」という描写のうちに描かれている。細君はこの質問に、何故健三が自分と結婚したのか、夫の自分に対する気遣いのなさは、自分を愛していないからではないかという気持ちを重ねている。語り手はその時の健三の内面を「健三には意味が解らなかつた」と描いている。この挿話は細君の質問を考える健三の内面とその時の細君の姿の描写で終わっている。

> 御藤さんがまだ若い未亡人であつた頃、何かの用で扱所へ出なければならない事の起つた時、島田はさういふ場所へ出つけない女一人を、気の毒に思つて、色々親切に世話をして遣つたのが、二人の間に関係の付く始まりだと、健三は小さい時分に誰かから聴いて知つてゐた。然し[a]恋愛といふ意味を何う島田に応用して好《い》いか、今の彼には解らなかつた。
>
> [b]「慾も手伝つたに違ないね」
>
> 細君は何とも云はなかつた。

傍線部aでは、人が異性に惹かれる気持ちと、「恋愛といふ意味」との繋がりを考える健三の姿が描かれる。この場面で健三が「恋愛」という感情を島田に「応用」出来なかったのは、「恋愛」とは人間の意識の根底にある最も人間的感情であり、その人間的感情を健三は島田のうちに考えることが出来なかったからである。「慾も手伝つたに違ないね」という健三の答えに、細君が「何とも云はなかつた」という傍線部bの描写には、健三が自分と結婚した理由が、健三の「慾」（細君の父親が勢力家であったことが関係している。自分に恋愛感情を持っていない）と感じている細君の気持ちが描かれている。

傍線部aの人が異性に惹かれる理由と「恋愛という意味」との関係についての健三の思いは、健三に御縫さんとの「交際」の内実を連想させることになる。こうして語り手は健三の連想に従って、六十二回で御縫さんとの「交際」の内実を描いていくのである。

11　御縫さんと健三との「交際」と「人類に対する慈愛の心」

留意すべきは六十一回末尾にあるa「恋愛といふ意味を何《ど》う島田に応用して好《い》いか、今の彼には解らなかつた」という文章と、六十二回冒頭近くにある「もし交際といふ文字を斯《こ》んな間柄（健三と御縫さんとの「交際」が「極めて淡くさうして軽いものであった」こと――筆者）にも使ひ得るならば」という文章との内的繋がりである。この二つの文章の緊密さは、健三にとって「恋愛といふ意味」を島田にも「応用」しうるならば、六十二回の御縫さんとの「交際」も「恋愛」と言い換えうる性質であると感じていることを示している。

強烈な好《い》い印象のない代りに、少しも不快の記憶に濁《にご》されてゐない其人の面影は、島田や御常のそれよりも、今の彼に取つて遥かに尊《たつと》かつた。人類に対する慈愛の心を、硬くなりかけた彼から喚《そそ》り得る点に於て。また漠然として散漫な人類を、比較的判明《はつきり》した一人の代表者に縮めて呉れる点に於て。

健三の御縫さんに対する印象は、御縫さんの面影が「少しも不快の記憶に濁《にご》されてゐない」という点にあり、語り手は現在の健三が御縫さんに惹かれる理由を、「人類に対する慈愛の心を、硬くなりかけた彼から喚《そゝ》り得る」点と、「漠然として散漫な人類を比較的判明《はっきり》した一人の代表者に縮めて呉れる」点にあったと描いている。

死に行く御縫さんに惹かれる健三の感情の内実は、御縫さんが世俗に生きる人間が持たねばならない「我執」を感じさせないことにあり、そのことは今の健三にとっては以下のことを意味していたのである。

世俗に生きるために人々は我執を持たねばならないが、しかし彼らはその心の奥底では、己の我執を否定し、他者（人類）のために生きたいと願っている。健三もまたその一人であることを自覚し、人の心には誰でもが他者（人類）のために生きたいという願望を持っていると確信していた。しかし現在の健三にあっては、世俗に生きる人々（＝健三のいう「一般の人類」）に対するその確信は揺らいでおり、世俗に生きる人々は、我執の塊にすぎないという絶望に陥りかけていた。しかし御縫さんの我執を感じさせない面影と、残していく子供のことのみを心配しているであろうその母親としての気持は、人間の本質は我執ではなく、他者（ここでは子供）のために生きることにあると健三に教えるのであった。この点で健三にとって御縫さんは人類の代表者であった。こうして御縫さんの面影は、健三のうちにある「慈愛」という温かい心を復活させてくれるのであった。

健三にとって御縫さんの面影は、「我執」という罪を背負った世俗に生きる人々に「慈愛」の眼差しを注ぎ、自らの死によって世俗に生きる人々の心を人間に対する愛に目覚めさせるキリストのイメージに類するものであったといえよう。(4)

留意すべきはこのような健三の御縫さんの回想との関係で、島田や御常もまた「今の彼に取つて」御縫さんほどでないにせよ「尊かつた」存在として意識されていることである。この時健三の意識には人間としての類の意識が浮かび上っており、この彼の意識が、島田夫婦をも「尊かつた」と回想させているのである。

このように、語り手は連想という方法によって、六十一回では健三の意識の根底を貫いているものが島田の生活への気遣いであることを描きつつ、健三と細君の反発し合う姿や、同じような場面でもどちらかが相手の態度を気にしない場合には諍いも起らず、二人の気持ちが寄り添おうとすることもあることを描いていく。そして六十二回前半では語り手の連想によって、健三の心の奥底にあるお縫いさんの面影の意味と共に、健三の心の奥底にある島田夫婦を尊い存在と感じる恩義の念をも描き出したのである。

12　健三の現実意識による島田夫婦への態度

六十二回前半で「其人（御縫さん）の面影は、島田や御常のそれよりも、今の彼に取つて遥かに尊かつた」と、健三の心の奥底にある島田と御常に対する恩義の念をも描き出していた。

ところが六十二回中頃で、語り手は一転して、世俗に生きるための健三の現実意識に焦点を当てる。健三の現実的意識は、御縫さんの死が島田に健三から金を強請る理由を与えることになるであろうことを感じ、その時の島田に対しては「衝突して破裂する迄行くより外に仕方がない」と覚悟し、「島田の来るのを待ち受けた」と。この段階で健三の現実的意識は、自分の生活を守るために島田への恩義の念を抑えつけて、島田との関係を断ち切る決心をしたのである。と同時に語り手は島田の来訪を描く前に、島田への嫌悪感からの連想で御常に対する健三の嫌悪感を想起し、次のような文章を書き入れ、ここから御常の来訪を描き、健三の御常に対する分裂した感情と実際の対応をも描いていく。このことは語り手が島田との決別の念と共に、御常に対する気持の整理をも書かずにいられなかったことを示している。

其島田の来る前に突然敵《かたき》の御常が訪ねて来やうとは、彼も思ひ掛《が》けなかつた。／細君は何時もの通り書斎に坐つてゐる彼の前に出て、「あの波多野つて御婆さんがとう〳〵遣《や》つて来ましたよ」と云つた。彼は驚ろくよりも寧ろ迷惑さうな顔をした。細君には其態度が愚図々々してゐる臆病もののやうに見えた。

右の文章で読者がやや違和感を感じるのは傍線部分の表現である。第一はこの直前の健三の御縫さんについての回想において「其人の面影は、島田や御常のそれよりも、今の彼にとつて遙かに尊《たつと》かつた」と、御縫さんの面影ほどではないにせよ、島田や御常の面影も「尊かつた」と回想しているにもかかわらず、現実意識に戻った健三にあっては、その御常を傍線部aで「敵《かたき》」と意識していることである。第二は、突然現われた御常に対する健三の意識を、傍線部bで「驚ろくよりも寧ろ迷惑さうな顔をした」と描いていることである。この時の健三の意識の内実は御常が帰った後の六十四回での健三の意識の描写のうちに示される。

結論を先に示せば、傍線部aで健三が御常を「敵」と表現しているのは、六十四回に描かれているように、健三の意識にあっては御常が幼い健三に、「島田はお前の敵《かたき》だよ」と教え込んだ、健三のトラウマとなっている御常の「敵」という言葉が健三の意識に張り付いているからである。傍線部bで、健三が御常の来訪を「驚ろくよりも寧ろ迷惑さうな顔をした」理由もまた、御常の「巧みな」「弁口」に健三が「辟易して」おり、その「辟易」した感情が理屈なしに彼の表情に上るからであった。健三のトラウマとなっている御常に対するこの感情が、御常の来訪を聞いた瞬間に彼の脳裏を襲ったのである。しかし細君には、右のような健三の心の傷が理解できず、健三のその時の態度が単なる「臆病もの」としか映らなかったのである。

六十二回後半から六十三回では健三の立場からみた御常の姿とその思いが描かれる。健三はかつての「御常の技巧から溢れ出る戯曲的動作」を警戒した。しかし「御常の物語りは健三の予期に反して寧ろ平静」であり、「誇張した身振だの、仰山な言葉遣だの、当込の台詞だのは、それ程多く出て来なかつた。それにも拘《かゝ》はらず彼は自分と此御婆さんの間に、少しの気脈も通じてゐない事に気が付いた」と語り手は描いている。語り手はこの挿話の最後を「もしあの憐れな御婆さんが善人であつたなら、私は泣く事が出来たらう。泣けない迄も、相手の心をもつと満足させる事が出来たらう。零落した昔しの養ひ親を引き取つて死水を取つて遣る事も出来たらう」「黙つて斯《か》う考へた健三の腹の中は誰も知る者がなかつた」とする健三の思いで締めくくっている。

ここでは語り手は健三の二つの意識（御常への嫌悪と警戒感と御常への恩義の気持）の交差を描いているのである。と同時に、もし島田がここで描かれた御常のような姿で健三の前に現れたなら、健三の島田に対する態度もまた違っていたであろうことを暗示している。

13 御常から受けた心の傷

六十四回では、御常が帰った後の健三と細君の会話が描かれる。「（御常が）又あの事（健三が幼児の時、寝小便をして御常を困らせたこと）を云つたでせう」という細君の言葉から、健三は御常の「弁口」とその巧みな技倆を連想していく。その連想は、御常の口車が健三の父を何時も丸め込んだこと、お世辞の巧みな彼の姉も御常の口にはかなわなかったこと、健三が御常と会うときにはこの御常の口をいつももっとも警戒したこと、そしてこの場面でも御常によって「幼少の時分恩になつた記憶を又新らしく復習させられるのかと思ふと……辟易した」という健三の思いが描かれる。その健三の御常に対する嫌悪感の強さを語り手は「彼の予期が外れた時、彼はそれを仕合せと考へるよりも寧ろ不思議に思ふ位、御常の性格が牢として崩すべからざる判明《はっきり》した一種の型になつて、彼の頭の何処かに入つてゐたのである」と描いている。

このような健三の御常に対する思いを聞いた細君は、それは三十年前の古いことであり、今では御常にも遠慮があり、人間の性質も変わっていくはずだ、という。しかしその細君の説明を聞いても健三は「そんな淡泊《あっさり》した女ぢやない」と「腹の中で斷う云はなければ何うしても承知が出来なかつた」と語り手は描いている。この描写では健三の幼少期に御常から受けた心の傷の深さが、現在の彼の「執拗さ」を生み出していることが暗示されている。

以上が健三の島田との決別の覚悟と御常から受けた健三の心の傷についての語り手の描写である。

14　細君の生家を巡る細君と健三の意識の交差

六十五回では語り手の連想による健三と細君との諍いが描き出されているが、ここではその分かり難さを考えていきたい。

六十五回の語り手の連想は、御常から受けた心の傷に規制された健三の御常への思いを「夫の執拗」として笑い、「ことに彼と自分の生家《さと》との関係に就いて、夫の此悪い癖が著るしく出てゐるやうに彼女は思つてゐた」という細君の意識を描き出し、細君の生家を巡る細君と健三の意識の交差へと移っていく。細君の意識に映る御常に対する健三の思いが「執拗」であり、「悪い癖」であるとの彼女の批判には、彼女の生家に対する健三の態度への批判が重ねられていた。しかし彼女の言葉の表面には、彼女の生家に対する健三の態度への批判は表れていない。そのため読者には細君の言葉に重ねられた彼女の生家に対する健三の態度への批判を感ずることが出来ない。細君の言葉に彼女の生家の問題がはっきり現われるのは、「批評が中《あた》つてさへゐれば独断的で一向差支ないものだ」という健三の言葉に対する、彼女の「然しもし中《あた》つてゐなければ迷惑する人が大分出て来るでせう。あの御婆さんは私と関係のない人だから、何うでも構ひませんけれども」という言葉からであった。

語り手は、細君のこの言葉を聞いた時の健三の内面と、その時の細君への態度を描いていく。

a健三には細君の言葉が何を意味してゐるのか能く解つた。b然し細君はそれ以上何も云はなかつた。c腹の中で自分の父母兄弟を弁護してゐる彼女は、表向《おもてむき》夫と遣《や》り合つて行ける所迄行く気はなかつた。d彼女は理智に富んだ性質《たち》ではなかつた。／「面倒臭い」／少し込み入つた議論の筋道を辿らなければならなくなると、彼女は屹度斯《か》う云つて当面の問題を投げた。

右の文章から語り手の焦点は、細君の生家と健三の不和を巡る、細君と健三の意識の交差へと移っていく。しかしながら読者にあっては、語り手による説明がないので、この部分から始まる語り手の描写の変化にすぐにはついて行けず、その変化に戸惑わざるを得ない。

aでは、御常に対する健三の意見を「独断」とする細君の批判に、健三と彼女の実家と不仲になっている原因が重ねられていることを健三が理解したことが描かれている。

cでは、語り手は、細君が自分の父母兄弟の立場を弁護するために、夫が納得するまで反駁するつもりはなかったと描いている。

aとcの内容は直接には繋がっていない。このことはおそらくbの文章の背後には、細君の生家についての健三の批判とそれに対する細君の反論があり、この書かれていない二人の諍いの存在を踏まえて、cの記述があると考えられる。すなわち語り手の描写の視線は、bにおいてすでに御常の評価を巡る健三と細君の議論から、生家を弁護する細君への健三の批判と、その批判に反論する細君の態度へと移っている。時間もまた健三が「遂に細君の生家《さと》に行かなくなつた」以前の過去に遡っている。そのことを考えるとおそらくd「彼女は理智に富んだ性質ではなかつた」からは、細君の生家について彼女と諍いになったときの、健三の回想（時間的経緯とは関係なく、脳裏に浮かぶもっとも印象に残っている諸場面の連想）がその背景にあると推測できる。

以下、ここでは語り手の視線に即して、健三の意識に浮かんだ連想の内容（細君の生家を巡る細君と健三の意識の交差の描写）をみていきたい。

語り手は、まずその時の二人が互いに非難し合いながらも、互いのわだかまりを理解し、「其非難に理由のある事も亦御互に認め合はなければならなかつた」と描き、健三が「遂に細君の生家《さと》へ行かなくなつた」時の細君の態度を次のように連想していく。細君は健三に「何故行かないとも訊かず、又時々行つて呉れとも頼まず」「依然として「面倒臭い」を心の中に繰り返すぎりで、少しも其態度を改めやうとしなかつた」と。この語り手の連想にあっては、時間の観念が消え、健三の意識に浮かぶ細君の生家をめぐる細君との関係があるがままに描かれている。

さらに続いて語り手はその時の細君と健三の姿を連想していく。

「是で沢山だ」／「己も是で沢山だ」／また同じ言葉が双方の胸のうちで屢《しばしば》繰り返された。

ここに描かれている細君と健三の姿は、表面的には意思疎通を欠いた不和の状態にあるかのようにみえる。しかしその内実は心の奥底では互いを認め合っている姿なのである。細君は自分の生家の人々の考えを弁護していた。しかし夫健三の批判が「独断」であるにしても、そこに「理由のあること」をも認めていた。健三もまた細君の「其非難に理由のある事」を認めていた。細君は夫と生家との和合を願っている。しかし細君は、健三の許に嫁いだ以上、「神経衰弱」を抱えている夫を世間から守り、自分の家庭を守ることが何よりも大切であった。健三が実家との和合への願いを聞き入れない以上、彼女は生家との関係よりも、夫を守り通すことを優先したのである。それは、これ以上健三に対して生家との関係改善の働きかけをしないという細君の態度となって現われているのである。健三の意識に映る、一見否定的に感じられる「面倒臭い」「是で沢山だ」という細君の態度の内実は、このようなものであった。健三が細君の生家に行こうとしない理由と彼の態度は七十九回に描かれる。

語り手は細君の生家をめぐる健三と細君の対立のうちに、互いへの理解と夫婦としての一体性を描き込んでいる。そして語り手は生家をめぐる細君の態度を描いた後、細君の生家をめぐる二人の意識から離れて、健三と細君の相互理解と一体性の生じる根源を描いていく。

語り手は「それでも護謨紐《ごむひも》のやうに弾力性のある二人の間柄には、時により日によつて多少の伸縮《のびちゞみ》があつた」ことを連想し、さらに時間を遡り、「日和の好い精神状態が少し継続すると、細君の唇から暖かい言葉が洩れ」、「是は誰の子?」と健三の手を握って、自分の腹の上に載せ、「既に自分の胎内に蠢めき掛けてゐた生の脈搏」を「同情のある夫の指頭に伝へやうとした」こともあったと連想する。そして六十五回を次のような細君と健三の姿を描いて結んでいる。

「喧嘩をするのは詰り両方が悪いからですね」
彼女は斯《こ》んな事も云つた。夫《それ》程自分が悪いと思つてゐない頑固な健三も、微笑するより外に仕方がなかつた。
「離れゝばいくら親しくつても夫切《それぎり》になる代りに、一所にゐさえすれば、たとひ敵《かたき》同志でも何《ど》うにか斯《こ》うにかなるものだ。つまりそれが人間なんだらう」
健三は立派な哲理でも考へ出したやうに首を捻つた。

ここには今迄語り手の連想してきた健三と細君の夫婦関係についての最も根源的な語り手の理解が示されている。

夫婦とは生まれ育った環境や性格の違いから烈しい諍いもするが、しかし意識の奥底では互に信頼し一つのこころに融け合う関係にある——夫婦の信頼感とは、意識の表層における論理的思考の一致ではなく、時間と場所を共にし、子供を産み育てながら互いを支え合う夫婦としての「情愛」の深さ（類の意識と結びついた情動的要素）であると。語り手が連想という手法によって描き出した健三と細君の繋がりの根本はこの点にあった。

おわりに

本章では五十回から六十五回までを取り上げ、その話の展開が登場人物や語り手の連想によってなされていることを見てきた。これらの場面で追憶や連想が多用されている理由は、それらが健三や細君の心の奥底の動き、とりわけ我の意識と類の意識との重なりとその交差を描くにふさわしい意識形態であったからである。

しかしその描写方法は、読者にとっては登場人物達や語り手の意識に同化して論理的に読むことが難しい手法であり、『道草』の難解さの一つにもなっているといえよう。

注

（1）この時の健三の意識については第Ⅱ部第二章「細君に対する健三の「情愛」の性格」を参照いただきたい。
（2）この時の健三の眼に映る細君の姿については第Ⅱ部第二章を参照いただきたい。
（3）五十五回の描写の特徴については、第Ⅱ部第一章「『道草』の「自然」」を参照いただきたい。
（4）第Ⅰ部第六章「健三における自己・神・類の意識」を参照いただきたい。

第八章　教育と野生、血の繋がりと根源的自己意識
――貫いているテーマと語り手の視線――　（六十六回～六十九回）

はじめに

『道草』六十六回から六十九回までは、主として主人公健三と細君や姉（お夏）との会話、及びその会話を契機とする健三の連想によって構成されている。しかしこれら諸場面を貫いているテーマは、読者には分かり易いものではない。その理由は、語り手がその諸場面の意味をテーマとの関係で分析的に示すことがほとんどなく、そのため読者にあってはこの諸場面をテーマとの関係で読み取ることが難しいからである。本章では、六十六回から六十九回を貫いているテーマと語り手の視線との関係を考えてみたい。

Ⅰ　兄への健三の思い

六十六回は「御常や島田の事以外に、兄と姉の消息も折々健三の耳に入つた」という描写から始まる。この回では兄への消息についての健三と細君の会話、及びそれを契機とする健三の思いが描かれる。

まず語り手は、「兄が死んだあとの家族を、ただ活計《くらし》の方面からのみ眺める事があつた。彼はそれを残酷ながら自然の眺め方として許してゐた。同時にさういふ観察から逃れる事の出来ない自分に対して一種の不快を感じた」

と健三の意識を描いた後、兄の死を口にする健三に取り合わずに大きな腹をもてあましている細君の姿と、その細君の姿から連想する時々来る産婆の仕事について尋ねる健三の、出産についての知識のない姿に焦点を移す。そして「其内兄の熱がころりと除《と》れた」と描き、再び健三と細君の会話へと焦点を当てていく。

健三は兄が「何でも髪剃《かみそり》を頭の上へ載せて遣《や》る」という、妙な祈祷のおかげで熱が取れたことを細君から聞いた。健三には髪剃のおかげで熱が除《と》れるとは思えず、熱が出るのは「気の所為《せい》」だから「髪剃でなくつたつて、杓子でも鍋蓋でも同じ事さ」と口にする。それに対して細君は、健三の兄の健康状態や経済状態を念頭において〈いくら医者の薬を飲んでも治らないので、試しにやってみたらと勧められてやる気になったがどうせ高い祈祷料を払ったんじゃないんでしょう〉という。その時の健三の意識が描かれる。

> 健三は腹の中で兄を馬鹿だと思つた。また熱の除《と》れる迄薬を飲む事の出来ない彼の内状を気の毒に思つた。髪剃の御蔭でも何でも熱が除《と》れさへすればまづ仕合せだとも思つた。

健三の学問的常識からすれば、髪剃の効力を信じて祈祷を受けることは馬鹿化たことであった。しかし細君のいうように、経済的に薬を飲み続けることの出来ない兄の内情を考えるならば、兄が祈祷にすがろうとした動機は理解できた。非科学的な「髪剃の御蔭」はさておき、熱が取れたことそれ自体は、本人や家族のために喜ばしいことであったと健三は感じる。ここでは健三の学問的常識による兄の馬鹿げた行動を批判する意識と、兄の行動の背景を理解し、その批判と理解との折り合いをつけた健三の意識の動きが描かれている。語り手はその時の健三の同時に存在する相反する二つの意識の交差とその統一を読者に分析的に示しているのである。

右の例は健三の内面における二つの意識の交差と主体との関係を分析的に読者にわかりやすく示している例であ

る。しかしながら六十六回後半で、姉の消息を耳にし姉を見舞いに行った場面が描かれ出すと、健三の意識は複雑な様相を呈し、それを描く語り手の描写もまた読者には分かりにくいものとなっていく。

2　姉の消息

六十六回後半から姉の消息が描かれる。それは「兄が癒《なほ》ると共に姉がまた喘息《ぜんそく》で悩み出した」という描写から始まる。語り手は「「又かい」／健三は我知らず斯《か》う云つて、不図《ふと》女房の持病を苦にしない比田の様子を想ひ浮べた」と健三の内面を描いている。

この描写ではこの時の健三が、自分の「又かい」という言葉に表れた気持ちが、二十六回の姉の喘息に平然としている比田の気持ちと同じではないかと直感していることを示している。「ことによると六づかしいかも知れないから、……見舞に行くやうに」という兄の伝言を細君は健三に伝えた。しかしその伝言を聞いた後でも健三はさして心配する様子も見せない。そしてこの姉の病状をさほど心配していない健三の意識のありようが姉との会話場面でも貫くことになる。何故健三は姉の病状を心配しないのであろうか。語り手は健三が姉に見舞いに行った場面で、その理由を追及していく。以下、その語り手の追求を描写の展開に即しながら浮き彫りにしてみたい。

語り手はその後、健三の姉への見舞いを、六十七回の途中で「斯《か》くして四五日は徒《いたづ》らに過ぎた。健三が漸く津の守坂《かみざか》へ出掛けた時は六づかしいかも知れないと云つた姉が、もう回復期に向つてゐた」という描写から始めている。

細君が兄の伝言を伝えた場面と、健三が姉を見舞いに行った場面との間には二つの挿話的場面が存在する。一つは、六十六回末尾に描かれている、兄の伝言を健三に伝えた細君の様子とそれに対する健三の反応である。彼女は「重苦しさうに自分の尻を畳の上に着け」、「御腹の具合が変になつて来て」棚の上に手を伸ばすことも出来ないと健三に語る。その時「産が逼《せま》るほど妊婦は運動すべきものだ位に考へてゐた健三は意外な顔をした。……彼は活動を強ひる勇気も自信も失なつた」と語り手は描いている。ここには妊婦の身体の変調を知っているつもりでいても、実際には細君の身体の変調に大して気を使っていない健三の姿が描かれている。と同時に健三の意識は兄の伝言によって「ことによると六づかしいかも知れない」と注意された姉の病状から、細君の身体の変調への自分の無関心さの反省に移っており、彼が姉の病状をさほど気にしていないことが、この描写によっても示されている。

二つ目の挿話的場面は、六十七回冒頭の健三の疲労感の描写である。

「健三は宅《うち》へ帰ると甚しい倦怠を感じた。たゞ仕事をした結果とばかりは考へられない此疲労が、一層彼を出不精にした」。彼は机によって書物を眼の前にしているときですら睡魔に襲われ、その後失われた時間を取り返さなければならないという感じが彼を机に縛り付けずには置かなかった。ここでは、自分のすべてを学問上の仕事にささげなければならないという健三の義務感と焦りが、神経衰弱的要素と重なって、健三の意識を圧迫していること、その疲労感を無視して仕事を続けようとする自分への強制が、細君の身体の変調に無関心な原因であり、「ことによると六づかしいかも知れない」との伝言を受けたその姉への見舞いをも先延ばしにしている理由であることが示されている。これらの挿話的場面に描かれた健三の姿は、第三回の描写の具体的現われと考えられる。

健三は実際其日々々の仕事に追はれてゐた。……彼は始終机の前にこびり着いてゐた。……自分の時間に対する態度が、恰も守銭奴のそれに似通つてゐる事には、丸で気がつかなかつた。……人としての彼は孤独に陥らなければならなかつた。……けれども一方ではまた心の底に異様の熱塊があるといふ自信を持つてゐた。だから索寞たる曠野《あらの》の方角へ向けて生活の路《みち》を歩いて行きながら、それが却つて本来だとばかり心得てゐた。温かい人間の血を枯らしに行くのだとは決して思はなかつた。

ここに描かれている健三の仕事に対する「異様の熱塊」故の「索寞たる曠野の方角へ向けて生活の路を歩いて行」った結果が、出産間近になった細君の体調の変化にも関心が向かわず、姉が今度は危ないとの兄からの伝言を聞いてもすぐには見舞いに行こうとしない健三の意識のありようとして顕現しているのである。

しかしながら語り手は、右に示したような語り手の挿話的場面の意図を読者に分析的に説明せず、その時の健三の意識をあるがままに描くという手法をとっている。もちろん姉を見舞に行くまでの健三の内面にあっては様々な日常の問題が生起しているが、語り手が姉の病状と無関係な挿話的場面を取りあげている意図は、健三が姉の病状をさして心配しない理由を追及するに当たって、まず確認しておかねばならない、現在の健三の意識のありようを描き出すことにあったと考えられる。しかしながら「姉がまた喘息で悩み出した」という描写と二つの挿話的場面との関係は、読者がその関係に分析的な注意を向けなければ、分かりにくい。この挿話的場面の分かりにくさは、六十六回で、健三の兄が剃刀を頭に乗せてするという祈祷を受けた結果「熱がころりと除《と》れた」話を細君から聞いた時の、健三の兄に対する思いについての語り手の分析的描写のわかりやすさと表裏を為すものである。

これが姉の病状に健三が余り心配していないように見える意識のありようの描写であった。

3　健三の「血の繫がり」・「野生」・根源的自己意識

次いで語り手は姉を見舞いに行ったときの健三の意識を描いていく。

斯《か》くして四五日は徒《いたづ》らに過ぎた。健三が漸く津の守坂へ出掛けた時は六づかしいかも知れないと云つた姉が、もう回復期に向つてゐた。

「まあ結構です」

彼は尋常の挨拶をした。けれども腹の中では狐にでも抓まれたやうな気がした。

傍線部で健三が「狐にでも抓まれたやうな気がした」のは、健三が重篤な病状の姉を思い描いていたにもかかわらず、眼前の姉は普段とさして変わらない状態であったからである。ここで語り手は健三の言葉と彼の気持ちとの落差を描いている。

語り手は、姉が「好い加減な時分に死ぬと丁度好いんだけれども、矢つ張持つて生れた寿命だと見えて是許《これぱかり》は仕方がない」と言った時の、姉と健三の姿を「姉は自分の云ふ裏を健三から聴きたい様子であつた。然し彼は黙つて烟草を吹かしてゐた」と描いている。そして「斯んな些細の点にも姉弟の気風の相違は現はれた」と描いている。ここで語り手は、姉弟であっても、二人の「気風」が違うことに焦点を当てている。健三が黙っているので、姉は仕方なく「比田のゐるうちは、いくら病身でも無能《やくざ》でも私が生きてゐて遣《や》らないと困るからね」と、夫比田への思いを口にした。健三はこの姉の言葉から、次のA～Cの姉の姿を連想して、姉と自分との性格の類似に思い至ることになる。

A「姉の夫思ひは全く天性に違なかつた」が、「彼女は訳の解らない実意立《だて》をして却つて夫を厭がらせる事があつた」。B「彼女は縫針の道を心得てゐなかつた」、「手習をさせても遊芸を仕込んでも何一つ覚える事の出来なかつた彼女は、嫁に来てから今日迄、ついぞ夫の着物一枚縫つた例《ためし》がなかつた。それでゐて彼女は人一倍勝気な女であつた」。C（その「人一倍勝ち気な女」であった例として）姉は「子供の時分強情を張つた罰として土蔵の中に押し込められた時、小用に行きたいから是非出して呉れ、もし出さなければ倉の中で用を足すが好いかと云つて、網戸の内外で母と論判をした話はいまだに健三の耳に残つてゐた」。

ここで語り手は、健三の意識に上る姉の否定的側面に焦点を当てているようにみえる。しかしこれらの連想の結果として生じた健三の思いは姉と自分との同質性であった。

> さう思ふと[a]自分とは大変懸け隔つたやうでゐて、其実何処か似通つた所のある此腹違の姉の前に、彼は反省を強ひられた。／「姉はたゞ露骨な丈なんだ。[b]教育の皮を剝《む》けば己だつて大した変りはないんだ」／平生の彼は教育の力を信じ過ぎてゐた。今の彼は[①]其教育の力で何うする事も出来ない野生的な自分の存在を明らかに認めた。斯《か》く[②]事実の上に於て突然人間を平等に視た彼は、不断から軽蔑してゐた姉に対して多少極《きま》りの悪い思をしなければならなかつた。

傍線部①「其教育の力で何うする事も出来ない野生的な自分の存在を明らかに認めた」、②「事実の上に於て突然人間を平等に視た」とは如何なることをいうのであろうか。

それらの内実を検討するにあたって、傍線部ａの背景にある、健三の感じた姉と自分との共通性、および傍線部ｂの健三の感じた姉と自分との共通性を、健三の連想するA～Cの姉の姿に即して考えておきたい。

まずA「彼女は訳の解からない実意立をして却って夫を厭がらせる事があつた」という記述について考えてみると、この姉の性格は六十九回冒頭の記述では、「姉は細かい所に気の付く女」で「細かい事に迄よく好奇心を働らかせたがつた」が、「一面に於て馬鹿正直な彼女は、一面に於てまた変な廻り気を出す癖を有《も》つてゐた」とも描かれている。この姉の性格は健三の性格と重なっている。

五十四回でヒステリー症状を起こした細君が床の中で剃刀を持って大きな目を開いて天井を見つめていたことがあった。健三は直ちにその剃刀を取り上げたが、健三は細君の意図を「五条《いつすぢ》にも六条《むすぢ》にも解釈し」、その「解釈の付かない問題に疲れて、とろ〳〵と眠る」迄考えねばならなかった。健三もまた細かいことにまで考えずにはおれない性格であった。また、姉の「実意立」や「回り気」については、九十二回の健三の回想で「昔し細君の弟を、自分の住んでゐる遠い田舎へ伴れて行つて教育しやうと」細君の父に申し出て断られたことがあった。この健三の申し出は義父一家にとって、全く見当の違った方面にあった。細かいところまで好奇心を働かせたり、「実意だて」をして他人に迷惑がられる点に於いて、共通性を持っていたのである。

B彼女が縫い針の道を心得ていなかったことや、手習いをさせても遊芸を仕込んでも何一つ覚えることが出来なかったが、「それでゐて彼女は人一倍勝気な女であつた」という記述について考えていこう。先に引いた九十二回前半に、細君の父は役に立つ男であり、細君の弟も役に立つ方面にだけ発達する性質であった、「これに反して健三は甚だ実用に遠い生れ付であつた」、彼は「転宅の手伝ひすら出来」ず、「行李一つ絡《から》げるにさえ、彼は細紐《ほそびき》を何う渡すべきものやら分らなかつた。……（周りの者には）如何にも気の利かない鈍物のやうに映つた。彼は猶更動かなかつた」とある。健三もまた「実用に遠い生まれつき」で、かつ実用の技術を身につけようとしない点で姉と共通している。

C姉の強情さについての健三の回想「子供の時分強情を張つた罰として土蔵の中に押し込められた時、小用に行きたいから是非出して呉れ、もし出さなければ倉の中で用を足すが好いかと云つて、網戸の内外で母と論判をした」という姉についての思い出について考えてみたい。この姉の強情さは、健三の次のような強情とも重なる。

十回で健三が風邪を引いて熱を出して寝込み、回復したとき、細君に看護を受けたことを自覚しながら、病中の健三が細君に邪険な態度を取り、彼方《あつち》へ行けと言ったことについて、健三は熱に浮かされたとき「人間は必ずしも自分の思つてゐる事ばかり物語るとは限らない」という学問上の一般論を振り回して、細君の気持ちを無視し続けた。また三十六回では兄が後妻お由を貰うとき、健三は教育も身分もない女を姉さんと呼ぶのは厭だと主張して、兄を困らせたことを、「とかく自分の不見識を認めて見識と誇りたがる弊があった」と慚愧の念で回想している。不見識を見識のように主張する「弊」においても、健三は姉との共通性を感じずにはおれなかったのである。以上のような姉と健三との共通性は、教育の有無とは無関係な血のつながりによると健三は感じているのである。

語り手は六十七回のこの場面の最初で、「斯んな些細な点にも、姉弟《きやうだい》の気風の相違は現はれた」と描いているが、この時の健三はａ「姉に対して自分とは大変懸け隔つたやうでいて、「其実何処か似通つた所」のあること、すなわち健三が感じる姉の欠点を自分もまた持っていることを痛感し、ｂ姉とは「教育の皮を剝けば己だつて大した変りはないんだ」という思いを懐くのである。こうして健三は姉と性格的に「似通つた所」があることを痛感し、「教育がない」ことで姉を軽蔑していた自分を反省せずにはおれなかったのである。

次に①「教育の力では何《ど》うする事も出来ない野生的な自分の存在を明らかに認め」、②「事実の上に於て突然人間を平等に視た」という内実について考えてみたい。

健三は今迄無教養な姉を自分とは異なる存在として軽蔑していた。しかし健三はその姉と自分は血が繋がっており、姉の性格的欠点を健三自身も共有していると感じ、「教育の皮を剝《む》けば己だつて大した変りはないんだ」という思いを持つに至る。健三は、姉を自分と同じ平等な人間存在として感ずる、自分のうちにある人間についての根本的意識が「野生的な自分の存在」に起因することを認めたのである。

この時語り手が描いている健三の「野生的な自分の存在」とは、人間の意識の根底にある根源的自己意識、つまり人間が長い間狩猟生活をしていた原始の時代に、多くの人と協働で狩猟をすることが必要不可欠であったことによって生まれた、他者とは対等・平等であるとする人間としての根元的類の意識の直観的自覚であろう。[1]

こうして語り手はこの時の健三の気持ちを「不断から軽蔑してゐた姉に対して多少極《きま》りの悪い思《おもひ》をしなければならなかつた」と描くのである。語り手は、姉を軽蔑する健三の表層意識の根源にある、人間としての意識（野生的な自分）の存在を描き出し、自分と姉との人間としての同質性と対等性を認めて反省する健三の姿を描き出している。しかし語り手がここに描き出したこの認識（人間としての根源的意識から生ずるその思い）に健三が浸っている時間は瞬間的であり、健三はすぐに姉に対する批判的気持ちに支配されるのである。こうして姉と会話している健三は依然として姉に対する距離感を捨てることが出来なかった。語り手は健三の姉に対する距離感をもたらしている根源をさらに追求していく。

4 健三の姉に対する批判

六十七回の末尾で語り手は健三の意識の動きに、「然し姉は何にも気が付かなかつた」と描き、姉の健三への会話を次のように続けていく。

「御住さんは何うです。もう直生《ぢき》れるんだらう」「軽はづみをしないやうに用心をしよ。——宅《うち》でも彼子《あれ》がゐると少しは依怙《たより》になるんだがね」と気遣った。語り手は「姉の言葉には昔し亡くした我が子に対する思ひ出の外に、今の養子に飽き足らない意味も含まれてゐた」と解説している。右の姉の会話文の中の「——」には、〈その子がすぐに死んでしまったので、やむなく養子を貰ったが、その養子は頼りにならない〉という意味が言外に込められている。健三は、ここから養子（彦ちゃん）に対する姉の不平とその批判を回想していく。

姉夫婦の養子彦ちゃんについての健三の印象は、「彼女の予期するやうな大した働き手でないにせよ、至極穏やかな好人物」であり、健三には姉の不満が彦ちゃんの何処にあるのか分からなかったと語り手は描いている。そこで語り手は、「もう少し御金を取つて呉れると好いんだけどもね」という姉の言葉を挿入し、姉の不満が養子の収入が少ないことにあることを示し、（＝健三はこの姉の言葉を聞いて、あるいは思い出し）その点に対する姉の不満についての健三の気持ちを、しかし健三にはその姉の不満に同情することが出来なかった、比田夫婦はその養子を何処の学校にも入れてやらず、「彼が月給を取るやうになつたのは養父母に取つて寧ろ僥倖と云はなければならなかつた」と描いている。姉の養子への不満を聞くと、彼の意識は再び姉に対する批判意識によって支配され、先に姉を「人間として平等に視た」健三の意識は、彼の意識の奥底に沈み込んでしまうのである。「健三は姉の不平に対して眼に見えるほどの注意を払ひかねた。昔し死んだ赤ん坊については、猶の事同情が起らなかつた。……名前さへ忘れてしまつた」と描いている。

それにしても健三が姉の「死んだ赤ん坊については猶の事同情が起らなかつた」のは何故か。語り手は姉の死んだ子供の位牌についての健三の意識に焦点を当てる。

立つて行つて戒名を読む気にもならなかつた健三は、矢張故《もと》の所に坐つた儘、黒塗の上に金字で書いた小形の札のやうなものを遠くから眺めてゐた。

彼の顔には何の表情もなかつた。自分の二番目の娘が赤痢に罹《か》つて、もう少しで命を奪《と》られる所だつた時の心配と苦痛さへ聯想し得なかつた。

右の引用文の前半で、健三が「戒名を読む気にもならなかつた」のは、この時の健三には、姉に対する批判的気持ちが湧きあがり、姉の気持ちに寄り添おうとする気持が生じないからであった。

引用文の後半では、語り手はこの時の健三の内面を「自分の二番目の娘が赤痢に罹《か》つてもう少しで命を奪《と》られる所だつた時の心配と苦痛さへ聯想し得なかつた」と批判的アクセントをつけて描き出している。この語り手の描写の「さへ」というアクセントには、健三が姉の気持ちにより添うならば、「自分の二番目の娘が赤痢に罹《か》つて、もう少しで命を奪《と》られる所だつた時の心配と苦痛」を思い出すだろう、健三はこの時の気持ちを思い出し、子供を亡くした姉の気持ちに寄り添ってやるべきだ、という健三に対する批判がある。健三は何故姉の態度や、姉の死んだ赤ん坊に対して、このような冷たい意識を持つのであろうか。その原因について語り手は全く説明をしていない。

そこで姉の養子に対する態度への健三の批判や、姉の赤ん坊に対する健三の態度の冷たさの原因について考えてみたい。留意すべきは、健三が養子彦ちゃんについて「彼女の予期するやうな大した働き手でないにせよ、至極穏やかな好人物であつた」と回想しながら、「朝つぱらから酒を飲まなくつちやゐられない人だといふ噂を耳にした事はあるが……」と描き、さらに姉がその養子の「何処が不足なのか能く解らなかつた」と続けていることである。この健三の連想には、彦ちゃんが「大した働き手でないにせよ」（すなわち稼ぎは少ないが）、「穏やかな好人物」ならば、それで十分ではないかという健三の思いがある。その「穏やかな好人物」が「朝っぱらから酒を飲まなくっちやゐられない」という噂を耳にしたという記述には、彦ちゃんが好人物であるが故に比田夫婦からもう少し稼ぐことを期待されている苦しみが表現されていると感じられる。そして姉の彦ちゃんに対する「もう少し御金を取つて呉れると好いんだけれども」という不満を思い出し（あるいは聞き）、健三が強く反発の感情を持つのは、かつて健三自身が島田に養子に遣られ、実家や養家から「物品」として扱われ、養父からは「今に何かの役に立てゝ遣らう」という目算の対象物として扱われた経験を持っているからである。姉もまた島田と同様、養子を金を稼ぐ道具として考えていることに、健三は強く反発せずにはいられなかったのである。

しかも姉は「彼子《あれ》（死んだ赤ん坊）がゐると少しは依怙《たより》になるんだがね」と彦ちゃんを軽んずる言葉を発するのである。健三が姉の死んだ赤ん坊に対して「猶の事同情が起らなかつた。……名前さへ忘れてしまつた」と描き、さらに赤ん坊の位牌をみた健三を「彼の顔には何の表情もなかつた」「自分の二番目の娘が赤痢に罹《かゝ》つて、もう少しで命を奪《と》られる所だつた時の心配と苦痛さへ聯想し得なかつた」と語り手が描いているのは、養子を軽んずることから生み出される死んだ赤ん坊への姉の未練に、健三が強く反発しているからである。健三は死んだ赤ん坊への姉の未練にも、島田と同様な金に支配されている世俗に生きる人の心を感じなければならなかったのである。(2) しかも姉に対する冷たさの由来は、健三にあってはもっと身近な直接的な苦い体験があり、その体験が姉への冷たさの根本的な原因となっていたのである。

その由来を追求すべく、語り手は再び姉と健三の会話場面に戻り、姉と健三の姿を描いていく。

「姉さんも斯《こ》んなぢや何時《いつ》あゝなるか分らないよ、健ちやん」

彼女は仏壇から眼を放して健三を見た。健三はわざと其視線を避けた。

健三が「わざと其視線を避けた」その意識の内実を、語り手は描いていく。

心細い事を口にしながら腹の中では決して死ぬと思つてゐない彼女の云ひ草には、世間並の年寄と少し趣を異にしてゐる所があつた。慢性の病気が何時迄も継続するやうに、慢性の寿命が又何時迄も継続するだらうと彼女には見えたのである。

其所《そこ》へ彼女の癇性が手伝つた。彼女は何んなに気息苦《いきぐる》しくつても、いくら他《ひと》から忠告されても、何うしても居ながら用を足さうと云はなかつた。這《は》ふやうにしてでも厠《かわや》迄行つた。それから子供の時からの習慣で、朝は屹度《きつと》肌抜《はだぬぎ》になつて手水を遣《つか》つた。寒い風が吹かうが冷たい雨が降らうが決して已めなかつた。

右の語り手の描写は健三が姉から「わざと其視線を避けた」理由の説明であるが、その特徴は、この時の姉の

「言い草」を、姉の意識に寄り添うことなく、第三者的視点から突き放して客観的に描いているところにある。この語り手の視線の客観性は、「わざと其視線を避けた」健三の意識の内実なのである。もちろん姉に対する健三のこの意識の奥底には、姉に対する親身な要素も存在する。まず先にその姉に対する親身な要素を取り出して示しておきたい。

姉は腹の中では決して死ぬとは思っていない。人間は年を取っても、本当に死に直面したときでなければ、自分の死を運命として受け入れることは出来ないのだ。姉が「世間並の年寄」と違うのは、「慢性の病気が何時迄も継続するやうに、慢性の寿命が又何時迄も継続するだらうと彼女には見えた」にすぎない。姉が本当に命を大切にしたいと考えているならば、喘息のひどいときには、這うようにしてまで厠に用を足しに行くことや、寒い朝には「肌抜になつて手水を遣《つか》（う）」ことをやめるべきだ。

この健三の姉に対する親身な意識が、この内面描写の後に描かれる健三の「そんな心細いことを云はずに、出来る丈養生をしたら好いでせう」という言葉となって表われているのである。

問題は右に取り出した姉に対する親身な意識をも感じさせない姉に対する健三の冷たい意識である。この健三の注意を聞いた姉は「養生はしてゐるよ。健ちやんから貰ふ御小遣の中で牛乳丈は屹度《きつと》飲む事に極《き》めてゐるんだから」という。この姉の言葉には、月々健三から小遣いを貰っていることへの感謝の気持ちが込められている。しかしその姉の言葉を健三は「田舎ものが米の飯を食ふやうに、彼女は牛乳を飲むのが凡ての養生でもあるかのやうな事を云つた」と意識する。

何故健三はこのような冷たい軽蔑を姉に投げかけるのであろうか。

健三は姉の健三への感謝の気持ちを添えた〈養生のために牛乳だけはきっと飲むことにしている〉という当時の滋養に対する常識さえも「田舎ものが米の飯を食ふやうに」と軽蔑している。健三の意識の奥底にある、平生は彼の意識の表面に現われることのない姉に対する軽蔑を伴う記憶が、この時の健三の意識の表層に甦っている。この甦った記憶が、健三への礼を含んだ姉の言葉を冷たく突き放している最大の原因であった。この健三の姉に対する軽蔑の背景にある原因が六十九回で描き出されることになる。

しかし六十八回の語り手は、健三が姉を軽蔑するに到った直接の原因を描く前に、健三の姉に対する親身な意識に関連した「養生」という姉の言葉からの連想で、健三の自分自身への健康の思いに焦点を当て「日に日に損《そこ》なはれて行く吾健康を意識しつゝ、此姉に養生を勧める健三の心の中《うち》にも、「他事《ひとごと》ぢやない」といふ馬鹿らしさが遠くに働らいてゐた」と続けている。

他者からみれば、健康に留意していない姉と、自分の健康に留意せずに、単なる疲れとも思えない倦怠を感じても、机にかじりついている自分自身とは、自分の身体を大切にしないという点では同じであると感じ、自分の健康に留意しない健三自身が、姉に養生を勧めることの矛盾を「馬鹿らしさ」として感じている。そして語り手はその時の健三の言葉と彼の意識を描いていく。

「私も近頃は具合が悪くつてね。ことによると貴方《あなた》より早く位牌になるかも知れませんよ」

彼の言葉は無論根のない笑談《じょうだん》として姉の耳に響いた。彼もそれを承知の上でわざと笑つた。然し自ら健康を損ひつゝあると確に心得ながら、それを何《ど》うする事も出来ない境遇に置かれた彼は、姉よりも、却つて自分の方を憐んだ。

傍線部の「何うする事も出来ない境遇」とは、二十九回に描かれた、「(学者としての現在の自分の上に)是非共未来の自分を築き上げげなければならなかつた」という境遇に健三が縛られていることを指し、六十七回の冒頭にある、姉宅に見舞いに行く前の健三の健康状態の描写（健三は甚だしい倦怠と疲労感を感じていたが、その疲労感を振り払って、机にかじりついていたという描写）とも呼応している。

しかしこのような学者としての義務を果たすために親族との人間関係を犠牲にして机に向かう自分の姿は、偏屈な学者の姿としてしか細君や親族達には映らないことも承知していた。それ故、「己《おれ》のは黙つて成し崩しに自殺するのだ。気の毒だと云つて呉れるものは一人もありやしない」と健三は述懐するのである。ここには、健三の内面と周りの親族達の健三への評価との落差への思いが込められている。

六十八回は次の描写で結ばれている。

彼はさう思つて姉の凹《くぼ》み込んだ眼と、瘦《こ》けた頰《ほゝ》と、肉のない細い手とを、微笑しながら見てゐた。

右の描写における健三の「微笑」の内実は分かりにくい。「さう思つて」という表現には、持病でやせ細った眼前の姉は、決して自分は死ぬことはないと思っているが、近い将来死ぬことになるだろう。自分（健三）もまた近い将来死ぬことになるが、自分の死は「索寞たる曠野」の中で「温かい人間の血を枯らしに行」った結果、細君や親族達にも疎まれ、しかも学者としての仕事を成し遂げるために「甚しい倦怠」と「疲労感」を無視して机にかじりつく行為によって「成し崩しに自殺する」ことになるのだという自分自身の死に対する思いがある。

しかしながらここに描かれている健三の「微笑」は、直接には姉のやせ細った姿に向けられている。姉に向けられた健三の意識に注意すると、六十八回前半では健三は養子彦ちゃんを軽んずる姉に強い憤りを感じており、この場面の直前では姉に「慢性の病気」への労りの言葉を掛けるものの、健三への感謝の籠った姉の返答をも「田舎ものが米の飯を食ふやうに、彼女は牛乳を飲むのが凡ての養生ででもあるかのやうな事を云つた」と軽蔑している。

このような健三の意識の中にこの場面の姉への「微笑」を位置づけるならば、この「微笑」には、人間は死すべきものだとする冷たさがあるといえよう。以下、語り手の視線に即して、六十九回に描かれる健三が姉に批判意識を持つに到った事情をみていきたい。

5　健三が姉に批判意識を持つに到った根本原因

六十九回では、姉の「健ちゃんから貰ふ御小遣の中で牛乳丈は屹度飲む事に極めてゐるんだから」という「小遣」から連想された、健三が姉と疎遠になった事情が次のように描かれる。

健三が外国から帰ってきた時、姉は兄を通して月々小遣いを送ってくれないかと依頼してきた。健三が承諾すると、姉は「是から毎月中取次をする役に当るかも知れない」兄の心事を疑い、その金額を確かめる手紙を送ってきた。その手紙を見たその時の健三の内面が「健三は馬鹿々々しく思つた。腹立しくも感じた。然し何より先に浅間しかつた。「黙つてゐろ」と怒鳴り付けて遣りたくなつた」と描かれている。そして語り手は、「彼の姉に宛てた返事は、……彼の気分を能く現はしてゐた。姉はそれぎり何とも云つて来なかつた」と描いている。

これが健三と姉が疎遠になった決定的出来事であった。健三は兄をも信用しない姉の金についての〈浅間しさ〉に耐えることが出来ず、その時の姉に対する批判意識が彼の消すことが出来ない姉への距離となって健三の内部に根を張ってしまったのである。この場面の語り手の視線は、普段は健三の意識の表面には表われず、健三の意識の奥底に沈んでいる健三の姉に対する軽蔑の根源を描き出したのである。

語り手はこの決定的出来事以降の姉と健三の関係を描いていく。

[a]此出来事が健三に対する姉を前よりは一層遠慮がちにした。何でも蚊《か》でも訊きたがる彼女も、健三の家庭に就いては、当り障りのない事の外、多く口を開かなかつた。[b]健三も自分等夫婦の間柄を彼女の前で問題にしやうなどとは曾《かつ》て想ひ到らなかつた。

「近頃御住さんは何うだい」

「まあ相変ずです」

会話は此位で切り上げられる場合が多かつた。

間接に細君の病気を知つてゐる姉の質問には、好奇心以外に、親切から来る懸念も大分交つてゐた。[c]然し其懸念は健三に取つて何の役にも立たなかつた。

右の引用文では、健三が疎遠になった姉との現在の関係を描いている。傍線部aはこの出来事が健三と姉との間にかつてあった親しさが消えた原因であることを示している。傍線部bは現在の健三が姉に彼の家庭について口を出させなかったことを示している。傍線部cは、健三のうちにある姉に対する強い批判意識が姉の親切心を無視している原因であることを示している。その結果、健三の態度は姉の心には「健三は何時も親しみがたい無愛想な変人に過ぎなかつた」と映るようになったのである。

以上が語り手の描く健三と姉の心が通じなくなった事情と今の二人の関係であった。こうして語り手は健三が姉に対して親しむことが出来なくなった根本原因を描き出したのである。

おわりに

本章では六十六回から六十九回を貫いているテーマと語り手の視線を明らかにしてきた。語り手は健三の意識の推移の内実を読者に分析的に示すことはほとんどないが、語り手の視線を跡づけると、健三の意識の推移が鮮やかに浮かび上がってくるのである。

語り手が健三の意識の中で追っているテーマは、健三が姉に幼い頃世話になり親しみを感じていたにもかかわらず、今ではその姉とも疎遠となり、その姉に軽蔑の意識さえ持っている理由を、健三の内面における姉に対する意識の動き（その表層と深層の意識の交差のありよう（我の意識と類の意識の関係））を通して追求することにあった。

『道草』で描き出している健三の意識の動き（我の意識と類の意識との交差）は、人間の意識の中で不断に行われている動きであるが、しかし世俗に生きる人間にとっては、ほとんど自覚することがない性質のものである。『道草』の語り手は、この無自覚に行なわれている人間の意識活動を、健三の意識の推移を「あとづける」ことによって浮かび上がらせているのである。語り手はそのことによって、現代人の我執を生み出す原因が、世俗の人間の心を巣くっている金の問題であることを示し、人間が心の奥底で求め続ける我執を超えた世界への希求を描き出しているのである。

注

（1）野生については第Ⅰ部第九章「健三と比田との同質性と異質性、および健三の夫婦観と細君との諍い」注5を参照。

（2）玉井敬之は「比田夫婦の養子彦ちゃんのような境遇は、あるいは健三にも訪れていたかも知れないものなのだ」と指摘している（「「道草」論」「國語と國文学」平成二年八月、玉井敬之著『漱石　一九一〇年代』（翰林書房　二〇一四年一月所収）。

第九章　健三と比田との同質性と異質性、および健三の夫婦観と細君との諍い

――健三の意識の動きと語り手の視線――（七十回〜七十一回）

はじめに

六十九回後半では姉宅からの帰り道で、「自然」の風景に接して姉夫婦への感情の変化を考える健三の姿が描かれ、七十回では、健三の比田との同質性と異質性が、七十一回では、健三の比田との同質性（男の手前勝手さ）に対する細君の批判に端を発した健三と細君の諍いが描かれる。

これらの場面で語り手は、この時の健三の意識の動き（変化）を追っているのであるが、語り手は健三の意識の表層と深層の関係を論理の言葉で解説しないので、読者にはその時の健三の意識の動きを理解することは容易ではない。

本章では語り手の視線を浮き彫りにして、語り手が描き出しているこれらの場面と健三の意識の動きとの関係を考えてみたい。六十九回での「自然」と健三の関係については、別章で扱うので、(1)ここでは七十回で語り手の描く健三と比田との関係と、七十一回で語り手の描く健三と細君の諍いについての描写を取り上げる。

I　健三と比田との同質性と異質性

七十回では、姉の病気見舞から帰った健三と細君の会話を通して、語り手は健三のうちにある比田との同質性と異質性に焦点を当てていく。

家に帰った健三は、姉の病気の状態を細君と話題にするうちに、姉に対する比田の態度を思い出す。比田の姉に対する態度は、姉が病気の時も他人、家計についても他人であった。

姉を斯《か》ういふ地位に立たせて平気でゐる比田は、健三から見ると領解しがたい人間に違なかつた。それが已《やむ》を得ない夫婦関係のやうに心得て辛抱してゐる姉自身も健三には分らなかつた。

右の傍線部で、何故語り手は「違なかつた」と記しているのであろうか。まずこの表現の問題から考えていこう。この時の健三の意識からすれば姉に対する比田の態度は「領解しがたい」ものであり、何故姉が辛抱するかも「分らなかつた」。しかし後に見るように、細君の態度が「癪に障」ると、健三の腹立ちの感情には、旧道徳に彩られた夫婦観が入り込み、彼は「妻は夫に従属すべきものだ」と意識することになる。細君の意識に寄り添うことが出来ない彼の腹立ちの感情からすれば、夫比田への姉の辛抱もまた肯定すべき態度ということになろう。このことを考えると、比田の態度を「領解しがたい」と感じるこの時の健三の意識には、夫婦は「領解」しあう存在であるべきだという思いがある。比田が「健三から見ると領解しがたい人間に違なかつた」という語り手の表現は、この時の健三が「妻は夫に従属すべきものだ」という「旧道徳」に支配されておらず、今は（四十二回で描いている）

「順良な彼の天性」（彼本来の人間的意識）が彼の意識の前面に出ているので、この場面では確かにこのように考えていると語り手は読者に示しているのである。ここで語り手はこの時の健三における比田との異質性を描いている。語り手は明示していないが、この時の健三は六十九回後半で姉宅からの帰りに、「自然」（風景）に接し、健三の心が「自然」（人間の根源的意識の投影したもの）に洗われて、彼本来の人間的意識に戻っている。『道草』のこの場面での「自然」の作用について語り手は分析的な説明もせず、単なる暗示にとどめている。しかし敢えて注釈的分析を加えればこのようにいえよう。（「自然」が健三の意識に強い影響を与える存在であることは百一回でも描かれている。）

2　健三と細君の諍いにおける意識の特徴

次いで語り手は、健三と細君が諍いとなった時の彼らの意識の特徴を描き出していく。

この時の健三は、自分と細君の関係を比田と姉の関係とは全く違うと考えていた。ところが「己達夫婦も世間から見れば随分変つてるんだから、さう他《ひと》の事ばかり兎や角云つちやゐられないかも知れない」と健三がいうと、細君は「矢つ張同なじ事ですわ。みんな自分丈は好いと思つてるんだから」と言った。細君によれば、健三の細君に対する態度は、健三が批判する比田の姉に対する態度とたいした変わりはないのである。この場面のみを取り出すと、細君が健三に批判的言葉を発した理由は分からない。しかしその背景には、機嫌の悪いときの健三は「偏窟で強情な夫」として細君の眼に映っており、この場面の健三の言葉は細君には手前勝手な言い草でしかなかった。その夫への不満が、この時の細君の口をついて出たのである。(2)

健三に対する批判を含んだ細君の言葉を聞いたこの時の健三の態度を、語り手は「健三はすぐ癪に障つた」と描いている。

この時、今まで姉（女性）の立場から、比田を批判的に考えていた彼の「順良な彼の天性」は、「癪に障つた」感情によって意識の内奥へと追いやられ、旧道徳に彩られた「我」（＝強情）の意識が健三の意識を支配することになる。(3) 健三は自分に向けられた批判の矛先を「御前でも自分ぢや好い積《つもり》でゐるのかい」と細君に投げ返す。この時細君が下手に出れば諍いにまで発展しないのであるが、この時の細君は夫健三に公然と「ゐますとも。貴夫《あなた》が好いと思つてゐらつしやる通りに」と口答えをする。こうして二人は諍いを始めることになる。まず語り手はこの時の二人の諍いのきっかけを批評していく。

彼等の争ひは能く斯《か》ういふ所から起つた。さうして折角穏やかに静まつてゐる双方の心を攪き乱した。健三はそれを慎みの足りない細君の責に帰した。細君はまた偏窟で強情な夫の所為《せい》だとばかり解釈した。

語り手によればこの時の二人の諍いの原因は、不愉快な感情に支配された健三の心のありようだけでなく、細君の態度にもあった。ここでの語り手の描写には、諍いの原因が、互いに「自分丈は好いと思つてる」（＝個我の絶対化）ことにあり、もし二人が互いに自分の欠点を認めて態度を改めることができれば、彼らの諍いは生じないのにとする批評が内在している。しかしこの場面の語り手は、健三の「癪に障つた」時に生ずる硬直した我のありようをあるがままに描くばかりで、その描写に内在する語り手の批判を描写の前面に出そうとしない。

語り手は細君の口答えに「癪に障つた」健三の言葉と細君の反応を描き出していく。

「字が書けなくつても、裁縫《しごと》が出来なくつても、矢つ張姉のやうな亭主孝行な女の方が己は好きだ」／「今時そんな女が何処の国にゐるもんですか」／細君の言葉の奥には、男ほど手前勝手なものはないといふ大きな反感が横はつてゐた。

健三は「順良な彼の天性」から、姉の気持ちに寄り添い、比田の妻に対する態度を批判的に考えていた。しかしその直後、細君の言葉が「癪に障つた」健三の意識内部では、我に固執する硬直した意識が「順良な彼の天性」に取って代わり、今まで批判的に考えていた比田と同じ立場（細君への配慮のない自己中心の立場）から、夫に「気の毒な位親切」な姉の態度を「亭主孝行な女」と持ち上げ[4]、細君の反抗的態度を押さえつけようとするのである。語り手はここで健三の内部における比田との同質性を描いている。細君は健三のこの言葉を「今時そんな女が何処の国にゐるもんですか」と公然と批判する。語り手はその時の細君の意識を「細君の言葉の奥には、男ほど手前勝手なものはないといふ大きな反感が横はつてゐた」と描き、細君を押さえつけようとする健三に反抗する細君の内面に眼を向けていく。

3　健三に対する細君の反感の由来

七十一回の語り手は、細君を抑え付けようとする健三の態度に対する細君の反感の由来と、その反感の内実を描き出していく。

健三の態度に対する細君の反感の由来について、まず語り手が焦点を当てるのは「彼女は形式的な昔風の倫理観に囚はれ」ていないことであった。その理由の第一は彼女の育った家庭にあった。「政治家を以て任じてゐた彼女の父は、教育に関して殆んど無定見であつた」。「母は又普通の女の様に八釜しく子供を育て上る性質《たち》でなかつた」。そのため「彼女は宅《うち》にゐて比較的自由な空気を呼吸した」。第二は彼女と学校教育との関係であった。彼女は「学校は小学校を卒業した丈であつた」。すなわち良妻賢母といった女子教育を受けなかった。以上が語り手の描き出す、彼女が「形式的な昔風の倫理観に囚はれ」ない考え方をするようになった理由である。もし彼女が家庭で厳しい躾けを受け、女学校で良妻賢母の女子教育を受けていたならば、彼女もまた、「形式的な昔風の倫理観に囚はれ」、（表面上は）夫に公然と反抗するようなことはなかったであろうと語り手は推測している。

語り手は健三の言葉に対する彼女の反感の内実に焦点を当て、「彼女は考へなかつた。けれども考へた結果を野性的に能く感じてゐた」と指摘する。語り手の指摘するこの内実は分かりにくいが、言葉を補ってその内容を示せば、彼女は健三のように筋道を立てて考えることをしない、しかし彼女は、健三が筋道をたてて考え得た結果を「野性的に」、すなわち人間の本能（人間の根源的な類としての平等意識）で感じ取っているということであろう(5)。

語り手は細君の健三に対する反感の内実を描いていく。

「単に夫といふ名前が付いてゐるからと云ふ丈の意味で、其人を尊敬しなくてはならないと強ひられても自分には出来ない。もし尊敬を受けたければ、受けられる丈の実質を有つた人間になつて自分の前に出て来るが好《い》い。夫といふ肩書などは無くつても構はないから」

この細君の言葉はカギ括弧で括られてはいるが、細君が健三に直接語った言葉ではなく、七十回末尾で語り手が描いた細君の「言葉の奥」にある「男ほど手前勝手なものはない」という「大きな反感」の内実を、細君の内面に寄り沿って語り手が分析的に示したものであろう。語り手が描き出した細君のこの考えは、男女は本来的に対等であり夫婦は人間としての根源的平等性（＝実質）によって結ばれ、互いに尊敬し合う関係にあるべきだというものであった。細君が感じているこの内容は、健三が筋道を立てて考えた結果でもあった。現実には、細君は男尊女卑の風潮の強い当時の日本社会に生きねばならず、語り手が示した細君の感性は彼女の内部に押さえ込まれている。しかし健三が「癪に障る」ことによって硬直した我の意識に支配され、細君を抑え付けるような場合には、細君の感じている本来の夫婦の在り方への思いが、彼女の表情のうちに現われるのである。もちろんこの時の細君は健三の人間的「順良」さを承知しており、健三の意識の奥底では、彼が細君のこのような思いを肯定的に受け留めていることを知っているので、この時の健三の旧時代的「我」に寄り添うことを拒否し、健三と諍うのである。

4　健三の硬直した「我」の意識による夫婦観

次いで語り手は健三の夫婦観に焦点を当てる。

不思議にも学問をした健三の方は此点に於て却つて旧式であつた。自分は自分の為に生きて行かなければならないといふ主義を実現したがりながら、夫の為にのみ存在する妻を最初から仮定して憚からなかつた。／「あらゆる意味から見て、妻は夫に従属すべきものだ」

右の描写で留意すべきは、ここで語り手が描いている健三の意識は、健三が「癪に障」り、そのため「順良な彼の天性」が内部に落ち込み、この時の彼を支配している硬直した我の意識だという点である。語り手は徹底的にこの時の健三の硬直した我の意識に寄り添って、その意識の内実をあるがままに浮き彫りしており、その時の健三の表層を支配している意識が、「強情」（硬直した我の意識）によるものであることを分析的に描かない。そのため読者はこの描写の前後に描かれた健三の意識との関係に注意を向けなければ、ここに描かれた健三の（硬直した我の意識による）夫婦観が、健三の本質からでた夫婦観であるかのような誤解さえ生じることになる。その場合には、その前後の健三の意識の動きが理解できないことになる。健三のこの硬直した我の意識が、当時の世俗を支配している旧道徳（男性中心主義）を拠り所とし、己を絶対化しているのである。

語り手はこの場面では、この時の健三の「腹立ち」に支配された意識や感情の由来を描くことなく、またその特徴を批判的言辞で彩ることなく、次のように健三の意識の動きをあるがままに描き出している。

夫と独立した自己の存在を主張しやうとする細君を見ると健三はすぐ不快を感じた。動《やゝ》ともすると、「女の癖《くせ》に」といふ気になつた。それが一段劇しくなると忽ち「何を生意気な」といふ言葉に変化した。

ここで語り手が描いている健三の「癪に障つた」時の硬直した我の意識による夫婦観や、この時の細君に対する「不快」な感情は、健三の幼年時代に島田夫婦から受けた心の傷と深く関係している。既にみたように、四十二回の語り手は、島田夫婦から受けた心の傷によって、幼い健三の「順良な彼の天性」が表面から落ち込み、その陥欠を補うものが「強情」であったと指摘し、その結果として彼には「凡ての他人が、たゞ自分の命令を聞くために生きてゐるやうに見へた。彼は云へば通るとばかり考へるやうになつた」と描いていた。細君に対するこの時の健三の硬直した我の意識（たとえば、「夫の為にのみ存在する妻を最初から仮定して憚《はゞ》からなかつた」という意識）は、幼児期に受けた「心の傷」によって生じた「強情」の意識の動き（たとえば四十二回の彼には「凡ての他人がたゞ自分の命令を聞くために生きてゐるやうに見へた」といった意識の動き）と軌を一にしているのである。もちろんこのような健三の夫婦観は彼が「癪に障り」彼の意識が硬直したときにのみ現われるわけではない。彼はすべての時間を学問に向けようとしている学者であり、そのためには家庭のことは細君に押しつけるというこの時代の風潮が容易に健三の夫婦観に入り込んだであろう。しかしこの時の意識もまた、彼の幼児期に受けた心の傷と結びついているのである。

次いで語り手は、「細君の腹には「いくら女だつて」といふ挨拶が何時でも貯へてあつた」と細君の意識を描いた後、細君の表情に出た反抗意識に直面した健三の姿を描き出していく。

「いくら女だつて、さう踏み付けられて堪《たま》るものか」／健三は時として細君の顔に出る是丈の表情を明かに読んだ。／「女だから馬鹿にするのではない。馬鹿だから馬鹿にするのだ、尊敬されたければ尊敬される丈の人格を拵《こしら》えるがいゝ」／健三の論理は何時の間にか、細君が彼に向つて投げる論理と同じものになつてしまつた。

右の引用で留意すべきは「女だから馬鹿にするのではない。馬鹿だから馬鹿にするのだ」という健三の言葉である。この時健三の意識を支配している旧道徳に彩られた硬直した我の意識は、細君の反抗的態度を「女の癖に」「何を生意気な」と感じていた。しかしこの時の健三は「いくら女だって、さう踏み付けられて堪《たま》るものか」という細君の表情を読んで、「女だから馬鹿にするのではない。馬鹿だから馬鹿にするのだ」と言い訳せざるを得ない。その言い訳は、夫婦は対等であり、「妻は夫に従属すべきもの」ではないとする彼本来の「順良な彼の天性」（＝彼の「野性としての自分」）が、彼の意識のうちで旧道徳に彩られた硬直した我の「論理」を批判していることを示している。しかしこの段階では彼の「順良な彼の天性」はまだ健三の意識の支配権を得るには至らず、すなわち健三は細君に対する態度を改めることが出来ず、旧道徳に彩られた「腹立ちの感情」とその意識が依然として彼の意識の支配権を握り続けている。その旧道徳に彩られた意識は「順良な彼の天性」による批判に一歩譲って、「細君が彼に向つて投げる論理」すなわち「尊敬を受けたければ、受けられる丈の実質を有《も》つた人間になつて自分の前に出てくるが好い」という論理の「実質」(6)という言葉を「人格」という言葉に入れ替えて、「尊敬されたければ、尊敬される丈の人格を拵《こしら》へるがいゝ」と、彼の内部にある「順良な彼の天性」の批判を誤魔化し、依然として細君を抑え続けようとしているのである。

「健三の論理は何時の間にか、細君が彼に向つて投げる論理と同じものになつてしまつた」という語り手の表現には、この時の健三の姿への揶揄がある。この滑稽さをこの時の健三の姿に付与することで、語り手はこの時の「癪に障った」健三の意識のありようへの批判を行っているのである。

この健三の屁理屈(内実のない形式を振り回して細君を抑え付けようとする意識)は細君の反抗的態度を更に頑なにすることになった。

彼らは斯《か》くして円い輪の上をぐる〳〵廻つて歩いた。さうしていくら疲れても気が付かなかつた。

この時何故「彼らは……円い輪の上をぐる〳〵廻つて歩いた」のか。それは彼らが感情的になっており、その感情に固執する硬直した我の「論理」(=自己中心主義)から離れることが出来ない、すなわち、自分の考えを一時留保して、相手の気持ちにより添って相手の立場を理解しようとする意識を持つことが出来ないからである。

彼らが「円い輪の上をぐる〳〵廻つて」いることに「気が付かなかつた」という語り手の描写には、大切なのは「我」に彩られた感情への固執から離れて、自分とは異なる相手の立場を理解し、相手の気持ちに寄り添うことなのだという健三と細君に対する批判が内在している。

健三は其輪の上にはたりと立ち留る事があつた。彼の留る時は彼の激昂が静まる時に外ならなかつた。細君も其輪の上で不図動かなくなる事があつた。然し細君の動かなくなる時は彼女の沈滞が融け出す時に限つてゐた。其時健三は漸く怒号を已めた。細君は始めて口を利き出した。二人は手を携えて談笑しながら、矢張円い輪の上を離れる訳に行かなかつた。

語り手が描く、健三の激昂は鎮まり細君の沈滞は融け二人はいつもの会話を取り戻す、とはどのような状態をいうのか。人は激した感情に何時までも身を委ね続けることは出来ない。もし二人の根底に互いへの信頼と愛情がなければ、二人は「手を携えて談笑」する関係に戻ることは出来ず、別離へと向かうことになろう。しかし二人は激した感情の鎮まりと共に、互いの心に存在する、夫婦として同じ時間と場所を長い間共有し喜怒哀楽を共にしたことによって生まれた一体感と相互理解を無意識のうちに取り戻し、元の状態に戻るのである。

それでは、二人が「矢張円い輪の上を離れるわけに行かなかつた」とはどのような状態をいうのであろうか。それは二人が硬直した我の「論理」とその感情を依然として心のうちに持ち続けており、健三は時間がたてば又癇に障ったり、癇癪を破裂させてその「我」を押し通そうとするであろうし、細君も又公然と健三に反抗して、彼女の我を押し通して対抗するであろうことを語り手は知っているからである。

以上みてきたこれらの描写における語り手の視線についていうならば、健三や細君は個性・感性が異なる生身の人間である以上、時間が経ち、二人のおかれている条件も変化すれば、彼らは再び諍いをせずにはいられないであろうこと、しかし同時に同じ時間と場所を長い間共有したことによって生まれる彼らの一体感が、彼らを再び結びつけるであろうことを熟知している境地に立っているといえよう。

おわりに

本章では、語り手の描きだした健三の意識の動きを、語り手の視線に即して分析してきた。六十九回から七十一回までの語り手は、健三の意識の動きを読者に分析的に説明することなく、これらの場面の推移をあるがままに描き出し、そこでの健三の意識の動きを浮き彫りにしている。

分析的描写は、意識の一面のみを抽出し固定化して分析する方法であり、この方法では状況の推移によって多様な動きをする意識の動きを総体として描き出すことは出来ない。作者が目指したのは、これらの場面の推移をあるがままに描き出し、その中で語り手の視線を通して、健三の意識の動きを跡づけ、彼の意識の根源を描き出すことにあったといえるのである。

注

（1）第Ⅱ部第一章「『道草』の「自然」」参照

（2）語り手はこれまで健三の彼本来の順良な意識に映る比田夫婦への思いを描いていた。読者も又、この時の健三の意識（彼本来の順良な意識）に即してこの場面を理解してきた。ところが、ここで読者は、突然細君の「矢つ張同なじ事ですわ。みんな自分丈は好いと思つてるんだから」という言葉に出会って、細君の意識がすぐには理解できず戸惑う。語り手がこの時の夫の言葉を聴いていた細君の気持をこの場面に即して解説しないので、読者はこの時の細君の気持がすぐには理解できないからである。このような登場人物達の意識を語り手が解説することなく、描写の視点を細君に移し、その時の細君の気持をあるがままに描き出すという手法は『道草』の人物描写の特徴であり、『道草』の読み難さともなっている。

（3）　この時の健三の意識の変化の原因は、彼の幼児期に島田夫婦から受けた心の傷による次のような意識の在り方と繋がっている。四十一・二回では、養父母から「変な報酬が予期されていた」愛情を受けなければならなかった幼児健三の意識のありようが次のように描かれている。「同時に健三の気質も損《そこな》はれた。順良な彼の天性は次第に表面から落ち込んで行つた。さうして其陥欠を補ふものは強情の二字に外ならなかつた。／彼の我儘は日増に募つた。……凡ての他人が、たゞ自分の命令を聞くために生きてゐるやうに見へた。……」こうして健三にあっては彼が不機嫌な気分の時には、「順良な彼の天性」は内部に落ち込み、「強情」（＝我儘）が彼の意識を支配することになる。このような意識のありようは、健三にあっては病的な現われをすることもあるが、多くの現代人が抱えている意識のありようでもある。

（4）　この時の健三の姉に対する評価には、姉に対する親しみも関係しているが、健三の言葉の中では、細君を押さえつける役割を担っている。そのため、細君には健三のこの時の姉への気持ちは全く通じない。

（5）　六十七回に「野性」についての描写がある。――「「姉はたゞ露骨な丈なんだ。教育の皮を剝《む》けば己だつて大した変りはないんだ」／平生の彼は教育の力を信じ過ぎてゐた。今の彼は其教育の力で何うする事も出来ない野生的な自分の存在を明らかに認めた。斯く事実の上に於て突然人間を平等に視た彼は、不断《ふだん》から軽蔑してゐた姉に対して多少極りの悪い思《おもひ》をしなければならなかつた。」

右の六十七回での健三のうちにある「野生的」なものとは、「教育」によって身につける社会意識（他者に対する優劣や上下の意識）とは異質な、「事実の上に置いて」「人間を平等に視る」人間の根源的な本能意識といえよう。七十一回で細君が「野性的に能《よ》く感じてゐた」という時の「野性的」とは、健三が学問によって掴んだ、人間は「事実の上に於て」対等であり、夫婦も本来的に対等であるという人間の根源的関係を、感覚的に感じていたということであろう。なおここでいう「野性」とはベルクソン『創造的進化』がいう人間の「知性」と区別された人間としての本能（直観の能力）を指していると考えられる。

（6）　粂田和夫は「『道草』論」（『作品』2号　一九七四年五月。『漱石作品論集成』第⑪巻「道草」桜楓社　一九九一年所収）でここでの「実質」を「役に立つ」ことと理解している。しかし前後の文脈からは無理がある。ここでの細君の言葉は健三の意識に寄り添った語り手の立場から論理的に組み立てられたものであり、その「実質」には様々な言葉が代入できる。内容を持たないその形式論理の特徴を意識した語り手の言葉である。

第十章　「義父の連印依頼」と健三の内面劇（七十一回〜七十九回）

はじめに

『道草』では健三の回想を通して過去によって照射される健三の現在のありようが描かれる。七十一回から七十九回では、義父の連印依頼という出来事を通して、現在における健三と義父との関係が過去の健三の回想によって、照射されている。しかし読者にあっては、この出来事の表面的流れは理解できるものの、その健三の回想の意味や内面劇はわかりにくい。[1]その原因は、語り手が健三の回想の意味や内面劇の対話的要素を読者に分析的に示すことがほとんどないことにある。これらの特徴は、作者漱石の意識的創作方法であり、漱石の設定した語り手の立脚点が読者に縁遠い「域」にあることと関係している。従って、健三の回想の内的関連や健三の内面劇の内実を理解するには、語り手の視点との関係において、描かれている諸回想の繋がりの意味や、健三の内面劇の内実（意識の対話的要素）を作品世界から分析的に摘出することが必要であると考えられる。

そこで本章では七十一回から七十九回を、その展開に即して、語り手の視点との関係で、健三の回想の意味と健三の内面劇の内実を分析的に跡づけてみたい。

I　健三における義父へのかつての肯定的評価と現在の批判的評価との関係

七十一回の後半で健三は細君から義父が訪ねてきたことを聞いた。その最初の場面で「夫婦は静かな洋燈《あかり》を間に置いて、しばらく森《しん》と坐つてゐた」と「洋燈《あかり》」が描き込まれる。この「洋燈」は、義父に対する健三の過去と現在の関係を照らし出す語り手の視線の象徴である。(2) 七十二回で健三は細君から、義父が外套が無くて寒そうなので、健三の古い外套を出して遣ったことを聞いた。健三は細君の「憐れ」な顔と「もう何《ど》うする事も出来ないんですって」というその言葉から「急に眼を転じて其人の昔を見なければならなかつた」。健三の脳裏に浮かんだその「昔」の回想の最初は、結婚前の細君の姿と結び付いた肯定的評価を伴った義父の姿であった。

彼は絹帽《シルクハット》にフロツクコートで勇ましく官邸の石門を出て行く細君の父の姿を鮮やかに思ひ浮べた。……結婚する前健三は其所《そこ》で細君の家族のものと一緒に晩餐の卓に着いた……歌留多に招かれた彼は、そのうちの一間で暖たかい宵を笑ひ声の裡《うち》に更《ふか》した……此屋敷には、家族の外に五人の下女と二人の書生が住んでゐた。職務柄客の出入の多い此家の用事には、それ丈の召仕《めしつかひ》が必要かも知れなかつたが、もし経済が許さないとすれば、其必要も充たされる筈はなかつた。

健三の義父に対する肯定的評価を伴った右の記憶は、義父についての次の回想へと繋がっていく。

「外国から帰つて来た時ですら、細君の父は、左程困つてゐるやうには見えなかつた」。義父が新宅を訪れた時、義父は「二三千円の金を有《も》つてゐないと、いざといふ場合に、大変困るもんだから。なに千円位出来ればそれで結構です。それを私に預けて御置きなさると、一年位経つうちには、ぢき倍にして上げますから」と言った。語り手は七十五回との関係で、右の義父の言葉は、金に窮していた義父が健三の貯金を言葉巧みに自分に預けさせようとしていた事を示している。しかし当時の健三は、ただ義父の「一種の怪力」を「驚愕の念を以て」眺めたのである。ここでの回想は、義父に対する健三の、尊敬にも似た肯定的評価によって彩られている。

右の回想から細君との会話場面に戻った健三は、それ故に「そんなに貧乏する筈がないだらうぢやないか」と口にする。「でも仕方がありませんわ、廻り合せだから」という細君の言葉を聞きながら、健三は「産といふ肉体の苦痛を眼前に控えてゐる細君の気息遣《いきづかひ》」と「気の毒さうな其腹と、光沢《つや》の悪い其頬《ほゝ》とを眺め」る。この時に生じた健三の実感には、現前の女は、その義父の娘なのだ、この女と俺は結婚し、所帯を持ち、また子供を持とうとしているのだという結婚によって生じたさまざまな思いが圧縮されていた。そしてその実感から、義父への最初でかつ根源的でもあった田舎での結婚当初の反発が、次のような回想と結びついて健三の意識に浮かび上がってきたのである。

昔し田舎で結婚した時、彼女の父が何処からか浮世絵風の美人を描《か》いた下等な団扇を四五本買つて持つて来たので、健三は其一本をぐる〳〵廻しながら、随分俗なものだと評したら、父はすぐ「所相応だらう」と答へた事があつた……

この回想から細君と会話している現在に戻った健三の意識を語り手は、「健三は今自分が其地方で作つた外套を細君の父に遣《や》つて、「阿爺《おやぢ》相応だらう」といふ気には迚《とて》もなれなかつた。いくら困つたたつて彼《あ》んなものをと思ふと寧《むし》ろ情なくなつた」と描いている。

現在の健三が「阿爺相応《おやぢ》だらう」と意識する理由はわからない。語り手は、義父をめぐる健三のさまざまな感情の存在とその動きを描き出しながら、健三の意識のうちにあるその反感の根源へと向っていく。

2　義父と対座する健三の意識の動き

七十三回の冒頭で、語り手は健三と義父の対座場面を描きはじめる。しかし、語り手は、すぐには義父と健三の会話の描写に向わず、時間を過去に戻し、過去における義父の健三に対する態度に焦点を当て、読者にその表裏を紹介していく。語り手は義父の態度が「或時は不自然に陥る位鄭寧過ぎた」と指摘し、ついでその「鄭寧」な態度の裏側にある意識を「官僚式に出来上つた彼の眼には、健三の態度が最初から頗《すこぶ》る横着に見えた」、「何でも口外して憚らない健三の無作法も気に入らなかつた」、「一徹一図な点も非難の標的《まと》になつた」と描いている。そして語り手は、二人の間に距離が出来た理由を「健三の稚気を軽蔑した彼は、形式の心得もなく無茶苦茶に近付いて来やうとする健三を表面上鄭寧な態度で遮《さへぎ》つた」と描き、その結果生じた二人の関係の変化を指摘していく。

するとニ人は其所《そこ》で留まつたなり動けなくなつた。二人は或る間隔を置いて、相手の短所を眺めなければならなかつた。だから相手の長所も判明《はつきり》と理解する事が出来悪《にく》くなつた。さうして二人共自分の有《も》つてゐる欠点の大部分には決して気が付かなかつた。

右の指摘は、義父と健三の距離がなくなり、二人が互いの長所と短所をはっきりと理解し、自分の欠点にも気がつけば、二人の関係は真の人間関係を結ぶことが出来るのに、現実の二人は相手を距離を持って眺めるので、相手の短所のみ目に付き疎隔の状態になってしまったのだ、という語り手固有の立場から二人の関係を批評したものと考えられる。

この語り手の言葉は、健三の思索の結論とも関係しており、[3] 語り手の立場がその延長線上にある世俗とは異なる「域」（境地）に立っていることを示している。この語り手の立つ「域」こそは健三と義父の関係をこの作品で描き出す語り手の立脚点なのである。

語り手は健三と義父との基本的な関係を読者に紹介した後、描写の視点を〈健三と義父とが対座している現在の時間〉にもどし、現前の健三が「（義父は）如何にも苦しいだらう」という「一念に制せられた」と描いた後、健三の意識を描き出していく。

> けれども好《い》い顔はし得なかつた。心のうちでは好《い》い顔をし得ない其自分を呪《のろ》つてゐた。／「金の話だから好《い》い顔が出来ないんぢやない。金とは独立した不愉快のために好《い》い顔が出来ないのです。誤解しては不可《いけま》せん。私は斯《こ》んな場合に敵討をするやうな卑怯な人間とは違ます」／細君の父の前に是丈の弁解がしたくつて堪らなかつた健三は、黙つて誤解の危険を冒すより外に仕方がなかつた。

「金の話だから好《い》い顔が出来ないんぢやない」という描写の背景には、金の話を苦痛に感じ、拒否したい健三の意識がある。「私は斯《こ》んな場合に敵討をするやうな卑怯な人間とは違《ちがひ》ます」という描写の背景には、この機会を捉えれば「敵討」が出来ると感じている義父に対する反感の意識がある。そして健三の意識を統一している意識として「好《い》い顔をし得ない」自分を呪う意識、すなわち、義父の苦しい心情を推察し、義父が自分に援助を求めに来ている以上、義父に手を差し延べるべきだとする健三の「温かい情愛」[4] が存在する。語り手は健三の内部に於いて、これらの意識が自己を主張し合っていること、そして「温かい情愛」が、義父の依頼を拒否しようとする意識を押さえ込んでいることを示している。また、「細君の父の前に是丈の弁解がしたくつて堪らなかつた健三」という言葉には、健三の心の根底にある「温かい情愛」が、義父とのあるべき人間的交流を求めていること、そして「黙つて誤解の危険を冒すより外に仕方がなかつた」という言葉には、健三の「温かい情愛」の動きは義父の意識には映らないであろうことが意識されている。語り手があるがままに描いている健三の多様な意識の動きを分析的に示せば、以上のように言えよう。

3　健三の揺れ動く気持と義父の連印依頼の処理

次に語り手は、義父と健三の会話のうち、義父の健三への連印を求める部分のみを取り出し、義父の健三に対する「老巧」な態度と健三の揺れ動く気持ちを描き出しながら、義父の連印依頼についての健三の処理を描いていく。健三の「何故私の判が必要なんでせう」という二度の質問に、義父は「貴方《あなた》なら貸さうと云ふのです」と同じ答えを返した。「世事に疎い彼は、細君の父が何処へ頼んでも、もう判を押して呉れるものがないので、しまひに仕方なしに彼の所へ持つて来たのだといふ明白な事情さへ推察し得なかつた」と語り手は健三の世間知らずを批判的に描いている。しかし健三のうちには「何《ど》うも変ですね」「何《ど》んな目に逢はされるか分りやしない」という懸念が「充分に働ら」き、連印を拒否することになる。語り手はこの時の健三の意識を描いていく。

同時にたゞ夫丈《それだけ》の利害心で此問題を片付けてしまふ程彼の性格は単純に出来てゐなかつた。彼の頭が彼に適当な解決を与へる迄彼は逡巡しなければならなかつた。其解決が最後に来た時ですら、彼はそれを細君の父の前に持ち出すのに多大の努力を払つた。

この描写は、彼の内部にある「温かい情愛」が、健三の頑固な「利害心」に抵抗しており、健三（の主体）は、その「温かい情愛」と「利害心」双方に対して、連印の代わりに形式上の手続きを踏まずに自分の手で返せる額の金を友人から借りて義父に手渡すという手段をとることで、納得させたことを示しているのである。

七十四回の最後で、健三は、友人の妹婿から四百円を借り受け、その金が「細君の父の手に入つたのは、それから四五日経つて後の事であつた」と義父の健三に対する連印依頼という出来事の結末を記している。

4　この出来事の処理後に浮かぶ義父についての健三の様々な思い

七十五回以下では、語り手はこの終結した義父の連印依頼という出来事を通して浮かんできた健三の多様な意識の動きに焦点を合わせ、義父に対する健三の意識の根源（健三の義父に対する「温かい情愛」と「反感」との関係）を描き出していくことになる。

最初に取り上げられているのは、健三の「温かい情愛」が願望している、義父と女婿とのあるべき関係への修復の可能性であった。語り手の立場からすれば、義父を経済的に援助するという健三の行為は、疎隔の関係にある義父との関係を修復する機会になり得る可能性があった。しかし語り手は、二人の関係が修復するには「此機会があまりに脆弱過ぎた。若《も》しくは二人の性格があまりに固着し過ぎてゐた」と指摘し、二人の「固着し過ぎてゐた」性格の描写に向う。

七十五回の冒頭で、語り手は細君の父に四百円を手渡した後の健三の気持を描いていく。

「己《おれ》は精一杯の事をしたのだ」／健三の腹には斯《か》ういふ安心があつた。従つて彼は自分の調達した金の価値に就いて余り考へなかつた。嘸《さぞ》嬉しがるだらうとも思はない代りに、是位の補助が何の役に立つものかといふ気も起さなかつた。それが何《ど》の方面に何う消費されたかの問題になると、全くの無知識で澄ましてゐた。

この描写には、次のような語り手の意識がその根底にある。この時の「己《おれ》は精一杯の事をしたのだ」という意識は自己満足であり、心底から義父の経済状態を心配しているのではない。もし心配しているのなら、自分の補助がどの程度に役立ち、どの方面にどう消費されたか、を考えずにはおれないだろう。しかし健三はそのことに無関心である。彼は、細君との関係から女婿としての「義理」を果たすための援助をしたに過ぎないのだと。語り手は健三の義父に対する態度とその意識の「固着し過ぎてゐた」状態を批判的に描き出しているのである。

次いで、語り手は、義父も、「内状を打ち明ける程彼に接近して来なかつた」と指摘し、彼の性格について、義父は「世間的に虚栄心の強い男」で、そのため妻子や近親者達は彼のつくり出す虚像を実像のように受け取ったと説明する。そして語り手は彼が健三に連印を求めた事情を、「彼はそれ（＝境遇が失意の方面に転じたこと――筆者）を糊塗するため、健三に向つて能《あた》ふ限り左あらぬ態度を装つた。それで遂に押し通せなくなつた揚句、彼はとう〳〵健三に連印を求めたのである」と描いている。

語り手は、義父が平生のプライドを捨て、胸襟を開いて自分のおかれている悲境を話したならば、健三もまた心を開き、今までの「牆壁《しょうへき》」は取り払われたであろうに、しかし義父もまた自分の性格に「固着し過ぎてゐた」のだと、義父の制限を批判的に描いている。そして語り手は再度健三が借り受けた四百円が義父に手渡った様子を描き出していく。

二人は今迄の距離を保つた儘で互に手を出し合つた。一人が渡す金を一人が受け取つた時、二人は出した手を又引き込めた。傍《はた》でそれを見てゐた細君は黙つて何とも云はなかつた。

この描写には二人の関係の修復の可能性が互の我に「固着し過ぎてゐた」がために芽生えなかったことへの語り手の立場からの健三・義父への批判が込められている。

次に語り手は健三の義父に対する信頼が急速に悪化していった事情に焦点を当てていく。健三の細君との結婚前の義父に対する印象は、七十二回の健三の回想が示すように、肯定的であり、義父の経済的「怪力」を「驚愕の念」で眺めていた。しかし健三の義父に対する評価は急速に変化していったのである。

七十五回の途中から語り手は、「健三が外国から帰つた当座の二人は、まだ是程に離れてゐなかつた」と記し、健三の義父に対する意識の変化を細君の会話を通して描き出していく。健三は細君から義父がある鉱山事業に手を出したという話を聞いて驚いたことがあった。その時の彼は、「眉を顰《ひそ》めた」が、「同時に彼は父の怪力に幾分かの信用を置いてゐた」。しかし語り手は続いて、その用事で北国に行った義父は旅先で病気になり、細君の母からそこに出向くための旅費の都合をつけて欲しいとの依頼があり、健三は心から気の毒に思い、その旅費を用立ててやったが、義父の鉱山事業はそれきり立ち消えとなったことを回想する。その後義父は大きな都会の市長の候補者となったが、有名な政治家のある伯爵がどうも不向きだろうと言ったので、話はそれで止めになったという細君の話を回想する。七十五回の末尾で語り手は健三と細君の会話を通して、健三の義父への評価が急速にしぼみ、否定的評価へと変化していったことを描き出している。

七十六回の時間は再び、健三と義父の対座の時間に戻る。七十六回の語り手は、健三が、義父の怪力を信用しないばかりか、強い反感を持っていることを健三の内面に焦点を当てて描き出していく。

けれども其次に細君の父が健三を訪問した時には、二人の関係がもう変つてゐた。[5] 自ら進んで母に旅費を用立つた女婿《むすめむこ》は、一歩退ぞかなければならなかつた。彼は比較的遠い距離に立つて細君の父を眺めた。然し彼の眼に漂よふ色は冷淡でも無頓着でもなかつた。寧《むし》ろ黒い瞳から閃めかうとする反感の稲妻であつた。力《つと》めて其稲妻を隠さうとした彼は、已《やむ》を得ず此鋭どく光るものに冷淡と無頓着の仮装を着せた。

留意すべきは、傍線部の「冷淡」・「無頓着」および次の段落にある「無愛想」という表現が、七十三回で義父と対座している健三の外面に表れた態度の表現「ぶつきら棒」と類似していることである。また、七十四回の「(健三にとって義父の依頼である連印を拒否することは) 無情で、冷刻で、心苦しかつた」という表現の「無情」「冷刻」も、七十六回の「冷淡」と類似する。しかしこれらの類似にもかかわらず、七十六回で描かれた健三の義父に対する意識は、七十三、四回で描いた義父に対する健三の意識 (=悲境にいる義父に手を差し延べたいとする「温かい情愛」) とは別の似て非なるもう一つの意識 (=義父に対する反感) なのである。

七十三・四回で描かれた健三の「ぶつきら棒」「無情」「冷刻」の内容は、「無情で、冷刻で、心苦しかつた」と記しているように、「悲境」にいる細君の父に〈手を差し延べたい〉という健三の気持をストレートに表現することが出来ない苦しさの表現であった。ところが、七十六回の「冷淡」「無頓着」の内容は、「反感の稲妻」を隠すための「仮装」なのである。義父に援助の手を差出すべきではないかとする気持を抑えつけた「無情」・「冷刻」には、「反感の稲妻」が隠されていたのである。しかもこの義父に対する反感は、健三の「自然」や「天真」と結びついていると語り手は描いていく。

父は悲境にゐた。まのあたり見る父は鄭寧であつた。此二つのものが健三の自然に圧迫を加へた。積極的に突《つ》掛《か》る事の出来ない彼は控えなければならなかつた。単なる無愛想の程度で我慢すべく余儀なくされた彼には、相手の苦しい現状と慇懃な態度とが、却《かへ》つてわが天真の流露を妨げる邪魔物になつた。

義父の「悲境」と「鄭寧（な態度）」は、健三のうちに、「積極的に突掛る」事の出来ない意識状態を生み出す。ここには、「積極的に突掛る」事が、健三にとって内部の「自然」に従うことであり、「天真の流露」であるはずなのに、という健三の思いがある。こうして七十七回では義父への反感の根底にある健三の倫理性が描き出されていくことになる。

そして語り手は健三の意識の深層に降り立ち、健三の義父への反感が彼の「自然」や「天真」と結びついていることを描いた後、健三から離れて、健三を前にした義父の老巧な「手腕」が発揮された話ぶりを、解説や批評抜きに描いていく。

義父は財界で有名なある人の名を挙げ、その人が関西の私立の鉄道会社の社長の位置を予約してくれたこと、しかしそれが実現するためにはその資格に必要な株数の名義を書き換えて貰う必要があると語った。語り手はその義父の話を聞いている健三の内面を描いていく。

健三は父の言葉に疑を挟む程、彼の才能を見縊《みくび》つてゐなかつた。(6) 彼と彼の家族とを目下の苦境から解脱させるといふ意味に於ても、其成功を希望しない訳に行かなかつた。然し依然として元の立場に立ってゐる事も改める訳に行かなかつた。彼の挨拶は形式的であつた。さうして a 幾分か彼の心の柔らかい部分をわざと堅苦しくした。b 老巧な父は丸で其所《そこ》に注意を払はないやうに見えた。

右の描写は語り手が健三の意識に近い距離から、健三の意識の表層を描いたものである。傍線部aは、健三の意識の表面的な描写（七十四回で「連印を拒絶するのは、彼に取って如何にも無情で、冷刻で、心苦しかった」と描いている彼の意識の表面的動き）であるが、同時にそこには、七十六回の冒頭で「反感の稲妻」に「冷淡」と「無頓着」の仮装を着せたと描いた健三の意識も潜んでいるのである。傍線部bは健三の目に映る義父の外面である。語り手は七十六回の冒頭で義父の叮嚀な態度の裏側には、「(父から云へば）普通の人としてさへ不都合に近い愚劣な応対振《ぶり》を、自分の女婿《むすめむこ》に見出すのは、堪へがたい馬鹿らしさ」に違なかつたという感情が存在する事を描き出していた。ここでの語り手は、健三の目に映る、その義父の表面的態度（＝手腕が発揮された話しぶり）を描いているのである。

語り手は再び義父の健三に対する老巧な話しぶりを描き出す。義父はその鉄道会社の社長の位置を得るには時期が必要であると語った後、ある保険会社の辞令のようなものを見せ、顧問として月々百円受取っていることを示し、「兎《と》に角百円でも当座の凌ぎにはなりますから」と、健三に内情の苦しさを示した。老巧な義父の話術は健三には「懸け隔てのない父の態度」と映り、健三を「自分の立場から前へ押し出さうとした」。すなわち義父の話から、健三は義父に予約された鉄道会社の社長の位置は確実であり、時期だけが問題なのだ、だから義父が今の急場をしのぐためにもその連印依頼に応じてあげなければいけないという気持にさせたのである。しかし健三は「其傾向を意識するや否や……又後戻りをしなければならなかつた」。語り手によれば、この時健三の義父に対する反感が頭をもたげ、義父の連印依頼を拒否させたのである。

この回の最後で、語り手は「彼の自然は不自然らしく見える彼の態度を倫理的に認可したのである」と描いている。健三の義父に対する反感が倫理的な感情と結びついていることは、冒頭でも描かれていた。しかし義父に対する反感と健三の倫理的結びつきの意味は、これらの回想だけではまだはっきりしない。語り手の視線は、健三の意識の奥底にある義父の手腕に対する倫理的反感の内実へと向かっていく。

5 義父の倫理性と「手腕」の繋がり——義父との「溝渠《みぞ》」が出来た理由

七十七回では健三の意識に映る義父の倫理性と「手腕」との関係が描かれていく。まず語り手は健三の回想に焦点を当てる。乃木将軍が台湾総督になってまもなく総督を辞めた時、義父は乃木将軍の個人的「徳」を肯定しながら、しかし乃木は政治家としては「手腕」がないと批判し、「手腕」こそが政治家として必要だと、暗に自分の「手腕」を誇ったことがあった。そして語り手は、（健三の回想に即して）義父はさる会の自分にゆだねられた剰余金に手を付けた、義父は信用を維持するためにそのことを誰にも打ち明けなかった、義父が保険会社の顧問になって、月々百円をうけとっていたが、その百円をその余剰金から生まれるはずの利子に当てて体面を保っていたという義父の姿を描いている。

細君から聞いたこの義父の使い込みの話を思い出した健三の気持ちを、A「不徳義漢として彼を悪《にく》む気は更に起らなかつた。」B「さういふ男の娘と夫婦になつてゐるのが恥づかしいなどとは更に思はなかつた。」C「然し細君に対しての健三は、此点に関して殆んど無言であつた」と描いている。

健三は何故、この場面の前半で、乃木についての義父の批判を思い出すのであろうか。それは、義父の乃木批判の回想が義父の使い込みの意味を照射するからである。現在の健三の意識には、義父は自分を信用して任された金を使い込んだ「不徳義漢」なのだという義父の倫理的資質が浮かび上がっているのである。Aでは、「不徳義漢として彼を悪《にく》む気は更に起らなかつた」と記している。にもかかわらずBでは「さういふ男」（すなわち「不徳義漢」）の娘と結婚している自分を意識している。健三は義父を「不徳義漢」だとする評価をもって、義父を「悪《にく》む」という行為に直接つなげようとしない。健三は「已《やむ》を得ないで犯す罪と、遣《や》らんでも済むのにわざと遂行する過失との間に、大変な区別を立てゝゐる」からである。ここでの健三にあっては義父の使い込みは「已《やむ》を得ないで犯す罪」であるから彼を「不徳義漢」として批判してはいけないとする意識が、義父を不徳義漢として批判しようとする意識を押さえ込んでいる。同様にB「さういふ男の娘と夫婦になつてゐるのが恥づかしいなどとは更に思はなかつた」という表現では、健三の意識のうちで、〈「不徳義漢」の娘と夫婦になっているのが恥づかしい〉とする意識と、妻が「不徳義漢」の娘であっても、このような考え方はすべきでないとする意識とが対立し、健三の主体にあっては、後者の意識が前者の意識を押さえ込んでいることを示している。C「然し細君に対しての健三は、此点に関して殆んど無言であつた」という表現では、義父は「不徳義漢」であり、その娘と夫婦になっていることのこだわりと、そのこだわりを批判する意識との葛藤が「殆ど無言」という状態を作り出している事を示している。

そしてこのこだわりが、健三に次の細君との会話を回想させ、その会話の意味を考え直させることになる。

細君は時々彼に向つて云つた。――／「妾《わたし》、どんな夫でも構ひませんわ、たゞ自分に好《よ》くして呉れさへすればば」／「泥棒でも構はないのかい」／「えゝえゝ、泥棒だらうが、詐欺師だらうが何でも好《い》いわ。たゞ女房を大事にして呉れゝば、それで沢山なのよ。いくら偉い男だつて、立派な人間だつて、宅《うち》で不親切ぢや妾《わたし》にや何にもならないんですもの」

右のように細君と健三とのやり取りを描いた後、語り手はその時の健三の意識を描いていく。

実際細君は此言葉通りの女であつた。健三も其意見には賛成であつた。けれども彼の推察は月の暈《かさ》の様に細君の言外迄滲《にじ》み出した。学問ばかりに屈託してゐる自分を、彼女が斯《か》ういふ言葉で余所《よそ》ながら非難するのだと云ふ臭《にほひ》が何処《どこ》やらでした。然しそれよりも遥かに強く[a]夫の心を知らない彼女が斯《こ》んな態度で暗に自分の父を弁護するのではないかといふ感じが健三の胸を打つた。／[b]「已はそんな事で人と離れる人間ぢやない」／自分を細君に説明しやうと力《つと》めなかつた彼も、独りで弁解の言葉を繰り返す事は忘れなかつた。

傍線部aで健三は細君の内面を〈私が「不徳義漢」の娘だから、夫は自分と連れ添っていることにこだわりを持っているのだ〉と推察し、〈だからこんな発言をするのだ〉と、細君の言葉の意味を考えたのである。傍線部bにある「人」は、妻と義父両方ともに取れる書き方をしている。妻との関係では、「不徳義漢」の娘と夫婦になっていることは「恥づかしい」ことではない、妻の父親が「不徳義漢」だという理由で、妻との離婚を考えるべきでない、という健三の強い倫理観が前面に押し出されている。このことはこの意識の裏側には、義父は「不徳義漢」であり、妻はその娘なのだ。「不徳義漢」の娘と夫婦であることは恥ずかしいことなのだ、とするこだわりの意識が存在していることを示している。一方、義父との関係では、義父が「不徳義漢」であったとしても、それは「已《やむ》むを得ないで犯す罪」であり、そんなことで自分は義父と離れることはしない男なのだという健三の強い倫理意識が存在していることを示している。健三の意識を支配しているこの倫理的確信が、語り手に健三が義父と疎遠になった理由へのさらなる探求へと向かわせ、次の確信にたどり着くことになる。

然し細君の父と彼との交情に、自然の溝渠《みぞ》が出来たのは、やはり父の重きを置き過ぎてゐる手腕の結果としか彼には思へなかつた。

引用の冒頭にある「然し」という言葉には、義父が使い込みをした「不徳義漢」であったとしても、「已むを得ないで犯す罪」であり、そのことで義父と疎遠になることはない、義父と疎遠になったのは、義父の「重きを置き過ぎてゐる手腕の結果」なのだという健三の気持ちが存在する。この健三の意識（義父と疎遠になった理由についての確信）に即して語り手は、健三の義父への反感の根源にある義父の「手腕」の内実に焦点を当てていく。語り手がたどり着いたその根源は次のような回想のうちにあった。

健三は正月に父の所へ礼に行かなかつた。恭賀新年といふ端書《はがき》丈を出した。父はそれを寛仮《ゆる》さなかつた。表向それを咎める事もしなかつた。彼は十二三になる末の子に、同じく恭賀新年といふ曲りくねつた字を書かして、其子の名前で健三に賀状の返しをした。斯《か》ういふ手腕で彼に返報する事を巨細《こさい》に心得てゐた彼は、何故《なぜ》健三が細君の父たる彼に、賀正を口《くち》づから述べなかつたかの源因については全く無反省であつた。／一事は万事に通じた。利が利を生み、子に子が出来た。二人は次第に遠ざかつた。已《やむ》を得ないで犯す罪と、遣《や》らんでも済むのにわざと遂行する過失との間に、大変な区別を立てゝゐる健三は、性質《たち》の宜《よろ》しくない此余裕を非常に悪《にく》み出した。

義父の「手腕」の表れである「恭賀新年といふ端書《はがき》」への返報の仕方は、健三にとっては、「性質《たち》の宜《よろ》しくない」（すなわち相手の事情や気持ちを無視した立場の）「余裕」であり、それは「遣《や》らんでも済むのにわざと遂行する過失」（すなわち上に立つ権力者側の横暴）なのである。七十八回の冒頭では「与《くみ》し易い男だ」とする義父の健三に対する評価が描かれる。健三の回想は、義父の「余裕」のうちに存在する「与《くみ》し易い男だ」という自分に対する評価に突き当たったのである。義父の「余裕」と「与し易い男だ」という健三に対する軽蔑的評価とは結びついている。健三の回想は健三が義父に対して懐くようになった反感の根源にいたったのである。

義父の「与し易い男だ」という軽蔑的評価は、健三にとって我慢のならないものであった。健三は自分自身がこのような要素を持っていると「自覚」していた。しかし、人は第三者から自分が自覚している欠点を、お前はそれだけの人間でしかないと評価される（＝客体化される）ことに耐えることが出来ない。健三は「癪に障《さわ》つた」。語り手はその時の健三の気持ちを次のように描いている。

彼の神経は此肝癪を乗り超えた人に向つて鋭どい懐しみを感じた。彼は群衆のうちにあつて直《すぐ》さういふ人を物色する事の出来る眼を有つてゐた。けれども彼自身は何《ど》うしても其域に達せられなかつた。だから猶《なお》さういふ人が眼に着いた。又さういふ人を余計尊敬したくなつた。／同時に彼は自分を罵《のゝし》つた。然し自分を罵らせるやうにする相手をば更に烈しく罵つた。

義父の「与《くみ》し易い男だ」という健三への評価が健三の癪にさわった理由は以下のことにあった。健三は自分の病的な「癇癪」が世俗の利害や上下関係を第一とする立場から人間の「順良」さを軽蔑する世俗意識への怒りによる心の爆発であることを自覚していた。健三の目指す「域」は、世俗的利害を超越した境地に到達することであった。それは自分の癇癪を克服するためにも必要であった。健三の理想とする「肝癪を乗り越えた人」とは、世俗の利害関係を超越した人（あるいはそれに淡泊な人）であり、その代表が、御縫さんであった。しかし健三は世俗への執着を超脱しようとしながら、世俗の人間関係に縛られ、かつ自分に対する世俗的評価を強く意識する男であった。健三はその落差を自覚していた。健三にとって、世俗的立場から、自分が「与《くみ》し易い男だ」と評価されることは、白分が世俗の利害関係に左右されない境地を得ようとしながらも、その「域」に到達できない世俗的人間でしかないということを宣告されることを意味していた。他者による自分の可能性の否定は、自分が「無我」の域に到達できない世俗的人間でしかないことに苦しんでいる心の傷口に、指を突っ込まれてかき回されることを意味した。健三はその痛みに耐えかねて、その境地を得ることが出来ない自分の未熟さを罵倒するとともに、その傷口に指を突っ込む相手をも罵倒せずにはおれなかったのである。義父の「与《くみ》し易い男だ」という健三に対する軽蔑的評価は、健三にとって心の傷口に指を突っ込まれることを意味したのである。これが健三の癪にさわった理由であった。と同時に、これが義父との間に「溝渠《みぞ》」が出来上がっていった原因の根源なのである。語り手の探照灯は、健三の回想のなかにある、義父との「溝渠《みぞ》」が出来た根本原因を照らし出したのである。

6 細君との「溝渠《みぞ》」修復と義父との「溝渠《みぞ》」修復との関係

七十八回の前半で、健三と義父との「溝渠《みぞ》」の根本原因を描き出した語り手は、一転して今度は、健三と細君の間に出来る「溝渠《みぞ》」修復との繋がりで、健三と義父の関係修復の可能性に焦点を当てていく。

語り手は「細君の態度も暗《あん》にそれ（義父と健三の間に溝が出来ること——筆者注）を手伝つたには相違なかつた。」と書きだし、健三と細君の関係が「擦れ〳〵になると」〈＝不調和の状態になると——筆者注〉細君の心は段々と生家《さと》の方に移り、生家《さと》の方も細君の肩を持たざるを得ず、そのことが義父と健三の溝渠《みぞ》を創り出す要因にもなったと描いている。そして語り手の関心は、細君との関係では「溝渠《みぞ》」が出来ても修復されるが、義父との関係は、「夫婦関係が常に復した後でも、一寸《ちょっと》埋める訳に行かなかつた」とその溝渠《みぞ》を埋めることが出来ない理由に向っていく。

まず、語り手は細君との溝渠《みぞ》修復について焦点を当てていく。語り手によれば「（細君の）発作は都合好く二人の関係が緊張した間際に起つた」。健三の神経衰弱による癇癪の破裂に細君の神経が耐えきれないときに、細君は意識を失い、「廊下に俯伏《うつぶせ》になつて倒れ」ていたり、「縁側の端に蹲踞《うづくま》つて」いたりしていた。語り手は、その細君を介抱するその時の健三の意識を次のように描いている。「彼女の顔を見詰めてゐる健三の眼には何時でも不安が閃《ひら》めいた」と。そして語り手は、健三のその不安が細君の死やその衝動と結びついていることを「発作の今よりも劇《はげ》しかつた昔」の回想に焦点を当て、その時健三は毎夜自分の帯と細君の帯とを細いひもで繋いで彼女の行動（死への衝動）に気を配った、またそれ以前、流産して間もない彼女は死んだ赤ん坊の幻影をみて、跳ね釣瓶のかかる井戸に身を投じようとしたと描き出している。

　細君のヒステリー発作についての回想は、細君の死への衝動と結び付いていた。それゆえ、細君のヒステリーの発作への「不安」に駆られたとき、健三には、細君を「不憫」「気の毒」「可哀想」とする意識がわき上がった。また「其不安の上に、より大いなる慈愛の雲が靉靆《たなび》」き、「心配よりも可哀想」になった。そして、健三はその「弱い憐れなもの、前に頭を下げて、出来得る限り機嫌を取つた」。その結果、「細君も嬉しさうな顔をした」。こうして、健三と細君は心を通わすようになり、「常に復する」ことができたのである。

　健三にとって、細君のヒステリー発作の不安は、死と結び付いたものであり、細君の死への不安は、健三の心を揺すぶり、「硬くなりかけた」人間不信という枠組みを突き崩し、彼の内部の根源にある人間の生に対する「温かい情愛」を引き出さずにはおかなかった。こうして健三の病的な人間不信を内実とする「肝癪」は治まっていった。細君との溝渠《みぞ》の修復は、細君のヒステリー発作における「死への不安」という衝撃が、彼のうちにある「温かい情愛」を引き出すということにあった。語り手は、このような彼の心に与える細君のヒステリーの発作を健三と細君の緊張関係の「緩和剤」として描き出しているのである[7]。

　次に語り手は七十八回の最後で、義父との溝渠《みぞ》修復の可能性に焦点を当てる。最初に「不幸にして、細君の父と健三との間には斯《か》ういふ重宝な緩和剤が存在してゐなかつた」と描いている。それは、義父の生死を意識するような状態が健三の前に出現しなかったことを意味している。もしそのような状態のなかであれば、健三は義父に「温かい情愛」で接することが出来たからである。
ついで語り手は、七十九回で義父との関係は、疎遠であるべきでないという健三の意識に即して、〈それではなぜそのための努力をしないのか〉という視点から、健三の意識のうちにあるその理由に探照灯を向ける。

不合理な事の嫌な健三は心の中でそれを苦に病んだ。けれども別に何《ど》うする料簡も出さなかつた。彼の性質はむきでもあり一図でもあつたと共にb頗《すこぶ》る消極的な傾向を帯びてゐた。／「己《おれ》にそんな義務はない」／自分に訊《き》いて、自分に答を得た彼は、其答を根本的なものと信じた。彼は何時までも不愉快の中で起臥する決心をした。

傍線部aには、健三は自分から積極的に打開に向けた行為を取るべきではないかと問う語り手の意識が存在する。「なぜ取らなかったのか」という語り手の探照灯の照らす先は、傍線部bの健三は「頗《すこぶ》る消極的な傾向を帯びてゐた」からだ、という理由であった。この描写には、義父と女婿との関係は大切にしなければならないとする健三の精一杯の努力が表現されている。
義父と健三は世俗において価値観の異なる生き方をしている。その価値観に触れないで（関わらないで）関係を修復することは、きわめて困難である。可能であるとすれば、次の条件が必要であった。一つは、自分の価値観と折り合いを付けて、他方の価値観を容認する姿勢が必要であった。しかし現時点での健三には義父の「手腕」に象徴される現実の実用的価値世界を容認することは不可能であった。もう一つは、七十三回の語り手が描いているように、二人が「自分の欠点」に気づき、「相手の長所」をはっきりと理解するという、人間的信頼を醸成する場が必要であった。そのためには世俗の意識に縛られている二人の意識を変えるような「機会」が必要であった。細君との関係では、細君のヒステリーがその「機会」となった。義父との関係では、語り手は、健三の金銭的援助がその役割を果たす可能性があったことに触れていた。しかし七十五回では「此機会があまりにも脆弱すぎた。若しくは二人の性格があまりにも固着し過ぎてゐた」と描いている。互いの世俗意識を捨てて相手に近づく条件は現在の健三と義父には（語り手によれば）存在しなかった。二人が置かれているこのような世俗的条件とその意識のあり方を考えるとき、否定的に描かれているようにみえる健三の「消極的態度」は、世俗の現実社会において、健三が妻子を守り、自分の価値観を貫くための精一杯の現実的〈世俗的〉態度といえるのである。「己《おれ》にそんな義務はない」という健三の答えを考えてみよう。既に見たように、健三が義父との関係修復に努力することは、この時の健三にあっては、義父の生き方や手腕を容認することを意味し、それは自分の現実における経済的危険をも意味していた。このことを考えるならば、義父との修復の努力を放棄し、「何時までも不愉快の中で起臥する決心をした」という、一見「消極的」にみえる健三の態度は、健三にとって世俗における自分の生き方を守るという積極的意思のあらわれであったと言えるのである。

7　義父との「溝渠《みぞ》」修復についての細君と健三の「消極的態度」の内実

次いで語り手は、義父と健三の溝を埋める役割を果たすべき存在は細君ではないかという観点から、細君の二人の関係の修復についての役割に焦点を当てる。その答えとして語り手に浮かんでくるのは、「不幸にして細君も亦《また》此点に於て何処迄も消極的な態度を離れなかつた」という細君の態度であった(8)。

語り手の描き出す細君の、実父と夫との関係修復についての態度の特徴は、細君もまた健三と同様、「何処迄も消極的な態度を離れなかつた」、彼女は「眼前に手で触れられる丈の明瞭な或物を捉《つら》まへた時」には「動く」女であったが、「自分と、自分の父と、夫との間に起る精神状態の動揺は手の着けやうのないものだと観じてゐた」「だつて何にもないぢやありませんか」「裏面に其動揺を意識しつゝ、彼女は斯《か》う答へなければならなかつた」というものであった。

語り手はその細君の態度を批判的に描いているように見える。しかし「だつて何にもないぢやありませんか」という内実は、父と夫との「精神状態の動揺」(=互いの反目)は〈私の力ではどうすることも出来ない性質のものです〉ということの別表現である。語り手は「彼女に最も正当と思はれた此答が、時として虚偽の響をもつて健三の耳を打つ事があつても、彼女は決して動かなかつた」とも描いているが、この表現には、細君の、わたしは実父よりも夫を大切にしなければならない、だから実父と夫との反目が「手の着けやうのないもの」である以上、その関係は成り行きに任せ、私は夫からいかなる批判を受けようとも、夫に寄り添い守り通すのだという意識が存在する。さらに語り手は「仕舞に何《ど》うなつても構はないといふ投げ遣《や》りの気分が、単に消極的な彼女を猶《なお》の事消極的に練り堅《かた》めて行つた」と描いているが、ここでの「消極的」という言葉の内実には、健三の「消極的」態度が現実生活の中で、彼の倫理観を保持しつつ妻子を守り通していくための生活態度であったのと同様、夫に寄り添い続け、神経衰弱の夫を守り通すのだという、彼女の現実に即した生活者としての強さが表現されている。

語り手は一連の話の最後を次のように締め括っている。

斯《か》くして夫婦の態度は悪い所で一致した。相互の不調和を永続するためにと評されても仕方のない此一致は、根強い彼等の性格から割り出されてゐた。偶然といふよりも寧ろ必然の結果であつた。互に顔を見合せた彼等は、相手の人相で自分の運命を判断した。

ここでいう「悪い所」とは「消極的」ということである。しかしここでの「消極的」とは、現実世界における彼らの生き方のねばり強さの表現として理解すべきなのである。

世俗との関係を無視した倫理的立場からすれば、健三や細君の「消極」性は否定的な態度として映る。しかし、この場面の語り手は、健三と細君の消極性を肯定的ニュアンスを付して描いている。それは、ふたりの消極性には、否定的要素に彩られた現実の人間関係の中で、可能な限り「あるべき人間関係」の立場を貫こうとする姿勢が存在しており、このことを語り手は熟知しているからである。

おわりに

本章では『道草』七十一回から七十九回に描かれている健三に対する義父の連印依頼という出来事を取り上げ、その出来事の展開に即して、健三の回想の内的関連と、語り手の照らし出す健三の内面劇の内実を見てきた。義父の連印依頼という出来事における健三の回想を貫いているものは、現在の健三が義父に懐くようになった反感の根本の追求であった。そして健三の内面劇の内実は、義父と女婿の関係は良好であるべきだとする倫理観や彼の内に存在する「温かい情愛」と、現実の中で自分の生や理想を守るための世俗における彼の現実的態度との対立であったといえよう。

作者漱石は『点頭録』のなかで、「過去は夢所《どころ》ではない。炳乎《へいこ》として明らかに刻下の我を照らしつゝある探照燈のやうなものである」と記しているが、『道草』七十一回から七十九回に描かれた健三の過去は、現前の健三の意識のありようを照らし出す探照灯であり、その探照灯を握っているのは現前の健三の意識からすでに超脱した「域」（境地）にいる語り手なのである。

注

（1）『道草』のわかりにくさを率直に指摘したものに、亀井俊介「「道草」を読む――曖昧さをめぐって」（『国文学』三十一巻三号　一九八六年三月）などがある。

（2）「洋燈」が健三の内面を照らし出す存在であることは、『道草』の重要な場面に「洋燈」が書き込まれていることから明らかである。例えば、健三が島田の一生と自分の一生との意味を考える場面（四十八回）、細君の出産に健三が立ち会う場面（八十回）など。中島国彦「『道草』の認識」（早稲田大学国文学会『国文学研究』五十九集一九七六年六月）に、この指摘がある。

（3）たとえば、六十五回では、細君とよりを戻した健三は次のような感慨に浸る。「離れゝばいくら親しくつても夫切《それぎり》になる代りに、一所にゐさえすれば、たとひ敵同士でも何《ど》うにか斯《か》うにかなるものだ。つまりそれが人間なんだらう」。この健三の感慨は七十三回の語り手の立場と同一線上にある。

（4）二十一回で健三は日常生活では自分の「温かい情愛」がせき止められていると感じている。この健三の意識は四十二回では「順良な彼の天性」、五十回では「天に禱る時の誠と願」という表現で描かれる。

（5）語り手が記す「其次に細君の父が健三を訪問した時」は、『日本近代文学大系』（角川書店）の注が記すように、何時のことであるか分かり難い。しかし「父は悲境にゐた」で始まる次の段落の「時間」は、七十三回で描く、健三と義父の対座場面の「時間」であり、前段落とこの段落における語り手の意識とが繋がっていることから、その「時」とは七十三回で義父が連印の依頼のために健三と対座している時間と重なっていると考えられる。

（6）義父のこの場面の言葉の真実性について、語り手は言及していない。健三は義父の言葉をそのまま信用したのである。しかし九十四回では後に「鉄道会社の社長の位置の予約」はすぐには実現しない性質のものであったことが細君の言葉を通して描かれる。この場面の義父の「懸け隔てのない」態度は、健三を信用させる「手腕」として語り手は描き出している。

（7）健三と細君の関係の修復は健三が人間の生死というレベルで人間の生の価値を実感する時に実現する。「自然は緩和剤としての歇斯的里《ヒステリ》を細君に与えた」という表現は、健三の意識の深層で、「自然」が健三を生死のレベルに立たせて、人間の生の大切さを実感させ、彼の心から人間不信を取り除いたことを意味する。

（8）この場面の細君と健三の関係については第Ⅱ部第二章「細君に対する健三の『情愛』の性格」でも論じた。参照いただきたい。

第十一章　健三における言葉の論理の絶対化とその矛盾の自覚

――健三の意識と語り手――（八十二回〜八十八回）

はじめに

主人公健三には「自己本位」とは異なる自己絶対化という主義があった。その一端は語り手によって次のように紹介されている。

「彼の道徳は何時でも自己に始まつた。さうして自己に終るぎりであつた。」（五十七回）「自分は自分の為に生きて行かなければならないといふ主義を実現したがりながら、夫の為にのみ存在する妻を最初から仮定して憚《はゞ》からなかつた。」（七十一回）

この健三の自己絶対化を紹介する語り手の表現（「終るぎりであつた」「実現したがりながら」「仮定して憚からなかつた」）には、健三の自己絶対化に対する批判が内在する。『道草』の主要な方法の一つに、このような語り手の批判的アクセントを通して、健三の自己絶対化のありようやその矛盾、およびその崩壊の浮彫りがある。健三の自己絶対化とは、具体的には健三の意識に浮かぶ「論理」への固執でもある。

八十回は細君の出産場面で、新しい生の誕生に対する健三の非日常的感覚が描かれ、八十一回から八十三回では、日常感覚に戻った健三が論理に固執する有様が描かれる。八十四回から八十八回にかけては、その矛盾に気づき出す健三の姿が描かれていく。本章では八十二回から八十八回を取り上げ、それらの回に描かれた健三の自己の絶対化、すなわちその時々に生ずる感覚の絶対化やその時の意識に浮かぶ「論理」の固執、およびその矛盾に気づいていく健三の姿について考えてみたい。

I　健三における言葉の論理への固執

まず、八十二回における健三の論理の固執を見ていこう。

八十二回で、細君は無事出産した後、熱を出した。健三は心配した。健三には細君の顔に「死んだつて構はないといふ表情」が出ているように思え、「人が斯《こ》んなに心配して遣《や》るのに」という不満があった。しかし熱はそれきり出ず、産後の経過は順当であった。健三は寝床の上で過ごさねばならない細君の枕元で時々話をした。以下はその描写である。

細君は無事に赤ん坊を生むことが出来たという安堵感と、眼前の赤ん坊に接する喜びに浸っていた。健三には、細君が産前「今度は死ぬ」と言っていたにもかかわらず、産後の経過が順当であったことが矛盾のように感じられ、「今度は死ぬ死ぬつて云ひながら、平気で生きてゐるぢやないか」と口にする。このときの健三には、細君が「今度は死ぬ」と言っていた以上、今度の出産は難産だという帰結を予想し、その予想と実際の結果とが異なっていたことにこだわりがあった。このときのこだわりは、細君の産後が順調で赤ん坊もすくすくと育っていることを前提とした、彼の安堵した心に生ずる意識、すなわちそのときの彼の心に生ずる形式論理にこだわる意識であった。

細君はこの健三の言葉を「笑談半分」の言葉として、受け流すことが出来た。細君は一種の危険を感じた当時を振り返り、「実際今度は死ぬと思つたんですもの」と応える。彼女にあっては、産前に感じていた「今度は死ぬ（だろう）」という気持ちは無事に出産した安堵感と眼前の赤ん坊への無私の愛情へと転化していた。しかし健三はこの細君の気持ちの推移（実質）を理解しようとせず、彼女がかつて口にした言葉との矛盾にこだわり、「死ぬと思つたのに却つて普通の人より軽い産をして、予想と事実が丁度裏表になつた事さへ、細君は気に留めてゐなかつた」と感ずる。この場面で健三は、細君の気持ちの変化の内実（実質の推移）を無視して、言葉の論理の矛盾という観点からのみ細君の気持ちを考え続けるという言葉への固執（＝形式論理にこだわる意識）に支配されているのである。

次に赤ん坊に対する健三の意識を考えてみよう。赤ん坊に対する健三の意識には様々な要素があり、それらが重なり合っているが、[1]ここでは、健三の言葉の「論理」への固執という観点から、健三の赤ん坊に対する意識の特徴を考えてみたい。

健三には目の前の赤ん坊は「人間の体裁を具へた目鼻を有つてゐるとは云へない」と感じられる。新生児は母親の胎盤の羊水に浮かんでいた時の姿形で生まれてくるが、その姿には外界に出た生の輝きがあり、そこにはこれから外界で成長していく可能性が内在している。人はその生の輝きとその将来への可能性を赤ん坊の姿形に感じ取る。健三もまたその実質を感じ取っているのであるが、その感情はこの時の健三の硬直した表層の意識に抑え付けられ、新生児の姿形のみが意識される。そしてその印象を和らげて、健三は「産が軽い丈あつて、少し小さ過ぎる様だね」という。この健三の言葉には、赤子の姿形からその実質である生の輝きを分離して、その表面の姿形のみに関心を向ける健三の硬直した表層の意識による一面的な見方が現われている。

この健三の言葉に対して、細君は「今に大きくなりますよ」と応ずる。その細君の言葉を聞いた健三の意識を語り手は「健三は此小さい肉の塊りが今の細君のやうに大きくなる未来を想像した。それは遠い先にあつた。けれども中途で命の綱が切れない限り何時か来るに相違なかつた」と描いている。

このとき健三は、赤ん坊の未来を考えているのであるが、彼の心の奥に存在する赤ん坊への可能性への期待や幸福への願いといった要素は心の奥に押し込まれ、その思考の表面では、単に時間の経過に伴う人間の肉体的成長という観点しか意識されない。このような健三の赤ん坊に対する思いにも、健三の性癖、形式論理の固執からくる見方すなわち赤ん坊の未来の可能性（実質）を意識するのではなく、細君の「今に大きくなりますよ」という言葉の表層のみを捉えるという、言葉の形式面のみを意識する性癖が現れている。

この時健三は突然「人間の運命は中々片付かないもんだな」という言葉を口にする。この言葉を聞いた細君の気持ちを語り手は「細君には夫の言葉があまりに突然過ぎた。さうして其意味が解らなかつた」と描いている。「何ですつて」と聞き返す細君に対する健三の態度を、語り手は「健三は彼女の前に同じ文句を繰り返すべく余儀なくされた」と描いている。「それが何うしたの」と再度聞き返す細君に対して、健三は、「何うしもしないけれども、左右《さう》だから左右だといふのさ」と応えるだけで、自分の思いを説明しようとしない。読者もまた細君と同様、健三の口にした言葉の意味がすぐには解らない。このような健三の態度に対する細君の言動を語り手は「「詰《つま》らないわ。他《ひと》に解らない事さへ云ひや、好《い》いかと思つて」／細君は夫を捨てゝ、又自分の傍《そば》に赤ん坊を引き寄せた」と描き出している。細君のこの行為には、夫がその言葉の真意を自分に解るように説明しないことへの反発が、〈あなたは私に冷たくても、この子は私の物よ〉という気持ちとなって現れている。しかし語り手はこの時の健三の姿を「健三は嫌な顔もせずに書斎へ入つた」と描いている。この時の健三は細君が赤ん坊を無事に出産したという安堵の気持を前提として、人間の生死とその運命についての思索にふけっており、そのため細君の自分に対する態度が気にならなかったのである。語り手は、その時の健三の意識を描き出していく。

彼の心のうちには死なない細君と、丈夫な赤ん坊の外に、免職にならうとしてならずにゐる兄の事があつた。喘息で斃れやうとして未だ斃れずにゐる姉の事があつた。……島田の事も御常の事もあつた。さうして自分と是等の人々との関係が皆《みん》なまだ片付かずにゐるといふ事もあつた。

右の語り手の描写によって、読者も、「人間の運命は中々片付かないもんだな」という健三の言葉の意味をやっと理解できる。健三の赤ん坊への思いは、その遠い未来の生へと延びるが、しかし健三がその未来に見ているものは、表面的には現在の細君や親族と同様な生を持つであろうということでしかない。このときの健三の表層の意識は、赤ん坊誕生の喜びや彼の心の奥底で感じている赤ん坊の生の尊さ（実在の輝き）とその将来への期待を彼の意識に上らないように押さえ込んでおり、それ故この時の赤ん坊の未来への健三の思いは、細君や親族達の生死への思いと同じ平面にあり、赤ん坊の未来への思いは、自分の生が続く限り、彼らとの関係は切れることがないという思いへと発展していったのである。八十二回の語り手は、健三の形式論理への固執の具体的現れの一端を右のように描いている。

2　健三に生ずる「別な心持ち」

八十三回の最初で、赤ん坊の廻りに集まる子供達の姿を見た健三の「今に何んなになるだらう」という感慨が語り手によって紹介される。この健三の感慨は八十二回の最後の場面の健三の意識と続いている。この健三の言葉は、赤ん坊や子供達の未来だけでなく、免職になろうとしてならずにいる兄、喘息で倒れようとして倒れない姉、それから細君の父、島田や御常などの未来、および彼らと自分との関係が含まれていた。すなわち、人間は世俗に生きねばならないという視点から、健三は赤ん坊や子供達の未来を考えているのである。赤ん坊もまた金が支配する世俗世界で生きねばならず、その未来を世俗世界と切り離して明るいものとして健三は想像することが出来なかったのである。

次いで八十三回前半では細君と子供たちの輪の中に入れない健三の孤独な姿が描かれる。彼の意識の奥底には、

「温かい情愛」があり、赤ん坊に接して幸福な時間を過ごしている細君と子供たちと一緒になって、自分もまた親としての至福の時間を持ちたいという思いがあった。しかしその気持ちは細君に対しては「斯《か》う始終湯婆《ゆたんぽ》ばかり入れてゐちや子供の健康に悪い。出してしまへ。第一幾何《いくつ》入れるんだ」といった「好い加減な小言」としてしか表現できず、細君から笑われてしまうのである。このような健三の意識のありようを語り手は「日が重なつても彼は赤ん坊を抱いて見《み》る気にならなかつた。それでゐて一つ室《へや》に塊《かたま》つてゐる子供と細君とを見ると、時々別な心持を起した」と記している。

「日が重なつても彼は赤ん坊を抱いて見《み》る気にならなかつた」のは、島田夫婦に育てられたために彼が「外表的になれない」心の傷を負っており、そのために彼の意識のうちにある「情愛」を言葉や行為として表すことが出来ないからである。しかし彼の意識の奥底では、子供たちと細君の輪の中に入って、彼らと一緒になって赤ん坊をあやしたり抱いたりしたいと欲している。その表面の意識と奥底にある意識との乖離が、幸福な時間を過ごしている細君と子供たちの姿を見ると「時々別な心持」を起こすのである。この「別な心持」とは、彼が赤ん坊を抱いて父親としての幸福な時間を持つことが出来なくなった原因と結びついた意識であった。それはまた、彼の外表的になれない自己意識への固執を生み出している要因でもあった。

この場面で、健三は細君に対して次のような言葉を吐く。「女は子供を専領してしまふものだね」「女はそれで気に入らない亭主に敵討をする積《つもり》なんだらう」と。細君は「馬鹿を仰《おつし》やい。子供が私の傍へばかり寄り付くのは、貴夫《あなた》が構ひ付けて御遣りなさらないからです」と反論する。すると健三は、「己を構ひ付けなくさせたものは、取も直さず御前だらう」という。細君は「何うでも勝手になさい。何ぞといふと僻みばかり云つて。どうせ口の達者な貴夫《あなた》には敵《かな》ひませんから」とこれ以上の議論を避けた。語り手は、そのときの健三の意識を「健三は寧ろ真面目であつた。僻《ひが》みとも口巧者とも思はなかつた」と描き、さらに「女は策略が好きだから不可《いけな》い」とつぶやく健三の姿を描いている。

健三の「別な心持」とは、A「女は子供を占領してしまふものだね」B「女はそれで気に入らない亭主に敵討をする積《つもり》なんだらう」C「己を構ひ付けなくさせたものは、取りも直さず御前だらう」D「女は策略が好きだから不可《いけな》い」という言葉のうちにある健三の心持である。しかしこれらの言葉の意味は細君には全く理解できない。A～Dの言葉には、かつての養母御常の言葉と一致する表現があり、またその表現は御常の言動に対する健三の反発や不快感と重なっている。この場面で健三は御常の不愉快なイメージを、細君の中に投影させているのである。健三の「別な心持」とは幼児期の健三が生きねばならなかった環境によって作られた彼の深い心の傷と結びついた感情であった。

この健三の言葉を聞いて「そんなに何も私を虐《いぢ》めなくつても」と涙を流す細君と、泣き出しそうな子供を前にした健三の内面を、語り手は「健三の胸は重苦しくなった。彼は征服されると知りながらも、……慰藉の言葉を並べなければならなかつた」と描き、ついでそのときの健三の意識を「然し彼の理解力は依然として此同情とは別物であつた。細君の涙を拭いてやつた彼は、其涙で自分の考へを訂正する事が出来なかつた」と描いている。細君の涙に耐えられず、その涙を拭いてやる健三の「同情」（＝彼本来の人間的意識＝「順良な彼の天性」）と、彼の「理解力」（「強情」と結びついた硬直した自己意識の絶対化から来る理解の仕方）とは分離し、その二つの意識は健三の主体において統一することがない。八十三回では八十二回で描いた健三の自己絶対化（自己意識の固執）の成り立ちが、健三の回想との繋がりで、幼児期に負わねばならなかった心の傷と結びついていることを語り手は描き出しているのである。

3　硬直した自己意識の歪みに気がついていく健三の姿

人の意識は状況（実質）の推移に合致するように変化していく。しかし健三は表層の自己意識に固執し、状況の変化を自分の思考のうちに取り入れることが出来ない。そのため八十二回の健三は、細君が今度は死ぬかもしれないといっていたにもかかわらず、安産で産後の経過も順当であったことが矛盾のように感じられたのである。彼にあっては産前産後の状況の変化によって生ずる細君の意識の変化は理解の外にあった。このような彼の思考は実質の推移と離れた形式論理への固執であった。また八十三回の健三にあっては「技巧」は拒否すべきものとして意識されていた。八十三回の最後で、語り手は次のような健三の姿を描いていた。

「何と云つたつて女には技巧があるんだから仕方がない」／彼は深く斯う信じてゐた。恰《あたか》も自分自身は凡ての技巧から解放された自由の人であるかのやうに。

語り手は「恰も……あるかのやうに」と批判的アクセントを付けて健三の意識の狭さを描き出しているのである。八十四回から八十八回にかけて、語り手は健三の技巧や彼の形式論理に焦点を当て、健三が自己意識の絶対化のひずみに気がつき、「実質」が自分の意識のうちにあるのではなく、自分の意識の外にあることに気がついていく姿を描いていく。

最初に取り上げているのは、「技巧」の問題である。八十三回の最後で語り手は、「恰も自分自身は凡ての技巧から解放された自由の人であるかのやうに」深く信じていた健三の姿を批判的アクセントを付して描いていた。その語り手は八十四回では細君の反発をなだめるために「技巧」を使っている健三の姿を描き出していく。八十四回で、産後の床から離れることの出来ない細君が、貸本屋から借りた小説を読んでいると、健三は「斯《こ》んなものが面白いのかい」と聞く。細君は自分の文学趣味の低いことを嘲けられていると感じて「可《い》いぢやありませんか貴夫《あなた》に面白くなくつたつて、私にさへ面白けりや」と反発する。

ここで語り手は、眼前の健三と細君の会話から離れて、一つの挿話を描いている。その挿話によって語り手は、彼女が健三に反発する背景に、健三に嫁ぐ前の細君の家庭環境と細君の性格があると健三が考えていることを読者に示している。本章でも作品の記述に従って、まずその挿話を検討しておきたい。それは次のような挿話である。健三に嫁ぐ前の彼女は、自分の父と弟と、官邸に出入りする二、三の男を知っているだけであった。彼女には、自分の育った環境にいた男達が正しい男だと思われた。今に夫も父のように変わっていくに違いないという確信を持っていた。しかし健三は頑強で変わらなかった。同時に細君の膠着力も堅く、自分の考えを変えなかった。そのため、自分の父を基準にして、心の中で夫に反抗した。

この挿話を通して語り手は、細君が健三に反発する根本的原因は彼女の幼少期の家庭環境に根ざしており、しかも彼女は、自分の考えを容易に変えない「膠着力」を持っており、その二つの要因が、彼女が夫に反発する原因の根底にあると健三が理解していることを示している。

語り手は、健三の意識のひずみの成り立ちを描いたばかりでなく、この挿話によって、細君の夫への不満の成り立ちが、彼女の育った環境および彼女の性格と関係していると健三が考えていることを、健三の意識に即して示している。（なお、この健三の理解が一面的であり、彼女が健三に反発する理由が健三自身の細君に対する高飛車な態度にあることを、語り手は九十二回で描いている。）語り手は健三の「技巧」を描くに当たって、まずこのような回想を描いて、この二人の「言葉争ひは古いもの」であり、「古い丈で埒は一向開かなかつた」とこの時の健三の意識に即しながら、彼が、二人の言葉争いは根深く、健三の考えるような形式論理では解決できない性格のものであると考えていることを描いている。

次いで語り手は、健三に反発する細君に対して「技巧」を使ってなだめる健三の姿を描いていく。

健三はもう飽きたといふ風をして、手摺《てずれ》のした貸本を投げ出した。
「読むなと云ふんぢやない。それは御前の随意だ。然し余《あん》まり眼を使はないやうにしたら好いだらう」

ここでの健三の言動は細君が反発したその言葉の内実（細君への軽蔑）を取消し、自分の真意が細君の視力を気遣ってのことなのだと言い繕っていることを示している。「もう飽きたといふ風をして、手摺《てずれ》のした貸本を投げ出した」という健三の態度は、細君との関係をこれ以上悪くしたくない健三の気持ちから出た配慮、すなわち細君とのコミュニケーションを回復するための「技巧」の表われである。この場では健三によるこの「技巧」によって細君の健三に対する反発は収まり、普通の会話に戻ることが出来た。「なに大丈夫です」と笑って取り合わない細君に対して、「御前が困らなくつても、己が困る」と「健三はわざと手前勝手らしい事を云つた」と語り手は描いている。健三は「技巧」と無縁な存在であるかのように自分を考えていた。また語り手はこの時その健三の言葉遣いが「技巧」であるとは明記していない。しかし語り手は、細君との関係を悪化させないために「技巧」を使っている健三の姿を描きだし、八十三回における健三の「技巧」批判と彼の言動での「技巧」使用との矛盾を浮彫りにしている。

次いでこの場面の最後で語り手は右の場面とは一見無関係に思われる、次のような健三の仕事ぶりを描いている。ここでの描写は八十四回の語り手の関心が「技巧」から形式論理と主体との関係に移っていることを示している。

同時に彼のノートは益《ますます》細かくなつて行つた。……日の光の弱つた夕暮の窓の下、暗い洋燈《ランプ》から出る薄い灯火《ともしび》の影、彼は暇さへあれば彼の視力を濫費して顧みなかつた。細君に向つてした注意をかつて自分に払はなかつた彼は、それを矛盾とも何とも思はなかつた。

言葉は、発話者の置かれている条件によって、さまざまな意味を表現し、受け止める側の諸条件によっても、さまざまな意味に解釈される。前場面で健三が細君に眼を酷使するなと発言したことには、細君の健康への気遣いがあり、同時にそれは細君と反りが合わなくなることを避けるための役割を持っていた。一方、健三が細君に目を酷使するなと注意しながら、かつての自分が「視力を濫費して顧みなかつた」ことを「矛盾とも何とも思はなかつた」のは、仕事を完成させることに情熱を注いでいる彼自身にあっては、目を酷使することは必要な事だからである。健三が細君には視力を濫費するなと云いながら、かつての自分が「視力を濫費して顧みなかつた」ことを「矛盾とも何とも思はなかつた」のは、細君への気遣いと自分のすべき任務への責任感との落差を考慮すれば、きわめて自然なことである(2)。

しかし、このような条件を無視して健三の言葉の論理の絶対化という視点からするならば、健三が細君に眼を酷使するなと注意したにもかかわらず、健三が自分の仕事のために眼を酷使することを厭わなかったことは、言葉の論理の「矛盾」ということになる。このとき彼が「矛盾」とも思わなかったのは、言葉はその発する場の諸条件によってその意味内容が異なり、その受け止め方もまた主体の置かれている諸条件によって異なるということを当然のこととして受け入れているからである。

この挿話で語り手は言葉の受け止め方という視点から、健三の言葉の形式論理と主体の関係の矛盾を浮き彫りにしているのである。

4　健三の言葉（形式論理）の固執（自己絶対化）への語り手の批判

次に語り手は、八十五回で、右の挿話のテーマをさらに敷衍して、健三の形式論理の固執による発想が「実質」と離れていることを、健三と細君の健康上の自覚の問題を通して描いている。ここで語り手は、健三が正しいと考えることが、他者にとっては正しいとは限らないという観点から健三の自己意識の絶対化による思考を批判的に浮き彫りにしている。

細君の床が上げられたのは、庭に霜柱が立つ寒い時期であった。細君は荒れた庭を見て「今年は例《いつも》より寒いやうね」と口にする。健三は「（出産で）血が少なくなつた所為《せゐ》で、さう思ふんだらふ」「鏡を見たら顔の色でも分りさうなものだのにね」という。彼女は「そりや分つてますわ」と言いながら、「然し寒い事も寒いんでせう、今年は」と健三の説明を無視して自分の感じ方を繰り返した。「健三には自分の説明を聴かない細君が可笑《おか》しく見えた」。

右の場面でなぜ細君は健三の説明を無視したのであろうか。それは細君にとっては出産によって血が少なくなるのはやむを得ないことであり、自分の出産という身体上の理由は意識の外にあったからである。

ここで語り手は目を転じて、冬の寒さに対する健三の身体的問題についても触れている。語り手は健三の身体上の健康の自覚について、まず冬の寒さは健三の身体にこたえたが、彼は書斎に炬燵を入れて両膝から腰のあたりに浸《し》み込む冷《ひえ》を防いだと描き出す。次いでこの健三の行為について語り手は「神経衰弱の結果斯う感ずるのかも知れないとさへ思はなかつた彼は、自分に対する注意の足りない点に於て、細君と異《かは》る所がなかつた」とコメントしている。健三は細君には健康上の注意を与えるが、細君は健三の注意を意に介しなかった。同様に、健三は自分の「神経衰弱」が冷えと関係しているかも知れないことを無視し（このことを意識すれば仕事がはかどらないので）、自分の健康に注意を払わなかったのである。

このように寒さと細君・健三の意識の関係を描いた後、語り手は再び細君の意識に焦点を戻している。「髪に櫛を入れる細君の手には、長い髪の毛が何本となく残つた」。その抜け毛を「残り惜気《おしげ》に眺めた」細君の意識を語り手は、「「新しく生きたものを拵《こしら》え上げた自分は、其償ひとして衰へて行かなければならない」／彼女の胸には微かに斯《か》ういふ感じが湧いた」と描いている。

細君にあっては、新しい生を生み出したという行為（出産）は、自分の身体的衰えを代償にしたという感覚があった。語り手は、その感覚には「手柄をしたといふ誇り」と「罰を受けたといふ恨み」（出産は身体的衰えを伴うという感覚）とが交じつてゐた、「いづれにしても、新らしく生れた子が可愛くなるばかりであつた」と描いている。語り手によれば、細君にあっては出産による身体的衰えは、生まれた赤ん坊への愛情を強める要素となっているのである。語り手は細君の身体的衰えの自覚（自己に対する意識）と、赤ん坊への愛情（他者に対する意識）とが、彼女の内部では表裏として存在していることを描いている。

右に見た細君の身体への意識や、挿話として描かれている健三の身体意識の描写には、人間の身体意識を支配しているものは「推移其物をあとづけると鮮やかに読まれる自然の論理」（大正四年　断片六五）なのだという語り手の認識があるといえよう。ここにも健三が振り回す二項対立的思考[3]による「形式論理」では人間の意識の推移やその総体（実質）を把握ことは出来ないという語り手の批判が細君や健三の意識のあり方を通して示されているのである。

5　健三の自己意識の固執（絶対化）による形式論理の矛盾への気づき

次いで語り手は、八十五回後半から八十六回にかけて、当事者と他者との関係のうちにある是非の問題を通して、健三が次第に自己意識の絶対化による「形式論理」への矛盾に気がついていく様子を浮き彫りにしていく。

細君の膝の上に置かれた布地が姉お夏からの出産祝いであることを知った健三は、自分がやる小遣いを割いてまで健三に「世間でいふ義理」を守ろうとする姉の気持ちが理解できなかった。彼は姉の世間との交際を「馬鹿々々しいぢやないか」と批判する。それにたいして細君は「傍《はた》から見れば馬鹿々々しいやうですけれども、其中に入ると、矢つ張仕方がないんでせう」と応ずる。この細君の言葉を聞いて健三は、一ヶ月前思いがけず手にした原稿料を自分のためにのみ使ったことを思い出す。語り手はその健三の回想を、健三と細君とのこの会話場面に挿入する。この挿入は、健三もまた〈傍から見れば馬鹿馬鹿しいが、その中に入ると仕方がない〉行為をしていることを示しているのである。健三は座敷の殺風景さが気になっており、臨時収入で、「懸額《かけがく》」を作らせ、さらに花瓶を買って座敷を飾った。贅沢の出来ない健三はその不釣り合いを我慢しなければならなかった。又、呉服屋で自分のために伊勢崎銘仙を一匹買った。布地に知識のない彼には、光沢のある布地が高級品のように思われた。

語り手は、この健三の回想描写において、買わなくても生活に困らない趣味や贅沢品のために金を使った健三の姿を滑稽さを交えて描き出している。そしてこの回想の最後で語り手は、「毫も他人に就いて考へなかつた」、「新らしく生れる子供さへ眼中になかつた」、「自分より困つてゐる人の生活などはてんから忘れてゐた」、「俗社会の義理を過重する姉に比べて見ると、彼は憐れなものに対する好意すら失なつてゐた」と、その時の健三の意識を描いている。

他者のことを考えず、趣味や贅沢のためにのみ臨時収入を使った健三の行為は、生まれてくる赤ん坊や、自分より困っている人のために使うべきだとする見地（形式論理による是非の判断）からは批判の対象となりうる性質のものであった。この健三の回想は、嗜好のために金を使った自分の行為もまた、「傍《はた》から見れば馬鹿々々しいやうですけれども、其中に入ると、矢つ張仕方がないんでせう」という細君の見解に当てはまるのではないか、と健三が感じたことを示している。ここで語り手は自己意識の絶対化による形式論理（二項対立的思考）と彼自身の行為およびそのときの心のありようとの矛盾を意識している健三の姿を描いているのである。

この健三と細君の会話を通して、語り手は以下のようなコメントを付していると考えられる。——健三の形式論理による是非の判断は、日常生活での感覚と乖離している。当事者の置かれている諸条件を無視した（自己意識絶対化に基づく）形式論理による是非の判断から、当事者の行動を批判することは出来ない。自己と他者とは別の主体であり、それぞれの主体はそれぞれの条件の下で生きている。健三は自分の稼いだ金で家族を養い、周りの親族に対しても精一杯の援助している。その健三が臨時収入を自分の趣味に使ったり、ある程度の贅沢をすることは許されることなのだ。——ここで語り手は、自己意識の絶対化による形式論理が「実質」と離れている（＝真理とはいえない）ことに気づきだしている健三の意識を描き出しているのである。

語り手は以上の健三の回想を通じて、形式論理を貫いた結果と、実際の行動との落差を描き出した後、八十六回の最後で、場面を再び細君と健三の会話場面に戻す。健三は、姉を「生れ付いての見栄坊なんだから、仕方がない」と批評すると、細君は「親切気は丸でないんでせうか」と尋ねる。健三は「姉は親切気のある女に違なかった」と認め、「ことによると己の方が不人情に出来てゐるのかも知れない」とつぶやく。

この場面で、交際のための贈答に苦しむ姉を、「生まれ付いての見栄坊」と批判した健三は、その姉を「親切気のある女」と認めねばならなかった。「贈答」を「親切気」という観点から見れば、世間付き合いの贈答をしない健三は「不人情」であり、姉の方が「人情」があるということになる。この二項対立的（形式論理）思考によって、健三は「己の方が不人情に出来てゐるのかも知れない」と考えざるを得なかった。語り手は右の健三の内面描写を通して、以下のようなコメントを付していると考えられる。――健三に出産祝いを贈った姉には「親切心」がある。しかしそのことで世間との交際を重視する姉の行為をすべて姉の「親切心」によるものということはできない。同様に、健三が世間でいう義理〈贈答をする世間付き合い〉を欠いていることで、健三を「不人情」とすることも出来ない。何故なら、健三は姉にばかりでなく、島田にも小遣いを与え続けており、このことは客観的には「人情」ある行為だからである。――

ここには、自己意識の絶対化からする是非の判断（形式的な論理）だけでは、人の行為を正しく評価出来ないことに気づき出す健三の姿が浮彫りにされている。

6　健三の御常に対する意識への語り手のコメント

八十七回では、前回のテーマである「人情」という言葉の問題を御常に対する感情を通して描いている。健三は御常の二回目の訪問を受けた。健三は彼女の服装やその会話から、彼女の苦しい経済状況を感じ取った。しかし彼は御常に対して、同情を起こさなかった。彼は同情を起こさない自分を怪しんだ。このとき御常を前にして、彼の表層意識は御常に対する警戒感に彩られた「形式論理」に支配されているのである。語り手はそのときの健三の内面を健三の意識に即して描いていく。「ことによると己の方が不人情に出来てゐるのかも知れない」と、姉を批評したときに感じた反省を腹の中で繰り返し、そうして「何不人情でも構ふものか」という答えを得たと。この場面の語り手のうちある健三に対するコメントを取り出せば以下のようになろう。

――人情・不人情といった二項対立的思考による形式論理からすれば、かつての養母御常の苦しい生活に同情を起こさない健三は、「不人情」ということになる。しかし六十三回で御常が最初に健三を訪ねてきたとき、「もしあの憐れな御婆さんが善人であつたなら、私は泣く事が出来たらう。……零落した昔しの養ひ親を引き取つて死水を取つて遣る事も出来たらう」と健三は考えていた。しかも健三は八十八回でも御常に五円与えている。彼は行為としては〈人情ある行為〉をとるのである。彼は心の底では御常に深く同情している。しかし同時に彼女に対する嫌悪に彩られた記憶からも自由ではあり得なかった。「何不人情でも構ふものか」というこの健三の気持ちは、過去から引きずっている記憶の総体と関係しており、この言葉は健三の表層意識を支配している御常への嫌悪感が御常に対する同情を押さえ込んでいる彼の内面の現われなのである。

語り手は、健三の御常に対する複雑な諸意識の関係を無視して、健三を形式論理で「不人情」と批判することは出来ないことを示しているのである。

7　当事者と他者における評価の違い

八十八回では語り手はさらに健三の御常に対する意識を通して、当事者と他者の違いというレベルにおける意識の問題を扱っている。健三が御常に与えた五円という額は前回と偶然同じであった。健三は、「是からあの人が来ると、何時でも五円遣らなければならないやうな気がする。つまり姉が要《い》らざる義理立をするのと同じ事なのかしら」と言う。その健三の言葉を聞いて、細君は「無いときは遣《や》らないでも好いぢやありませんか。何もさう見栄を張る必要はないんだから」と応ずる。「見栄を張る」という細君の言葉は、健三が姉を批評した言葉「見栄坊」と同じであった。

右の場面は次のことを意味している。形式論理でいえば（＝法律的には）、健三は御常を扶養する立場にない。それゆえ細君（他者）のいうように、「無いときは遣らないでも好い」ということになる。しかし御常を嫌悪しながらもかつて御常に世話を受けたと感じている健三にあっては、その期待に応じてやりたいという気持ちが心の奥底に存在している。それは彼に「人情」（＝同情＝「順良な彼の天性」）があるからである。健三の意識構造全体を無視した形式論理からすれば、健三の行為は姉の「世間でいふ義理」と同じ事になり、他者の目からすれば、「見栄を張る」ということでもある。細君が言う、傍から見れば（＝他者からすれば）馬鹿馬鹿しいが、その中に入ると（＝当事者になると）仕方がないという、当事者と他者との立場の違いがその評価の違いに関わるのである。この場面で語り手は、他者と当事者における評価の違いを描き出している。と同時に、自己意識の絶対化による形式論理では、自分の意識のありよう全体をつかむことが出来ないことを自覚している健三の姿を描いているのである。

ここには、形式論理では人間の生のありようをとらえることは出来ない、人間の生における真理は形式論理の外にあるという語り手のコメントが存在している。

おわりに

本稿では八十二回から八十八回を取り上げ、それらの回に描かれている健三の自己意識の絶対化のありようと、その矛盾に気づき出す健三の姿を見てきた。

八十二回では健三の自己絶対化のありように焦点が当てられ、八十三回ではその自己絶対化が彼の幼児期に負わねばならなかった心の傷と深く関係していることに焦点を当てていた。八十四回から八十八回にかけては、健三の「技巧」や彼の形式論理に焦点を当て、健三が自己意識の絶対化のひずみに気がつき、形式論理では人間の意識の総体（表層と深層の関係）や実質をとらえることが出来ないことに気がついていく姿を描いていた。九十八回で健三は細君に対し「己は口に丈論理を有《も》つてゐる男じやない。口にある論理は己の手にも足にも、身体《からだ》全体にもあるんだ」という。ここでいう「手にも足にも身体全体にもある」「論理」とは、言葉による二項対立的思考による形式論理とは異なる、過去の記憶や深層意識の領域での情動と結びついた意識（前意識や無意識）、さらにいえば人間の個別意識を超えて存在する人間としての根源的意識、ドストエフスキーのいう「内なる人間」、健三でいえば、意識の奥底に落ち込んでいる「順良な彼の天性」（すなわち人間としての本来の意識）をも含んだ意識といえよう。『道草』八十二回から八十八回においては、九十八回でいう〈口に丈ある論理〉と〈身体にもある論理〉（すなわち健三の表層意識と深層意識の関係が生み出す論理）との関係を描いているのである。

注

（1）赤ん坊に対する健三の意識については第Ⅰ部第五章「語り手と洋燈の象徴性」及び第十二章「島田との決裂によって想起される諸場面と心の傷克服への動き」を参照願いたい。

（2）第Ⅰ部第五章「語り手と洋燈の象徴性」では、この場面を洋燈の象徴性との関係で取り上げた。やや内容が重なるが、併せて参照いただきたい。

（3）二項対立については丸山圭三郎『言葉と無意識』（講談社現代新書）などがわかりやすい。

第十二章　島田との決裂によって想起される諸場面と心の傷克服への動き

――健三の意識に映る細君と赤ん坊の姿――（九十回～九十三回）

はじめに

九十回で健三は島田と決別した。健三には島田を嫌う気持ちと共に、かつて世話になった島田に援助をしてやりたい気持があった。しかし島田はその健三の気持ちを理解せず、健三から金を強請り出す。健三はその島田の態度に遂に「怒りと不快」を爆発させ、島田に恩を受けたという気持ちに蓋をして、島田に対して関係を断つ事を宣言する。

この九十回の時間は九十四回の時間へと繋がっていく。その間にある九十一回から九十三回では、島田の態度への「怒りと不快」によって呼び覚まされた、今まで眠っていた健三の記憶が描かれる。その記憶は九十一回の前半では実父と養父島田の自分（健三）に対する「酷薄」な態度、その後半では、その回想との繋がりで、自分の過去と現在との関係を考える健三の姿が描かれる。九十二回では夫婦喧嘩における健三に反抗する細君の姿と、細君が夫健三の価値観を理解しようとしない原因についての健三の回想が描かれる。そして九十三回では、二人が融け合うことの出来ない時の、健三の意識に映る細君の赤ん坊に対する態度、および細君の赤ん坊への愛情の性格についての健三の回想が描かれる。九十一回から九十三回に描かれたこれらの健三の意識は、『道草』のテーマの一つ、健三における幼少時代に受けた心の傷の克服に関わる重要な意味を持つと考えられる。(1)

そこで本章では、まず九十回に描かれた島田との決裂場面を検討し、ついでその決裂を主導した健三の「怒りと不快」が想起する諸場面について考察したい。

I　島田との決裂場面

八十九回では健三宅に島田が現われ、御縫さんの死を口にし、九十回の島田は彼女から今迄送金させていた、「金鵄勲章の年金」を、もう「送らせる訳に行かなくなつた」ので、御前（健三）に世話をして貰うしかないと言い出す。健三が「今の私にはそれ丈の事をしなければならない因縁も何もないんだから」と返答すると、島田は「健三の顔を見」て「半ば探りを入れるやうな、半ば弱いものを脅かすやうな」「眼付」をした。そして健三の腹の内を読み取って、「永い間の事は又緩々《ゆる〳〵》御話しをするとして、ぢや急場丈でも一つ」という。

語り手はこの時の島田と健三の会話の詳細を描かず、ただ島田の期待するような返事を健三がしないので、「此暮を越さなくつちやならないんだ。何処の宅だつて暮《くれ》になりや百と二百と纏つた金の要るのは当り前だらう」「御前の収入は月に八百円あるさうぢやないか」と高飛車な言い方をする島田の姿を描き出している。島田はこの時、健三はかつて自分の養育を受けており、養父の要求には従う義務があるとする本音を露骨に出していた。それに対して、健三は「八百円だらうが千円だらうが、私の収入は私の収入です。貴方《あなた》の関係した事ぢやありません」と島田の要求を拒絶する。この時の健三は、あなたとの縁は既に切れている。だからあなたの要求に応じなければならない関係にはないという法的関係を口にして、島田の攻撃を防いだのである。

語り手はこの時の島田の意識を「島田は其所迄来て黙つた。健三の答が自分の予期に外れたといふやうな風も見えた。づう〳〵しい割に頭の発達してゐない彼は、それ以上相手を何うする事も出来なかつた」と描いている。島田に「健三の答が自分の予期に外れたといふやうな風も見えた」のは、島田は、健三が「永い間の事」（＝島田の養子として育てられた期間）(2)に恩義を感じているはずであり、その気持ちを利用すれば金を出すだろうと踏んでいたことを示している。しかし語り手は、健三の島田に対する「怒りと不快」は「それらの襲撃を跳ね返すに充分であった」と描いている。この背景には御縫さんの死が島田に健三に対して金を要求する原因となるであろうことを察知し、それを防ぐには島田と縁を切るしかないという六十二回の健三の決心が存在している。すなわちこの時の怒りは、島田が健三の気持を考えず、自分勝手な要求を持出すならばその時には彼と決別する決心を前提としてものであった。しかしこの場面の語り手はこの決心とこの場での怒りとの関係にあえて言及せず、換言すれば、語りは健三の意識の表層のみに焦点を当て、その背後にある「決心」との関係を描こうとせず、この時の「怒りと不快」にのみ焦点を当てている。こうして健三は島田との関係を絶縁したのである。

しかし、この時の健三の行為は、しばらくして島田に恩義を感じている内なる「順良な彼の天性」の批判を受けずにはおれなかった。この問題は『道草』最終回で表面化して健三を苦しめることになる。ここでは作品の流れに従って、島田と縁を切る原動力となった、健三のこの場での「怒りと不快」が呼び起こしたこの時の健三の内面を見ていきたい。

2　九十一回の語り手と健三の心の傷のあらわれ

九十一回では島田と決別する力となった健三の島田に対する「怒りと不快」は、幼少時の自分を冷遇した実父と養父に対する思い出したくない「今迄眠つてゐた」記憶を想起させる。しかし語り手はその健三の記憶やそれに基づく現在に対する思いが一面的なものでしかないことを指摘している。すなわち語り手は、健三の心の奥底ではこの時の「怒りと不快」に左右されない彼本来の人間としての意識が存在することをも暗に示しているのである。まずこの回における語り手の描写について見ていこう。九十一回は次の書き出しで始まる。

「同時に今迄眠つてゐた記憶も呼び覚まされずには済まなかつた。彼は始めて新らしい世界に臨む人の鋭い眼をもつて、実家へ引き取られた遠い昔を鮮明《あざや》かに眺めた。」

金をゆすり取ろうとする養父島田の態度への健三の「怒りと不快」は、健三にとって最も思い出したくない実家に引き取られた時の実父と養父の酷薄な記憶を、健三の意識に上せたのである。

その記憶は、健三の回想に即した語り手の描写によれば、実家に戻っても籍の戻らなかった健三は、この時には「毫も健三に依怙《かい》る気がなかつた」実父にとって「邪魔物」であり、父は「殆んど子としての待遇を彼に与へなかつた」。「食はす丈は仕方がないから食はして遣る。然し其外の事は此方《こつち》ぢや構へない。先方《むかふ》でするのが当然だ」というのが父の理屈であった。養父島田の態度は健三が一人前になって働けるようになれば、こっちへふんだくってしまえばそれまでだというものであった。この時健三の回想する実父や養父と自分の関係は、実父にとっても養父にとっても、自分は人間ではなく物品であった。（この場面では健三は実父や島田の冷酷さのみを想起している）養父はあるとき養家を訪問した健三に「もう此方《こつち》へ引き取つて、給仕でも何でもさせるから左右《さう》思ふが可《い》い」といった。「酷薄といふ感じが子供心に淡い恐ろしさを与へた」。その時の健三は「給仕になんぞされては大変だ」と心の内で繰り返し、「立派な人間になつて世間に出なければならない」と決意し、現在の自分を作り上げたと。以上が、健三の島田に対する「怒りと不快」によって引きずり出された、健三にとっては思い出したくない彼の意識の深層に「眠つてゐた記憶」である。

九十一回の語り手は、健三の回想を、この時の健三の意識の表面に即して、あるがままに描き出しており、コメントを全くしていない。ところが後に見るように、健三がその過去と現在の自分との関係を考えていく段階になると、語り手は健三の意識する内容に厳しい批判を行っている。このことを考えると、語り手は先の回想描写において、彼の意識の深層で「眠つてゐた記憶」に伴う実父や養父から酷薄な扱いしか受けなかったという感情は、健三がいつも実父や養父に感じ続けている感情ではなく、その一面にすぎないというコメントをその言外に込めていたと考えられる。

健三は実父や養父に対して様々な感情を伴う記憶を持っている。三十一回では実父が健三のために、島田姓から実家の姓に戻るにあたってその時の島田と交わした契約書やその下書を健三の将来のことを考えて残してくれたことを回想していた。この時の健三の意識の表層にあっては、その書き付けを残した実父の意図や健三を実家に戻すために大きな努力をしてくれたことも知っていた。しかしその時の健三は実父の健三を実家に籍を戻すための努力や彼の将来への配慮に感謝の念を感ずることはなかった。島田に対しても、健三は彼の性格を嫌いながらも、ある時期は幼い健三をかわいがり養育してくれたことを記憶しており、そのことを恩義として健三は感じていた。しかし島田と決裂した後の九十一回の健三の意識にあっては、彼のうちにあるそれらの記憶やその時の感情は浮かんで来ない。その理由は今の健三の意識にあっては島田に対する「怒りと不快」の感情によって自分の過去の不幸な状態のみが想起され、その感情によってこの時の健三の意識が彩られ、父への感謝や懐かしい記憶、また島田にかわいがられたことや、島田への恩義の意識は、彼の意識の奥へと追いやられているからである。

右の回想から現在に戻った健三は、「然し今の自分は何うして出来上つたのだらう」と不思議の感に襲われ、過去と対比された「現在」の自分の位置を振り返っているが、語り手はここでの健三の意識のありようを、「まだ出来上らないものを、既に出来上つたやうに見る得意も無論含まれてゐた」と描き、その自己中心的な意識のありようの一面性を指摘している。語り手は健三の「怒りと不快」によって呼び起こされた酷薄な過去についての回想を、（健三のその時の意識に即して）あるがままに描いた後、その過去と現在の関係を考えていく健三に対しては以上のような批判的コメントを行っているのである。

次いで語り手は、健三の手に入れた現在の社会的位置が、現在の健三にプラスに作用していることを「彼と島田との関係が破裂したのは、此現在の御蔭であつた。……細君の父と段々離れて行くのも亦此現在の御蔭に違《ちがひ》なかつた」と指摘した上で、その否定面を「一方から見ると、他《ひと》と反《そり》が合はなくなるやうに、現在の自分を作り上げた彼は気の毒なものであつた」とコメントしている。

この語り手のコメントは健三の「現在」の肯定面が否定的作用を果たしていることを指摘しているのである。健三は、姉や兄そして細君の父とは良好な関係を保つべきだと自覚している。にもかかわらずこの時の健三にあっては、その自覚は彼の意識の奥に引っ込み、現在の自分を作り出した一面にすぎない「現在の御蔭」で、自己の個我に固執出来、その個我への固執から彼らを批判・軽蔑することが出来ることのみが意識されている。しかしこの「現在」故に彼らからは一目置かれ、彼らと疎遠になっているのだと。

九十一回では島田と決別する力となった健三の「怒りと不快」の感情が、彼のうちに「眠つてゐた記憶」を彼の意識の上に載せるが、しかしその記憶は「怒りと不快」の感情によって呼び覚まされたものであり、その記憶はこの感情に彩られた一面的なものでしかないこと、またその記憶に基づいた現在の自分の位置への思いもまた一面的なものであり、この時の健三は自分の置かれている様々な人間関係を総体として意識することが出来ていないと、語り手はコメントしているのである。

3　健三に反抗する細君の姿

他者と反りが合わなくなるという点で、健三にとってもっとも身近な他者は細君であった。それ故養父島田と決別する力となった健三の「怒りと不快」の感情は、反りが合わない時の自分と細君の関係を九十二回で連想していくことになる。結論を先に示せば、九十二回の描写に込められた語り手の健三に対するコメントの要点は、〈健三の主観にあっては、細君が健三に反発する原因は細君の育った家庭環境（男は役に立たねばならないという雰囲気）にあった。しかしその真の原因は、健三の対話性を欠いた独善的な自我意識への固執にある。しかし健三はそのことにまだ注意を向けようとしない〉というものであった。

以下九十二回の展開に即しながら具体的にその描写を見ていこう。九十二回の健三は、夫に頑強に反抗する細君の、想起したくない姿を思い出す。

細君は健三に向つて云つた。――

「貴夫《あなた》に気に入る人は何《ど》うせ何処にもゐないでせうよ。世の中はみんな馬鹿ばかりですから」

細君を馬鹿呼ばわりするのは健三の口癖であり、細君はその健三の言葉を、世の中すべての人間に拡大して、健三の態度を諷刺したのである。

この場面の語り手は、健三と細君の口論が引き起こされたきっかけやその経緯を描こうとしない。語り手はこの時の健三の意識に即して、口論のクライマックスに焦点を当て、次のように描き出すばかりである。依怙地になっている健三は「御前は役に立ちさへすれば、人間はそれで好《い》いと思つてゐるんだらう」と細君を押さえつけようとするが、細君は「だつて役に立たなくつちや何にもならないぢやありませんか」と反論する。(3) 健三はいくら押さえつけようとしても、押さえつけることの出来ない細君の姿を想起しなければならなかった。

語り手は、このときの健三の意識に即しながら、細君が健三の考えを「理解しない理由」について、「生憎細君の父は役に立つ男であつた。彼女の弟もさういふ方面にだけ発達する性質《たち》であつた」と描いている。ここで語り手が「生憎」という言葉を使っているのは、細君に健三の言葉が薄っぺらに見える根拠が細君の育った家庭環境にあると健三が感じているからである。この「生憎」という言葉は細君が健三の考えを理解しない根本理由を別のことに語り手が見ていることを示している。

語り手は、さらに細君の弟やその父親の価値観と、健三の価値観の落差について、以下のような健三の連想を挿入している。細君の弟は、怜悧ではあるが、礼儀をわきまえない男であった。健三は「自分と細君の未来のために(4)」その細君の弟を田舎へ連れて行き、教育しようとしたことがあった。それは細君の父母が考えるような「役に立つ」領域とは「全く見当の違つた方面」であった。しかし健三の意見は細君の父母から黙殺されたのである。その挿話の最後は、「遺憾ながら其方面は、今日に至る迄いまだに細君の父母にも細君にも了解されてゐなかつた」と結ばれている。

この挿話は、細君が健三の考えを理解しない理由を、細君の育った家庭環境(男は「役に立つ」ことを当然とする家庭の雰囲気)にあるのだ、と健三が感じていることを示している。

語り手は、この挿話を描いた後、再び描写の場面を、細君が公然と健三に反抗する場面に戻す。

「役に立つばかりが能ぢやない。其位の事が解らなくつて何《ど》うするんだ。」

健三の言葉は勢ひ権柄づくであつた。傷《きづ》けられた細君の顔には不満の色がありありと見えた。機嫌の直つた時細君は又健三に向つた。――

「さう頭からがみ〳〵云はないで、もつと解るやうに云つて聞かして下すつたら好《い》いでせう」……「私の頭も悪いかも知れませんけれども、中味のない空つぽの理窟で捻ぢ伏せられるのは嫌《きらひ》ですよ」

留意すべきは、語り手が描き出した右の健三と細君との口論のありようと、先に見たその口論の描写の間に挿入された健三の連想する細君の育った家庭環境との繋がりである。健三の回想が示すように、彼の意識にあっては細君が人格の陶冶の大切さを理解しない理由は、細君の育った家庭環境にあった。しかし細君が健三に激しく反発するのは、健三の考える理想（「人格の陶冶」）そのものに対してではなく、細君を押さえにかかる彼の態度にあったことを語り手は細君の言葉を通して浮き彫りにしているのである。

健三の回想する「役に立つ」事を当然とする細君の育った家庭環境の雰囲気と、細君の健三の態度への反発の落差の描写には以下のような語り手の意見が存在すると考えられる。細君が健三の価値観を認めないのは、健三の主観にあっては彼女の育った家庭環境にその原因があった。しかし彼が不愉快な気分に支配された時に陥る、対話的要素を欠落させた狭量な自我絶対化の意識（「あらゆる意味から見て、妻は夫に従属すべきものだ」という感情）に健三が支配され、「夫と独立した自己の存在を主張しやうとする細君を見ると健三はすぐ不快を感じ」ることに細君との諍いの最大の原因がある（七十一回）。しかし健三は細君が健三に反発する理由の根本が細君に対する自分の独善的態度にあることにまだ注意を向けようとしていない。

語り手は以上の健三の二つの回想を描いた後、「二人は又同じ輪の上をぐる〳〵廻り始めた」と批評しているだけで、二人の言葉争いにこれ以上のコメントをしない。しかし九十一回の最後で語り手が、健三に対して、「他《ひと》と反《そり》が合はなくなるやうに、現在の自分を作り上げた彼は気の毒なものであつた」と評しているように、語り手はこのときの健三の描写のうちに、以下のような批判を込めているのである。健三は幼少期の酷薄な環境からぬけだし、学問によって現在の社会的地位を得た。その地位は彼の獲得した価値観を守ると共に、彼のうちに幼児期につくられた対話性を欠落させた狭量な自我主義を合理化した。健三はその狭量な自我主義にあぐらをかいて細君を抑えつけようとしている。健三はこのことに気づき、己の狭量な自我主義を克服しなければいけない。

右にみてきたように、細君が健三の意見を受け入れようとしない原因は、健三の主観にあっては、細君の育った家庭環境にあった。しかし語り手はその理由の根本が、健三の対話性を欠いた独善的な自我への固執にあることを、健三の思い出したくない「不愉快」な細君の姿との関係のうちに、描き出しているのである。

4　九十三回に描かれた健三の赤ん坊に対する意識とその否定的イメージの由来

九十三回では語り手の指摘する健三の欠点（対話性を欠いた独善的な自我への固執）に細君の赤ん坊に対する態度を通して健三が気づき、その欠点の克服へと向かい出す健三の姿が描かれていく。

健三の目に映る赤ん坊の姿が「章魚《たこ》のやうにぐにやぐにやしてゐる肉の塊《かたま》り」「公平な眼から見ると、何《ど》うしても一個の怪物であつた」と否定的イメージで表現されていく。読者にはこの表現の性格が分かりにくい。そこで九十三回を検討するに当たって、まず健三の赤ん坊に対する否定的イメージの由来について考えておきたい。

健三が赤ん坊を「肉の塊り」と感ずる感覚は、八十回で、産婆が来ないうちに、細君が胎児を分娩し、健三がその赤ん坊を暗中でまさぐった次の場面に由来している。

彼の右手は忽ち一種異様の触覚をもつて、今迄経験した事のない或物に触れた。其或物は寒天のやうにぷり〳〵してゐた。さうして輪廓からいつても恰好の判然しない何かの塊《かたまり》に過《す》ぎなかつた。彼は気味の悪い感じを彼の全身に伝へる此塊《かたまり》を軽く指頭で撫で、見た。塊りは動きもしなければ泣きもしなかつた。

まだ胎児の状態の赤ん坊は、「恰好の判然しない何かの塊《かたまり》」という彼の指先の「異様の触覚」と共に出現した。この「異様の触覚」とは、親が子に対して感じる情愛以前の、この世に出現した一個の生命に触れた驚異の感覚であろう。この感覚は人間にあっては直ちに類の意識や社会的倫理意識に規定され、子への情愛へと変化する。八十一回では健三がその朝見た赤ん坊の印象が、「其子供は赤い顔をしてゐた。昨夜暗闇で彼の手に触れた寒天のやうな肉塊とは全く感じの違ふものであつた」と描かれている。

赤ん坊は、八十一回を契機として、本来なら健三にあっては慈愛の対象として意識されることになる。しかし健三にあっては赤ん坊に深い情愛を抱きつつも、それ以降であっても、「何かの塊《かたまり》」というこの「触覚」が、形を変えて彼の赤ん坊のイメージを支配することになる。

八十回で描かれた「恰好の判然しない何かの塊《かたまり》」という健三の感覚は、八十二回では「小さい肉の塊り」、八十三回では「赤ん坊はぐだ〳〵してゐた。骨などは何処にあるか丸で分らなかつた」、九十三回では「章魚《たこ》のやうにぐにや〳〵してゐる肉の塊り」という印象に繋がっていった。

なぜ健三は八十一回以降も、このような見方、赤ん坊の内実である生の輝きではなく、母親の羊水に浮かんでいた名残を持つ形相にのみ意識を向ける見方を続けるのであろうか。もちろん八十回の胎児に触れたその時の指先の感覚が健三にとって強烈であったことに由来しているが、それだけでなく、それは細君に対する反発心と、健三の幼いときに体験しなければならなかった、不幸な過去が関係していると考えられる。

健三は養父母との不幸な過去によって生じたトラウマ（親子の情に対する不信）によって、かれの本心（温かい心）を素直に外面に出すことが出来ない性格を抱え込んでいた。健三には細君と同様、「温かい心」を赤ん坊の上に吐きかけたいという思いがあるが、彼の不幸な過去の体験は、八十三回では、彼のうちに彼の幼年時代に受けた心の傷が口を開いた時に生ずる「別な心持」を引き起こし、その「別な心持」が細君の赤子への情愛に、養母御常の子に対する独占欲を投影させてしまう状態となって生じることを描いていた。九十三回では、細君との諍いの感情が、その「別な心持」（養母御常の子に対する独占欲に対する嫌悪感）を彼のうちに呼び起こし、その御常の独占欲が細君の子への情愛に重なり、赤ん坊に情愛を注ぎたいとする健三の願望を封じ込め、赤ん坊の生の輝きよりも、その形相（羊水に浮かんでいた胎児としての名残りの特徴）に焦点を当てさせ、赤ん坊を健三が抱いて情愛を注ぐことの出来ない「肉の塊《かたまり》」として無意識のうちに位置づけていることを描いていた。

ここで健三が赤ん坊を抱いて情愛を注ぐことが出来ない例を八十三回後半で見ておきたい。細君に「貴夫《あなた》何故其子を抱いて御遣りにならないの」と言われた健三は「何《なん》だか抱くと険呑だからさ。頸でも折ると大変だからね」と応える。さらに「貴夫《あなた》には女房や子供に対する情合が欠けてゐるんですよ」という細君の言葉に対する健三の反応が次のように描かれる。

「だつて御覧な、ぐた〳〵して抱き慣《つ》けない男に手なんか出せやしないぢやないか」

実際赤ん坊はぐた〳〵してゐた。骨などは何処にあるか丸で分らなかつた。

「赤ん坊はぐた〳〵してゐた」という状態は母親にとっては赤ん坊への「愛しさ」の情を喚起させ、本能的に情愛を注ぐ存在として意識される。しかしこの「ぐた〳〵してゐた」という状態は、健三にあっては、赤ん坊を抱こうとしないことの理由付けとして機能している。右の引用部分に続いて、語り手は健三の意識に映る細君の態度を「それでも細君は承知しなかった」と描いている。この描写は健三の意識に寄り添った語り手の視線によるものであり、「それでも」という表現には、健三が赤ん坊を抱くことの出来ない理由をはっきりと言っているのに、細君は健三の気持ちを無視する、といった健三の気持ちが投影している。

一方、細君の感覚は対照的であった。八十五回では細君の赤ん坊への態度が次のように描かれている。

　彼女はぐた〳〵して手応へのない赤ん坊を手際よく抱き上げて、其丸い頬《ほゝ》へ自分の唇を持つて行つた。すると自分から出たものは何うしても自分の物だといふ気が理窟なしに起つた。

細君にとって自分の体内から出た赤ん坊の「ぐた〳〵」した状態は、「愛しさ」をかき立てる状態として存在している。細君にあっては、赤ん坊への行為は、理屈や分別とは別次元の、本能的行動であった。このことを語り手は強調している。もちろん細君と同様に、健三もまた赤ん坊を抱き上げ愛情を注ぎたいと願望している。しかし彼の不幸な体験によって生じた「別の気持」（赤ん坊は母親の独占物と感ずる気持ち）が、赤ん坊を抱き上げて情愛を注ぎたいという彼の気持ちに蓋をしているのである。

以上の理解を前提として、以下九十三回での健三の赤ん坊に対する意識を取り上げていきたい。九十三回では、赤ん坊と細君の姿が、健三の目を通して次のように描かれる。

　[a]章魚《たこ》のやうにぐにや〳〵してゐる肉の塊りと[b]彼女との間には、理窟の壁も分別の牆《かき》もなかつた。自分の触れるものが取も直さず自分のやうな気がした。[c]彼女は温かい心を赤ん坊の上に吐き掛けるために、唇を着けて所

嫌はず接吻した。

傍線部aは、健三の意識に寄り添った語り手の視線によるものであるが、その内実は、細君に対する反発の感情によって彩られた、健三の意識に映る赤ん坊の姿である。この時健三の意識は、赤ん坊の内実（生の輝き）には向かわず、母親の羊水に浮かんでいた名残としての「ぐにや〳〵」の形相のみに向けられている。健三が赤ん坊をこのようにとらえるのは、この時健三の意識を彩っている細君への反発が、赤ん坊を細君の所有物のように感じさせ、無自覚のうちに健三の赤ん坊への情愛をせき止めているからである。

ところが語り手の視線は、傍線部bcでは母性愛の発露という観点から細君の姿を肯定的にとらえている。この語り手の描写は、この時の健三の視線とは正反対の視線によっているように見える。しかしこの語り手の視線は、健三の細君に反発している気持ちとは別の、彼のうちに存在する「順良な彼の天性」の意識（彼本来の意識）による視線なのである。すなわち健三の意識には、細君の赤ん坊に対する態度のなかに、我執による独占欲を感じ取っている意識と、子を慈しむ純粋な母性愛の発現をも感じ取っている二つの意識が存在しているのである。

右の引用は二つの意識が交互に現れている例であるが、二つの意識が語り手の描写のうちに同時に現れていることもある。右の描写に続いて、語り手が次のように細君の態度を描写しているのがその例である。

「貴夫《あなた》が私のものでなくつても、此子は私の物よ」／彼女の態度から斯《か》うした精神が明らかに読まれた。

留意すべきは、一見否定的評価を伴っているように感じられる右の細君の態度への視線と、先にあげた傍線部bcで描かれた細君の赤ん坊に対する母性愛の発露についての肯定的視線との関係である。トラウマに支配された健三の意識には細君の子供への情愛は我執による独占欲の現われと映っている。それゆえ細君の情愛の対象となっているその赤ん坊の姿は健三には「赤ん坊はまだ目鼻立さへ判明《はつきり》してゐなかつた。頭には何時迄待つても殆んど毛らしい毛が生へて来なかつた。公平な眼から見ると、何《ど》うしても一個の怪物であつた」と映るのである。

健三はこの時の自分の目に映る赤ん坊の姿を「公平な眼」によるものと感じている。しかしこの感覚は、この時の彼のうちにある細君に対する反発の感情と、その背景にあるトラウマとなっている御常の子供を独占しようとする感情への反発とが重なり合いながら、赤ん坊への視線に投影しているにすぎない。この場面の健三の硬直した（表層の）意識は、赤ん坊に対する情愛が、自分の意識の表面に上らないようにするために、このような見方にしがみついているのである。

一方、傍線部ｂｃのように細君の態度を無私の母性愛の発露と見る視線にあっては、細君の「貴夫《あなた》が私のものでなくつても、此子は私の物よ」という態度は、たとえ夫と反りが合わない状態が続いても、この子は自分の力で守り育ててみせるという母性愛に基づく強い意志の表れであることを理解しているのである。この細君の意識は健三がこの時感じていた、男親から赤ん坊を取り上げようとするような、細君の我執による独占欲ではない。このことを健三は、この回の最後に気づくのである。これが九十三回の主要なテーマである。この場面の健三の意識にあっては、細君の赤ん坊への態度の感じ方のうちに、赤ん坊への無私の愛情を感ずる意識と独占欲の表われと感ずる意識とが同時的に存在しているのである。

この時の健三にあっては、複数の意識が存在しせめぎ合っている。語り手はそれらの意識の関係を読者に分析的に示すことなく、それらの意識が交錯しながら健三の意識の表面に現れている状態を、あるがままに描いている。そのため、読者には健三の二つの意識の対話関係がすぐには理解できず、これらの文章は読者には分かりにくい描写として存在しているのである。

5　健三の意識における心の傷を克服する動き

九十三回の健三の意識の特徴は、彼本来の意識（順良な彼の天性）が次第に力を得てくるところにある。以下この時の健三の意識の動きについての語り手の描写を見ていこう。

先に見た語り手の描く健三の意識「公平な目から見ると何《ど》うしても一個の怪物であつた」という描写のあとには次の描写が続いている。

「変な子が出来たものだなあ」／健三は正直な所を云つた。

健三の「変な子が出来たものだなあ」という言葉に対して、細君は「何処の子だつて生れたては皆な此通りです」「今に御覧なさい」と、「自信」ある言葉で応える。この細君の言葉に接した健三の内面を語り手は次のように描き出している。

健三には何といふ見当も付かなかつた。けれども彼は細君が此赤ん坊のために夜中何度となく眼を覚ますのを知つてゐた。大事な睡眠を犠牲にして、少しも不愉快な顔を見せないのも承知してゐた。

右の描写で語り手は「健三には何といふ見当も付かなかつた」と描いているが、何故この時の健三は「何といふ見当も付かなかつた」のであろうか。それは健三が依然として赤ん坊をも細君に対する腹立ちの視線から眺めており、温かい気持（「順良な彼の天性」）で赤ん坊の内実（生の輝き）を眺めようとしないからである。しかしこの時健三の内部では、トラウマに彩られた意識とは別の、「順良な彼の天性」による細君に対する愛情と敬意に彩られた意識が浮かび上がっている。語り手は「けれども」という接続詞を使いながら、この時の健三の意識の深部に分け入っている。語り手がここで「けれども」という接続詞を使っているのは、語り手が健三の意識の表層を支配しているトラウマに彩られた意識とは別の意識（「順良な彼の天性」）に焦点を当てようとしていることを示している。その別の意識は、赤ん坊の成長を確信し、赤ん坊の世話に対する見返りといった要素の全くない細君の赤ん坊に接する態度に、敬意を抱いて共鳴している。

次いで語り手はその健三の別の意識（「順良な彼の天性」）に寄り添いながら、「子供に対する母親の愛情が父親のそれに比べて何《ど》の位強いかの疑問にさへ逢着した」と母性愛の強さに敬意を抱く健三の姿を描いている。そして語り手はその「疑問」が生じた、健三の回想に焦点を当てていく。


四五日前少し強い地震のあつた時、臆病な彼はすぐ縁から庭へ飛び下りた。彼が再び座敷へ上つて来た時、細君は思ひも掛けない非難を彼の顔に投げ付けた。

「貴夫《あなた》は不人情ね。自分一人好《よ》ければ構はない気なんだから」

何故子供の安危を自分より先に考へなかつたかといふのが細君の不平であつた。咄嗟の衝動から起つた自分の行為に対して、斯《こ》んな批評を加へられやうとは夢にも思つてゐなかつた健三は驚ろいた。

「女にはあゝいふ時でも子供の事が考へられるものかね」

「当り前ですわ」

健三は自分が如何にも不人情のやうな気がした。

健三が突き当たった「疑問」とは自分のことよりも子供のことを第一に考える母性愛の性格であった。ここで健三は母親の子への愛の性格が我執による独占欲ではなく、子への無私の愛情であることを感じ取っている。「健三は自分が如何にも不人情のやうな気がした」という描写には、細君の母性愛の無私の強さに圧倒されている健三の姿がある。

語り手は右のように健三の意識のうちにある赤ん坊に対する細君の母性愛の強さへの敬意を描いた後、再び時間を現在に戻し、細君との口論で不快な感情にとりつかれている健三の意識を描き出していく。

然し今の彼は我物顔に子供を抱いてゐる細君を、却つて冷かに眺めた。
「訳の分らないものが、いくら束になつたつて仕様がない」

健三は、細君の子への強い愛が、我執による独占欲とは異なる無私の性格であることに敬意を感じている。しかし細君と口論した後の不愉快な心持は、その意識をねじ伏せ、細君と赤ん坊の関係を「訳の分からないもの」と決めつけずにはおれないのである。この「訳の分からないもの」という表現には、健三のうちにある、細君に対する反発と敬意の両方の意識がせめぎ合っているが、同時に、健三のうちにある、細君の母性愛に対する敬意の意識（順良な彼の天性）が強い力を持ちつつあることを示している。語り手は、この場面で、健三のうちにある二つの意識の対話的関係を描いているのである。

次いで語り手は、健三が少し冷静になった時でも、彼のうちに依然として細君への腹立たしさが続いていることをも、描き出していく。

しばらくすると彼の思索がもつと広い区域に亘《わた》つて、現在から遠い未来に延びた。
「今に其子供が大きくなつて、御前から離れて行く時期が来るに極《きま》つてゐる。御前は己《おれ》と離れても、子供とさへ融け合つて一つになつてゐれば、それで沢山だといふ気でゐるらしいが、それは間違だ。今に見ろ」

健三は心の奥底で、すでに母親の子への強い愛が我執による独占欲とは異質な無私の母性愛であることを認めていた。しかし健三の回想する細君の赤ん坊への態度のなかには、諍いによる夫健三に対する反発が重ねられており、健三は細君によって赤ん坊を独占されているという「寂しさ」をも味わわねばならなかった。細君の態度に忌ま忌ましさを感ずる健三が、〈細君は今は赤ん坊と「融け合つて」俺に反抗している。しかし子が独立すれば御前が頼れるものは俺だけなのだ。だから俺に対して反抗せずもっと素直でなければならないのだ。〉という思いを抱いていることを語り手は描き出しているのである。

その後語り手は、細君の母性愛の強さの由来について考えていく健三の姿を描き出していく。

書斎に落付いた時、彼の感想が又急に科学的色彩を帯び出した。
「芭蕉に実が結《な》ると翌年から其幹は枯れて仕舞ふ。竹も同じ事である。動物のうちには子を生む為に生きてゐるのか、死ぬ為に子を生むのか解らないものが幾何《いくら》でもある。人間も緩漫ながらそれに準じた法則に矢《や》ツ張支配されてゐる。母は一旦自分の所有するあらゆるものを犠牲にして子供に生を与へた以上、また余りのあらゆるものを犠牲にして、其生《せい》を守護しなければなるまい。彼女が天からさういふ命令を受けて此世に出たとするならば、其報酬として子供を独占するのは当り前だ。故意といふよりも自然の現象だ(5)」

ここで健三は細君の子への母性愛の由来を生物学的視点から考えている。生物における種の保存と個の生死の関係は、人間の場合も「それに準じた法則」が支配していること、それ故、母親が自分を犠牲にして子を産み、「余りのあらゆるものを犠牲にして、其生を守護」しなければならないことは、「天の命令」（＝「自然の法則」）であると、母親が子供を「独占」する理由（母親の子への強い愛着心が一見「独占欲」のように見える理由）を考え直したのである。もちろんこの時の健三にあっては、細君によって子供達が「独占」されているという、トラウマに彩られた考え方による疎外感があり、その疎外感を合理化しようとしている健三の意識も重なっている。しかしすでに健三は母性愛の無私の強さという観点（＝類の意識）から細君と子供の結びつきの強さを考えている。

この時健三は、細君の母性愛が、無私の愛情の強さであることに納得している。健三は細君の一見独占欲と見える強い母性愛の由来が人間の類の意識にあることに気づき、母親の子への強い愛情表現を我執による「独占欲」と感じる、彼の内にあるトラウマを克服しつつあったのである。

続いて語り手は、母性愛を社会生活との関係で考えようとしている健三の意識の動きをも描いていく。

彼は母の立場を斯《か》う考へ尽した後、父としての自分の立場をも考へた。さうしてそれが母の場合と何う違つてゐるかに思ひ到つた時、彼は心のうちで又細君に向つて云つた。

「子供を有《も》つた御前は仕合せである。然し其仕合を享《う》ける前に御前は既に多大な犠牲を払つてゐる。(6) 是から先も御前の気の付かない犠牲を何の位払ふか分らない。御前は仕合せかも知れないが、実は気の毒なものだ」

語り手は「父としての自分の立場をも考へた」という内容をここでは書いていない。しかしその内容は九十四回の冒頭の、健三が子供達の正月を迎える童唄を聴きながら、「ペネロピーの仕事」と感ずる学生の大量の答案を採点し続けるという描写のうちに描かれることになる。この描写には俗世間のなかで子供達を守り育てるためには、父親は一家の経済を支えねばならない、このことが父親の子への役割なのだという健三の父親としての意識が描かれている。九十四回では、母親の役割とは異なる父親の子供に対する責任の自覚を確認し、それを遂行している姿が描かれる。それ故、父の立場と異なる母の立場とは、自分の生を犠牲にして子を守り育てる立場ということであろう。

語り手は、この時健三が「子供を有《も》った御前は仕合せである」「御前は仕合せかも知れないが、実は気の毒なものだ」という一見相反するようにみえる感慨を持っていることを描いている。語り手が描き出したこれらの感慨には、二つの健三の思いが存在している。一つは、細君が子供の関係において実現している「仕合せ」を、男親の健三には実現できないという「寂し」さである。健三は、細君のように赤ん坊を抱き、自分の情愛を注ぎたいという気持ちを押し殺している。健三はトラウマによって生じている感性のひずみを、論理によって克服しつつあるものの、依然として自分の赤ん坊への慈しみの感情を素直に表すことが出来ない寂しさがこの言葉のうちに投影している。もう一つは、仕合せを子育てに限定する女性の生き方が本当に仕合せなのだろうかという疑問である。健三は「自分のために生きていかねばならない」という主義を持ち続けている。この観点からすれば、子育てにすべてを捧げる母親としての生き方は、母性の本能〈類の意識〉に合致しているという点では仕合せであろうが、「自分のために生きる」〈個我の発現〉という観点は人間にとって必要なことなのだという健三の意識が込められている。(7) 彼には父親として生きるという以外に、社会のなかで自分を表現する仕事をしたいという願望があった。このような健三の社会意識が、子を守り育てることのみに自分の生を捧げ尽くす細君の生き方は「気の毒」と言わねばならないという感慨を生んでいるのである。ここには、この時代に生きる女性の生き方を社会との関係で考えている健三の姿がある。語り手は右に見たような二つの気持ちがこの時の健三の感慨に存在していることを描き出しているのである。

九十三回の語り手はトラウマに彩られた意識を克服して、彼本来の意識（「順良な彼の天性」）に従って生きようとする健三の姿に焦点を当てているのである。

おわりに

九十回の健三は、予想通りお縫さんの死を口にし高飛車に金を要求する島田に「怒りと不快」を爆発させ、その要求を拒否し、島田との縁を切ることを宣言する。その健三の「怒りと不快」は、九十一回では、かつての若き自分を物品扱いした実父と島田の「眠つていた記憶」を想起させ、さらに九十二回では、健三に反抗する細君の姿や、細君の赤ん坊に対する態度をも思い出させた。それらの記憶を通して健三は、自分の欠点をも自覚し、細君の子供に対する態度が、我執とは異質な、人間としての崇高な情愛である人間の類の意識によるものであることを発見し確認することが出来たのである。

健三の意識のうちには様々な要素が共存対立している。しかし言葉による分析は、それらの意識の共存・対立を二分法によってしか説明することが出来ない。『道草』では、健三のうちに存在する意識を論理による分析的説明によってではなく、意識のうちにある複数の意識の共存という対話性に焦点を当て、その対話の動きをあるがままに描き出し、その推移を通して健三の意識のうちに類の意識がせりあがってくる状態を描いているのである。ここに『道草』の新しい手法があるといえよう。

注

（1）本稿での考察の前提となる、健三が幼年時代に受けた心の傷と、それを描く語り手の性格については、第Ⅰ部第四章で論じた。

（2）江藤淳『漱石とその時代』（第三部一九八頁・第四部二三〇頁）が指摘するように、島田にあっては、健三が養子であった時期は健三が戻ったあとも、健三の籍は依然として島田の許にあったので、健三が島田の家に出入りしていた時期をも含むと考えているのであろう。また江藤が指摘するように、関荘一郎「『道草』のモデルと語る記」には、夏目家からの要求で金之助の籍を返した際「十有五年の金之助養育料として弐百四十円よりはよこさなかつた。それも百五十円だけは現金、残金は月三円づゝ二年間位の月賦で払ふことにまけてくれと申し入れて来た。老人は無法だと思つたが、もと〳〵金をとる所存ではなかつたし、それに追ひつけ金之助が出世すれば、自分達の老後を多少に関はらず面倒みてくれるだらうとの下心もあつたので、たうとうそれで承知してしまつた。それは明治二十一年ごろであつた。」とあり、この記述によれば、塩原は金之助の籍が夏目に戻っても、自分達の老後の面倒をみてくれるはずだという思いがあったのである。『道草』の島田の健三に対する言葉遣いの変化（四十六回）には、親子の関係を取り戻そうとする意識が書き込まれており、とりわけ九十回での島田の健三に対する高飛車な態度には、健三は養父の願いを聞き入れるべきだという意識が顕著に表われている。このことからもおそらく島田の意識には、関が記しているような塩原昌之助の「自分達の老後を多少に関はらず面倒みてくれるだらう」という思いが投影していると考えられる。しかし語り手は島田の立場から彼の内面を解説することはない。そのため読者には素材となっている塩原昌之助の意識を踏まえなければ、島田の言動は理解しにくい。

（3）この時の細君の言葉（「役に立たなくつちや何にもならないぢやありませんか」）は、この時の健三の意識に即した語り手によって切り取られた言葉であり、どのような文脈での発言かはっきりしない。後半の細君の言葉への繋がりからすると、細君の信念というよりも、売り言葉に買い言葉と言った側面が強いと考えられる。

（4）この表現はこの時の健三にあっては細君と同じ価値観を持ちうるという気持ちがあったことを示している。細君に対する健三のこの気持は、七十一回に描かれている（第Ⅰ部第九章「健三と比田との同質性と異質性、および健三の夫婦観と細君との諍い」を参照）。なおこの場面での細君の弟に対する「教育」の内実についても語り手は具体的な描写を意識的に避けているが、作品外の素材からすれば、それは「人格」の陶冶であったと考えられる。藤尾健剛「漱石・クロージャー・マルクス」（奥津春雄編『日本文学・語学論攷』翰林書房　一九九四年、『日本文学研究論文集成』26藤井淑禎編「夏目漱石1」若草書房　一九九八年所収）に次の指摘がある。「明治三十五年三月十五日付中根重一宛の書簡には、クロージャーの著作が明らかな影を落としていたが、それより五日前、三月十日付の妻鏡子宛書簡にも、『知性発達の歴史』の反響を聞きとることができるように思う。鏡子の実弟中根倫の教育方針に触れて、「日本の現在ではどんな事が急務か夫々熟考して深思せねば容易にわからない是が智識の必要なる点である大丈夫の人格を備へて又智識より得たる大活眼を有する底の男にならなければ人に向って威張れないよく〳〵細心に其方向へ進行あらん事を希望します」と書かれている。クロージャーは〈紳士〉の人格と知性とがイギリス国民の双子の理想（twin-ideals）にならなければならないと語っていたが、漱石は人格に関する理想を、〈紳士〉から「大丈夫」といった東洋風の観念に置き換えて、故国の身近な一青年に対する教育方針として提言しているのである。」

（5）　この内容はベルクソン『創造的進化』の次の部分から着想した可能性がある。「生物は一陣の風に巻きあげられたほこりの渦のようなもので、生命の大きな息吹のなかに浮かんだままぐるぐると自転する（中略）とはいえ生物を担う目にみえぬ息吹きがときに物質化して、消えがちな姿を私たちに見せることがある。母性愛のある種のあらわれに接すると私たちはそうした突然の光明に照らされる。このいちじるしい愛はほとんどの動物にもあらわれて私たちをほろりとさせ、植物の種子にたいする心遣いにまで観察される。それはあるひとびとからみると生命の深い神秘なのであったが、私たちにはたぶん生命の秘密を明かしてくれるものであろう。各世代がつづく世代の上に心を寄せていることをそれは示す。生物は何はともあれ通過点であり生命の本領は生命をつたえる運動にあるのだ、ということをそれは垣間みさせてくれる。」（ベルクソン著真方敬道訳『創造的進化』岩波文庫　一九七九年　一六〇頁）

（6）　八十五回に細君の髪が抜ける場面が次のように描かれている。「毎朝夫を送り出してから髪に櫛に入れる細君の手には、長い髪の毛が何本となく残つた。……「新らしく生きたものを拵え上げた自分は、其償ひとして衰へて行かなければならない」／彼女の胸には微かに斯う云う感じが湧いた。」

（7）　七十一回で語り手は健三の「強情」に彩られた制限ある意識を次のように批評していた。「不思議にも学問をした健三の方は此点に於て却つて旧式であつた。自分は自分の為に生きて行かなければならないといふ主義を実現したがりながら、夫の為にのみ存在する妻を最初から仮定して憚からなかつた」「夫と独立した自己の存在を主張しやうとする細君を見ると健三はすぐ不快を感じた。」この描写と九十三回のこの場面の細君に対する意識の描写とは大きく異なっている。このことからも九十三回の冷静になった健三が女性の立場に立って女性と社会とのあるべき関係を考えていることが知られよう。

第十三章　健三における世俗での責任を果たそうとする現実意識の確立（九十四回〜九十七回）

はじめに

九十回で健三は金をゆすり取ろうとする島田の態度に「怒りと不快」を爆発させて、島田に今後の関係を絶つことを宣言する。この九十回の時間は九十四回へと繋がっていく。その間にある九十一回から九十三回までに描かれた内容については前章で検討したので、ここでは、九十四回から九十七回までの描写を取り上げてみたい。

これらの回では、島田と決別した後も島田の経済状態を心配している健三の気持ちを理解しようとしない島田の代理人や細君の態度に接して、「神でない以上辛抱だつてし切れない」と感ずる健三の苦しみが描かれている。その苦しみは若き時に試みて断念したが、しかし依然として健三の意識の奥底に流れ続けている、「金の力で支配出来ない真に偉大なもの」（五十七回）をつかみ取りたいという願望を顕在化させることになる。と同時に、彼の内部では、その願望を抑えて、世俗での責任を果たそうとする健三の確固とした現実意識がすでに存在していることをも描き出しているのである。

I　健三の責任意識

九十四回の冒頭では、九十三回末尾で健三の考える「母の立場」とは異なる「父としての自分の立場」が具体的に描かれる。それは彼が「ペネロピーの仕事」と感じる大量の答案を採点する姿であった。語り手は健三の「父としての自分の立場」が、経済面で家庭を支える役割であったことを、健三の具体的姿を通して示している。

語り手は大量の答案を前にして「何時迄経つたつて片付きやしない」と溜息をつく健三の姿を描いた後、「然し片付かないものは、彼の周囲前後にはまだ幾何《いくら》でもあつた」と記し、ここから彼が世俗の中で処理しなければならぬ事柄のうち、まずは島田との決裂の後始末をする健三の姿を描いていく。

来訪した島田の代理人を日時を指定して帰した後、健三は細君と話をする。語り手はその時の二人の内面を「細君はもう島田を相手にする必要がないと思つた。健三の心は却つて昔の関係上多少の金を彼に遣る方に傾いてゐた」と描いている。そして語り手は「然し話は其所《そこ》迄発展する機会を得ずに余所《よそ》へ外れてしまつた」と、細君が健三の気持ちを理解する「機会」もなく、二人の会話が細君の父の経済状態へと移っていったことを描いている。「御前の宅《うち》の方は何うだい」「相変わらず困るんでせう」と。健三が細君に「御前の宅《うち》の方は何うだい」と問うていることは、健三が島田に対して「昔の関係上多少の金を彼に遣る方に傾いてゐた」理由が、島田と決別した後も、島田の経済状態の心配にあったことを示している。[1]

2　島田の代理人に対する健三の反発と現実的対応

九十五回では指定した日時に現われた島田の代理人との交渉が描かれる（その代理人は「其人」と描かれる）。

語り手は九十四回で健三が島田の生活を気遣って「多少の金」を遣るつもりであったことを描いていた。しかし「其人」はこの健三の気遣いを全く理解せず、「此所《こゝ》いらで綺麗に片を付ける事にしたら。それでないと何時迄経つても貴方《あなた》が迷惑するぎりですよ」と、健三が実家に復籍することになったときに島田に渡した書き付けを買い取ることを要求してきた。健三はその書き付けに記憶があり、それは「今度離縁になつたに就いては、向後御互いに不義理不人情な事はしたくないものだといふ意味を僅《わづか》二行余《あまり》に綴つて先方へ渡した」ものであった。健三はその代理人の、「此所《こゝ》いらで綺麗に片を付ける事にしたら。それでないと何時迄経つても貴方が迷惑するぎりですよ」との言い草に対しては「いくら引っ懸かつてゐたつて、迷惑ぢやありません。……よし迷惑だとしても、出すまじき金を出す位なら、出さないで迷惑を我慢してゐた方が、私には余ッ程心持が好いんです」と反発し、代理人が取引の材料として持ち出した書き付けについては、「あんなものは反故同然ですよ。……もし利用出来る気ならいくらでも利用したら好いでせう」と突っぱねた。語り手は「健三にはそんな書付を売り付けに掛る其人の態度が猶気に入らなかつた」と描いている。この描写はその書付が法的には何の効力もなく、純粋な倫理的事柄を記したにすぎないことを健三が認識していることを示している。

九十六回の冒頭では、その代理人の態度は、「話が行き詰まると其人は休んだ。それから好い加減な時分にまた同じ問題を取り上げた。……たゞ物にさへすれば好いといふ料簡が露骨に見透かされた」と描かれている。

そして健三の代理人に対する現実的対応が次のように描かれていく。

収束する所なく共に動いてゐた健三は仕舞に飽きた。／「書付を買への、今に迷惑するのが厭なら金を出せのと云はれると此方《こつち》でも断るより外に仕方がありませんが、困るから何うかして貰ひたい、其代り向後一切無心がましい事は云つて来ないと保証するなら、昔の情義上少しの工面はして上げても構ひません」

右の「健三は仕舞に飽きた」という表現は、自分の考え通りに話が進展しないのでしびれを切らして、現実的対応をするときの健三の意識を示している。(2) するとその代理人は「え、それが詰り私の来た主意なんですから、出来るなら何うかさう願ひたいもんで」と応じた。

ここで健三の現実的対応の内実を考えてみたい。健三は島田に恩義は感じているが、島田の金の要求は大きくなり、御縫さんの死によって島田が全面的に自分に寄りかかるであろうことを予想し、六十二回でその時には島田との決別をも決意していた。そして九十回でのお前は俺が必要とする金を出す義務があるとする島田の態度に我慢が出来ず、遂に決別を口にした。しかし健三は、決別を口にした後も、島田の経済状態を心配し続けており、ある程度の金を遣って、自分の気持ちを納得させて、彼とその後の関係を絶とうとしていた。文字通りの意味で「昔の情義上少しの工面はして上げても構ひません」というのが、彼の提案の主意であった。しかしこれからも又同様の要求が繰り返されないためにも、健三は、「向後一切無心がましい事は云つて来ないと保証するなら」という条件を付け加えずにはおれなかったのである。一方代理人にとって、「困るから何うかして貰ひたい」という言葉はどうでもよく、「向後一切無心がましい事は云つて来ないと保証するなら」という健三の言葉を、書き付けを買い取る健三の条件として理解したのである。こうして健三の気持ちは代理人によって無視され、客観的には、「向後一切無心がましい事は云つて来ない」という証文を入れる条件をつけて、健三はその書き付けを買い取ることに合意したことになってしまったのである。

語り手はこの時の二人の意識を「健三はそんなら何故早くさう云はないのかと思つた。同時に相手も、何故もつと早くさう云つて呉れないのかといふ顔付をした」と描いている。

この時健三は「困るから何うかして貰ひたい」という立場に代理人が立ったと理解し、代理人は健三が書き付けを買い取る条件を出してきたと理解したのである。この描写には健三と代理人のこのような理解のすれ違いが描かれている。

「ぢや何の位出して下さいます」という相手の質問に対して、健三は目安が分からず、「まあ百円位なものですね」といった。この金額は九十回で島田が「何処の宅だつて暮になりや百や二百と纏つた金の要るのは当たり前だらう」と健三に言った金額が心に残っていたからであろう。(3)「其人」は「責《せめ》めて三百円位にして遣る訳には行きますまいか」と駆け引きにでたが、「元来一文も出さないと云つたつて、貴方《あなた》の方ぢや何うする事も出来ないんでせう。百円で悪けりや御止《およ》しなさい」と応じなかったので、「其人」は漸く駆け引きをやめたと描かれている。

右には、駆け引きとは無縁な愚直なまでの健三の率直さ、かつて自分が島田に渡した書き付けに記してあるのは、互いに不義理不人情なことはしたくないものだという道義上のことであり、金を支払う義務が生じる性質のものではない、只自分は昔の情義上、多少の金を遣ることにはやぶさかではないという現実的意識による認識が強さとなって表われているといえよう。

3　細君の無理解と健三の孤立感

代理人が帰った後、健三は細君に言った。「又金を取られるんだ。人さへ来れば金を取られるに極《きま》つてるから厭だ」。この時の健三には彼の内面で島田に多少の金を遣る腹づもりであったことは意識されず、ただ相手の金の要求のみが意識されている。「馬鹿らしい」と言う細君の返事に健三は「だつて仕方がないよ」と応じた。この言葉には島田から受けた恩義に応えるために、ある程度まとまった金を渡してやるつもりであった健三の気持ちが表われている。しかし細君はその言葉の意味が解らなかった。語り手はその時の健三の気持ちを「彼は其所《そこ》へ落付く迄の筋道を委《くわ》しく細君に話してやるのさへ面倒だつた」と描いている。この描写には、島田に金を遣ることにした気持ちと代理人との交渉の過程を細君に理解して貰いたいが、しかし今迄の経緯からそれは容易ではないと感じている健三の気持ちが描かれている。案の定、細君は「そりや貴夫《あなた》の御金を貴夫が御遣りになるんだから、私何も云ふ訳はありませんわ」と健三の気持ちを突き放す。自分の気持に無理解な細君のこの刺のある言葉に接して、健三は「金なんかあるもんか」とたたきつけるように言って書斎に入り、答案の採点を続けようとする。この採点の仕事は、妻子を養うためにしなければならない仕事であるが、しかし細君にはこの健三の思いも伝わらないのであった。

九十六回は次の描写で終わる。

「神でない以上辛抱だつてし切れない」／彼は又洋筆《ペン》を放り出した。赤い印気が血のやうに半紙の上に滲んだ。彼は帽子を被つて寒い往来へ飛び出した。

右の傍線部は、表面的には採点しなければならない答案の量の多さについての思いであるが、この思いには、島田やその代理人そして健三の内面を理解しない細君の態度への辛抱だけでなく、世俗の中で「一般の人類」（世俗のなかで我執を持たざるを得ない人々）との関係にも誠実であろうとする自分の努力が限界に達しているという健三の思いが重ねられている。「赤い印気が血のやうに半紙の上に滲んだ」という表現は、世俗に生きる生身の人間である以上、これ以上自分の血を流すやうな「辛抱」は出来ないという健三の苦しみが表現されている。またこの「神でない以上辛抱だつてし切れない」という言葉には、〈神のような境地を掴むことが出来れば苦しまなくとも済むはずだ〉という、彼の意識の奥底に流れている願望（若き時に得ようとして得ることが出来なかった「金の力で支配できない真に偉大なもの」をつかみ取りたいという願望）が、彼の心の中で再び顕在化していることを示している。その健三の心の奥底にある願望が九十七回の冒頭では屈折して対象化され彼の意識の中に自己対話の相手として登場するのである。

4　健三の自己対話──「真に偉大なもの」への希求と世俗に生きる責任との関係

九十七回は次のように書き出されている。

人通りの少ない町を歩いてゐる間、彼は自分の事ばかり考へた。[a]

「御前は必竟何をしに世の中に生れて来たのだ」[b]

彼の頭の何処かで斯ういふ質問を彼に掛けるものがあつた。[c] 彼はそれに答へたくなかつた。成るべく返事を避けやうとした。すると其声が猶彼を追窮し始めた。何遍でも同じ事を繰り返して已《や》めなかつた。彼は最後に叫んだ。

「分らない」

其声は忽ちせゝら笑つた。

「分らないのぢやあるまい。分つてゐても、其所《そこ》へ行けないのだらう。途中で引懸つてゐるのだらう」

「已《おれ》の所為《せい》ぢやない。已《おれ》の所為《せい》ぢやない」

健三は逃げるやうにずん〳〵歩いた。

傍線部aでは、語り手はその内容をはっきり示さず、様々な解釈が可能となる描き方をしている。しかし九十六回末尾からの続きからすれば、健三は今迄みてきたような彼のおかれている状態、世俗においては親類縁者とのかかわりで金のために身を粉にして働かねばならず、世俗に生きる苦しみを超越した視点を摑もうとしながらもそのために時間を割くことが出来ない苦しみを考えているといえよう。

傍線部bcでの健三の内部の声は、その直前の「自分の事ばかり」考えている、すなわち世俗に生きる苦しみを超越した視点を得たいとする意識が、健三自身を責める声となって立ち現れているのである。

この健三の自己対話は、五十七回での健三の自己対話と類似している。そこで、この場面の自己対話を五十七回の自己対話と交差させて、その内実を考えてみよう。

五十七回では以下のような健三の姿が描かれていた。健三は細君とも心が通ぜず、「肝癪の電流を何かの機会に応じて外《ほか》へ漏らさなければ苦しくつて居堪《たゝ》まれなくなつた」。彼は子供が育てている草花の鉢などを縁側から下に蹴飛ばした。また保険の勧誘員の名刺を取り次いだ下女を玄関に聞こえる大声で叱ったりした。そして彼は自分の行為を恥じた。しかし健三は「己が悪いのぢやない」と心の裡で言い訳する。「無信心な彼は何うしても「神には能く解つてゐる」と云ふ事が出来なかつた」。五十七回では、癇癪の発作を抑えることの出来ない健三の苦しみを救う存在として、当時の健三には「神」が視野に入っていたが、人間の知的能力を信じ、「自己」主義を標榜していた当時の彼は、どうしても「神」の存在を認めることが出来なかった。そして彼の信奉していた「自己」主義では世俗世界で金に苦しむ親類や島田を金の重圧から救うことの出来ないことを痛感しなければならなかった。語り手は、健三の意識に即して、健三の今迄の生き方を以下のように描いていた。かつての彼は儲けることに関心がなく、卒業した時には、「古い寺の座敷を借りて、芋や油揚《あぶらげ》ばかり食つて」、「何事」をか「仕出かさ」うとしていた。しかしこの時の彼は「何事も仕出かさなかつた」。語り手はその「何事」の内実をはっきり示さないが、それを分析的に示せば、後に語り手が言う「金の力で支配出来ない真に偉大なものが彼の眼に這入つて来る」境地の獲得であったといえよう。そして金に苦しむ親類縁者達を救うために、世俗世界で金持ちになるか、偉くなるか、二つのうちどちらかに中途半端な自分を片付けたくなったが、どちらになるにしても金が必要であることを痛感しなければならず、彼は「しきりに焦れた」。五十七回の彼は世俗を超越した精神的な境地を得ようとして得ることが出来ず、また世俗での成功者になることを目指そうとしても金がないためにそれを達成できない「中途半端な自分」を意識せずにはおれなかったのである。

九十七回の傍線部ａ「彼は自分の事ばかり考へた」という内容と五十七回の内容を交差させてみると、「彼は自分の事ばかり考へた」という内容は、五十七回で語り手が描いた、金の力が支配できない精神的境地を得ようともがきつつも、世俗での親類縁者の苦しみ（金の拘束）を救うために世俗での成功者になりたいという、自分の生き方についてであったことが浮かび上がってくる。

傍線部ｂｃの、その時彼の「頭の何処かで」「御前は必竟何をしに世の中に生れて来たのだ」と質問をかけるものがあったという描写を、五十七回の「神」や「金の力で支配できない真に偉大なもの」との関係で考えると、九十七回のその「声」は、九十六回の健三の「神でない以上辛抱だつてし切れない」という血を吐くような苦しみ、すなわちその苦しみの背景にあった、五十七回で描いた世俗の苦しみを超越した境地を得たいとする願望が対象化され、健三自身に問いかける存在として立ち現れたものであったことが浮かび上がってくる。

九十七回のその声は健三を追求し始め、同じ問いを繰り返す。健三は分からないと叫ぶ。しかしその声は「分らないのぢやあるまい。分つてゐても、其所《そこ》へ行けないのだらう。途中で引懸つてゐるのだらう」とせせら笑う。語り手はその声のいう「其所《そこ》」が何処であるか説明することをしない。しかし五十七回との関係で言うならば、「其《そ》所《こ》」が、若き健三が得ようとして得ることが出来ず、そして現在でも得ることが出来ていない、「金の力で支配出来ない真に偉大なものが彼の眼に這入つて来る」境地であったということが出来よう。

九十七回の引用の最後の部分で語り手は「己《おれ》の所為《せい》ぢやない。己《おれ》の所為《せい》ぢやない」と言い訳してその声から離れようとする健三の姿を描いている。その健三の言い訳もまた五十七回の健三が子供が育てている草花の鉢を縁側から蹴飛ばし、その砕かれた花と茎をみて「己の責任ぢやない」と「弁解」したり、保険外交員の勧誘を取り次いだ下女を大声で叱った後の後悔の意識にある「己が悪いのぢやない」と自己弁護する「言訳」と似ている。しかし五十七回における健三の自己弁護は、癇癪の発作を抑えることの出来ないことへの「自己弁護」であったが、九十七回の自己弁護は、自分のことよりも家族や親類縁者の幸福を第一に考える意識によって裏打ちされていた。すなわちこの時の健三にあっては精神的境地を掴もうとする自分の生き方よりも、親類縁者（そして一般の人々）の幸福のために生きなければならぬとする世俗での自分の生き方が優先されていた。それは次の場面で世俗に生きる細君や親類縁者のことを考え続けている健三の姿が描かれていることからも知れよう。

健三は「逃げるように」その問いから離れようとする。そして語り手は「飾り立てられた店頭を、それからそれと覗き込んで歩いた」健三の姿を描き出し、その時の健三の内面を次のように描いている。

「暮になると世の中の人は屹度何か買ふものかしら」

少なくとも彼自身は何にも買はなかつた。細君も殆んど何にも買はないと云つて可《よ》かつた。彼の兄、彼の姉、細君の父、何《ど》れを見ても、買へるやうな余裕のあるものは一人もなかつた。みんな年を越すのに苦しんでゐる連中ばかりであつた。中にも細君の父は一番非道《ひど》さうに思はれた。

健三の意識には金を持つ人々と金に追われている人々との落差を痛切に感じ、自分を始め親類縁者は皆後者に属する人間なのだという思いがある。以上のことからも九十七回の自己弁護に、自分のことよりも家族や親類縁者の幸福を第一に考えている健三の姿を認めることが出来る。

次いで語り手は、このような健三の現実に対する意識が今迄自分を支配していた思考の欠点を気づかせていくことをも重ね合わせて描き出している。それは以下のような健三の想起に関連してであった。それは細君の父が貴族院議員の選に漏れると、債権者達が彼を責め、細君の父は遂に相場に手を出し悲境に沈んでいったという細君の話であった。細君は「相場に手を出したのが悪いんですよ」「御役人をしてゐる間は相場師の方で儲けさせて呉れるんですつて。だから好《い》いけれども、一旦役を退くと、もう相場師が構つて呉れないから、みんな駄目になるんださうです」と言った。その細君の話を聞いて、健三は「何の事だか要領を得ないね。だいち意味さへ解らない」という。「貴方に解らなくつたつて、左右《さう》なら仕方がないぢやありませんか」と反発する細君に、「何を云つてるんだ。それぢや相場師は決して損をしつこないものに極つちまふぢやないか。馬鹿な女だな」と押さえつけたのである。

健三の想起した細君との会話の内容は、健三の自己絶対化の論理の歪みを如実に示している。細君の話の核心は、細君の父が債権者達に責められ、ついに相場に手を出したため、財を失ったという点にある。しかし健三は、核心からずれた〈相場師は役を退くと構ってくれない〉というその真偽にこだわり、その真偽を考えようともしない細君を、馬鹿な女だと罵倒したのである。この場面の健三は今まで日常世界を裁断する武器であった自分の思考の論理の歪みを自覚している。健三は自身の思考の欠点、現実に起った事柄の核心（真実）を問題にするのではなく、脇道に逸れた事柄にこだわる思考（形式論理）の欠点を認識するに到ったのである。これもまた幼少時に彼の心を支配するようになった「強情」が生み出した思考形式の欠点であった。

5　「自己」中心の論理的思考の欠点の自覚

語り手は次のような描写で九十七回を締め括っている。

彼は不図気が付いた。彼と擦《す》れ違ふ人はみんな急ぎ足に行き過ぎた。みんな忙がしさうであつた。みんな一定の目的を有《も》つてゐるらしかつた。それを一刻も早く片付けるために、せつせと活動するとしか思はれなかつた。

或者はまるで彼の存在を認めなかつた。或者は通り過ぎる時、ちよつと一瞥《いちべつ》を与へた。

「御前は馬鹿だよ」

稀《たま》には斯《こ》んな顔付をするものさへあつた。

彼は又宅《うち》へ帰つて赤い印気《いんき》を汚《きた》ない半紙へなすくり始めた。

この時の健三の意識に映った世俗の人々は皆金を稼ぐための目的（仕事）を持ち、忙しそうにしていた。そして彼らはその目的を「一刻も早く片付けるために、せつせと活動するとしか思はれなかつた」。彼らは「健三の存在」を認めず、健三に一瞥を与える者には「御前は馬鹿だよ」という顔付をする者さえあったと健三には感じられる。健三にあっては金が支配する世俗と戦う武器であったと信じていた「自己」中心の論理的思考の欠点を自覚したとき、金の力とその金によって支配されている世俗の人々の意識が、健三を押しつぶそうとする巨大な壁となって健三の前に立ち現れたのである。「彼は又宅《うち》へ帰つて赤い印気を汚ない半紙へなすくり始めた」という語り手の描写は、九十六回の末尾で健三が「神でない以上辛抱だつてし切れない」とペンを放り出し、「寒い往来へ飛び出した」時の「赤い印気が血のやうに半紙の上に滲んだ」という描写と関係している。この関係から浮かび上がる九十七回の健三の意識は、血を流すような苦しい状態におかれても、家族を養い、金に苦しんでいる親類縁者、さらには「一般の人類」（金のために人間としてのあるべき感情を抑え付けて生きている人々）のために生きるには、その前提としてどんなに苦しくとも、世俗に生きるための手段としての金を稼ぐための仕事をしなければならないという思いであったといえよう。九十七回では、「金によって支配されない精神的境地」を得たいという気持ちを抑え付けて、世俗世界の圧迫に耐えながら、現実のなかで自分の責任を果たそうとする健三の意識が描かれているのである。(4)

おわりに

九十四回から九十七回では、世俗の中で処理しなければならない島田との決裂の後始末をする健三の姿と、その時の健三の真意を理解しようともしない島田の代理人や細君に接して、「神でない以上辛抱だつてし切れない」健三の苦しみが描かれていた。しかし本章でみてきたように、その健三の意識には、「金の力で支配できない真に偉大なもの」を摑みたいという願望と共に、世俗の圧迫に耐えながら、世俗の中で妻子を養い、健三を頼りとする人々のために、そして「人類」に対する責任のために、世俗の中で働き続けねばならないとする現実的な気持ちが確固としたものとして根付き始めているのである。(5)

注

(1) この健三の意識は義父に頼まれた保証人の連印を断った後の気持の描写と傾向を同じくしている。この時の健三は「同時にたゞ夫丈《それだけ》の利害心で此問題を片付けてしまふ程彼の性格は単純に出来てゐなかつた。彼の頭が彼に適当な解決を与へる迄彼は逡巡しなければならなかつた」として四百円を友人から借りて義父に手渡している。このような健三の、可能な限り援助してやらねばならないという気持が彼の内面にわき上がっているのである。

(2) 健三の「飽きた」という態度の別例を挙げておきたい。八十四回で、貸本屋から借りた小説を健三が「斯《こ》んなものが面白いのかい」と訊くと細君は自分の文学趣味の低いことを嘲られたような気がして反発し、いつもの口論が始まりかける。その時「健三はもう飽きたといふ風をして、その手摺のした貸本を投げ出した」という描写がある。この場面での「飽きたといふ風をして」という健三の態度はこれ以上口論にならないようにするための現実的対応をするときの「技巧」である。

（3）『夏目漱石全集Ⅳ』（「日本近代文学大系」27　角川書店　昭和四九年）の遠藤祐の注にこの指摘がある。

（4）重松泰雄は、「あれだけ盛んであり、特徴的でもあった語り手の論評が、九十二章以後〈中立的〉なものを除いてまったく見えなくなってしまう」と指摘している（「内言と論評――「道草」論第二――」『漱石その新たなる地平』所収、おうふう　一九九七年五月）。このことは語り手にあっても、ここに描き込んでいる九十七回のこの場面の健三の意識が肯定すべき人間的なものであったことを示している。

（5）昭和初期から二〇年代にあっては唐木順三を始祖とする「合理論者漱石の敗北と、事実の世界への降服」といった、健三を否定的に評価する流れがあった（樋野憲子「「道草」論――「自然の論理」について――」「文学」一九七三年七月）。しかし『道草』九十三回から九十七回の健三は、自己の「論理」的弱点を認識し、健三の「順良な彼の天性」にしたがった、（人類に対する信頼につながる）真の責任を現実のなかで果たそうとしているといえるのである。

第十四章　健三の現実意識と純粋な人間的意識との葛藤（九十八回〜百二回）

はじめに

『道草』の最後、九十八回から百二回は『道草』の展開においてどのような位置を占めるのであろうか。既に健三は自分の自己絶対化の欠点を認め、その意識のありようは変化しつつあった。しかし健三の性癖となっているその思考形式は容易には克服できる性質のものではなかった。健三が自分の思考形式の弱さを感じ取った後も、依然として同じ思考形式の強い影響下にあった。しかし九十八回から百二回では健三が自分の弱点を克服しつつある意識と、世俗のなかでの自分に最もふさわしい生き方（学問ではなく文学創作への道）を摑んでいく健三の姿が描かれている。ここでは右に記した九十八回から百二回に描かれている健三の意識の変化と、文学創作への道を歩み始める切っ掛けを摑んでいく健三の姿を考えてみたい。

Ⅰ　島田に百円遣ることを巡る健三と細君の諍い——健三の意識の変化

まず九十八回に描かれた健三の意識のありようを見ていきたい。

九十八回の前半で、健三は島田の代理人に、百円を渡す期限を来年の正月一杯までと約束した。後半では、その代理人が帰った後の健三と細君との会話が、何時ものような諍いとなったことが描かれる。

「又百円何《ど》うかしなくつちやならない」

「貴夫《あなた》が遣《や》らないでも好《い》いものを遣るつて約束なんぞなさるから後で困るんですよ」

「遣らないでも可《い》いのだけれども、己《おれ》は遣るんだ」

言葉の矛盾がすぐ細君を不快にした。

「さう依故地《えこぢ》を仰《おつ》しやれば夫迄《それまで》です」


二人の諍いは健三の言葉に対する細君の批判から始まった。そこで細君の批判の的となった傍線部における健三の言葉の内実について考えてみたい。健三が細君に愚痴った「又百円何《ど》うかしなくつちやならない」という言葉には、この時の健三の内面にある二つの意識が表われていた。一つは島田との縁を切るために百円渡す約束をしたが、これは自分や家族を守るためのやむを得ない措置であったとする、現実社会の中で生きるための現実的な判断である。もう一つは幼少のころ世話になった島田への恩義に報いるために、好意で百円を与えるのだとする彼本来の「順良な」意識である。この二つの意識がこの言葉には重なっている。しかしながらこの言葉の表面上の論理だけを捉えるならば、細君が理解したように、島田に金を遣りたくないのに、百円取られることになったという意味にも理解できる。

健三は、「貴夫《あなた》が遣《や》らないでも好いものを遣るつて約束なんぞなさるから後で困るんですよ」という夫の気持に無理解な細君の言葉に接すると、彼の内面では幼少期に島田の世話になったという意識が頭を持ち上げ、「遣らないでも可いのだけれども、己は遣るんだ」(=好意で百円をやるのだ)と主張するのである。この健三の強情な意識は、縁が切れている以上、島田に金を遣る必要はないと感じている自分の現実的な世俗意識を抑えつけ(かつその世俗意識を代弁している細君の批判をも抑え付け)、かつて自分が世話になった恩義には報いるべきだとする気持によって彩られている。

しかし健三は島田に百円渡そうとするその理由を細君に説明しない。そのため細君は、健三の言葉の奥にある彼の「順良な」気持が理解できず、夫の言うことは、「言葉の矛盾」であり、何時もの夫の「依怙地」の現われと感じるのである。以上がこの場面の諍いの発端であった。

次に、二人の会話の諍いの過程を見ていきたい。細君への健三の反発は、さらに「御前は人を理窟ぽいとか何とか云つて攻撃する癖に、自分にや大変形式ばつた所のある女だね」という言葉となって細君を抑え付けようとする。それに対して細君は「貴夫《あなた》こそ形式が御好きなんです。何事にも理窟が先に立つんだから」と反発する。この時細君が問題にしているのは、健三が人間として正しいと感ずる論理（「順良な彼の天性」の生み出す、世俗的配慮から離れた人間としての純粋な感情）と、健三の実生活に根ざす好悪の感情や世俗的意識とが対立した場合、前者に自分を従わせようとする思考形式を持っていることと関係している。(1)――健三は、己の思考形式の現実にそぐわない要素に既に気づきだしているが、細君にはこの思考形式の由来やその弱点について話したことはなかった。そのため細君は夫健三の心の葛藤を推測することもなかったのである。

右の二人のやりとりの中で発せられる「理窟ぽい」「形式ばつた」という言葉は、概念のはっきりしない日常会話での用語として使われている。ところが健三は、細君の理屈や形式という言葉を聞くと、突然「理窟と形式とは違ふさ」と、論理学の概念としての「理窟」（＝内容）と「形式」との関係を持ちだし、細君の用語の使い方の不適切さを指摘する。しかし細君は、あくまでも世俗で用いられるレベルから、「貴夫《あなた》のは同《おん》なじですよ」という。

健三は自分の口にした論理学的見地が細君に通じないことを知るや、今度は「口にある論理は己の手にも足にも、身体《からだ》全体にもあるんだ」と主張して細君をやり込めようとする。おそらくここで健三が言おうとしていることは、人間の意識は諸層となって形成されており、他者との対話によって引き出される言葉には、表層で示される特定の意識内容の背後に他の階層の意識内容も張り付いていること、すなわち口から出た言葉（発話）には相異なる意識内容が重なっているということであろう。

しかし健三の主張は、細君との会話の出発点、「又百円何うかしなくつちやならない」という話題からはもとより、論理学の概念としての「理窟」と「形式」というレベルからもずれてしまっている。このことに健三は気づかないが、それは健三の主要な意識が、細君を抑え付け黙らせることに向けられているからである。

細君は「そんなら貴夫《あなた》の理窟がさう空つぽうに見える筈がないぢやありませんか」と健三の論理の飛躍を批判する。この時細君は、健三のいう「口にある論理」が、健三の全存在の表現であるならば、健三の言葉は、「空つぽう」とは感じられず、真実の表現として細君（＝他者）の心を打つはずだと批判しているのである。それに対して健三の意識は、「空っぽう」という細君の批判にのみ注意が向き、自分の言葉は「空つぽう」でないことを「空つぽうぢやないんだもの。丁度ころ柿の粉《こ》のやうなもので、理窟が中《うち》から白く吹き出す丈なんだ。外部《そと》から喰《くつ》付けた砂糖とは違ふさ」と説明し出す。しかし健三が持ち出したたとえは、「口にある論理は己の手にも足にも、身体《からだ》全体にもあるんだ」という説明を卑近なたとえで言い換えたにすぎず、健三の理屈が空っぽうにみえるという、細君の批判への説明になっていない。

それでは健三はどのような説明をすべきであったろうか。健三はこの場面では島田への恩義の感情が自分の内部に存在していることを話す必要があった。さらには以下のような内容の説明も必要であったはずである。

既に記したように、「何事にも理窟が先に立つ」と細君が指摘する健三の思考のありよう、人間として正しいと感ずる論理（「順良な彼の天性」の生み出す論理）と、彼の実生活から来る好悪の感情や現実的（＝世俗的）配慮とが対立した場合、前者に自分を従わせようとする思考形式を健三が持っていることを認め、さらにはその起源が、幼少期に受けた心の傷によって「順良な彼の天性」は内部に落ち込み、その「陥欠」を「強情」が占めるようになり、そのため、その「強情」は自分の「順良な彼の天性」からする感覚を抑えつけ、さらには相手の気持ちを無視した（＝実質と乖離した）形式論理を押し通す思考形式を健三が持つようになったことを説明する必要があった。しかしこのような健三の意識の内面に関わる説明は、今までその機会があったにもかかわらず、細君にしたことがなかった。この場面でも健三は、細君が問題にしている自分の性癖やその由来については触れようともせず、学問的一般論で細君を論破し、黙らせようとする今までの態度を依然として続けている。細君を「形式論理」で黙らせようとするこの健三の態度を、「斯《こ》んな説明が既に細君には空つぽうな理窟であつた」と語り手は描いているのである。

既に健三は事実（実質）と合致しない一般論や形式論理にこだわり続ける自分の思考の弱さに気がつき、現実的な対応をするようになってきた。(2) しかし細君とのこの会話場面での健三の態度は、依然として強情によって実質を伴わない「形式論理」を押し通そうとする性癖によって支配されているのである。健三が幼少時代に受けた心の傷によって生じた「強情」に基づく思考形式は、容易には変わることはないのである。

次に二人の諍いの結末部分を取り上げてみたい。

「御前が形式張るといふのはね。人間の内側は何うでも、外部《そと》へ出た所丈を捉まへさへすれば、それで其人間が、すぐ片付けられるものと思つてゐるからさ。丁度御前の御父《とつ》さんが法律家だもんだから、証拠さへなければ文句を付けられる因縁がないと考へてゐるやうなもので……」

「父はそんな事を云つた事なんぞありやしません。私だつてさう外部《うはべ》ばかり飾つて生きてる人間ぢやありません。貴方《あなた》が不断からそんな僻《ひが》んだ眼で他《ひと》を見てゐらつしやるから……」

細君の瞼から涙がぽた〳〵落ちた。云ふ事が其間に断絶した。島田に遣る百円の話しが、飛んだ方角へ外《そ》れた。さうして段々こんがらかつて来た。

この場面の健三は、自分の説明に納得しない細君を、法律家の父親と同様、外面（形式）だけを重視する人間だと決めつけて攻撃し、泣かすことによってしか細君の口をつぐませることが出来なかったのである。語り手は、この顚末を、「島田に遣る百円の話しが、飛んだ方角へ外れた。さうして段々こんがらかつて来た」と、健三の意識に即しながら描いている。この回で描いた健三と細君との諍いは、以前なら烈しい口論になる状態が生じたであろうが、この回では「こんがらかつて」も大きな対立とならない。自己を忘れて激する状態は既になく、「島田に遣る百円の話」を「飛んだ方角へ外」らした自分の態度を反省している健三の姿が描かれている。細君との諍いについてこのような反省をする健三の姿は今までにはなかったことである。[3]徐々にではあるが、健三の意識のありようは変化している。ここには、既に自分の思考形式の欠点を自覚している健三が、相変わらず「形式論理」を振り回わし、そのことを反省している姿を、微笑しながら描き出している語り手の視線がある。

2　健三の感情処理と現実的生き方の自覚

次に百回に描かれた健三の意識のありようを考えてみたい。

まず健三の内部に存在する、かつての自己絶対化の意識について考えてみたい。

九十九回では、病弱な身体にむちうって家族のために働らいている兄に対してだけでなく、比田の妻である姉に月々小遣いを与えている健三からも、退職金を貸し付けて利子を取ろうとする比田の手前勝手な気性に、健三は苦々しさと滑稽さを感じる。にもかかわらず百回では「己が借りて遣らなくつても何うにかなるんだらうから」と比田夫婦のために金を借りてやることも考慮している健三の姿が描かれる。その時、比田が待合に小金を既に貸していることを細君から聞いて、比田にあっては、待合と金に苦しんでいる身内とがまったく同列に金儲けの対象として扱われていることを知って健三は「我を忘れたやうに笑つた」。健三が「我を忘れたやうに笑つた」理由は、比田にあっては待合も親類も全く同列な存在として認識する、金の論理に支配されたその無節操な比田の態度と、金の圧迫に苦しみながら、比田のために金を借りてやることをも覚悟している健三の気持との落差の大きさに耐えられなかったからである。健三の笑いには、彼が感ずる苦々しさと滑稽さが、金が支配する世俗に生きる人間の姿であり、その世俗の人々との関係の中で自分は生きていかねばならないのだ、と同時に、親族達がたとえ金に支配された人間であっても、何か事があったときには、互いに助け合わねばならぬ関係にあるのだという認識がある。

語り手はさらに、この滑稽の感が去ると、「健三は比田に就いて不愉快な昔迄思ひ出させられた」と描写を続けている。それは以下のような記憶であった。病気であった二番目の兄は、両蓋の銀側時計をお前にやろうと口癖のようにいっていた。健三はそれが自分の所有になる日を待ち望んでいた。その兄が死んだとき、死んだ兄の細君は、その時計を健三にやるとみんなの前で明言した。しかしその時計は質に入れてあったため、健三はそれを受け出すことが出来なかった。ある日皆が集まったとき、比田は磨き上げたその時計を懐から取り出し、兄の前に置いて「それでは是は貴方《あなた》に上げる事にしますから」と言い、兄もまた礼を言って受け取った。

語り手はその時の健三の内面を次のように描いている。

> [a]彼は自分の権利も主張しなかつた。又説明も求めなかつた。たゞ無言のうちに愛想を尽かした。さうして親[b]身の兄や姉に対して愛想を尽かす事が、彼等に取つて一番非道《ひど》い刑罰に違なからうと判断した。

健三の昔話を聞いた細君は、「そんな事をまだ覚えてゐらつしやるんですか。貴夫《あなた》も随分執念深いわね。……」と健三の気色をうかがった。すると健三は次のようにいった。

「執念深からうが、男らしくなからうが、事実は事実だよ。よし事実に棒を引いたつて、感情を打ち殺す訳には行かないからね。其時の感情はまだ生きてゐるんだ。生きて今でも何処かで働いてゐるんだ。c己が殺しても天が復活させるから何にもならない」

この時の健三の意識のありようについて考えてみよう。まずこの時健三が、a「自分の権利も主張しなかった。又説明も求めなかつた」理由を考えてみたい。

語り手は、比田夫婦や兄が、死んだ二番目の兄の言葉を無視した事情についてはまったく描かず、さらにはその場にいたはずの死んだ兄の細君の態度にも全く触れず、この時の健三の意識のみを描いている。そのため読者にはその背景にある事情については分からない。何故語り手は、この時の比田や兄の行動の背景を描くことなく、健三のこの時の感情のありようにのみ焦点を当てているのであろうか。それはこの時の健三の「順良な彼の天性」（彼の生まれながらにもつ倫理性）の強さに焦点を当てるためであったと考えられる。もし比田や兄の行動の背景に焦点を合わせれば、健三の倫理性の強さにではなく、彼等の理不尽さに焦点が当たってしまうからである。この時の健三が、自分の権利も主張せず、説明も求めなかった理由は、健三の意識に即していえば、彼らに対して自分と死者との口約束を自分の権利として主張したり、彼らがこのことを無視することの説明を求めること自体が、血族内での秩序（上下関係）によって暗黙のうちに禁止されており、例え説明を求めたとしても無視されることを熟知していたからであろう。この場での健三は親族達に対する憤りを外に出すことはできず、彼の意識内部で押さえ込む必要があった。それ故b「愛想を尽《つ》かす事が、彼等に取つて一番非道い刑罰に違なからうと判断した」という健三の意識の在り方は、この時の健三の鬱屈した気持の内的処理であったと考えられる。

しかし重要なことは、死者と健三の約束を無視する血族者の態度への怒りは、彼の意識にあっては決して消えることなく現在の健三のうちに生き続けている事である。何故語り手は、身内の理不尽さについての記憶に焦点を当てているのであろうか。それは世俗意識に屈服することのない彼のうちに存在する「順良な彼の天性」の強さこそが、彼が自分の仕事として願望している文学創作にとって最も必要な能力だからである。こうしてこの描写は、百一回で、健三が「自然」に促されて、文学創作に自分の生きる糸口を掴んでいく場面へと繋がっていくのである。

3　健三の文学的営為——彼本来の人間としての意識と世俗意識との戦い

百一回前半の焦点は、健三が島田に遣る金を捻出するために文学作品を書くことを思い付いた事情や、その執筆時の内面にある。この描写については「自然」との関係で、私見を記した（第Ⅱ部第一章「『道草』の「自然」」）。ここでは、彼の世俗意識と彼本来の意識「順良な彼の天性」との関係から百一回を分析してみたい。

歳が改まっても彼には何の感慨もなかった。彼は普通の服を着て、新年の空気の通わない方に足を向けた。彼は世俗から離れ、「冬木立と荒《あれ》た畠、藁葺屋根と細い流」（＝「自然」）に心を同化させ、その帰り道で「島田に遣るべき金の事を考へて、不図《ふと》何か書いて見やうといふ気を起した」。この描写は、この時彼の意識にあっては、今まで世俗との関係において持たねばならなかった彼の意識の表層を支配していた世俗意識が引っ込み、彼本来の願望が、彼の意識に上っていることを示している。その結果として、彼は自分のうちで抑え付けていた、文学の創作への願望に素直に従ってみようという気持ちを起こしたのである。この時の彼の文学的営為は、彼の内部の意識のありよう、内なる彼本来の人間としての意識（＝「順良な彼の天性」）と、彼が持たねばならなかった世俗意識との戦いを描写の対象としたのである。

そのときの健三の姿を語り手は、彼は「猛烈に働らいた。……彼は血に餓《う》えた。しかも他《ひと》を屠《ほふ》る事が出来ないので已《やむ》を得ず自分の血を啜《す》つて満足した」と描いている。ここでの「血」とは、『心』（下「先生と遺書」二）の先生が遺書のなかで、学生の私に、私が貴方を尊敬したのは、「私の心臓を立ち割つて、温かく流れる血潮を啜らうとしたからです」「私は今自分で自分の心臓を破つて、其血をあなたの顔に浴びせかけやうとしてゐるのです」と記しているように、人間の心の真実の謂いであり、「血を啜る」とは人間としての最も大切な生きた真実をつかみ出すということである。また『道草』三回で、島田と出会う前の健三が「温かい人間の血を枯らしに行くのだとは決して思はなかつた」と語り手が描いていることとも照応している。すなわち、ここで健三が「自分の血を啜つて満足した」とは、健三が自分の心の奥底にある自分のうちにある生きた人間としての真実（我執と「順良な彼の天性」（＝類の意識）との葛藤）を描き出したということであろう。

しかし語り手は健三の創作内容を「彼は血に餓《う》えた。しかも他《ひと》を屠《ほふ》る事が出来ないので已《やむ》を得ず自分の血を啜《す》つて満足した」と書くばかりでその具体的内容には全く触れていない。もちろん多くの論者が言うようにこの創作した作品に、明治三十八年の『吾輩は猫である』を想定することも出来よう。しかし、「他《ひと》を屠《ほふ》る事が出来ないので已《やむ》を得ず自分の血を啜《す》つて満足した」という人物に最もふさわしいのは、『心』の先生や『道草』の健三であろう。『道草』を想定するならば、「自分の血を啜」るとは、島田夫婦・比田夫婦・細君や兄との関係における健三の自己分析（健三自身の我執と「順良な彼の天性」＝純粋な感情との関係の分析）を指すのであろう。ここでは、健三のこの創作を『道草』と仮定して、百回での親戚達の態度についての健三の感情の処理の問題とのつながりを考えてみたい。

語り手は、文学創作に自分の生き方の突破口を見出した健三を描く直前の百回で、死んだ次兄の両蓋の銀側時計についての親戚達の、自分に対する「面中《つらあて》がましい」態度を想起し、「其時の感情はまだ生きてゐるんだ。生きて今でも何処かで働いてゐるんだ。己が殺しても天が復活させるから何にもならない」と細君を相手に口にする健三を描いていた。健三にとっては、親族達の態度は人間として許すことの出来ないものであった。しかし彼等のこのような態度は世俗では日常茶飯事のことであり、現実には健三は彼等に対して直接的な抗議をすることは出来ず、その感情を飲み込んで外に表さないような態度を取らねばならなかった。世俗にあっては健三自身の内部で抑えこまねばならないが、しかし決して抑えきることの出来ないこの倫理的感情は、文学創作にあっては、自己や他者の心を解剖する力となり、創作に生命を与え、人間としての真実を描き出す原動力となる。「他《ひと》を屠《ほふ》る事が出来ないので已《やむ》を得ず自分の血を啜《す》つて満足した」とはこのような自己解剖のありさまを指している。そして文学でのこの倫理的感情の表現は、あるべき人間関係へと人々を導く力ともなっていく。と同時にこの文学創作という行為は、健三の内部で鬱屈する感情の開放（文学的昇華）という機能をも持ったのである。健三はこのような文学的行為を、健三自身は自覚していないが、「自然」（＝健三の内的必然性）に導かれて手に入れることが出来たのである。

百一回の後半で健三は島田に遣る金を作るために「書いたもの」（＝文学作品）を金に換え、その金を島田に取り次ぐ人が必要となった時、「矢つ張御兄《おあにい》さんか比田さんに御頼みなさるより外に仕方がないでせう」という細君の意見を入れて、「まあ左右《そう》でもするのが、一番適当な所だらう。あんまり有難くはないが」と、その役を比田と兄に頼んだのである。その直前の百回で比田夫婦や兄に対して「愛想を尽かす事が、彼等に取つて一番非道い刑罰に違なからうと判断した」かつての記憶を「己が殺しても天が復活させるから何にもならない」とまで言いながら、その怒りを内部で処理して引きずることなく百一回では健三はその比田と兄に、島田に百円遣る取り次ぎ役を依頼している。

このような健三の言葉と行動を考えると、現在の健三は、依然として世俗に生きる人々の、信義を貫こうとしないことに強い腹立ちの感情を抱きながらも、その時どきに引き起こされる不愉快な感情に支配されることなく、冷静な現実的な対応を取っているといえよう。この健三の現実的態度は、彼が文学創作で彼の内部の鬱屈した気持を文学作品に昇華したこととも関係する。

4　健三の現実意識に反逆し続ける彼本来の純粋な人間的意識の意義

次に『道草』の最後百二回に描かれた健三の意識の検討に移ろう。冒頭近くの場面では次のように描かれている。

「何《ど》うも御手数でした、ありがたう」

「斯《か》ういふ証文さへ入れさせて置けばもう大丈夫だからね。それでないと何時迄蒼蠅《うるさ》く付け纏《まつ》はられるか分つたもんじやないよ。ねえ長さん」

「さうさ。是で漸く一安心出来たやうなものだ」

比田と兄の会話は少しの感銘も健三に与へなかつた。彼には遣らないでもい丶百円を好意的に遣つたのだといふ気ばかり強く起つた。面倒を避けるために金の力を藉《か》りたとは何《ど》うしても思へなかつた。

まず、傍線部の健三の意識から考えてみる。

島田の書いた証文には、九十六回で健三が、島田の代理人に「困るから何《ど》うかして貰ひたい、其代り向後一切無心がましい事は云つて来ないと保証するなら、昔の情義上少しの工面はして上げても構ひません」といった意向が反映されている。健三は島田と決裂した以上、島田に対してまとまったなにがしかの金を与えてこの一件の結末をつけるつもりであった。健三には、一面では経済的に困っている島田に可能な範囲で援助してやりたい気持ちがあったが、他面ではこの「金の力」によって島田との「面倒を避けるために」「向後一切無心がましい事は云つて来ない」という保証を手に入れようとしたのである。ここでの比田と兄は健三の気持ちが当然後者であるとして、

〈証文を入れさせたのでもう島田は無心がましいことは言って来ることはない〉と健三を安心させようとしたのである。しかし語り手の描写によれば、この時の健三の意識を支配したのは、「彼には遣《や》らないでもいゝ百円を好意的に遣《や》つたのだといふ気ばかり強く起つた。面倒を避けるために金の力を藉《か》りたとは何うしても思へなかつた」という気持ちであった。語り手はこのように記すばかりで、健三の内面をこれ以上説明しようとしない。語り手が描いた健三の内面にはどのような葛藤が生じているのであろうか。

健三の代理人への言葉「向後一切無心がましい事は云つて来ないと保証するなら」という「保証」は、金の力を背景とした世俗を律する法的効力のある証文での保証でしかありえない。すなわち健三の現実的・世俗意識は、「向後一切無心がましい事は云つて来ない」という証文と引き替えに金を渡すしかないと感じていた。しかし百二回のこの場面で島田の証文を眼の前にしたとき、彼の意識の水面下では、彼本来の純粋な人間的意識（＝「順良な彼の天性」）が、それなりの金を与えて島田とは縁を切るしかなかったとする彼の世俗意識の判断に対して、〈お前は自分を育ててくれた恩義ある養父に「向後一切の関係を絶つ」という証文を書かせたのだ。それで恥ずかしくないのか〉と、厳しく批判しているのである。彼は自分のうちからの批判を受けて、まとまった金を与えて「向後一切無心がましい事は云つて来ない」という証文を取るしかない（＝面倒を避けるために金の力を借りた）とする彼自身の世俗的意識をよしとすることがどうしても出来なかったのである。

健三の世俗意識に反逆する彼本来の純粋な人間的意識は、百回で健三が「天が復活させるから何にもならない」と語るような、健三にあっては天と繋がる感情として存在していた。そのため彼はその声を聞いて、現実に対応した世俗意識を押さえつけ、「遣《や》らないでもいゝ百円を好意的に遣《や》つたのだ」、「面倒を避けるために金の力を藉《か》りた（のではない）」と、その自分の内部の声（「順良な彼の天性」＝純粋な彼本来の人間的意識）に言い訳をしなければならなかったのである。

次いで語り手はかつて島田に送った書き付けを眼前に見たときの健三の気持ちと、比田と兄の会話との関係を描いていく。

彼は無言の儘もう一枚の書付を開いて、其所《そこ》に自分が復籍する時島田に送つた文言を見出した。

「私儀今般貴家御離縁に相成、実父より養育料差出候に就ては、今後とも互に不実不人情に相成ざる様心掛度《たく》と存候」

健三には意味も論理も能く解らなかつた。

「それを売り付けやうといふのが向ふの腹さね」

「つまり百円で買つて遣《や》つたやうなものだね」

比田と兄は又話し合つた。健三は其間に言葉を挟《さしはさ》むのさへ厭だつた。

右の場面で何故「健三には意味も論理も能く解らなかつた」のであろうか。また、何故比田と兄の会話に「言葉を挟むのさへ厭だつた」のであろうか。

まず、「健三には意味も論理も能く解らなかつた」理由を考えていこう。

証文の論理からすれば、「実父より養育料差出候に就いては」のあとには、島田が健三に渡した証文と同様な、「向後一切の関係を絶つ」という内容が続くはずであった。しかし若き健三は養父から一筆書いてくれと云われて証文の論理（＝世俗の論理）とは異なる彼の真情、たとえ法的には島田の養子としての義務がなくなったとしても、「今後とも互に不実不人情に相成ざる様心掛度《たく》と存候」と、養い親に受けたこの恩義は忘れないようにしたいという彼のうちにある純粋な人間的感情を書き付けたのである。(4)

自分の書いた書き付けを眼の前にしたこの場面の健三は、現実には島田の強請りを拒否するために、島田に送った証文の内容にそぐわない行動、島田との面倒を避けるために金の力を借りた世俗的行動をとらざるを得なかったことを自覚している。そのため彼はこの文面、養父に対して「不実不人情に相成ざる様心掛度《たく》と存候」と書いた文言を直視することが出来なかった。この時「彼には意味も論理も能く解らなかつた」のは、このような彼の意識のありようを示しているのである。

次に、「言葉を挟むのさへ厭だつた」理由を考えてみたい。

比田と兄の会話は、健三の島田に対する行為の世俗での意味をあけすけに示したものであった。もし健三が比田と兄の会話に口を差し挟むとしたら、二人の意見に同意する発言をしなければならない。健三の世俗意識は比田と兄の会話が示す認識と同じ認識を持っており、その認識が彼らの会話のうちに対象化されているからである。しかし彼はこのような認識に耐えられなかった。なぜなら、彼の内部では、純粋な人間的感情と、現実の中で生きるために必要な世俗意識との折り合いがつかず、すなわち健三の主体は両者を統一することが出来ず、彼は二つの意識に引き裂かれた状態であったからである。別言すれば、彼の眼前にある、かつて自分が島田に送った証文の文言は、彼の行動を批判するものとして存在しており、その批判に耐えうる力を彼の現実的意識はまだ持っていないのである。

次いで、比田と兄が帰った後、その二通の書付けを前にした健三と細君の会話が描かれていく。

「反故《ほご》だよ。何にもならないもんだ。破いて紙屑籠へ入れてしまへ」

「わざ〳〵破かなくつても好いでせう」

健三は其儘席を立つた。再び顔を合はせた時、彼は細君に向つて訊《き》いた。――

「先刻《さっき》の書付は何《ど》うしたい」

「箪笥《たんす》の抽斗《ひきだし》に仕舞つて置きました」

彼女は大事なものでも保存するやうな口振《くちぶり》で斯《か》う答へた。健三は彼女の所置を咎《とが》めもしない代りに、賞《ほ》める気にもならなかつた。

（中略）

「でも、あゝして証文を取つて置けば、それで大丈夫でせう。もう来る事も出来ないし、来たつて構ひ付けなければ夫迄《それまで》ぢやありませんか」

「そりや今迄だつて同じ事だよ。左右《さう》しやうと思へば何時でも出来たんだから」


右の場面で細君は、「反故だよ……破いて紙屑籠へ入れてしまへ」という健三の言葉を無視して、証文を箪笥《たんす》の中に仕舞い込んでいた。健三はなぜ自分の言葉に反した行為をする細君を叱らないのか。それはすぐ後に続く細君の言葉「でも、あゝして証文を取つて置けば、それで大丈夫でせう。もう来る事も出来ないし、来たつて構ひ付けなければ夫迄《それまで》ぢやありませんか」という言葉の世俗における重さを健三は知っているからである。それでは何故「賞める気にもならなかつた」のか。それは彼の内面で、「彼本来の人間的意識」（＝「順良な彼の天性」）が、金の力を背景とする証文によって島田との関係を断ち切ろうとする健三の世俗意識を批判しているからである。

次に健三が「そりや今迄だつて同じ事だよ。左右《さう》しやうと思へば何時でも出来たんだから」という意味を考えてみたい。健三には養父に対する扶養義務はなかった。それ故、細君に言う通り、健三は島田の無心に対して、断ろうと思えば断ることが出来た。しかし健三は「断る」という行動を取らなかった。それは島田を嫌いながらも彼の意識の奥底では、島田が自分を育ててくれたことに恩義を感じており、島田が経済的に困っているのなら、援助してやるべきだと感じていたからであった。こうして健三は島田を嫌いながらも、自宅に島田が来ることを許し、島田の無心に応じて小遣いを与え続けたのである。健三のこの言葉には、このような意味があった。しかし細君は健三の心の奥底にある島田に対するこの気持ちを推察することはなかった。

健三と細君の会話はさらに続いていく。「（証文を取って置いたので）安心するかね」という健三の言葉に応じて細君は「え、安心よ。すつかり片付いちやつたんですもの」という。その細君に対して、健三は「まだ中々片付きやしないよ」「片付いたのは上部《うわべ》丈ぢやないか。だから御前は形式張つた女だといふんだ」という。その言葉に反発して「ぢや何うすれば本当に片付くんです」と聞く細君に対する健三の答えを、語り手は次のように描いている。

「世の中に片付くなんてものは殆んどありやしない。一遍起つた事は何時《いつ》迄も続くのさ。たゞ色々な形に変るから他《ひと》にも自分にも解らなくなる丈の事さ」

右の健三の言葉は抽象的であり、様々な解釈を許容するが、ここでは、今まで論じてきた観点からこの健三の言葉の内容を考えてみたい。

まず「世の中に片付くなんてものは殆んどありやしない。一遍起つた事は何時《いつ》迄も続くのさ」について考えてみよう。健三が島田からその証文を買い取るような形で彼に金を与えた理由には、これ以上島田の強請りに接したくないという気持ちと共に、恩義ある養父に幾分でも経済的援助をしてやりたいという気持ちがあった。しかし細君には、昔の恩義に応えたいという健三の気持ちは伝わらず、島田の無心にこれ以上付き合いたくないという健三の気持ちしか分からなかった。そのため細君はこの証文があれば、この件は「片付いた」と考える。島田とはこれ以上付き合いたくないという健三の世俗意識も又これで「片付いた」と感じている。しかし健三のうちにある島田に世話になったという感情は、「片付く」ものではなかった。なぜなら、この感情は人間にとって「片付」けてはならない大切なものであったからである。

この場面での彼の意識の根底にある幼少期に島田の世話になったという彼の感情は、彼のうちに生き続けており、今後も養父島田が援助を健三に求めるならば、手を差し伸べてやらねばならないと、健三の「片付いた」と感じている世俗意識を批判し続けているのである。「一遍起つた事は何時迄も続くのさ」という言葉の具体的内容は、島田の養子になったという事実は消すことが出来ないし、養父に世話になった恩義の念も消すことは出来ないという健三の感情のありようを指している。

右がこの場面の文脈に沿った健三の言葉の意味の中心であるが、しかしこの健三の言葉は一般論として語られており、その中心的意味と地続きに繋がっている、次のような意味内容も含んでいると考えられる。幼い健三が養父母と暮らさねばならなかったという「一遍起つた事」は、四十二回によれば、彼の「順良な彼の天性」を心の奥に追いやり、その位置を「強情」が占めることになった。この「一遍起つた事」は健三の「気質を損ない」、外表的になれない(「順良な彼の天性」を素直に表現することが出来ない)性格を創り出した。こうして彼は細君や赤ん坊に対しても彼の「情愛」や「慈愛」の感情を素直に表現できない状態に苦しむことになったのである。また健三の心において「順良な彼の天性」が占めていた位置を「強情」が占めるようになったことは、彼の性格の一面を「偏窟」「強情」「我儘」にした。またその強情は、健三の思考に実質と乖離した形式論理を押し通す思考の歪みをも作り出した。このような「一遍起つた事」は彼の性格や思考に決定的影響を与えている。この自覚が「一遍起つた事」は「片付」けることはできず、「何時迄も続くのさ」という言葉に投影しているといえよう。既に見てきたように、健三は歪んだ意識の影響を克服しかけているのであるが、しかしこの時の健三はまだこのようにしか感ずることが出来ないのである。「一遍起つた事は何時迄も続くのさ」という健三の言葉は、右のような多様な意味を含んでいるのである。

次に健三の言葉「たゞ色々な形に変るから他《ひと》にも自分にも解らなくなる丈の事さ」を考えていこう。

まず、「他《ひと》にも……解らなくなる」という内容について。様々な理解が可能であるが、「自分にも解らなくなる」との繋がりで考えると、おそらく親族の眼に映っていた以下のような内容を意味していると思われる。健三は、実家にとって不用な存在であり、島田家の養子に出され、島田家を継ぎ島田夫婦の老後の面倒をみるはずであった。しかし様々な偶然が重なり、彼は実家に戻った。現在の健三は親戚のなかでは、付き合いの悪い「変人」ではあるが、しかし彼は親戚の中では出世頭と見做され、親戚達には一族の心棒と映っていた。彼らはかつて健三が島田の養子になったことは知っている。その島田は守銭奴であり、健三の実父が島田に養育料を払い健三の籍を戻したことも知っている。親族達は島田と健三の関係の変化によって、健三は悪辣な島田から完全に自由の身となっていると考えている。それ故当の健三がその島田に恩義の念を持ち続けていることは、予想だにもしていないのである。ましてや、彼らは、現在の健三の社会的位置にのみ意識が向いており、健三が幼少期に島田の養子になったという「一遍起つた事」が現在の健三の気質やその意識の分裂に深い影響を与え続けていることは分からない。「他《ひと》にも……解らなくなる」とは、このような内容を意味していると考えられる。

次に「自分にも解らなくなる」の内容について。島田と再会するまでの健三の意識にあっては、自分の現在は過去とは断ち切られているつもりであった。第一回で島田と出会ったとき、語り手はその時の健三について「彼の位置も境遇もその時分から見ると丸で変つてゐた。黒い髭を生《はや》して山高帽を被つた今の姿と坊主頭の昔の面影とを比べて見ると、自分でさへ隔世の感が起らないとも限らなかつた」と描いている。この時の彼には洋行帰りの学者という姿に「誇りと満足」があった。彼の意識にあっては、自分の過去と現在とは断絶していた。「自分にも解らなくなる」とは、自分の現在が過去の延長として存在していることを忘れている（忘れようとしていた）健三の意識のありようを指していると考えられる。さらにいえば、彼のうちに存在し続けていた養父母に対する恩義の感情も、島田に出逢うまでは、ほとんど彼の意識に上ることはなかった。また島田の強請りに直面して、絶交を宣言してからは、彼にとって島田に遣る金は好意ではなく、義務に変化していた。この段階では、島田への恩義の情は意識に上らないのである。「自分にも解らなくなる丈の事さ」という健三の言葉は、このような健三の意識のありようを指しているといえよう。

もちろんこのような健三の意識のありようは、健三に限られるものではなく、時間と状況のなかで変化する人間の意識一般（表層意識）の性質としていえることである。この場面での健三の言葉の抽象性は、読者に人間の意識の普遍的性格を感じさせ、具体論から一般論まで様々な理解を生じさせるのである。ここに『道草』の作者の一つの創作意図があると考えられる。

『道草』最後の場面に移ろう。『道草』は次のような健三と細君の姿を対比的に描き出して終わっている。

健三の口調は吐き出す様に苦々しかつた。細君は黙つて赤ん坊を抱き上げた。
「お、好い子だ〳〵。御父さまの仰《おつし》やる事は何だかちつとも分りやしないわね」
細君は斯《か》う云ひ云ひ、幾度《たび》か赤い頬《ほゝ》に接吻した。

まず「健三の口調は吐き出す様に苦々しかつた」について。彼は、家庭を経済的に支え、自分の理想を実現するために、世俗の圧迫に耐えながら、世俗の中で生きるための意識のありよう（彼本来の純粋な人間的感情〈＝「順良な彼の天性」〉と現実社会に生きるための世俗的意識との統一）をつかみかけてきた。しかし『道草』最終回で、島田から受け取った二つの証文を眼の前にして、彼のうちにある「順良な彼の天性」が、彼のうちに浮かび上がり、金の力を借りて島田との縁を切った彼の世俗的意識を烈しく批判するのである。彼の世俗的意識は、その批判を説得することが出来なかった。そのため彼の意識は引き裂かれ懊悩しなければならなかった。この時健三は「世の中に片付くなんてものは殆んどありやしない」と細君に語りながら、自分自身の意識の分裂した苦しみを吐き出している。「健三の口調は吐き出す様に苦々しかつた」のは、彼が世俗に生きている限りこの苦しみは続くことを知っているからでもある。ここには、これが人間の生なのだという苦々しい思いがある。

次に語り手が描き出す、内面の分裂の苦しみを吐露した健三の姿と、赤ん坊を抱いて接吻する細君の姿との対比が生み出している意味について考えていこう。すでに語り手は七十八回・九十三回で、健三が赤ん坊への細君の母性愛のうちに気高い人間の根源的意識(類の意識)の表れを感じていることを描き出していた。(5) この最後の場面で描かれている、細君が赤ん坊を抱き上げ接吻する姿には、人間の世俗的意識が持たねばならぬ我執とは異質な、人間の根源的な類の意識(母性愛＝無私の意識)の輝きが、健三の「苦々しい」思いとの対比によって浮かび上がっている。この時の健三は世俗に生きることの苦しみに心を奪われており、その苦しみの背景にある世俗との戦い(健三の家族を支えている努力)と、その苦しみが細君と赤ん坊との美しい生の輝きを支えていることとの繋がりを自覚できない。しかしながら重要なことは、健三の意識を「推移」の観点から「あとづける」ことである。この時の健三の意識に上っているのは世俗に生きることの苦しみであるが、しかし健三はすでに苦痛を生み出すその金のための努力が、細君や子供達の幸福を支えていることをはっきりと意識していた(八十二、八十五、九十三回)。また細君の赤ん坊をあやす姿のうちに人間の無私の情愛の発現する美しい姿を実感していた(八十三回から九十四回)。これらの健三の自覚した意識は、百二回のこの場面の健三が感じている生きる苦痛の背後にすでに存在している。この時の健三は、百二回のこの時点での彼の意識の表層に上がっている生きる苦痛と、細君や家族の幸福を支える自覚が生み出す生きる喜びとが、表裏として同時的に存在することを意識することができない。しかし彼の心の奥底では、すでに世俗に生きる苦しみが、細君と子供との美しい姿を支えていることをすでに知っているのである。健三の苦々しい生への思いと、細君の赤ん坊を抱き上げて接吻する姿との対比にはこのような語り手の思いが投影されているのである。

『道草』の語り手は健三の生きるための世俗的苦しみを既に抜け出した視点を持つ。その立場は、語り手によって書き込まれている、五十七回での「金の力で支配できない真に偉大なもの」すなわち「自然」や「天」と同質な地平にある。語り手はその視点から、健三の世俗への苦々しい思いと、その代償として存在している家族の幸福（細君と赤ん坊の生の輝き）とが表裏の関係にあることを、そして健三の苦しみこそがこれから踏み出すことになる作家としての力（金によって生み出される我執を批判し続ける力と、人間の類の意識の表れである人間の純粋さがそのまま受け入れられ発揮できる現実世界への希求の力）であることを、健三の「苦々しさ」から遠く離れた境地から「微笑」を通して描いているのである。(6)

おわりに

百回では自分の強情が生み出す形式論理の歪みを自覚し、現実に即する意識を手に入れ始めた健三の意識が描かれる。しかし百二回では、現実に即するその意識は、彼本来の純粋な人間としての意識（＝「順良な彼の天性」）の批判を受けねばならなかった。しかしここに描かれた健三の意識の亀裂による懊悩は、健三の弱さではない。それは「順良な彼の天性」の強さの表現というべき性質のものである。なぜなら、世俗意識によって現実の流れに彼の意識を沿わせることは、無批判的な世俗への妥協へと転落する危険性が内在しているからである。人間が現実に生きるために必要な世俗意識は、世俗への無批判的な妥協へと転落する危険性が内在しており、健三の「順良な彼の天性」の強さは、その世俗的意識を制御し、その世俗意識を不断に「類的な意識」へと高め一致させようとする人間として最も大切なものだからである。とりわけ健三が手に入れた文学創作（自己解剖）においては、「順良な彼の天性」の強さが生命となる。語り手はこの最後の場面で、健三の懊悩の強さが、これから踏み出すであろう作家としての文学創作の揺るぎない力、「順良な彼の天性」（＝類としての人間性）の強さとして機能していくことをも示しているのである。百二回の最後で語り手が世俗世界に生きねばならない苦痛が健三を襲っている場面を描き出しているることについていえば、語り手はこの苦痛の背後に、すでに家族を支えている責任感とそれに伴う生きる喜びを感じている意識が存在していることを描き出していた。この最後の場面の健三にあっては、この二つの意識のうち、世俗に生きる苦しみのみが意識され他者のために生きる喜びはその背後に後退し意識されない。しかし語り手は健三がやがてこの二つの意識を統一的に認識しうる眼をも獲得するであろうことを読者に暗示しているのである。

注

（1）その典型例としては次のような場面がある。十三回で、島田の代理人吉田が健三に、島田と「元通りの御交際《つきあひ》は願へないものでせうか」と迫ったとき、語り手は、健三の内面を次のように描いている。「彼は其人の世話になつた昔を忘れる訳に行かなかつた。同時に人格の反射から来る其人に対しての嫌悪の情も禁ずる事が出来なかつた」「何う考へても交際《つきあふ》のは厭でならなかつた健三は、また何うしてもそれを断わるのを不義理と認めなければ済まなかつた。彼は厭でも正しい方に従はうと思ひ極めた」。この健三の意識には、彼の内部で相反する気持ちが対立した場合、人間として正しいと感ずる論理に自分を従わせようとする健三の思考形式が現われている。なお、亀山佳明『夏目漱石と個人主義』（新曜社　二〇〇八年二月）は、この部分を引いて、「桶谷のいうように、これら二つの文章の間には飛躍があり、何度読んでも意味が曖昧であることはまぬがれない」と記し、氏の理解を展開している（一〇二頁）。

（2）たとえば、九十七回では細君の話（父親が役人をしているときは相場師が儲けさせてくれるが、役を退くとかまってくれないので、みんな駄目になるという話）を聞いて、それぢゃ相場師は決して損をしないことになると言って、細君を馬鹿な女だと批判したことを思い出し、義父が相場に手を出して財産を失ったことと、細君への批判「それぢや相場師は決して損をしつこないものに極《きま》つちまふ」という言葉とがずれていることに気づき、自分が的外れな論理（実質とは離れた形式論理）を振り回していたことを反省していることなどが、その例である。

（3）八十三回では「女は策略が好きだから不可《いけな》い」と細君を攻撃して泣かす場面がある。この時の健三を語り手は次のように描いている。「細君の涙を拭いてやつた彼は、其涙で自分の考へを訂正する事が出来なかつた」と。この場面と九十八回の健三の細君への意識は明らかに変化している。その契機は九十三回の細君の赤ん坊に対する無償の愛が人間の類の意識に基づく事を発見したことにある。（第Ⅰ部第十二章「島田との決裂によって想起される諸場面と心の傷克服への動き」参照）

（4）この書付にかかわる素材と創作意図の関係に触れておきたい。この書付を健三が書いた事情は九十五回で次のように描かれている。「彼が実家へ復籍する事になつた時、島田は当人の彼から一札入れて貰ひたいと主張したので、健三の父も已《やむ》を得ず、何でも好いから書いて遣れと彼に注意した。何も書く材料のない彼は仕方なしに筆を執つた。さうして今度離縁になつたに就いては、向後御互に不義理不人情な事はしたくないものだといふ意味を僅二行余に綴つて先方へ渡した」。『道草』のこの部分はその素材とではかなり異なる。（この点についてはすでに江藤淳『漱石とその時代』第四部13に指摘がある）。素材では金之助がこの書付を書いた事情は次のようなことにあった。金之助の実父夏目小兵衛直克の塩原昌之助に当てた離縁状によれば、塩原昌之助は、夏目小兵衛直克に無断で、金之助に「人ヲ以テ本人ヨリ別段一札ヲ為差出」た。このことを知った直克は激怒し昌之助に絶交を申し渡し、「和三郎金之助ヘモ申聞且亦親戚一同ニモ其旨通知」したのである。関荘一郎「『道草』のモデルと語る記」によれば、ここでいう「人」とは塩原昌之助の後妻かつ（『道草』の御藤さん）である。したがって、もし素材に忠実に健三に書付を書かした「人」との関係も描くならば、御藤さんへの気持やその娘御縫さんへの複雑な気持をも描かねばならなくなる。そのため作者は健三の島田に対する恩義の念と嫌悪感に焦点を絞るために九十五回の傍線部のような虚構をしていると考えられる。

（5）重松泰雄（「「自然」という名の〈相対〉と〈絶対〉」『漱石　その新たなる地平』おうふう　一九九七年五月　所収論文）は、細君の赤ん坊に接吻するいくつかの場面を引いて「彼は「理窟」も「分別」も超えたお住の〈無償の愛〉――自らの「幼児の記憶」のうちにはまったく認めえなかった、いわば「愛情そのもの、発現」の生き絵を目前にして、次第に一つの啓示を受けていったに相違ない。だからこそ、漱石はあの「吐き出す様に苦々し」い健三のことばのあとに、四たびお住母子の市井の〈聖母子像〉ともいうべき姿を描出して、一遍の結びとするのである。」（六九頁）と記している。従うべき意見であろう。

（6）『道草』の語り手は「硝子戸の中」三十九回で描かれる以下のような作者（私）の意識の延長線上にあるといえよう。

嘘を吐《つ》いて世間を欺く程の衒気がないにしても、もつと卑しい所、もつと悪い所、もつと面目を失するやうな自分の欠点を、つい発表しずに仕舞つた。〈中略〉私の罪は、――もしそれを罪と云ひ得るならば、――頗《すこ》ぶる明るい側からばかり写されてゐただらう。其所にある人は一種の不快を感ずるかも知れない。然し私自身は今其不快の上に跨がつて、一般の人類をひろく見渡しながら微笑してゐるのである。今迄詰らない事を書いた自分をも、同じ眼で見渡して、恰もそれが他人であつたかの感を抱きつゝ、矢張り微笑してゐるのである。

岡三郎（『夏目漱石研究』（「硝子戸の中」校訂と解明）第二巻　国文社　一九八六年一二月）は、右の「硝子戸の中」三十九回のこの部分を次のように解説している。――「いま〈私〉は、そうした仮想の相手が感じるに違いない〈不快の上に跨がつて〉、自分と相手とが対立する次元よりも遥かに高い領域に上昇するのである。しかもその〈雲の上〉のように高い次元から、自己および人間全体を〈見下して笑ひたくなつた私〉の表情が、とりもなおさず〈微笑〉であろう。それは、敵対、嫌悪、反撥の表情ではなく、包容的で、友好的で、しかも心身に充足感をもつひとつの表情である」。（八五三頁）

私見によれば、岡氏が解説されているような「微笑」を伴った語り手の視線とは人間の意識の根底にある人間の「類の意識」であり、その視線が『道草』とりわけ最終回を彩っているのである。と同時に『道草』の語り手はこのような視点から、人間が世俗に生きるために持たざるを得ない「敵対・嫌悪・反発」を徹底的に描き出し、そのことによって、それらの意識が生まれてくる世俗の問題や人間関係を追求しているのである。

第Ⅱ部　『道草』の主要テーマの分析

第一章　『道草』の「自然」

はじめに

『道草』における「自然」の内実を考えてみたい。『道草』の「自然」は我が国の伝統的「自然」観とも深く繋がっている。そこで最初に我が国での「自然」という言葉と、伝統的自然観に触れておきたい。

日本の「自然」の性格については、丸山真男「歴史意識の古層」（一九七二年のち『忠誠と反逆』所収　筑摩書房　一九九二年）、柳父章『翻訳の思想』（平凡社選書54　一九七七年）、伊藤俊太郎『自然』（『一語の辞典』三省堂　一九九九年）をはじめ、多くの論があるが、漱石の自然を考える上で最も有益なものに、相良亨の諸論文（『相良亨著作集6』所収）がある。相良は「「おのずから」形而上学」（一九八四年）で、〈（我が国では明治になって）Nature の翻訳語として自然が選ばれることになるが、それは「おのずから」を意味する「自然」に客体的存在をとらえることを可能とする、日本人の客体的存在の受け止め方の伝統的質があったからである〉として次のように述べられている。（括弧内は『相良亨著作集6』の頁）

（我が国においては「自然」という言葉は「おのずからの」と「おのずからに」という意味をもつものであった。）「おのずから」は、もともとある主語的存在があり、その様態、その動きについて、それが他の力によることなく、その存在に内在する力によってなることを意味するものである。たとえば、「天地の自然の妙用」などという用法がある。自然観に関していえば、この天地という主語的存在の様態を示す語であった自然が、主語的存在としての天地自然を意味することになったのである。（二二〇頁）

自然という言葉によって捉えられたものは、もろもろの物であり、その物を生生する運動であるが、さらにこの運動と物との総体としての自然には、かつて天地と捉えられていた無限定な宇宙の究極性がその背景のひろがりとして、そこに見てとられていることになる。しからば、この自然は、主観客観の対立における客観的存在ではなく、むしろ「生ける自然」「大いなる自然」という仕方において捉えられるものである。明治三十年代以降における自然は、一面においてNatureの訳語であろうとしつつ、他面においては、宗教的自然観などといわれる伝統的自然観を継承するものであったのである。（二二〇頁）

氏によれば、日本語「自然」は、「ネイチュア」の翻訳語として定着したあとも、「ネイチュア」とは異質な「無限定な宇宙の究極性」を感じさせる、我が国の伝統的自然観「大いなる自然」という語感を持ち続けているのである。漱石文学における名詞として用いられている「自然」という言葉もまた、相良氏が指摘された我が国の伝統的自然観の系譜の上にあると考えられる。しかし『道草』の「自然」は、相良氏が指摘されるような、我が国の伝統的自然の「無限定」性とは異質である。(1) 『道草』の「自然」の内実は、近代に生きる人間の生命力の倫理性とでもいうべきものであり、漱石が共感を抱いていたベルクソン『創造的進化』の「生命」に類するものである。(2) ベルクソン『創造的進化』の「生命」も『道草』の「自然」も、共に「超意識」や「神」として意識される性格を持ち、その内実は人間の生命の根源にある「類の意識」（＝生命意識）に基づく人間の倫理意識といえるのである。

『道草』の「自然」を検討するに当たって、先にその特徴を整理すれば次のA〜Cのようになろう。

A 『道草』の「自然」は、表面的には我が国の伝統的自然観の形態を持ちながらも、その内実は人間にそなわる類の意識（生命意識）であり、その類の意識が登場人物の置かれた諸条件に対応して様々な現われをしているといえよう。その現われはその時の諸条件に応じて様々な要素を含むが、敢えて二つに分ければ、人間としての類の意識が全面的に表現されたレベルと、社会性を強く帯びたレベルに分けることが出来よう。

人間としての類の意識のレベルでいえば、人間の生死において、生に絶対的価値を感ずる意識、他者（特に家族、近親者）とは親しい関係であるべきとする意識、など。社会性を帯びたレベルでいえば、近代社会の中での個人の自由独立を当然とする意識、自分の力で逆境からぬけだし、近代社会の中で確固たる位置を得ようとする意識などがその例といえよう。勿論両者は互いに密接に関係しており、切り離すことが出来ないものであるが、敢えて整理すれば、このようにいうことが出来よう。

B

『道草』の「自然」は健三を中心に登場人物の倫理性を支える力として機能している。健三の意識にあっては、彼の意識の根幹にあるこの「自ずからの感情」と、現実世界に生きる人間が持たざるを得ない個体意識としての個我（我執）とは対立するものとして意識され、その分裂は彼を苦しめ、しばしば病的な癇癪を伴う「神経衰弱」を引き起こす。健三がこのような精神的危機に陥ったとき、彼を救い出すものは彼のうちに存在する「自然」の内実である人間としての類の意識であった。

C

『道草』の「自然」は、登場人物の内なる「自然」として描かれるだけでなく、しばしば語り手によって、超越存在（超自然）として描き出される。また反対にその超越存在としての「自然」は、登場人物には単なる眼前の「風景」としてあらわれることもある。これらの「自然」は、前者の場合では一見、登場人物の行動を支配しているような書き方をしているが、その実、登場人物の行動を引き起こす真の要因が、筆者によって描き込まれており、作品の構造としてはそれらの「自然」は登場人物の行動を司っている存在としては位置づけられていない。『道草』の「自然」の超越性は、我が国の伝統的自然の超越性とは性格が大きく異なっている。『道草』の超越的「自然」は、彼らの内面の倫理的動きをより深く描き出すための、作者によって設定された文学的装置（語り手の拠って立つ視点）とでもいうべきものである。勿論この文学的装置は、作者漱石の創作意識と地続きであり、この文学的装置はこの時点での作者漱石の到達した境地と繫がるものである。

以下、右に示した自然の内容を具体的に見ていきたい。Ⅰでは、「自然」の内実が人間としての類の意識のあらわれである、おのずからなる意識や感情であること、その意識が登場人物の置かれている諸条件に応じて、社会性を帯びた、おのずからなる意識としてあらわれていることを、わかりやすい例（二十二回・二十六回・二十九回）を通してみておきたい。2では、『道草』の主要テーマである健三と細君の諍い（五十五回・七十八回・九十三回）を取り上げ、そこでの「自然」が人間の類の意識であることをみていきたい。3では、登場人物（特に健三）の置かれた諸条件に応じた「自然」の様々なあらわれを検討し、そこでの「自然」の多様な現われと、その意味や機能を見ていくことにしたい。

Ⅰ　「自然」の内実のわかりやすい例

二十二回では、細君が健三に、嫉妬を交えて御縫さんを健三の嫁にする話があったことを話題にし出す場面がある。そのとき健三は次のような過去を回想する。健三が少年であった頃、島田の家へ寄ろうとした時、門前にいた御縫さんに会釈され、それを目撃した彼の友達から冷やかされたことがあった。

その頃の健三は、女に対する美醜の鑑別もなければ好悪も有《も》たなかつた。夫《それ》から羞恥《はにかみ》に似たやうな一種妙な情緒があつて、女に近寄りたがる彼を、自然の力で、護謨球《ごむだま》のやうに、却つて女から弾《はぢ》き飛ばした。

この場面で語り手は、少年健三の「羞恥に似たやうな一種妙な情緒」を「自然」と言い換えている。この場面の「自然の力」とは、この時代の思春期の少年の多くが若い同年代の女性に持つ「おのずからなる感情」であり、自分の意志でコントロールできない、類の感情に根ざすこの時期特有の少年の感情といえよう。（もちろんこの感情は、この時代の若い男女交際の在り方という社会性の深い影響も受けている）。

二十六回では、健三が比田から、島田のことで会いたいから来てくれと日時を指定され、比田の家を訪ねた時、姉は持病の喘息をこじらせ苦しんでいた。しかし比田は平気であり、彼は「一々苦にしてゐるやうぢや、とても今日迄一所に住んでる事は出来ませんからね」と語った。

健三は何とも答へる訳に行かなかつた。たゞ腹の中で、自分の細君が歇私的里《ヒステリー》の発作に冒された時の苦しい心持を、自然の対照として描き出した。

傍線部での語り手の言葉「（健三は）自然の対照として描き出した」という内容は、健三の心におのずから浮かび上がってくる「自分の細君が歇私的里《ヒステリー》の発作に冒された時の苦しい心持」である。自分の妻が喘息で苦しんでいても、平然としている比田の態度は、健三にとっては想像も出来ないものであった。それゆえにこの比田の妻（健三の姉）に対する態度に接した健三は、細君がヒステリー発作に襲われたときの自分の苦しい気持ちをその「対照として」「おのずから」思い出さずにはおれなかったのである。右の「自然」の内実もまた、努力することなく、健三の心におのずから浮かんでくる意識であり、これらの場面の「自然」の内実は、人間が生まれつき持っている根源的意識（類の意識）といえよう。

次の例は社会性を帯びた「おのずからなる」意識の例である。二十六回で、健三が比田から呼び出された用件は、島田の依頼（健三に島田姓に復帰して貰いたいので取り次いで欲しいという比田への依頼）の返事の相談であった。二十九回では、その依頼を断ることを確認した後、その場での比田と兄との昔話を聞いていて、「健三も何時《いつ》か昔の我に返つたやうな心持」になり、「自分の背後にこんな世界の控えてゐる事を遂に忘れることが出来なくなつた」。

昔しこの世界に人となつた彼は、その後自然の力でこの世界から独り脱《ぬ》け出してしまつた。さうして脱け出したまま永く東京の地を踏まなかつた。彼は今再びその中へ後戻りをして、久し振に過去の臭《にほひ》を嗅《か》いだ。

この場面での「自然の力」は、健三の自覚できない超越的力とも理解できる。しかしこの場面の「自然の力」は、九十回で健三が島田と絶交した後、九十一回で呼び覚まされた「今迄眠つてゐた記憶」の以下の部分に対応している。少年であった当時の健三は、実父の冷酷な態度を思い出すと共に、島田の「もう此方《こつち》へ引き取つて、給仕でも何でもさせるから左右《さう》思ふが可《い》い」という言葉を聞いて、「給仕になんぞされては大変だ」と、彼は「心のうちで何遍も同じ言葉を繰り返し」、努力してこの世界から抜け出した。

二十九回の場面での「自然の力」とは、九十一回での回想で描かれる、少年期の彼のうちに「萌してゐ」た、「何でも長い間の修業をして立派な人間になって世間に出なければならないといふ慾」にしたがった努力、江戸的共同体（町方名主の一族としての結束の意識）を支配していた血縁関係や家意識から脱け出し、自分の個人的努力によって、新しい社会のなかで、自分の位置を築こうとする近代人としての個人主義（個人の自由と独立）の意識を内実としている。以上の例が示すように、『道草』では登場人物の行動を「自然」（の力）によるものと描かれている場合でも、その真の要因は作品内に描き込まれている。このことに留意するならば、この場合の「自然」とは健三の内にある類の意識に裏打ちされた、近代の社会的刻印を帯びた近代人の意識といえよう。

2　健三と細君の諍い場面に現われる「自然」

ここでは『道草』の主要テーマの一つである健三と細君の諍い場面における「自然」を取り上げ、そこでの「自然」の内実が人間の類の意識（生の意識）であることを見ていきたい。

健三は幼年期に、養父母の打算的な愛情や、彼らの我執の強さに苦しめられ、また実父の冷たさをも体験しなければならず、深い心の傷を負った。その傷はその後の健三に人間の我執に対して過敏な反応をする意識を形成したと考えられる。成人後の健三の内部では、彼の理想とする純粋な人間の在り方は世俗に生きる「人々」の我執を許容できず、その葛藤は彼をしばしば癇癪を伴う「神経衰弱」の状態に追い込むこととなった。その時彼の癇癪の矛先は、もっとも気の置けない身近な人々に向けられたのである。その第一が細君に対してであった。

細君と健三の諍い場面において「自然」との関係を描いた場面には、五十五回・七十八回・九十三回がある。結論を先に示せば、ここでの「自然」は健三の自ずからなる感情（彼の意識の根源にある、人間の生を絶対の価値と感ずる類の意識）の現われであった。

細君に向けられた健三の癇癪と「自然」との関係を考えるに当たって、説明の便宜上、先に七十八回を取り上げ、ついで五十五回を、最後に九十三回を取り上げていきたい。

七十八回前半で、語り手は、細君の父と健三との間の不和が、細君と健三の間にも強い緊張状態を作り出さずにはおかなかったと記し、細君がそれに耐えきれず、重いヒステリー発作を起こしたことを暗に示した後、「幸にして自然は緩和剤としての歇斯的里《ヒステリ》を細君に与へた。発作は都合好く二人の関係が緊張した間際に起つた」と記している。

語り手の傍線部の描写によれば、細君のヒステリー発作は、健三と細君の緊張を緩めるために「自然」が与えた「緩和剤」なのである。それでは、語り手のいう「自然」の与えた「緩和剤」とは如何なることを内実とするのであろうか。以下、「自然」の与えた「緩和剤」の内実についてみていきたい。

健三は廊下で倒れていたり縁側でうずくまっている細君を抱き起こして床の上に連れ戻すことがあった。その時には、「彼女の意識は何時《いつ》でも朦朧とし」、「瞳孔が大きく開」き、「外界はたゞ幻影《まぼろし》のやうに映るらしかつた」。

このような細君のヒステリー発作の症状に接した時の健三の意識を、「健三の眼には何時でも不安が閃《ひら》めいた。時としては不憫の念が凡《すべ》てに打ち勝つた」と描き出している。そして語り手はこの時の健三の細君への態度を、「気の毒な細君の乱れかゝつた髪に櫛を入れて遣つた。汗ばんだ額《ひたひ》を濡れ手拭《てぬぐい》で拭いて遣つた。たまには気を確にするために、顔へ霧を吹き掛けたり、口移しに水を飲ませたりした」と描いている。この時の健三の意識と行動は、細君への癇癪を爆発させたときとは次元の異なるものであった。健三は、彼女の意識状態に強い不安を感じ、眼の前の彼女が一刻も早く正常な意識状態を取り戻すことを願い、情愛を込めてそのための努力をしたのである。

さらに語り手は、「発作の今よりも劇《はげ》しかつた昔の様《さま》も健三の記憶を刺戟した」と記し、その健三の回想を「或時の彼は毎夜細い紐で自分の帯と細君の帯とを繋いで寐た。紐の長さを四尺程にして、寐返りが充分出来るやうに工夫された此用意は、細君の抗議なしに幾晩も繰り返された」と描いている。この時の彼女は、死の誘惑に駆られていた。健三は自分が知らない間に彼女が寝床から抜け出して自害しないように、彼女と自分の間を紐で結んで用心しなければならなかったのである。

又語り手は、ある時は細君の烈しい痙攣を抑えるために、細君の鳩尾《みぞおち》へ茶碗の糸底で押しつけて、冷たい油汗を流したこともあった、さらには、死んだ赤ん坊が井戸のなかに来ていると言って赤ん坊の許に行こうとする、流産して間もない彼女を抱きすくめて阻止しようとしたこともあった、という健三の回想をも描き出している。後者の彼女にあっては、自分の生を維持しようとする個我意識が脆弱となり、そのため彼女の意識のうちに、自分を犠牲にしてでも赤ん坊を守り育てるという母性愛（＝人間の根源に存在する類の意識）が死への願望と結びついて噴出したのである。健三は彼女を抱きすくめて、その死への行動を本能的に阻止しようとした。(3) 語り手は、この時の健三の意識のありようを次のように描いている。

細君の発作は健三に取つての大いなる不安であつた。然し大抵の場合には其不安の上に、より大いなる慈愛の雲が靉靆《たなび》いてゐた。彼は心配よりも可哀想になつた。弱い憐れなものゝ前に頭を下げて、出来得る限り機嫌を取つた。

「慈愛の雲が靉靆《たなび》いてゐた」という表現には、仏教的常套句との繋がりも感じられるが、ここでの「慈愛」は、人間の生を絶対的価値と感ずる人間の類の意識（生命意識）による、生死の間を漂っている「弱い憐れなもの」にたいする感情を内実としている。

細君の死への不安は、生を人間存在の根源とする「類の意識」を彼の意識の表層に浮かび上がらせ、その意識が、現実世界に生きる力を突然喪失した細君を「不憫」「可哀想」「弱い憐れなもの」と感じさせた。こうして彼のうちにある「類の意識」は、健三に心から細君の回復を願わせ、細君を看病させた。その結果、健三の情愛に充ちた態度に接して「細君も嬉しさうな顔をした」。こうして健三のうちにある人間としての類の意識が、健三の人間不信による自己意識の病的症状を鎮め、細君との関係もおのずから元に戻っていったのである。語り手の描いた「自然」の与えた「緩和剤」とはこのような事情を指している。

右に健三の自我意識の根底にある類の意識が健三の自我意識の病的状態を鎮めていったことをみた。語り手は

「自然」を超越存在（超意識）として描いているが、健三の主体という視点からすれば、ここでの「自然」の働きとは、健三の内部にある類の意識の「おのずからなる」発現であり、その人間としての根源的意識が、彼の自我意識の病的症状を治癒し、本来の自我意識に立ち戻らせたのである。このことは、「自然は緩和剤としての歇斯的里《ヒステリ》を細君に与えた」という超越存在としての「自然」が、健三の人間としての根源的意識（類の意識が対象化されたもの）に外ならないことを示しているのである。

さらに留意すべきは、この描写の最後で、細君の発作が二人の「緩和剤」にならない場合があることをも次のように描き出していることである。

　だから発作に故意だらうといふ疑の掛からない以上、また余りに肝癪が強過ぎて、何うでも勝手にしろといふ気にならない以上、最後に其度数が自然の同情を妨げて、何でさう己《おれ》を苦しめるのかといふ不平が高まらない以上、細君の病気は二人の仲を和らげる方法として、健三に必要であつた。

この描写によれば、健三の自我意識の病的状態がきわめて強いときや細君に同情的にならない時には、彼の内にある類の意識が彼の自我意識の病的状態を治癒する力を持たないことがあることを示している。語り手は「自然」を超越存在として描き出しているが、しかし彼の類の意識が彼の自己意識の病的状態を治癒する力を持つとは限らないという描写は、ここに描き込まれている「自然」が人間の本性を超えた神秘的力を持つ超越的存在とはかけ離れていることを示している。(4)

次に五十五回における「自然」をみていこう。五十五回（冒頭）は、五十四回の内容を受けて、次のように書き出されている。

斯ういふ不愉快な場面の後には大抵仲裁者としての自然が二人の間に這入つて来た。二人は何時《いつ》となく普通夫婦の利くやうな口を利き出した。

けれども或時の自然は全くの傍観者に過ぎなかつた。夫婦は何処迄行つても背中合せの儘で暮らした。

右の傍線部ａｂの「自然」は、語り手によって超越存在（超意識）として描かれているが、いかなる内実を持つのであろうか。

五十五回の冒頭の記述は五十四回と不可分な関係にある。そこで五十五回の冒頭部分に描かれた「自然」を考えるにあたって、まず五十四回の要点を見ておきたい（なお括弧内の記述は、文意をはっきりさせるための筆者の解釈である）。気分が病的な状態に陥っているときの健三は、出産間近になって不快そうに寝ている細君の様子が癪に障って堪らなくなり、わざといらざる用事を命じたりした。健三の意に従わないその時の細君の様子は健三には「詰りしぶといのだ」という言葉が細君のすべての特色ででもあるかのやうに感じ、健三は細君に対して「出来る丈強烈な憎悪」を投げつけた。（病的気分に陥っているこの時の健三は、自分の意識の状態を反省したり、細君をいたわろうとする意識は持ち得なかった）。ある晩彼がふと目を覚ますと、細君は大きな眼を開いて天井を見つめ、手にカミソリを持っていた。（細君は夫の「邪険な」態度に耐えきれず、自害への願望を発作的に示したのである）。健三は直ちに細君からそのカミソリをもぎ取ったが、細君の真意がどこにあるか分からず、一晩中あれこれ考えざるを得なかった。しかし日の出と共に細君は、昨夜のことを全く忘れてしまったような顔をしていた。（このことは健三には細君の一連の行動が作為ではないかと感じられ、細君への疑いの態度を改めることが出来なかったことを示している）。

右の内容から知られるように、五十五回の健三の「神経衰弱」は病的な状態を呈し、細君についての配慮がまったく出来ない状態に陥っている。語り手によれば、このようなときにａ「仲裁者としての自然が二人の間に這入つて来た」のである。しかしながら、五十五回の語り手はその具体的内容を説明せず、結果として、「二人は何時となく普通夫婦の利くやうな口を利き出した」と記すばかりである。したがってここでいう「自然」の「仲裁」の内実を読者は知ることが出来ない。しかしこの「仲裁」と、既に見た七十八回の自然が与えた「緩和剤」とは表現が類似しており、おそらくここでの自然の「仲裁」は、七十八回で記す「自然は緩和剤としての歇斯的里《ヒステリ》を細君に与へた」と描いている自然の与えた「緩和剤」と同様な内容であろう。すなわち語り手にあってはこの時の「自然」は「超意識」として認識され描かれているが、その内実は七十八回と同様に、人間の生死のレベルに健三の意識が移り、細君の生の実在の大切さが健三の意識の前面に浮かび上がり、細君への情愛が意識され、健三の癇癪を鎮めていったことなのである。五十五回のａ「仲裁者としての自然が二人の間に這入つて来た」という描写は、人間の生死に対する健三の感情（人間の生を絶対の価値と感ずる人間の類の意識）が細君の重いヒステリー症状に接するときに現れ、その健三の類の意識が彼の病的癇癪を鎮め、健三の細君への情愛が彼の意識の前面に立ち現れたことを内実としているといえよう。

　次に五十五回のｂ「或時の自然は全くの傍観者に過ぎなかつた」という表現の内実を考えていきたい。ｂの引用文の後には次のような描写が続いている。

> 二人の関係が極端な緊張の度合に達すると、健三はいつも細君に向つて生家へ帰れと云つた。細君の方ではまた帰らうが帰るまいが此方《こっち》の勝手だといふ顔をした。その態度が憎らしいので、健三は同じ言葉を何遍でも繰り返して憚らなかつた。／「ぢや当分子供を伴《つ》れて宅《うち》へ行つてゐませう」／細君は斯う云つて一旦里へ帰つた事もあつた。

この時の健三の意識の外には、健三の健康状態を深く気遣い、この時の健三のために最善の行動をとっている細君がいるのであるが、しかしこの細君の姿は、病的気分に襲われている健三の眼には我の強い女と映っているのである。(5)

この場面で、語り手が徹底的に健三の病的意識に寄り添う目的は何であろうか。語り手が焦点を当てて描き出しているのは、神経衰弱に陥っている健三の病的な自我意識と、その根底にある、細君への情愛（類の意識）との交差の相であり、健三が病的癇癪に支配されている状態から抜け出していく過程であると考えられる。

五十五回のこの場面で、細君が子供を連れて実家に帰ったあとの健三の描写にあっては、「昔のやうな書生々活に立ち帰れた自分を喜」び、「晴々《せいせい》して好い心持だ」と感じ、「細君の事をかつて考へずにノートばかり作つてゐた」健三の姿が強調されている。ここに描かれている健三の意識で留意すべきは、健三は彼らの食料を毎月送ってやるという条件の下に細君と子供達を実家に帰したこと、意識の表面では「彼女の病気に対する懸念も悉く《ことごと》消えてしまつた」にもかかわらず、意識の根底では、細君が「病気になつても父母が付いてゐるぢやないか。もし悪ければ何とか云つて来るだらう」と細君に対する気遣いを持ち続けていることである。他者への配慮をすることが出来ない病的気分に支配されている健三の意識の根底にある、このような細君に対する気遣い（情愛）は、一ヶ月あまりして現れた細君の「貴夫故《あなたもと》のやうになつて下さらなくつて」という言葉を聞いて、彼女の下駄がすり減っているのに気づき、彼女が憐れになるという現れ方をしている。その後細君の母親が健三に同趣旨のことを頼みに来たので、「既に本人に帰りたい意志があるのを拒絶するのは、健三から見ると無情な挙動《ふるまい》であつた」という理屈をつけて、細君と子供達が我が家に帰ることを健三は承知する。健三が承知したのは、健三の病的状態の改善によって、細君に対する健三の情愛が彼の意識の前面に現れるようになったからである。

これらの描写には、神経衰弱に陥り、細君に八つ当たりし、自分の意に従わない細君を生家に帰し、一人になった環境の変化を喜ぶ健三の意識と共に、細君に対する健三の根源的意識（細君への情愛）もまた書き込まれている。しかし五十五回の末尾では、家に帰ってきた「彼女の態度は里へ行く前と毫も違つてゐなかつた。……彼は不愉快になつた。是が何時迄続くのだらうかと考へたりした」と描かれる。この回の場合、健三に対する細君の配慮による環境の変化だけでは、健三の病的癇癪は容易には癒えることはなかったのである。

これが、五十五回の冒頭の「或時の自然は全くの傍観者に過ぎなかつた。夫婦は何処迄行つても背中合せの儘で暮した」という内容である。すなわち「或時の自然は全くの傍観者に過ぎなかつた」という描写は、この時には健三が、病的な自我意識に支配され続け、彼の根源的意識（類の意識）が彼の内面にわき上がるきっかけがなかったということを意味している。この時には、健三の病的癇癪は十分には治癒せず、細君に対する悪感情もすぐに復活したのである。

ところでa「仲裁者としての自然」の内容と類似している例としてあげた七十八回の場面のあとには「だから発作に故意だらうといふ疑《うたがひ》の掛からない以上、また余りに癇癪が強過ぎて、何《ど》うでも勝手にしろといふ気にならない以上、最後に其度数が自然の同情を妨げて、何でさう己を苦しめるのかといふ不平が高まらない以上、細君の病気は二人の仲を和らげる方法として、健三に必要であつた」という描写が続いていた。五十五回のb「或時の自然は全くの傍観者に過ぎなかつた」という時の自然の振る舞いもまた、七十八回の描写——多くの場合は細君のヒステリー発作が健三の病的癇癪を鎮める作用をするが、健三の置かれている状態によっては、細君のヒステリー発作も、二人の「緩和剤」とはならないことがあるという描写と類似した内容であるといえよう。

以上のことを考えると、aでは「仲裁者」として「二人の間に這入つて来た」と描かれ、bでは「傍観者」と位置づけられる「自然」の内実は、健三のうちにある人間としての根源的意識（なによりもまず、人間の生を絶対の価値と感ずる人間としての類の意識）の現われに他ならないといえよう。しかしbのように、健三の置かれている諸条件によっては、人を嫌う病的自意識を鎮めるような類の意識〈人への情愛〉が、彼の意識のうちに浮かび上がる状態が生まれず、細君との関係が修復できない状態が続くことをも描き出しているのである。

次に、ここで描かれている「自然」の超越性の問題について考えてみたい。健三と細君の反目の解決に何時も「自然」が登場するわけではない。そこで超越存在としての「自然」が登場しない健三と細君の諍い場面（七十一回）を取り上げ、それとの関係でこの場面（五十五回）で超越的「自然」が描かれる意味を考えてみたい。

七十一回の夫婦喧嘩では「自然」は登場せず、その最後は次のように描かれていた。

健三は其輪の上にはたりと立ち留る事があつた。彼の留る時は彼の激昂が静まる時に外ならなかつた。細君も其輪の上で不図動かなくなる事があつた。然し細君の動かなくなる時は彼女の沈滞が融け出す時に限つてゐた。其時健三は漸く怒号を已《や》めた。細君は始めて口を利き出した。

右の夫婦喧嘩は、健三の癇癪が軽度であり、細君にも病的なヒステリー症状がない場合であった。したがって超越存在としての「自然」を登場させる必要は、語り手にはなかったのである。この七十一回に比べると、五十五回や七十八回のような健三の病的癇癪による夫婦間の亀裂は、二人の個人的意思や、時間的経緯だけではどうにもならないものであった。このようなときに語り手（作者）は、超越的存在としての「自然」を登場させていると考えられる。

何故作者はこの時自然を超越的存在として描くのであろうか。勿論これらの描写は作者漱石の自然観と繋がっている我が国の生々する自然の運動を内実とする我が国の伝統的な宗教的自然観と関係しているが、作者にとって、このような超越的存在としての「自然」の導入は、健三の個人の意志ではどうにもならない事態の成り行きを自我

（個）と類の意識（普遍）との関係から描き出すための方法であった。作者は「自然」という超越存在を作品の中に導入し、己の創作意識を、この「自然」に寄り添わすことによって、登場人物（健三・細君）に同化しつつも、彼らの意識内容を類の意識の立場から客体化出来る視点を保持しているのである。この場面の「自然」の超越性の中心的役割は、このような『道草』の視点の拠り所であったと考えられる。

以上語り手の描く「自然」の内実が人間の意識のうちにある類の意識であることを見てきた。「自然」の内実が人間の類の意識であることがもっともはっきりと描かれているのは、九十三回の自然である。そこで次に九十三回の「自然」についていてみていきたい。

七十八回でヒステリー発作を起こし、正常な意識を持ち得ない細君の姿に接した健三の内部では、細君に対する憎悪の感情が消え、「憐れ」「可哀想」「慈愛」という感情がわき上がり、また憎悪の対照であった細君がヒステリー発作のときに示した、彼女の子供への情愛の深さ（＝人間としての類の意識の現われである崇高な母性愛）に共鳴し、人間不信に基づく自我意識の病的癇癪も解消しつつあった。しかし九十回における島田との決別を決断させた健三の不快と怒りの感情は、九十一回では健三に自分の不幸の原因であると感じている実父の冷酷さや養父島田の功利主義的態度を思い出させ、九十二回では自分の意見に従わない腹立たしい細君の態度をも再び回想させることになった。九十三回では細君への腹立たしい気持ちから抜け出しつつある健三の気持ちの変化を描いた後、「彼の感想が又急に科学的色彩を帯び出した」と記し、冷静になった健三の思いを描き出していく。

「芭蕉に実が結《な》ると翌年から其幹は枯れて仕舞ふ。竹も同じ事である。動物のうちには子を生む為に生きてゐるのか、死ぬ為に子を生むのか解らないものが幾何《いくら》でもある。人間も緩漫ながらそれに準じた法則に矢ツ張支配されてゐる。母は一旦自分の所有するあらゆるものを犠牲にして子供に生を与へた以上、また余りのあらゆるものを犠牲にして、其生を守護しなければなるまい。彼女が天からさういふ命令を受けて此世に出たとするならば、其報酬として子供を独占するのは当り前だ。故意といふよりも自然の現象だ」

右の内容で留意すべきは次の二点である。第一は、人間の母性が植物や動物の種の存続のための自己犠牲の法則との繋がりで考えられていることである。ここで健三は母親の子供への母性愛による自己犠牲を、人類の種の保存のための行為、すなわち人間の意識の根源にある類の意識によるものとして捉えている。第二は、母親が子供を独占していると健三が感じていた行為（＝自己の生を犠牲にしてでも子供を守り育てようとする母性の本能（類の意識））を、「天の命令」による「自己犠牲」の「報酬」、言い換えれば「自然の現象」として是認していることである。

このことは健三にあって、「自然」とは人間の生の意識の根源にある「類の意識」の別名であり、それは同時に個の意識を越えた人間の意識の普遍的法則（超意識）であることを示しているのである。それは我が国における宗教的自然観（人間の意識を司っている「大いなる自然」）の系譜の上にある観念）に類似しているが、その内実は人間の意識の根源にある類の意識に外ならない。

3　諸条件に応じた「自然」の様々な現われ

ここでは今迄取り上げた場面以外で、「自然」が描かれる場面を、登場人物ごとにまとめて、そこでの「自然」の内実を考えていきたい。

まず養父母と健三の関係に登場する「自然」（三例）を取り上げていこう。十六回は島田が健三宅に初めて現れる場面である。その時の健三の意識が以下のように描かれている。

健三は此昔の人に対して何《ど》んな言葉を使つて、何《ど》んな応対をして好《い》いか解らなかつた。思慮なしにそれ等を極《き》めて呉れる自然の衝動が今の彼には丸で欠けてゐた。彼は二十年余も会はない人と膝《ひざ》を突き合せながら、大した懐かしみも感じ得ずに、寧ろ冷淡に近い受答へばかりしてゐた。

傍線部分の「思慮なしにそれ等（島田への対応のこと――筆者注）を極めて呉れる自然の衝動」とは、健三の「思慮」（＝覚醒した意識）の根底にある、健三が人間として本来的に持っている根源的な意識、すなわち自分を養い育ててくれた人に対して「おのずから」わき出てくる親しみや感謝の気持ちである。人は、幼少であった頃の自分を養育してくれた人に対して、おのずからなる敬慕の情を持つ。しかしこの場面ではその敬慕の情は、健三の内部には「自然の衝動」＝「おのずからなる感情」として立ち現れることがなかった。それは養父への嫌悪感と警戒心がその発現を妨げているからである。この場面の「丸で欠けてゐた」「自然の衝動」という時の「自然」は、健三における養父への嫌悪感と警戒感（覚醒した意識）によって抑え付けられていた彼の奥底にある人間としての根源的意識（自分を養育してくれた親に対する敬慕の情）といえる。

三十八回から四十四回までは、健三の過去の追憶が描かれるが、四十一回では、島田夫婦の執拗な問いが幼児健三を苦しめる場面が回想される。

夫婦は健三を可愛がつてゐた。けれども其愛情のうちには変な報酬が予期されてゐた。……彼等は自分達の愛情そのもの、発現を目的として行動する事が出来ずに、たゞ健三の歓心を得るために親切を見せなければならなかつた。さうして彼等は自然のために彼等の不純を罰せられた。しかも自から知らなかつた。

親の子供への無私の愛情とは、人間の根源的な感情であり、島田夫婦もこの無私の愛情を持っていた。しかし島田夫婦の愛情の発現には自分たちの将来の利益のために幼児健三を手なずけようとする打算によって彩られていた。その打算は島田夫婦のうちにある「自然」（人間の本性＝子供に対する無私の愛情）に反していた。その結果として彼らは幼児健三に忌み嫌われることになったのである。この場面で、島田夫婦は「自然」のために罰せられたことを「自ら知らなかった」と語り手は描いている。この表現には、夫婦が自分たちのうちにある無私の愛情（類の意識）にしたがって健三に接することが出来ていれば、彼に嫌われることはなかったのに、すべては島田夫婦が、自分たちのうちにある親としての無私の愛情ではなく、打算に彩られた「愛情」に従って行動したことに起因しているのだという語り手の思いが込められている。と同時に、この表現には、彼らは人間として子供を養育する資格を持たない、憐れな夫婦なのだとする、彼らに対する人間性への批判と憐れみの情が内在しているといえよう。

四十三回では、幼児健三が養父母の諍いに接したときの意識が描かれている。ある晩健三がふと目を覚ますと、養父母ははげしく罵り合っていた。このような夜が続き、彼らは共に手を出し合い、打つ音、叫ぶ音が小さな彼の心を怖がらせた。

> 幼稚な健三の頭では何の為に、ついぞ見馴れない此光景が、毎夜深更に起るのか、丸で解釈出来なかつた。彼はたゞそれを嫌つた。道徳も理非も持たない彼に、自然はたゞそれを嫌ふやうに教へたのである。

この場面の「自然」もまた四十一回の「自然」と同様な性格を持っている。幼児健三の内面に即していえば、この場面の「自然」は、まだ「道徳も理非も持たない」幼児健三の、生まれながらに備わっている人間としての根源的感情、幼児の段階では快不快の感情として現われている感情といえる。この時の健三は、幼児が本来的に持っている快不快の感情によって、眼前にいる子供の気持ちも配慮せずに行われる養父母の諍いを嫌ったのである。「自然は……嫌ふやうに教へた」という表現は、健三の内なる「自然」が健三に島田夫婦の諍いを嫌わせたとも、健三の外に存在する超越的存在としての「自然」（人間としての類の意識が意識のうちで対象化されたもの）が、幼児健三に彼らを嫌うように教えたとも理解できるような要素を持っている。幼い健三の眼前でのこの養父母の諍い、特に殴る蹴るという暴力行為は、幼児健三の心に深い傷を与え、その傷は成人した健三の意識のありようにも影響を与えずにはおかなかった。しかしこの時の健三は、心に深い傷を負いながらも、養父母の諍いを心の中で拒絶することによって、この危機を乗り越えようとしたのである。傍線部分は、この時幼少の彼の純粋さを支えたものが、彼の内面にある「自然」（快・不快というレベルにあった幼年時代の倫理的な感情の強さ・類の意識）であったことを示している。

右に養父母と健三の関係に描かれた「自然」を見てきた。健三が幼少期に養父母から受けた心の傷は深く、その後の健三の意識のありように深い影響を与えることになったのである。

次に健三の義父への反感と「自然」の関係についてみていきたい。（この問題はすでに第一部第十章で論じたが、ここでは本稿のテーマとの関係で、必要な限りにおいて再説する）。細君との結婚当初、健三は義父の世俗的手腕を評価していたが、健三は義父への反感を次第に募らせていく。ここでは「自然」が義父との関係で描かれる七十六回・七十七回・七十八回前半を取り上げていきたい。

七十六回・七十七回・七十八回の進行と小説時間の流れとは一致しない。そこで、まず七十六回に描かれた健三の意識の時間を確認しておきたい。

七十一回末尾から七十四回まででは、不和の関係にあった義父が健三に連印依頼に来た顚末（健三は義父の連印依頼を断り、その代わりに友人から借りた四百円を義父に渡したこと）が描かれる。七十五回の中頃からは、過去にさかのぼって健三が義父と不和になっていった事情が描かれ、七十六回では義父が連印を求めに来た時の健三の意識の深層に焦点が当てられる。そして七十七回から七十八回冒頭までは、さらに過去にさかのぼって、義父と対立するようになった決定的原因が追求される。七十八回では健三の病的な痼癖が細君にも向かい、細君が起こしたヒステリー発作が二人の「緩和剤」となったことに焦点が当てられる。七十九回では疎遠になった義父との関係の修復を願望しながらも、細君との関係のような「緩和剤」が存在せず、その努力を放棄したかつての健三の意識が描かれる。このように七十六回で描写されている健三の意識は、時間的には七十七回から七十九回までに描かれた健三の義父に対する意識の変化を経た後での、健三の意識のありようである。

　右の時間の流れを踏まえて、まず七十六回の「自然」について考えてみたい。七十六回では、「健三の自然」という表現が（「彼の自然」という表記も含めて）二回存在する（次の引用部分のA・B）。健三の眼には義父に対して「反感の稲妻」が閃いた。彼はそれを隠すために「冷淡」と「無頓着」を装った。

A　父は悲境にゐた。まのあたり見る父は鄭寧《ていねい》であつた。此二つのものが健三の自然に圧迫を加へた[a]。積極的に突掛《つゝかゝ》る事の出来ない彼は控えなければならなかつた。単なる無愛想の程度で我慢すべく余儀なくされた彼には、相手の苦しい現状と慇懃な態度とが、却つてわが天真の流露を妨げる邪魔物になつた。

　義父は、財界で有名な人の力によって関西の私立の鉄道の社長の位置を予約されたが、その時期が今ではないと健三に語り、次いで、ある保険会社が彼に顧問を嘱託し、月々百円贈与するという条件を書いた紙を見せ、「今御話した一方の方が出来たら是は已《やめ》るか、又は出来ても続けてやるか、其辺はまだ分らないんですが、兎《と》に角百円でも当座の凌ぎにはなりますから」と話した。

Ｂ　斯《か》うした懸け隔てのない父の態度は、動《や》ともすると健三を自分の立場から前へ押し出さうとした。其傾向を意識するや否や彼は又後戻りをしなければならなかつた。[b]彼の自然は不自然らしく見える彼の態度を倫理的に認可したのである。

Ａでは父の「悲境」と「鄭寧」さがａ「健三の自然に圧迫を加へた」と描かれている。この時の「圧迫された」「健三の自然」の発現とは、義父に「積極的に突掛《つか》る」ことであり、そのことが「わが天真の流露」と意識されている。この描写において、義父に「積極的に突掛《つか》る」ことが「わが天真の流露」であり「健三の自然」であるとはどのようなことをいうのか。またＢでは、「懸け隔てのない」と感ずる義父の態度に触れて、義父の連印要請に応ずるべきだと感じる健三の温かい気持ちを押し戻し、連印の要請を拒否しようとする健三の態度を、語り手はｂ「彼の自然は不自然らしく見える彼の態度を倫理的に認可したのである」と描いている。義父の窮地を救おうとする健三の「温かい気持」を押し戻し、義父の連印要請を拒否する彼の態度を何故語り手は、「彼の自然」が「倫理的に認可した」と描くのであろうか。

健三のうちに義父への反発が生ずるようになった経緯は七十七回から七十八回前半に描かれているが、その描写を踏まえるならば、ＡＢの描写は以下のような健三の内面を示していると考えられる。健三の倫理意識は義父の「性質《たち》の宜しくない」「余裕」や「手腕」と真っ向から対立するものであった。健三は世間知らずであり、義父に自分が「与し易い男」であると軽蔑されている自覚があった。しかし義父は健三にとって大切な親類の一人であり、可能な限りその要請を受け入れるべき存在であった。それ故健三の「温かい気持」は「懸け隔てのない父の態度」に接して、義父の連印依頼に応じようとした。しかしこの時の彼の意識の根底にある「積極的に突掛《つか》」ろうとする、すなわち義父と倫理的に戦わねばならないとする彼の意識（ｂの「彼の自然」）が、義父の手腕である「懸け隔てのない」態度をも理屈抜きに拒否することによって、健三は義父の手腕から逃れることが出来たのである。

このことを考えるならば、A・Bに描かれている健三の「自然」の内実は、自分の生き方と結びついた人間としての倫理感であることを示している。と同時に、健三の意識にあっては、自分の義父の要請に対する拒否の態度は世間からは義父に対するあるべき態度ではないと批判されるであろうが、しかし自分の態度は、「天真」や「自然」と共にあるのだ、だから自分のこの態度を恥じることはないのだ、という気持があるといえよう。ここでの「自然」は、健三の生き方を支える近代人としての類の意識と結びついた倫理性の表現なのである。

次に兄の死後の家族への健三の配慮と「自然」の関係についてみていこう。六十六回では兄の消息を耳にした健三の内面が描かれる。兄は時候が悪くなると毎年熱を出すが、家族を養うために無理をして出勤し続け、そのため熱もとれなかった。彼は死を恐れた。このような兄の消息を耳にした健三と細君の会話が次のように描かれる。


「もう少し平気で休んでゐられないものかな。責《せ》めて熱の失《な》くなる迄でも好いから」

「左右《さう》したいのは山々《やま〳〵》なんでせうけれども、矢ツ張さうは出来ないんでせう」

健三は時々兄が死んだあとの家族を、ただ活計《くらし》の方面からのみ眺める事があつた。彼はそれを残酷ながら自然の眺め方として許してゐた。同時にさういふ観察から逃れる事の出来ない自分に対して一種の不快を感じた。

彼は苦い塩を嘗めた
「死にやしまいな」

「まさか」

細君は取り合はなかつた。

ここでは、死を連想させる兄の衰えを心配すると同時に、兄が死んだ後の家族の経済的状態を心配する健三の意識が描かれる。

　健三は兄が生の活力を取り戻すことを、兄個人のためにだけでなく、家族のためにも願わずにはおれない。しかし健三は兄の死後に残された家族の経済状態を心配する自分の意識を、「残酷ながら自然の眺め方として許してゐた」と感ずるのである。[6] 表面的な論理で考えれば、兄の生を願いつつ、兄の死後の家族の経済生活を心配することは論理矛盾ということになろう。しかしこのような兄の生の活力が元に戻ることを願いつつ同時にその死後に残される家族の生活を心配するというこの同時的思考は、人間の自然な本来的な思考である。それは我々は次のことを本能的に知っているからである。人間の個の生は有限であり、個人の死は避けることが出来ないが、その個人の内実としての類的生は子供のうちに継承されていく。それ故我々は、血のつながった親族達の生の存続を切に願いながらも、同時にその個人の将来的死を不可抗力なものと感じ、残された家族が世俗の中で生きていくための現実的な世俗的条件、その経済状態にも心を配るのである。ここでいう「自然の眺め方」とは人間の類の意識に基づく人間の普遍的意識である。しかし健三にあっては、兄の生を願いつつ、兄の死後の残された家族の経済生活を心配することは、兄の死を前提とした「残酷」な意識と感じるのである。

　何故健三はこの同時的思考を「一種の不快」と感ずるのであろうか。それは論理によって人間の意識のありようを合理的に理解しようとする健三にあっては、兄の生を願う意識（類的意識）と、その死後の残された家族の経済生活を心配するという意識（現実的な世俗的意識）との関係を統一的に意識することが出来ないからである。このような意識の乖離もまた、健三を苦しめる、思考の形式論理と「自然」の生の論理との矛盾の表れなのである。

　次に「自然の造った溝渠《みぞ》」という表現について考えてみたい。

　七十七回では「然し細君の父と彼との交情に、[c]自然の溝渠が出来たのは、やはり父の重きを置き過ぎてゐる手腕の結果としか彼には思へなかつた」、七十八回では「斯くて、細君の父と彼の間には d自然の造つた溝渠が次第に出来上つた」と描かれている。健三と義父の間に「溝渠」が出来た原因は、健三の立場からすれば、人間としての真面目さを軽蔑する義父の態度にあり、義父の立場からすれば礼儀をわきまえない健三の態度にあった。にもかかわらず、語り手はc「自然の溝渠」d「自然の造つた溝渠」と、「自然」が二人の間に「溝渠」をつくったという表現をしている。ここでの自然は、語り手にあっては、健三の意識を越えた、超越存在として立ち現れているが、語り手は何故このような表現をするのであろうか。

健三には義父との関係は睦まじい関係であるべきだという意識があり、従って後の七十九回では、彼は義父との間に出来た溝を埋める努力をしようとしている。しかし義父の「余裕」や「手腕」――義父が結婚式当日、娘婿健三に揶揄する言葉を投げたり、相手の事情や考えを認めようとしない「性質《たち》の宜しくない此余裕」に基づく手腕を誇ったり、心の奥では娘婿を「与《くみ》し易い男」と軽蔑する義父の態度に対して、健三は本能的に反発するようになっていった。このような健三の義父に対する意識の乖離（義父とは睦まじい関係にあるべきだとする意識と、現実には義父に対して強い反発を感じざるを得ない意識との乖離）と、しかもその乖離を埋めようにもどうにもならない状態は、健三の意識にあって、義父に対して健三自身が折れるべきだと考えるのではなく、何者かが義父と健三の間に「溝渠」をつくったと感じることになる。

健三自身は義父との間に「溝渠」を造ろうとは思わなかった。しかし健三は自分の生き方（おのずからなる感情としての「自然」）に従えば、必然的に義父との間に「溝渠」が出来てしまう。なにかが健三と義父との間に「溝渠」を造ったのだと考えることで、健三は倫理的強さを保持することが出来ているのである。と同時にこの場面の「自然」（の造った溝渠）という表現は、右に見たような健三の心の揺れ（義父とは仲違いすべきではないとする気持ちと、義父への反発への気持ちとの揺れ）を描くための文学的装置というべきものなのである。

「自然の造つた溝」という表現は細君の立場から見た、健三と実父との関係にも存在する。そこで次に四十七回での細君の意識する「自然の造つた溝」という表現についても考えておきたい。

健三宅に島田が吉田を伴って初めて姿を現した後、五六日して島田は一人で健三宅に姿を現し、来訪の目的をはっきりさせずに帰った。細君が「何しに来たんでせう、あの人は」と問うと、健三は「解らないね、何《ど》うも。一体魚と獣程違ふんだから」と言った。細君は健三の言葉の意味が解らず、「何が」と問い返さずにはおれなかった。健三は「あ、云ふ人と己などとはさ」と応えた。

細君は突然自分の家族と夫との関係を思ひ出した。両者の間には自然の造つた溝があつて、御互を離隔してゐた。片意地な夫は決してそれを飛び超えて呉れなかつた。

右の引用部分は、細君の意識に寄り添った語り手の描写であり、「自然の造つた溝」という言葉は語り手による細君の気持ちの表現である。この「自然」の内実は、分析的に考えれば健三と義父の不和による必然性として理解できるが、ここでの「自然」は、文脈上では健三と実父の意識を越えた超越存在としての「自然」という意味で使われている。健三も生家《さと》（義父）も、ともに「溝」をつくったのは相手側だと考えている状況のなかで、なぜ語り手は両者の不和を「自然の造つた溝」という表現をしているのであろうか。

細君にとっては、夫と父は睦まじい関係であって欲しい間柄である。夫も実父も相手との間に「溝」が出来ることは望んでいない。しかし二人の間には「溝」が出来てしまい、その「溝」の解消は、細君の力ではどうにもならないことであった。しかも細君自身も、夫の意識にあっては、その「溝」の出来た要因に関係している自覚があった。それは細君が自分の父と同じ意見を述べたり健三に実父との仲直りをさせようとすることが健三の反感を買ってしまうという自覚であった。それゆえ、細君にあっては夫と実父の間に「溝」が出来たのは、当事者以外の何かが両者の間にそれを作り出したのだ、という気持ちが生じ、その細君の気持ちに即して語り手が、「自然が造つた溝」と表現していると考えられる。

語り手が、この場面で超越存在としての「自然」を登場させ、細君の気持ちに即して、「自然」が夫と生家《さと》の間に「溝」を作ったのだと描き出すことは、生家と夫との間に挟まれた細君の微妙な立場とその気持ちを描き出すだけでなく、健三と生家の父との関係をも、どちらかの立場に加担することなく、細君のこの時の気持ちを客観的に描く語り手の視点として機能しているのである。

右に四十七回での「自然の造つた溝」という表現の内実を見てきたが、この表現は先に検討した七十七回・七十八回前半にある「自然の溝渠」「自然の造つた溝」と同じ機能を持っているといえよう。語り手がこれらの場面で超越存在としての「自然」を登場させる理由は、語り手が特定の登場人物の立場に立つことなく、登場人物の意識の深層での動きを客観的に描く視点の拠り所として機能させるためであったといえるのである。

次に「風景」として存在する「自然」を取りあげてみたい。

『道草』では「自然」が眼前の風景として二回登場する。最初に指摘したように、『道草』の「自然」は、人間としての類の意識や近代的人間の倫理性を内実としており、「無限定」なものではない。ここで取り上げる「風景」として顕現する「自然」も、我が国の伝統的自然観の系譜のうえに位置しながらも、その内実は、健三の近代人としての倫理性を自覚させる力（対象化された健三自身の内にある類の意識）に他ならない。それは六十九回では、健三に自分の在り方を反省させ、百一回では、本来の自分を実現させる力として機能している。

まず、健三にとって眼前の風景として存在する「自然」が、健三に現在の意識の在り方を反省させる力として機能している六十九回の例を取り上げてみよう。

姉の喘息が何時もより重いので見舞いに行くようにとの兄の伝言を細君から聞いて、健三が比田宅に見舞いに行ったときには、姉は回復期に向かっていた。健三は親しかった姉夫婦とも今は疎い関係になっていた。姉の「近頃御住さんは何《ど》うだい」という「親切から来る懸念」に対しても健三は「まあ相変ずです」という返答で切り上げる場合が多かった。そのため姉の目に映る健三は、何時も親しみがたい無愛想な変人に過ぎなかった。この姉の気持ちは健三に反射した。「淋しい心持で、姉の家を出た健三は、足に任せて北へ北へと歩いて行つた」。健三が入り込んだ場所は、「ついぞ見た事もない新開地のやうな汚ない町」であったが、そこは、健三がよく知っていた江戸情緒の残っている風景が広がっていた場所であった。

健三の追憶にあるこの場所の風景と、現在の「新開地のやうな汚ない町」との対比は、健三の意識にあっては、過去の江戸的風景と近代化がもたらす現在の風景との関係として意識されている。と同時に健三が意識するその対比には、彼の意識の奥底にある、健三が幼年時代に親しくしてもらった比田夫婦への懐かしい記憶と、現在の彼らに対する健三の疎い関係の対比とも重なっていた。

「何時斯《いつこ》んなに変つたんだらう」
人間の変つて行く事にのみ気を取られてゐた健三は、それよりも一層劇《はげ》しい自然の変り方に驚ろかされた。
彼は子供の時分比田と将棋を差した事を偶然思ひだした。比田は盤に向ふと、是でも所沢の藤吉さんの御弟子だからなと云ふのが癖であつた。今の比田も将棋盤を前に置けば、屹度同じ事を云ひさうな男であつた。

右の引用文冒頭における「何時斯《いつこ》んなに変つたんだらう」という眼前の風景に対する健三の感慨は、彼の記憶にある近代化以前の江戸情緒を残す風景と、近代化した「新開地のやうな汚ない町」の風景との落差に対する思いである。その「劇《はげ》しい自然の変り方」への驚きは、同時に、「人間の変つて行く事にのみ気を取られてゐた」と意識される、江戸末期では権勢を誇っていた名主達の没落、とりわけ今は健三の一族の中心である比田夫婦の没落を想起させると共に、その姉夫婦と自分との関係の変化への驚きの意識とも重なっている。この時、健三は「子供の時分比田と将棋を差した事を偶然思ひだした」。この時健三が子供の頃比田に将棋を差して遊んでもらったことを「思ひ出した」のは、健三の意識の表層に即していえば「偶然」であった。しかしこの時の彼の意識にあって、彼の記憶にある江戸情緒を持つ風景と、彼の記憶にある彼が親しんだ比田夫婦とが重なっていたことを考えるならば、「劇しい自然の変り方」への「驚き」に伴って、子供の頃の比田夫婦への自分の感情を思い出し、その時の比田夫婦への親しみの感情と今の比田夫婦への疎遠な感情との落差を思わずにはいられなかったのは必然であった。この場面の描写はさらに次のように続く。

「己自身は必竟何《ど》うなるのだらう」

衰ろへる丈で案外変らない人間のさまと、変るけれども日に栄えて行く郊外の様子とが、健三に思ひがけない対照の材料を与へた時、彼は考へない訳に行かなかつた。

「衰ろへる丈で案外変らない人間のさま」の中心には、姉や比田がいる。一方、「自然」はこの時近代化に伴う「変るけれども日に栄えて行く郊外の様子」という姿を健三に見せる。この「劇しい自然の変り方」は、健三に今までの自分の生き方と現在の自分の状態、古い江戸的退廃に彩られた没落した名主階級の血縁の世界（比田や姉の日常的世界）から学問をすることによって抜け出したが、しかし同時に親族達と疎遠になってしまった健三の現在の状態を問いたださずには置かなかったのである。こうしてこの「対照」は、「己自身は必竟何《ど》うなるのだらう」という気持ちを健三の意識にもたらすことになったのである。

六十九回の自然は健三の目に映る風景としての自然であるが、その自然は人間の意識から独立して存在する自然ではなく、人間の生活意識と結びつき、健三の意識の在り方を反省させる存在として描かれている。勿論姉の家を出たときの健三の「淋しい」気持ちが、眼前の風景の変化に触発されて、比田夫婦に対する自分の意識の変化を反省させているのであるが、語り手は、眼前の風景が過去の記憶にある風景を健三に想起させ、その変化に対する認識が、健三の比田夫婦に対する感情の変化をも思い出させ、健三に現在の在り方を反省させたように描いている。この六十九回の「自然」は、健三に現在の意識の在り方を反省させる超越存在としては描かれていないが、他の回に登場する、健三の意識の外にある「超越的存在」としての「自然」と同じ性質を持っている。この点において、この場面の「風景」としての「自然」は、健三の近代人としての倫理性の自覚を問うものとして存在しているといえよう。さらにいえば、この「自然」は対象化された健三の意識の類の意識といえよう。

しかし読者は右に分析したようにはすぐには受け取れない。それは語り手が健三の意識の表層に浮かび上がっていることのみを、健三の意識に即して描いており、その時の健三の意識内での様々な意識の流れやぶつかり合いを読者に説明しないからである。語り手は健三が「子供の時分比田と将棋を差した事を偶然思ひだした」という描写のうちに、この時の健三の意識の表層に、彼の内部に続いている今まで姉との会話で感じていた「淋しい心持」が湧きあがってきたことを示している。この場面の直前の健三には、子供の頃あれほど親しんだ間柄であったにもかかわらず、いまは疎遠になっている、姉とその夫比田と自分との落差が意識されていた。その意識はこの場面の健三の意識にあっても続いている。この時の健三の意識を分析すれば、眼前の風景の変化への思いと姉夫婦への態度の変化への思いとが、重なっていることが理解できる。しかし健三の意識の表層に上っているのは、眼前の風景の変化への思いであり、その風景の変化と姉夫婦との関係は、この瞬間の健三には意識されていない。語り手は、健三の意識に即して、この時の健三の意識に上っている風景への思いを浮き彫りにしており、その風景と姉夫婦との繋がりは描かない。描くためには概念によって、健三の意識から両者の関係を取り出して分析的に読者に示す必要があるが、語り手は健三の表層の意識を描くことに焦点を絞っており、両者の関係を説明しようとしない。そのため、語り手の視線に即して健三の意識を理解しようとしている読者には、この時の健三の意識における眼前の風景と、彼の意識内において繋がっている姉夫婦との関係がすぐには理解できないことになる。この場面の作者が、あえて直前の姉との会話と眼前の風景との結びつきを読者に示そうとしないのは、健三の覚醒した意識とその識閾下にある意識との関係をもあるがままに描こうとしているからである。

次に健三にとって「風景」として存在する「自然」が、本来の自分を実現させる力として機能している百一回を見ていこう。生活するために果たさねばならない採点の仕事は、年が改まっても続いており、人の顔を見て年賀の挨拶をするのも厭であった健三は、普通の服装でぶらりと表に出て、新年の空気が通わない方に足を向けた。

冬木立と荒た畠、藁葺《わらぶき》屋根と細い流、そんなものが盆槍《ぼんやり》した彼の眼に入つた。然し彼は此可憐な自然に対してもう感興を失つてゐた。

幸ひ天気は穏かであつた。空風《からかぜ》の吹き捲《まく》らない野面《のづら》には春に似た靄《もや》が遠く懸つてゐた。其間から落ちる薄い日影もおつとりと彼の身体《からだ》を包んだ。彼は人もなく路もない所へわざ〱迷ひ込んだ。さうして融《と》けかゝつた霜で泥だらけになつた靴の重いのに気が付いて、しばらく足を動かさずにゐた。彼は一つ所に佇立《たたず》んでゐる間に、気分を紛らさうとして絵を描《か》いた。然し其絵があまり不味《まづ》いので、写生は却つて彼を自暴《やけ》にする丈であつた。彼は重たい足を引き摺《ず》つて又宅《うち》へ帰つて来た。途中で島田に遣《や》るべき金の事を考へて、不図《ふと》何か書いて見やうといふ気を起した。

傍線部の「可憐な自然」は、健三の目に入った「冬木立と荒た畠、藁葺屋根と細い流」を指しているが、その後に続く描写「幸い天気は穏かであつた。空風の吹き捲《まく》らない野面には春に似た靄が遠く懸つてゐた。其間から落ちる薄い日影もおつとりと彼の身体を包んだ」という情景とも繋がっている。健三が「可憐な自然」に「感興を失つ」た後、その「可憐な自然」は「彼の身体を包み込」んだ。「彼は人もなく路もない所へわざ〳〵迷ひ込」み、「しばらく足を動かさずにゐた」と語り手は描いている。語り手は何故自然の中に「わざ〳〵迷ひ込」んでじっとしている健三の姿を描き込んでいるのであろうか。この時穏やかな自然に包まれている健三が、ことさらに描かれていることに注意しなければならない。語り手が描いていることは、そのとき彼の外側にある「自然」によって彼自身の内側の「自然」（＝健三の意識の奥底にある人間としての根源意識）が包まれ、外側の自然が彼自身の内側の「自然」（内的欲求＝創作によって本当の自分を表現したいという欲求）を押し出したということであろう。

語り手はこの時の健三の姿をその後「彼は一つ所に佇《たたず》んでゐる間に、気分を紛らさうとして絵を描《か》いた。然し其絵があまり不味《まづ》いので、写生は却つて彼を自暴《やけ》にする丈であつた」と描いている。健三が「絵を描いた」のは、彼の意識には「人の顔を見て御目出たうといふのさへ厭になつた」気持ちが続いており、可憐な自然を描くことによってその自然に同化して、自分の「気持ち」を変えようとしたからである。しかし、彼は自分に自然の可憐さ（自然の本質）を描く才能のないことを自覚しなければならなかった。次いで語り手は、彼が帰宅途中で「島田に遣るべき金の事を考へて、不図《ふと》何か書いて見やうといふ気を起した」と描いている。何故健三はこのような気持ちを「起した」のであろうか。語り手の描くところによれば、健三の外部の「自然」は、健三の内部の「自然」に入り込み、彼が本来的に持っている、文芸の創作によって生きたいとする願望を刺激し、健三をその行動へと押し出したからである。それは三回に描かれた彼が今まで学者として歩いてきた「索寞たる曠野の方角」での、「温かい人間の血を枯らしに行く」行為（＝学問）から、この百一回で描かれる人間の血を求め、自分の血を啜る行為、自分の我執を徹底的に暴き出し、自分の意識の根源を追求する作家的行為への転換を促す力なのである。

もちろん文芸の創作活動に生きたいとする健三の願望が、彼の職業として実現する条件が生じるのは、時間的には小説『道草』後のことになるが、健三は作家として生きる糸口を、「自然」の誘いによって摑んだのである。

この場面に登場する「自然」は、風景として存在する「自然」であると同時に、健三の意識にある本来の自分を実現させたい願望を押し出そうとする内的力なのである。語り手は風景としての「自然」に、健三の内なる願望を重ね合わせているのである。

以上、本章の後半では、「自然」の様々な現われを見てきた。養父母と健三の関係に登場する「自然」は、類の意識に裏打ちされた親子のあるべき「情愛」を内実としていた。義父への意識にあらわれる「自然」は、健三の生き方と結びついた近代人としての倫理性であった。また風景として存在する「自然」も、それは健三の近代人としての生き方を自覚させる力であった。「自然」は、人間としての類の意識に裏打ちされた、世俗社会でのあるべき生き方とその倫理的力を内実としているのである。

最後に「自然」という言葉は出て来ないが、実質的に語り手が「自然」の立場から健三の内面を描いている一例を上げておきたい。九十一回の語り手は、健三の思い出したくない、実父と養父の自分に対する酷薄な態度の回想を描き出した後、健三の現在の意識の描写に戻り、「然し今の自分は何うして出来上がつたのだらう」と「不思議でならなかつた」とする健三の気持ちを描いている。この時健三は自分の生を導いている何かを感じている。しかし健三はその存在を摑むことが出来ない。

この場面で語り手は、その存在を健三は意識していないが、それは「自然」であり、その自然の力に二つの側面があることを示唆している。一つは健三の現在を創り出しているが、しかし健三には気づかない側面、もう一つは「自然」に導かれて健三が創り出したものを、健三が自分の力によって創り出したと考えている側面である。（語り手によれば、健三は「自然」に導かれて行動しているのであるが、彼はそのことに気づかない。）まず語り手は健三の意識に映る、健三の気づかない自然の創り出した側面を次のように描いている。

其不思議のうちには、[a]自分の周囲と能く闘ひ終せたものだといふ誇りも大分交《まじ》つてゐた。さうして[b]まだ出来上らないものを、既に出来上つたやうに見る得意も無論含まれてゐた。

彼は過去と現在との対照を見た。[c]過去が何うして此現在に発展して来たかを疑がつた。しかも[d]其現在のために苦しんでゐる自分には丸で気が付かなかつた。

右の描写において語り手は「自然」の立場から健三の意識に寄り添いながら、健三の感じる「不思議」という思いの内実を批判的アクセントを付して浮彫りにしている。以下、その批判的アクセントを通して、語り手が浮彫りにしている「不思議」という健三の思いの内実（自然の創り出した側面）を考えてみたい。

a（「自分の周囲と能く闘ひ終せたものだといふ誇りも大分交つてゐた」）に内包する批判的アクセントの内実を取り出せば、以下のように言うことが出来る。――健三は自分の周囲との闘いによって、自分の現在を勝ち取ったという自負を持っている。健三には、現在を作り上げている二つの側面のうち一面しか意識できない。島田夫婦や実父は健三に何時も「酷薄」であったわけではない。養父母は幼児であった健三を彼らなりに可愛がりもし、世話をしてくれたのだ。実父は健三の将来を気遣い、養育料を島田に払って健三の籍を実家に戻すために努力し、健三の将来のためにその証文も残してくれた。学校にやってくれたのも養父や実父ではないか。姉夫婦の世話も受けた。こうした周りの人たちの御蔭で健三の現在があるのだ。しかし今の健三にはそれらのことが意識されない。

b（「まだ出来上がらないものを、既に出来上がつたやうに見る得意」）には以下のようなコメントが存在している。――

今の健三は五十七回で苦しんでいるように、「金持になるか、偉くなるか、二つのうち何方《どっち》かに中途半端な自分を片付けたくなつた」が、「何うして好《い》いか解ら」ずに「しきりに焦れ」ている存在ではないか。また彼の願望は「金の力で支配することの出来ない真に偉大なもの」の境地を得ることにあるが、今の健三はその努力もしていない。彼はまだ人間として不十分なのだ。

c（「過去が何うして此現在に発展して来たかを疑がった」）には以下のようなコメントが存在している。――健三は自分の現在を、あたかも自分の力で勝ち取ったような気がして、過去から現在に至る流れを振り返っている。しかし彼がぼんやりと感じているように、この時の健三の意識に上っていない様々な要因（健三が意識していない側面）もまた現在の健三をつくり出しているのだ。そしてその要因をつくり出している「何か」（彼の外にあって、彼を導いている力、すなわち「自然」）によって彼は動かされているのだ。健三はぼんやりと感じているその力の存在を悟るべきなのだ。

d（「其現在のために苦しんでゐる自分には丸《まる》で気が付かなかった」）には以下のようなコメントが存在している。――健三の過去から現在をつくり出した諸要因は、現在の健三にプラスとマイナスの二面性を持つ。しかし現在の健三にはそのマイナス面が意識されていないのだ。

語り手は健三の現在の意識に右のような批判的アクセントを付した上で、さらに健三の「現在」のプラス面を次のように記していく。

彼と島田との関係が破裂したのは、此現在の御蔭であつた。彼が御常を忌むのも、姉や兄と同化し得ないのも此現在の御蔭であつた。細君の父と段々離れて行くのも又此現在の御蔭に違なかつた。

傍線部を付した「現在の御蔭」とは、健三が学校や図書館での「牢獄」生活を送った結果として勝ち取った外国留学や現在の社会的地位、それに伴う彼の学んだ西欧の新しい価値や彼の掴んだ「自己本位」という信念を含んでいる。語り手は「現在の御蔭」という言葉によって彼の勝ち取った（と感じている）「現在」が過去のしがらみを断ち切り自分の価値観に従って生きる力として機能していることに、肯定的な光を当てている。もし健三に今の「現在」がなければ、彼は血族関係や縁者のなかで、自分の意思を貫くことは出来なかったであろうことを、健三だけでなく語り手も意識している。その上で語り手はその「現在」のもたらすマイナス面をも、

一方から見ると、他《ひと》と反《そり》が合はなくなるやうに、現在の自分を作り上げた彼は気の毒なものであつた。

と記している。ここで語り手は、健三の「現在」が否定的に作用している側面を指摘している。健三は、親類縁者とは良好な関係を保つべきだと自覚している。にもかかわらず、健三は「現在の御蔭」で、自己に固執出来、彼らを批判・軽蔑することも出来る。そのため彼らからは一目置かれ、偏屈な人間として遠ざけられている。こうして健三は彼らと心から打ち解けることが出来なくなってしまっているのだと。

語り手は、健三が得ようとして得ることが出来ない境地をすでに得た存在である。語り手は、その境地から、この時の健三の「現在」の二面性を描き出している。九十一回に描かれた語り手の立脚点を、要約して示せば次のようになろう。語り手の立脚点とは、『明暗』の用語を借りれば、健三の現在を創り出している「大きな自然」（健三の意識の外にあって彼の生を導いている人間の類の意識）と「小さな自然」（健三の意識のうちにある個の制限を受けた人間性＝「大きな自然」と繋がっている要素）との関係を意識できる視線であり、別言すれば、金の力が支配する我（個別性）に縛られている具体的生を持つ存在である健三の意識のありようを、人類性（＝普遍性）との関係で浮き彫りにする視線なのである。この語り手の立脚点は『明暗』の「自然」においてさらにはっきりと立ち現れることになる。

おわりに

『道草』の「自然」は我が国の伝統的自然観の系譜のうえにあるように一見感じられる。しかし本稿で検討してきたように、『道草』の「自然」の内実はベルクソン『創造的進化』がいう「生命」により近く、近代人の倫理意識の根源にある人間の類としての意識といえるものであった。近代人の内にあるその類の意識の倫理性が、人間の個体から独立した一つの生きた主体であるかのように、「自然」という名のもとに、健三や細君及び語り手に意識されているのである。と同時にそれは、語り手が特定の登場人物の立場に立つことなく、人間の類の意識(近代人の倫理性)の立場から登場人物達の意識の深層の動きを描き出す拠り所として機能している視点(文学的装置)でもあったのである。

注

(1) 評者の多くは『道草』の「自然」を、我が国の伝統的「自然」の「無限定性」との繋がりで理解している。江藤淳は『道草』の最後を引いて次のように言う。「これは日常生活の側の完全な勝利の容認である。(中略)妻である女の「我執」に屈しようとしない健三は、その中にある人間を超えた意志——「自然」には甘んじて屈しようとする。「人間」の名によってではなく、「自然」の名に於ける「我執」の承認。これは極めて巧妙な、日本的な妥協である。人間的な「我執」を「我執」として認めるのではなく、「自然」の反映として認識し、自己の敗北を人間的次元から消去しようとする。」(「三田文学」46巻8号、『夏目漱石』東京ライフ社　昭和三一年　一五五頁)。樋野憲子は、「『道草』における「自然」とは、人間を超えるものであって同時に人間の内部のものでもあり、天意であって同時に我執であり、論理であって同時に非論理なのである。そして自己と他者の双方が自然であるとされるのであれば、これは自己と他者の双方、即ちすべての人間に共有される〈人間の自然〉だといえるだろう」として、「自然」を「我執」の肯定をも含め、「無限定」なものとする。そのため氏の理解する「自然」の内実は、江藤説とほとんど同一になっている（「『道草』論——「自然の論理」について——」「文学」41巻7号　一九七三年七月）。相原和邦（「『漱石文学』——その表現と思想」一九八〇年七月所収）の理解も同一線上にある。それに対して宮井一郎は、江藤説を引いて、「この自然は、その対極にある我執とは、絶対に代替不可能な、常に対峙の形で認識せられるものである。したがって、「人間の名によってでなく『自然』の名における『我執』の承認」など、いかに観念の世界でも出来る筈はないのである」と批判している。この批判は樋野の論にも当てはまる。「自然」と「我執」の関係に対する宮井の指摘は正しいであろう。柄谷行人（「意識と自然」）は、「『道草』の「自然」を「意識」の外に広がる非存在の闇」、「『道草』のフィジカルな世界はメタフィジカルなものの感触にとりかこまれており、「始まり」と「終り」が大きな闇のなかに溶けこんでしまっているのである」とする（「群像」一九六九年六月号、『漱石論集成』第三文明社 一九九二年 所収）。漱石文学の「自然」を貫く要素の指摘であるが、少なくとも『道草』の「自然」に存在する類的な要素が指摘されるべきではないだろうか。（以上の論は『漱石作品論集成』第⑪巻「道草」桜楓社　一九九一年六月 に所収）

（2）ベルクソン著真方敬道訳『創造的進化』（「岩波文庫」一九七九年）で「生命」は次のように描かれている。①「この地球上で進化する生命は物質に結びついている。かりに生命が純粋意識か、あるいはもっと正しくいって超意識であったなら、それは純粋な創造活動になったであろう。事実は生命は有機体に釘づけにされ、有機体は生命を無生な物質の一般法則にしたがわせる。たしかにそうだとしてもやはり一切の経過からいって、生命はそうした法則からのがれようと全力を尽くしているかのようにみえる。」（二九一頁）②「（凝集の途上にある星雲の動きのように）ひとつの中心があって、もろもろの世界は巨大な花火からの火箭《ひや》のようにそこから噴き出す。ただし私のここで立てる中心とはものではなく噴出の連続のことである。——神というものもこのように定義されてみると何ひとつ造ったわけでなく、不断の生であり、行動であり自由なのである。」（二九五頁）③「生命の根源にあるのは意識である。あるいは超意識といった方がよいかもしれない。」（三〇九頁）

（3）大正三年一一月頃の木曜会や手紙で、漱石は死へのあこがれを語っているが（松浦嘉一日記、岡田耕三宛手紙）、『道草』においては、細君の生の消滅を恐れ、本能的に彼女の死への行動を阻止しようとする健三の姿を描いている。この根本的違いは、漱石が『道草』において人間の生に絶対的価値を感じる「類の意識」（人間の根元にある人間としての倫理性）に焦点を当てることが出来たからであろう。

（4） 重松泰雄（「「自然」という名の〈相対〉と〈絶対〉」『漱石その新たなる地平』おうふう 一九九七年五月 所収）は、佐藤泰正（注6参照）と同様、健三の「自然」を健三の〈性癖〉や〈自己完結的意識〉と捉え、制限あるものとしている。七十八回の〈緩和剤としての歇私的里（ヒステリ）の発作がお住を襲ったときの描写の最後の記述で、いくつかの条件が整わなければ細君の歇私的里（ヒステリ）の緩和剤とはならないという記述に関して、「自己完結的な意識の登場が事を複雑にし、その結果、折角「大きな自然」が準備してくれた「自然の同情」、自然の情愛の顕現が、「小さい自然」としての健三の性《さが》によって妨害されるといった皮肉な現状が生じることが知られる」と記している。しかし私見によれば、健三の「性《さが》」「性癖」と「自然」とは異なる範疇のものであり、その区別が為されるべきであろう。七十八回の「自然」は、健三内部の類の意識の謂いであり、この場面の最後の記述は、健三の自我意識の神経衰弱的状態が極めて強いときには、健三の人間としての根源的意識（類としての意識＝「自然」）が彼の意識の前面にでることなく結果的に彼の神経衰弱的な状態も治癒しないことがあることを描いているというべきであろう。

（5） ここで語り手の視線とこの場面の健三の意識との関係に触れておきたい。この場面で語り手は、細君に対する健三の病的な自我意識の現われを批判的に描かない。同時にこの時の健三の病的な言動への細君の配慮も描かない。ここでの語り手は、健三の病的な自我意識に寄り添って、この時の健三の意識に映る細君の姿を描き出すばかりである。そのため、健三の視線から離れた他者の視線に映る細君像（神経衰弱に陥っている健三を気遣い、健三にとって最善の方法をとろうとする細君の姿）は、読者には解らない。

（6） 佐藤泰正（「『道草』――〈神〉の顕現――」『夏目漱石論』筑摩書房 昭和六一年一〇月 所収）は、『道草』七十六回と六十六回のこの場面の箇所を引いて次のように記している。

「彼はその残酷な見方を「自然の」もの、即ち裡なる「自然」に発するものとして「許してゐ」るが（即ち「倫理的に認可し」ているが）、しかしそういう自分に対して「一種の不快を感じ」ざるをえない。「自然」はここで「許し」きることが出来ないとも、またその背後にあるものによって問われているとも言えよう。つまりここで「自然」は倫理（的反応、或は「人格の反射」）の基底であり、核であるかのようだが、それはみずからを支える絶対の根ではなく、言わばより相対化して語られていると知られよう」（三三九頁）

佐藤はこのように記して、「自然」のうえに「神」を置こうとする。また佐藤は同書（三四〇頁）で次のようにも記している。「道草における内在的「自然」が、人格の、倫理の、基底・核の如きものでありつつ、なお根源のものたりえぬことはすでにふれたが、同時に、たとえば「細君の父と彼との間には自然の造つた溝渠《みぞ》が次第に出来上がつた」（七十八）という如く、他者につながる、より共在的、普遍的な基底の確認であるよりも、先ず個の確認として語られていることも見逃してはなるまい」。しかし私見によれば、佐藤の理解とは反対に、『道草』の内在的「自然」は「他者につながる、より共在的、普遍的な基底」であり、それが、「類としての人間」への信頼になって現れているのである。

第二章　細君に対する健三の「情愛」の性格

健三と細君は共に心の病を抱えている夫婦である。健三は「神経衰弱」に伴う癇癪をしばしば破裂させる。細君の意識の変調は健三の「神経衰弱」に伴う癇癪の破裂と深い関係があるが、『道草』では、その因果関係ははっきりとは描かれない。また細君の意識の変調に対する健三の情愛の意味も分析的に示されることがない。そのため読者は『道草』でのこれらの描写の意味を、『道草』のテーマとのかかわりですぐには理解できず、細君の意識の変調やその時の細君に対する健三の情愛の描写は、健三夫婦における特殊な問題を描いているように感じられる。なぜ『道草』では細君の意識の変調やその時の健三の細君に対する情愛を繰り返し描くのであろうか。結論を先に示せば、『道草』において健三の細君への情愛を執拗に描き出しているのは、語り手が『道草』で描いている健三の「情愛」は、健三のうちにある個我意識の根底にある人間としての普遍的な根源的意識（＝人間としての「類の感情」）の顕現であり、『道草』後半で健三が世俗の中で生きる意味をつかみ取る重要な契機だからである。

細君の病とそれに対する健三の意識が本格的に描写の対象となるのは、五十回、五十四回、七十八回である。五十回は細君の意識の変調が健三の癇癪の発作とは無関係のように描かれている場面、五十四回は細君の意識の変調が健三に癇癪の破裂と関係して描かれている場面、七十八回は義父と健三との関係のなかで細君の意識の変調が描かれている場面である。

本稿では、この三場面を中心に、健三の細君に対する情愛の性格について考えてみたい(1)。

I　細君の病に対する健三の情愛の性格

最初に五十回を中心とする細君の病に対する健三の意識を通して、健三の細君に対する情愛の性格を見ていきたい。細君はしばしば意識に変調を来した。語り手はこの細君の病を当時の理解の仕方に即して、「歇私的里《ヒステリー》の発作」と表現している（二十六回）。島田が健三宅に来ていた四十九回では、細君は気分が悪いと寝ていた。健三が島田と話をしていると、奥の間で細君の唸るような声が聞こえてくる。語り手はその時の健三の意識を「健三の神経は此声に対して普通の人以上の敏感を有《も》つてゐた。彼はすぐ耳を峙《そば》だてた」「細君をたつた一人で置くのが何より苦しかつた」と描いている。

五十回では、島田が帰った後、夢を見ているような目をして健三をも認めることが出来ない意識状態の細君に、健三は心を痛める。しかし突然細君は平常の意識を取り戻す。このような細君の状態はしばしば起こったのである。健三は意識を取り戻した細君に「本当に大丈夫かい」と念を押して書斎に戻る。五十一回では、細君の病が気になり明日の講義の準備に集中できず、その準備を放り出す健三の姿が描かれる。ここで語り手は、細君の病気には熟睡が一番の薬であったことを承知しているにもかかわらず、寝ている細君を揺り動かして、「彼女の実在」を確かめねば気が済まない健三の意識を描いている。

五十二回では、二人の関係が書き出される。

> 二人は自分達の此態度に対して何の注意も省察も払はなかつた。二人は二人に特有な因果関係を有《も》つてゐる事を冥々の裡《うち》に自覚してゐた。さうして其因果関係が一切の他人には全く通じないのだといふ事も能《よ》く呑み込

んでゐた。だから事状を知らない第三者の眼に、自分達が或は変に映りはしまいかといふ疑念さへ起さなかつた。

ここでいう「一切の他人には全く通じない」と健三が感じている細君との「二人に特有な因果関係」とは、いかなる性質のものであろうか。その結論を先に記せば、ともに時々意識に変調を来す病を抱えている夫婦「特有」の純粋な情愛での結びつきという意味が含意されているのである。

健三の細君への情愛の性格を考える上で留意すべきは、五十回の細君の発作の描写と、五十二回の次の日における健三の大学での講義の様子、および三十八回の健三の幼児体験の追憶とに、表現上の著しい類似が存在することである。この類似によって健三が不愉快な気分に支配されていない時の健三の細君に対する夫婦としての情愛の性格が表現されていると考えられる。そこでまず、これらの間に存在する、類似表現を検討し、健三の細君に対する情愛の性格を見ていきたい。

まず五十回の島田が帰った後の細君の発作の描写を見ておきたい。

A　健三はすぐ奥へ来て細君の枕元に立つた。／「何うかしたのか」／細君は眼を開けて[a]天井を見た。……細君の眸《ひとみ》が[b]何処《どこ》に向つて注がれてゐるのか能《よ》く分らない位暗かつた。……彼は結婚以来斯《か》ういふ現象に何度となく遭遇した。然し彼の神経はそれに慣らされるには余りに鋭敏過ぎた。[c]遭遇するたびに、同程度の不安を感ずるのが常であつた。彼はすぐ枕元に腰を卸《おろ》した。

B　（下女が立ち去った後には）[d]赤い筋を引いた光るものが畳の上に残つた。彼は眉を顰《ひそ》めながら下女の振り落して行つた針を取り上げた。何時もなら婢《をんな》を呼び返して小言を云つて渡す所を、[e]今の彼は黙つて手に持つたま、しばらく考へてゐた。彼は仕舞に其針をぷつりと襖に立てた。

C　細君の眼はもうf天井を離れてゐた。然しg判然《はっきり》何処を見てゐるとも思へなかつた。h黒い大きな瞳子《ひとみ》には生きた光があつた。けれども生きた働きが欠けてゐた。彼女は魂と直接《じか》に繋がつてゐないやうな眼を一杯に開けて、漫然と瞳孔《ひとみ》の向いた見当を眺めてゐた。

D　「おい」／健三は細君の肩を揺つた。細君は返事をせずに只i首丈をそろりと動かして心持健三の方に顔を向けた。けれども其所《そこ》に夫の存在を認める何等の輝きもなかつた。／「おい、己《おれ》だよ。分るかい」／……此言葉のうちには、他《ひと》に知れないで自分にばかり解つてゐる憐憫と苦痛と悲哀があつた。それからj跪《ひざ》まづいて天に禱《いの》る時の誠と願もあつた。／「何《ど》うぞ口を利いて呉れ。後生だから己《おれ》の顔を見て呉れ」／彼は心のうちで斯《か》う云つて細君に頼むのである。然し其痛切な頼みを決して口へ出して云はうとはしなかつた。感傷的な気分に支配され易い癖に、彼は決して外表的になれない男であつた。／k細君の眼は突然平生の我に帰つた。さうしてl夢から覚めた人のやうに健三を見た。

五十二回では、翌日の健三の講義の様子が描かれる。

健三は黙つて外へ出て、例の通り仕事をした。然し其仕事の真際中に彼は突然細君の病気を想像する事があつた。彼の眼の前に夢を見てゐるやうな細君の黒い眼が不意に浮んだ。すると彼はすぐ自分の立つてゐる高い壇から降りて宅《うち》へ帰らなければならないやうな気がした。……彼は広い室《へや》の片隅に居て真ん向ふの突当りにある遠い戸口を眺めた。彼は仰向いて兜の鉢金を伏せたやうな高い丸天井を眺めた。仮漆《ヴーニッシ》で塗り上げた角材を幾段にも組み上げて、高いものを一層高く見えるやうに工夫した其天井は、小さい彼の心を包むに足りなかつた。

最後に彼の眼は自分の下に黒い頭を並べて、神妙に彼の云ふ事を聴いてゐる多くの青年の上に落ちた。さうして復《また》卒然として現実に帰るべく彼等から余儀なくされた。

右の五十二回の引用部分は、清水孝純氏によって、「天井」の表現を中心に、対象が「抽象的・一般的な存在に還元され」「大学教師としての主人公健三の社会的規定性をめぐって、その脱落の方向」で「いいかえがなされている」、迂言法（ペリフラーズ）の例として詳細に分析されている箇所である。(2) また五十回と五十二回の「天井」の類似の意味については熊倉千之氏によって、「天井」のイメージは「天」を示唆しているという指摘がある。(3) ここでは、この清水氏の分析と熊倉氏の指摘を踏まえて、健三の細君に対する情愛の性格という観点からこの描写の意味を考えてみたい。

右に引いた五十回と五十二回には次の①〜④のような類似がある。

① 五十回Aでは細君の視線はa「天井」に向けられているが、b「何処に向つて注がれてゐるのか能く分らない」と描かれる。Cのgでも細君の視線は「判然《はつきり》何処を見てゐるとも思へなかつた」ことが強調される。一方五十二回の講義をしている健三にあっては、「夢を見てゐるやうな細君の黒い眼が不意に浮」び、すぐ細君の許に帰らねばならないような気がして、彼の視線は「遠い戸口」「高い丸天井」「青年」（学生）へと移っていく。両者は「天井」を見るが、焦点が定まらないという点で類似している。また五十回Dのiでは、その眼は健三の呼びかけに応じて健三に向けられるが、夫の存在を認める眼の「輝きもなかつた」と描かれる。一方、五十二回の講義をしている健三の視線にあっても学生は、ただ「黒い頭を並べ」た青年としか映らない。これらの類似は、五十二回の健三の視線が、五十回の細君の「夢」を見ているような視線に感染しているような印象を読者に与える。

② 五十回Dのj「跪《ひざ》まづいて天に禱《いの》る時の誠と願もあつた」の「天」は、五十二回の「高いものを一層高く見え

るやうに工夫した其天井は、小さい彼の心を包むに足りなかつた」という「天井」と類似する。その類似は熊倉氏に指摘があるように、五十二回の「天井」に人間の行動を支配している「天」との繋がりを感じさせ、健三は細君の回復を天に祈るが、「天は彼からその不安を取り除いてくれない」という健三の思いを感じさせる。

③　五十回Dの最後ではk「細君の眼は突然平生の我に帰つた」と描かれるが、五十二回の引用部分の最後でも、健三の意識は「卒然として現実に帰るべく……余儀なくされた」と描かれている。両者の表現は酷似している。

④　五十二回の引用部分に続いて、以下「是程細君の病気に悩まされてゐた健三は、比較的島田のために祟られる恐れを抱かなかつた」という描写が続くが、この描写は健三の意識が細君の病状への不安によって占められ、島田への対応に注意が集中していなかったことを示している。健三が「是程細君の病気に悩まされてゐた」という表現は、健三の視線が細君の視線に感染し、健三自身が細君に同化してしまっている状態であることを暗示させる（精神分析でいう「転移」であろう(4)）。

①〜④でみてきたように、引用した五十二回の描写表現は、五十回の描写を踏まえた病的なまでの鋭い感受性を持つ健三の、細君の生に対する「不安」の深さを描き出す表現なのである。以上のことを踏まえるならば、清水氏によって指摘されている五十二回における「大学教師としての健三の社会的規定性」の脱落の方向における言い換え（迂言法）は、第三者には分からない「二人に特有な因果関係」として存在する健三の、精神の病をもつ細君への情愛の性格の表現方法として機能していると考えられる。

次に、五十回Bの描写の意味を、三十八回との類似表現との関係で考えてみたい。五十回Bに描かれた、下女が落としていった赤い糸を通した針を拾い上げてしばらく考えていた健三の心の内は、その前後の描写からだけでは、理解できない。この描写はすでに野網摩利子氏によって三十八回の健三の幼児期の体験との繋がりが指摘されているが(5)、ここでは、氏の指摘に基づいて、五十回のBと三十八回に描かれた健三の幼児期の体験との類似をさらに考えてみたい。

　Bの下女が落として行った赤い糸のついた針を持って健三がしばらく眺めていたという描写は、その直前の描写「彼の神経はそれ（細君の意識の変調を来す発作――筆者注）に慣らされるには余りに鋭敏過ぎた。遭遇するたびに、同程度の不安を感ずるのが常であつた」という細君への「実在」に「不安を感ずる」健三の連想と結びついており、その「不安」は野網氏に指摘があるように、三十八回に描かれている幼児であったときの健三の「不安」とつながっている。

　五十回の細君に感ずる健三の「不安」が想起する、三十八回の幼児健三の「不安」を考えてみよう。


　彼はまた此四角な家と唐金の仏様の近所にある赤い門の家を覚えてゐた。（中略）葭簀《よしず》の隙《すき》から覗くと、奥には石で囲んだ池が見えた。その池の上には藤棚が釣つてあつた。水の上に差し出された両端を支へる二本の棚柱は池の中に埋まつてゐた。周囲には躑躅が多かつた。中には緋鯉の影があちこちと動いた。濁つた水の底を幻影《まぼろし》の様に赤くする其魚を健三は是非捕りたいと思つた。

　或日彼は誰も宅にゐない時を見計《みはから》つて、不細具な布袋竹《ほていちく》の先へ一枚糸を着けて、餌と共に池の中に投げ込んだら、すぐ糸を引く気味の悪いものに脅かされた。彼を水の底に引つ張り込まなければ已《や》まない其強い力が二の腕迄伝つた時、彼は恐ろしくなつて、すぐ竿を放り出した。さうして翌日静かに水面に浮いてゐる一尺《しゃく》余りの緋鯉を見出した。彼は独り怖がつた。……

「自分は其時分誰と共に住んでゐたのだらう」

　彼には何等の記憶もなかつた。彼の頭は丸で白紙のやうなものであつた。けれども理解力の索引に訴へて考へれば、何うしても島田夫婦と共に暮したと云はなければならなかつた。

この三十八回の場面では、島田夫婦と暮らしながら、彼らから無私の愛情を受けなかったことによって生じた幼い健三の「不安」が投影されている。死んだ緋鯉を見出した幼児健三が「独り怖がつた」のは、回想から戻った健三が「自分は其時分誰と共に住んでゐたのだらう」と考えねばならなかったことからも知られるように、（新宮一成氏の理解の仕方に倣うならば）、釣り上げた鯉と幼児健三との関係に、幼児健三と養父母との関係が重ねられているからであるといえよう。幼児健三は養父母によって彼の生が抑圧され殺されていることを本能的に感じていたのである。また多くの論者が指摘しているように、この表現は、人間の生の実在に対する不安が重ねられて表現されているともいえようが、「自分は其時誰と共に住んでゐたのだらう」という健三の言葉との関係が留意されねばならないだろう。

五十回に描かれている健三の、細君の瞳が何処に注がれているか分からず、細君の実在が消滅するのではないかという不安は、結論を先に示せば、下女の落としていった「赤い筋を引いた光るもの」を媒介として五十回の健三に、三十八回で描かれている幼児期に体験した、池の中に何かが彼を引き込もうとする力への恐怖を回想させているのである。以下、右に引いた五十回の健三が細君への不安から、「赤い筋を引いた光るもの」を媒介として、三十八回の幼児体験を連想させているその類似表現を見ていきたい。

「（赤い筋を引いた）光るもの」と表現されている「縫い針」は、三十八回の竹につけた糸の先の釣り針と類似する。「赤い糸」の赤は、（引用の傍線部分の）彼の記憶にある当時住んでいた「赤い門の家」の赤や、池の周りの「躑躅」の赤、そして池の底を「幻影の様に赤くする」緋鯉の「赤」と重なる。健三は下女の落としていった「赤い糸を引く針」から、幼児の時に体験した「赤い門の家」での孤独の生み出す不安や、生の実在に対する不安を思い出しているのである。[6] 糸の先にある針は「光るもの」と表現されているが、この「光るもの」は細君の瞳（「黒い大きな瞳子には生きた光があつた。けれども生きた働きが欠けてゐた」と描かれている瞳）の「光」と重なっている。幼児期健三が感じた、緋鯉の赤が池の底を「幻影《まぼろし》」のように赤くするという「幻影《まぼろし》」もまた、細君の目の視線が「夢」を見ているような状態であることとも重なっている。七十八回では発作を起こした細君を語り手は「彼女の意識は何時でも朦朧として夢よりも分別がなかつた。……外界はたゞ幻影《まぼろし》のやうに映るらしかつた」と描いている。両者の「幻影《まぼろし》」は重なっている。健三がその針を「手に持つたまゝ、しばらく考へてゐた」のは、細君の「生きた働き」を失った瞳に接して、細君の「実在」に対する不安が、幼児期に持たねばならなかった人間の「実在」に対する不安と重ねられて、健三に意識されていることを示している。「彼は仕舞に其針をぷつりと襖に立てた」という描写は、その不安を断ち切ろうとしている彼の気持ちを表現している。

四十七回から五十二回にかけて描かれた細君の病の発作は、健三の癇癪とは無関係に起きているように描かれている例である。この場面では細君の発作が健三との関係によって引き起こされたという風には描かれていない[7]。またこのときの健三は、不愉快な気分に支配されてもいない。したがって、このときの健三の細君の病に対する「憐憫と苦痛と悲哀」と、「跪《ひざ》まづいて天に禱《いの》る時の誠と願《ねがひ》」は、彼の内面にある純粋な、細君の生（ひいては人間の生）に対する深い情愛（夫婦としての絆）の描写なのである。読者もまたこの描写によって健三の意識のうちにある細君への深い情愛と共に、その情愛が健三の人間の生に対する根源的な感情と結びついていることを読み取るのである。

語り手がいう「他人には全く通じない」「二人に特有な因果関係」によって結びつけられた夫婦愛とは、共に心の病によって世俗的意識から離れた人間同士の結びつき、互いの心の奥底にある個我意識を超えた人間としての純粋な根源的普遍意識に出会うことによって生ずる純粋な信頼関係なのである。

2　健三の「神経衰弱」（病的癇癪）と細君への情愛との関係

次に五十四回に描かれた健三の「神経衰弱」が引き起こす癇癪と、右に見てきた健三の内にある細君に対する情愛との関係を考えていきたい。

五十四回での細君の発作は、健三の癇癪の爆発との関わりで描かれ、細君の発作に対するこの時の健三の意識は、七十八回での語り手の解説に従えば、健三が「故意だらうといふ疑」を感じている場合の例である。この時健三は不愉快な気分に支配され、それに伴う癇癪を引き起こしており、彼本来の「順良な彼の天性」（温かい人間としての感情＝人間としての類の感情）は抑え付けられてしまっている。五十四回は以下の描写から始まる。

> 健三の気分にも上り下りがあつた。出任《でまか》せにもせよ細君の心を休めるやうな事ばかりは云つてゐなかつた。時によると、不快さうに寐てゐる彼女の体たらくが癪に障つて堪らなくなつた　枕元に突つ立つた儘《まゝ》、わざと慳貪《けんどん》に要らざる用を命じて見たりした。

右の描写で細君が「不快さうに寐てゐる」のは、出産前の体の変調に耐えているからである。しかしこのときの健三は、そのことを知りながら、「わざと慳貪《けんどん》に要《い》らざる用を命じて見たりした」のである。「わざと……命じて見たりした」という表現には、彼女を労ってやらねばならないと感じているにもかかわらず、その気持ちに蓋をして、この時の自分を支配している不愉快な感情に従っている健三の意識のありようが描かれている。語り手はそのときの健三の意識と健三の意識に映る細君の意識を次のA～Cのように描き出している。

A　細君も動かなかつた。大きな腹を畳へ着けたなり打つとも蹴るとも勝手にしろといふ態度をとつた。平生からあまり口数を利かない彼女は益《ますます》沈黙を守つて、それが夫の気を焦立たせるのを目の前に見ながら澄ましてゐた。

B　「詰りしぶといのだ」／健三の胸には斯《こ》んな言葉が細君の凡ての特色ででもあるかのやうに深く刻み付けられた。彼は外の事を丸で忘れて仕舞はなければならなかつた。しぶといといふ観念丈があらゆる注意の焦点になつて来た。彼は余所《よそ》を真闇《まつくら》にして置いて、出来る丈強烈な憎悪の光を此四字の上に投げ懸けた。（中略）

C　「貴夫《あなた》がさう邪慳《じやけん》になさると、また歇私的里《ヒステリ》を起しますよ」／a細君の眼からは時々斯《こ》んな光が出た。何《ど》ういふものかb健三は非道《ひど》くその光を怖れてゐた。同時にc劇《はげ》しくそれを悪んでゐた。我慢な彼はd内心に無事を祈りながら、e外部《うわべ》では強ひて勝手にしろといふ風を装つた。f其強硬な態度の何処かに何時《いつ》でも仮装に近い弱点があるのを細君は能く承知してゐた。

右の描写の特徴を考えてみたい。

Aは語り手が描く細君の姿である。この時語り手は不愉快な気分に支配されている健三に寄り添って細君を描いており、ここで描かれている細君の「打つとも蹴るとも勝手にしろといふ態度」は健三の意識に映る細君の姿である。

Bは健三に寄り添った語り手による、健三の細君に対する意識の描写である。傍線部には以下のような健三に対する語り手の批判的アクセントが込められている。このときの健三は細君を「詰りしぶといのだ」と断定し、その断定が細君のすべての特色であるかのように感じ、彼の憎悪を集中させる。しかし彼女は病的状態にある健三を守るために、健三の癇癪に耐えようとしている。今の健三にはこのことが全く意識できないのだ。

Cは健三の表層と深層の意識の交差〈対話〉に焦点を当てた語り手の描写である。傍線部a～cに込められている健三の意識およびdefにある語り手の意識を取り出せば、以下のようになろう。

a――細君は自分の意識喪失を伴うヒステリー症状が夫の態度を変化させ、夫との正常な関係を回復させることを知っており、わざとその症状に陥ろうとしている。

b――彼女の病は、彼女の生の「実在」を消滅させてしまう危険性がある。

c――彼女はヒステリー症状に陥ったふりをして、強引に夫の態度を改めさせようとしているのだ。このような策略を許容することは出来ない。

de――健三の意識のうちでは二つの意識が争っているが、しかし健三の外面には彼の「強情」しか現れない。

f――健三には細君が次のことを知っているという自覚がある。夫の「強硬な態度」は一過性の癇癪の発作に起因しており、その発作が治まれば、いつもの優しい態度を細君に示すようになる。それ故、細君は身を挺してその発作を鎮めようとしている。細君が、健三の癇癪の発作に耐えている理由はこの点にあるのだ。

BCにははっきりと分かる語り手の批評的言辞は存在しない。しかし右に見てきたように、Bでは、語り手の批判的アクセントが存在し、Cでは健三の表層と深層の意識の交差が浮き彫りにされている。このような語り手の描写方法によって、健三の意識のありようが描かれているのである。

次いで語り手は、Cで健三が感じ取っている細君の無意識裏にある「貴夫《あなた》がさう邪慳《じやけん》になさると、また歇私的里《ヒステリ》を起しますよ」という細君の気持ちが具体的態度となって立ち現れている場面を描き出していく。

或晩彼は不図《ふと》眼を覚まして、大きな眼を開《あ》いて天井を見詰てゐる細君を見た。彼女の手には彼が西洋から持つて帰つた髪剃《かみそり》があつた。彼女は黒檀《エボニー》の鞘に折り込まれた其刃を真直に立てずに、たゞ黒い柄丈を握つてゐた……／（健三はぎょっとして「馬鹿な真似をするな」と細君の手からカミソリをもぎ取った）。細君は茫然として夢でも見てゐる人のやうに一口も物を云はなかつた。

健三はカミソリを握っていた細君の気持ちが理解できず、以下のように考える。

i　本当に情にせまって刃物三昧をする気なのか（自殺しようとしたのか）

ii　病気の発作で単に刃物をもてあそんだだけなのか。

iii　単に夫に打ち勝とうとする女の策略で人を驚かすのか。驚かすとしてもその真意は夫を親切な人に立ち返らせるつもりなのか。単なる征服欲に駆られているだけなのか。

語り手は細君の本心を摑むことが出来ない健三の意識の右のありようを、「健三は床の中で一つの出来事を五条《いつすぢ》にも六条《むすぢ》にも解釈した」と描き、彼が細君の真意を摑むことが出来ないことを強調している。この時なぜ彼は細君の真意を摑むことができないのか。それはこの時の彼が不愉快な気分に支配されており、細君の気持ちに寄り添うことが出来ないからである。

次いで語り手は、細君の挙動についての健三の思いを描いていく。

彼の細君に対する基調は、[a]全く其解決（細君がカミソリを持っていた真意を摑むこと——筆者注）一つでちやんと定められなければならなかつた。今よりずつと単純であつた昔、[b]彼は一図に細君の不可思議な挙動を、病の為とのみ信じ切つてゐた。其時代には発作の起るたびに、神の前に己《おの》れを懺悔する人の誠を以て、彼は細君の膝下に跪《ひざま》づいた。彼はそれを夫《おつと》として最も親切で又最も高尚な所置と信じてゐた。」／「[c]今だつて其源因が判然《はつきり》分りさへすれば」／[d]彼には斯《か》ういふ慈愛の心が充ち満ちてゐた。

右のbの表現とは異なる現在の健三の意識、すなわち今は細君の不可思議な挙動を「病のためとのみ」は信じることが出来ず、細君の「発作が起」こっても、「細君の膝下に跪づく」ことが出来ないという今の健三の意識内容は、五十二回の健三が現時点でも細君の「不可思議な挙動」を「細君の病気」と意識していることや、五十回の健三が細君に対して「憐憫と苦痛と悲哀」を持ち、「跪《ひざ》まづいて天に禱《いの》る時の誠と願」とで接したことと矛盾している。このことは五十四回の健三が心の内では細君の「不可思議な挙動」が細君の「病」であることを知っていながら、どうしてもそれを「病」の「発作」と信じることが出来ず「策略」ではないかと疑っていることを示している。五十四回の健三は、不愉快な気分に支配されているため、自分の内部にある細君に対する情愛を「過去」のこととしてしか意識できないのである。彼の意識のうちにある細君に対する情愛は、今の健三を支配している不愉快な気分によって、意識の内部に押し込められ、彼女への「憐憫と苦痛と悲哀」は彼の意識の中心たり得ないのである。以上のことを理解するならば、右の語り手の描く描写表現ａｂｃｄには、以下のような語り手の気持ちや健三の意識の存在を知ることが出来る。

ａには次のような語り手の思いがある。彼はこの時不愉快な気分に支配され、細君の気持ちに寄り添うことが出来ない。彼は現在の不愉快な気分にある自己意識に支配され、それを前提とした論理思考によって、彼女の本心を摑もうとしている。しかし、他人の内面に寄り添うことの出来ない論理的思考では人の無意識な行動の動機までは掴むことが出来ない。彼女の気持ちに寄り添い、彼女の意識に同化できる情愛によってしか彼女の動機は理解できないのだ。

ｂｃｄでは、語り手は健三の意識に寄り添いながら健三の意識のありようをまとめながら描いている。この語り手の描写のうちにある語り手のアクセントを、健三の深層意識に即していえば以下のようになろう。ｂには次のような健三の意識がある。細君の「不可思議な行動の原因」は策略ではなく病気なのだ。死の影と戦っている彼女の生の動きに私は共鳴し、彼女の生のために、祈りたい。cには次のような健三の意識がある。人間は生死のレベルに立つ時我執は消え去り、人間の生を無条件に肯定する意識（神に対する祈りのような純粋な人間愛＝慈愛＝類の感情）によって満たされることが出来る。私はこのような世界に生きたい。dには次のような語り手の思いがある。健三の意識にあっては彼女が病気であり、労ってやらねばならないという気持ちが満ちている。しかし不愉快な気分に支配されている健三の思考はどうしても彼女の行為を「策略」と疑わずにはおれないのだ。

語り手は健三のうちにある彼の願望（人間の根源にある他者への愛）の存在と語り手の思いを描いた後、その時健三が持たねばならなかった強い疑いの意識を描いていく。

けれども不幸にして其源因は昔のやうに単純には見えなかつた。彼はいくらでも考へなければならなかつた。到底解決の付かない問題に疲れて、とろ〳〵と眠ると又すぐ起きて講義をしに出掛けなければならなかつた。

なぜ語り手は健三の疑いを「到底解決のつかない問題」と記すのであろうか。それは、語り手に以下のような健三に対する批判が存在するからである。細君の行動ははっきりした自覚に基づくものではない。彼女の「不可思議な挙動」は彼女の意思を超えた彼女の生（彼女の「内なる自然」）によって突き動かされている行為である。健三は自己絶対化に彩られた形式論理によって彼女の無意識な行動の意図をも解き明かそうとしている。しかしこのような形式論理では、細君の生の無意識的動きを認識することは出来ない。健三はまだこのことが理解できないのだ。

五十四回の最後で、語り手は「細君も日の出と共にそれ（カミソリを手に持っていたこと――筆者注）を忘れてしまつたやうな顔をしてゐた」と描いた後、五十五回の冒頭で、「斯《か》ういふ不愉快な場面の後には大抵仲裁者としての自然が二人の間に這入つて来た。二人は何時となく普通夫婦の利くやうな口を利き出した」と描いている。

「斯《か》ういふ不愉快な場面の後」と「仲裁者としての自然が二人の間に這入つて来た」という描写の繋がりには、この時の健三に癇癪の破裂があったことを示唆している。しかしここでの語り手は「仲裁者としての自然が二人の間に這入つて来た」具体的状況には全く触れず、単にその結果を描くのみである。語り手が意識的に省略した「仲裁者としての自然が二人の間に這入つて来た」ということばに表現された出来事として想定しているのは、七十八回で「幸にして自然は緩和剤としての歇斯的里《ヒステリ》を細君に与へた」と描いている場面と同様な、以下のような場面であろう。

健三の病的癇癪が強まると、細君は心労のあまり自殺願望を示す無意識的行動をすることがある。それは健三にとっては「不可解な行動」と映る。しかし健三はこの細君の生の動きを形式論理では掴むことが出来ない。しかも朝の細君には病の症状が全く感じられないので、健三は細君の昨晩の「不可思議な行動」が意識的な「策略」であったと感じて癇癪を爆発させるのである。そのため細君は、健三の癇癪の爆発を受け止めきれずに、七十八回に描いているような、強い発作に陥る。その結果として健三は意識を失った（生の力の弱まった）「憐れな」細君の姿に接することになり、彼女の意識の回復を願い、彼の内部にある「跪《ひざ》まづいて天に禱る時の誠と願」（＝彼の類の意識の表われ）は、彼の意識の中核を占めるようになり、彼を支配していた不愉快な気分が引き起こす癇癪を鎮めていった。こうして二人は元の夫婦に戻り、心の通ずる会話を交わすようになる。

五十五回の場面で、語り手がいう「仲裁者としての自然が二人の間に這入つて来た」状態とは、七十八回に描かれることになる右のような細君の、強度の発作を念頭に置いていると思われる。しかし、五十五回の語り手は、その結果として「何時《いつ》となく普通夫婦の利くやうな口を利き出した」と描き、「けれども或時の自然は全くの傍観者に過ぎなかつた」と描写の視点を、健三が細君を生家に帰した場面に焦点を移してしまっている。

なぜ語り手は、細君の激しいヒステリー発作をこの場で描かなかったのであろうか。その理由はおそらくこの場面が、七十八回のような「幸にして自然は緩和剤としての歇斯的里《ヒステリ》を細君に与へた」とは表現できない条件のもとに描かれていることと関係すると思われる。七十八回での細君の強いヒステリー発作は、後に見るように、義父の上流階層の「性質《たち》の宜しくない」「余裕」に対する健三の強い批判との繋がりで描かれており、この時の健三の癇癪は社会的性格を帯びている。しかし五十四、五回の場面での健三の癇癪の描写は、すでに触れたように、健三が不愉快な気分に支配されている時の、その論理的思考の制限に焦点が当てられており、社会的性格を持たない。そのためこの場面で健三の癇癪と細君のヒステリー発作との関係に焦点を当てると、健三の「神経衰弱」や「癇癪」の病理的側面に焦点が当たってしまうことになる。そのためこの場面での語り手は、健三の論理的思考の制限に焦点を当てるために「仲裁者としての自然が二人の間に這入つて来た」という場面の描写を意識的に省略していると思われる。

右に見てきたように五十四回は、健三の癇癪の破裂が細君への情愛を押さえ込んでいる例であり、この場面で語り手は、その時の健三の癇癪と細君に対する情愛との関係を、健三の意識に即して描き出しているのである。

3　細君の病によって引き出される健三の情愛の内実（類の感情）

次に七十八回における、細君の病によって引き出される健三の情愛の内にある人間の根源的意識「類の感情」を考えてみたい。

七十一回から七十九回にかけては、義父の健三に対する連印依頼と、健三が義父に反感を持つに至る経緯に焦点が当てられており、七十八回では義父に対する健三の癇癪の破裂との繋がりの中で健三と細君の発作との関係が描かれている。七十八回については、すでに第Ⅰ部第十章で取りあげたが、ここでは七十八回に描かれている健三の内にある類の感情に焦点を絞って検討してみたい。

七十八回の健三は、義父の世俗的「手腕」が自分にも向けられており、義父が健三を「与《くみ》し易い男だ」と軽蔑していることに思い当たる。語り手は健三の回想に寄り添いながら、父と健三との不和は、単に義父の「手腕」や自分に対する軽蔑に起因しているだけではなく、「細君の態度」も深く関係しているとして次のように細君との関係を描いていく。


　二人（健三と細君——筆者）の間柄が擦《す》れ〳〵になると、細君の心は段々生家《さと》の方へ傾いて行つた。生家でも同情の結果、冥々《めいめい》の裡《うち》に細君の肩を持たなければならなくなつた。然し細君の肩を持つといふ事は、或場合に於て、健三を敵とするといふ意味に外ならなかつた。二人は益《ますます》離れる丈であつた。


右の記述によれば、健三は義父が細君の肩を持つ（同情する）ことを「健三を敵とするといふ意味に外ならなかつた」と極論する。

このときの健三は細君の父に癇癪を破裂させていた。そのため健三は、細君と義父とを一緒にして自分に敵対する存在として意識している。こうして細君も関係して「二人（義父と健三——筆者注）は益《ますます》離れる丈であつた」と語り手は記している。

七十八回の語り手は細君のヒステリー症状と健三との関係に描写の焦点を当ててD〜Fのように描き出していく。

D　幸にして自然は緩和剤としての歇斯的里《ヒステリ》を細君に与へた。発作は都合好く二人の関係が緊張した間際に起つた。……真夜中に雨戸を一枚明けた縁側の端に蹲踞《うづくま》つてゐる彼女を、後から両手で支へて、寝室へ戻つて来た経験もあつた。／そんな時に限つて、彼女の意識は何時《いつ》でも朦朧として夢よりも分別がなかつた。瞳孔が大きく開いてゐた。外界はたゞ幻影《まぼろし》のやうに映るらしかつた。／枕辺に坐つて彼女の顔を見詰めてゐる健三の眼には何時でも不安が閃めいた。時としては不憫の念が凡《すべ》てに打ち勝つた。彼は能《よ》く気の毒な細君の乱れかゝつた髪に櫛を入れて遣つた。汗ばんだ額を濡れ手拭で拭いて遣つた。たまには気を確にするために、顔へ霧を吹き掛けたり、口移しに水を飲ませたりした。

E　発作の今よりも劇《はげ》しかつた昔の様も健三の記憶を刺戟した。／……或時の彼は細君の鳩尾《みぞおち》へ茶碗の糸底を宛《あて》がつて、力任せに押し付けた。それでも踏ん反り返らうとする彼女の魔力を此一点で喰ひ留めなければならない彼は冷たい油汗を流した。／或時の彼は不思議な言葉を彼女の口から聞かされた。／「御天道さまが来ました。五色の雲へ乗つて来ました。大変よ、貴夫《あなた》」／「妾《わたし》の赤ん坊は死んぢまつた。妾の死んだ赤ん坊が来たから行かなくつちやならない。そら其所《そこ》にゐるぢやありませんか。桔槹《はねつるべ》の中に。妾《わたし》一寸《ちょっと》行つて見て来るから放して下さい」／流産してから間もない彼女は、抱き竦《すく》めにかゝる健三の手を振り払つて、斯《か》う云ひながら起き上がらうとしたのである。……

F　細君の発作は健三に取つての大いなる不安であつた。然し大抵の場合には其不安の上に、より大いなる慈愛の雲が靉靆《たなび》いてゐた。彼は心配よりも可哀想になつた。弱い憐れなものゝ前に頭を下げて、出来得る限り機嫌を取つた。細君も嬉しさうな顔をした。

DEの描写は、健三にとって思い出したくない、他者の目にさらされると「面目を失するやうな」（『硝子戸の中』三十九）、細君のヒステリー発作の症状と自分の行動である。このような細君の病状と自分の姿をなぜ健三はこの時思い出したのであろうか。すなわち、なぜ語り手はこのような「面目を失するやうな」二人の姿を描くのであろうか。

この時癇癪の破裂によって生じた健三の意識は、義父の「性質《たち》の宜しくない」「余裕」（支配階層の意識）による、自分への軽蔑に突き当たり、義父を自分の敵と感じていた。しかもこの時、細君をも義父と同類の敵として意識していた。そのためこの時の彼の意識は、五十四回と同様、健三の内部にある細君への情愛に蓋をして、「出来る丈強烈な憎悪の光」（五十四回）を細君に投げつけていた。すなわちこの時の義父への憎悪の意識は、「敵」と感じていた細君にも向かっていたのである。この時健三の癇癪の破裂は、義父の「性質《たち》の宜しくない」「余裕」を徹底的に批判し反発する力として機能した。と同時に、その「憎悪」の意識は、あらゆる社会的権威や世俗的常識、他人や親族たちの眼をも拒否して、他人の目にさらされると「面目を失するやうな」夫婦としての姿をも赤裸々に想起する力として機能したのである。

ここで語り手が健三夫婦の「面目を失するやうな」姿を描いている意味を考えてみたい。健三がその時突き当たらねばならなかった細君の姿は、自分に敵対する憎悪すべき存在ではなく、健三の助けなくしては生きることが出来ない「弱い憐れな」存在であった。この時の細君は、生の力が弱く、生きるために必要な「個我」意識を持つことも出来ず、健三が世話をしてやらねば、その「実在」自体が消滅するような状態にあった。そのため、この「弱い憐れな」細君の姿に接した健三のうちには「不憫の念」がわき上がり、細君に対する憎悪は消え去り、彼はすべてを忘れて彼女の献身的な看護をしたのである。そしてこの時の健三はかつての細君の、自分の生を省みず、妄想の中で死産した赤子と一緒になりたいと願望する「憐れな」細君の深い情愛に駆られた姿をも想起したのである。健三はこの「弱い憐れな」細君の意識の中にある、死をも厭わぬ高貴な母親としての子への無私の情愛、すなわち人間の類の感情の存在に突き当たったのである。

その時の健三は、生よりも死に親しみを感じていたにもかかわらず、死んだ赤子と一緒になろうとする、細君の発作的な、死への行動を阻止し、生の世界に細君をとどめ置こうとした自分の本能的な行為をも思い出さねばならなかった。このことは彼の中に存在する「順良な彼の天性」（類の感情）が、「弱い憐れなもの」のうちにある人間としての高貴な感情（類の意識）に共振し、その「類の感情」が彼の意識の前面に出て、彼の意識を支配していた自己中心的な不愉快な気分や死への親しみの気持を追い払い、彼の病的な癇癪を克服していったことを意味しているのである。

こうして細君のヒステリー発作は健三の内部にある「順良な彼の天性」（類の感情）を彼の意識の前面に引き出し、彼の病的癇癪を鎮めていったのである。語り手が健三夫婦の「面目を失するやうな」姿を敢えて描いている理由は、この点にあったのである。

ここで「幸にして自然は緩和剤としての歇斯的里《ヒステリ》を細君に与へた」という、細君の発作を肯定的に評価しているように感じられる表現の問題を取り上げておきたい。

まず「幸にして」という表現を考えてみよう。この時健三と細君の緊張は危機的状態にあった。しかし健三と細君の絆はどんなことがあっても切れてはならないとする語り手の強い思いがこの表現に投影している。と同時に、細君のヒステリー発作が一過性のものであり、細君がやがて正常な意識を取り戻すこと、そして細君の発作のおかげで健三の内で抑えつけられている人間的感情がその前面に引き出され病的癇癪を鎮めていったという結果を、語り手がすでに知っていることをその表現は前提としている。「幸にして」という表現が細君の発作を肯定的に評価しているように見えることに読者が違和感を感ずるのは、このような語り手の立場、健三の意識に即しながら同時に健三の意識の動きを既に知り尽くした立場からの視点、即ち健三の意識から大きな距離（余裕）を保って健三の意識を描いているその複眼的視点に読者が同化することが困難だからである。

次に「自然は……与えた」という表現の内実を考えてみよう。細君の発作や健三の癇癪は、細君にとっても健三にとっても、起こらないでほしい病的な状態である。しかし二人の願望とは無関係に、二人は時限爆弾のような心の病を抱えて生きねばならなかった。二人は夫婦として時間と場所を共にする以上、互いの発作に正面からしばしば向き合わねばならなかった。

この時諸条件が重なった場合には、細君の発作は健三のうちにある「順良な彼の天性」(類の意識)を強く刺激し、彼の内部を支配している病的な癇癪を鎮める力として(二人の危機的関係を救う「緩和剤」として)機能することになったのである。Fに続いて、語り手は以下のように細君の発作と健三の癇癪との関係を描いている。

> だから[a]発作に故意だらうといふ疑の掛からない以上、[b]また余りに肝癪が強過ぎて、何うでも勝手にしろといふ気にならない以上、[c]最後に其度数が自然の同情を妨げて、何でさう己《おれ》を苦しめるのかといふ不平が高まらない以上、[d]細君の病気は二人の仲を和らげる方法として、健三に必要であつた。

右の語り手の解説によれば、a発作が故意ではないかという疑いがあるとき、b癇癪が強くどうでも勝手にしろという気になるとき、cその発作の度数が多く、何でそう己を苦しめるのかと感じるときには、彼の内部に押し込められている「順良な彼の天性」すなわち人間としての類の意識に基づく「慈愛」や「不憫の念」は、彼の意識の表層を支配している病的癇癪を鎮めるだけの力を持たず、細君のヒステリーは二人の仲を和らげる「緩和剤」として役に立たないのである(この例についてはすでに五十四回で検討した)。

このことは語り手の言う「自然」とは、健三の内にある類の意識に他ならないことを示しているのである。

しかしこの場面の語り手は、「自然」のこのような内実を説明せず、あたかも「自然」が健三の行為を司っているように描いている。このような語り手の視点の二重性(『道草』の表現方法)になじむことの出来ない読者は、容易には語り手の視点に同化できず強い違和感を抱くことになる。

4　病的痼癪から脱けだした後の健三夫婦に存在する情愛の性格

次に病的痼癪から抜け出した後の健三と細君間に存在する情愛を、義父に対する世俗意識との関係で見ていきたい。

語り手は七十八回の最後で、普通の世俗意識に戻った健三の、義父に対する意識を描いていく。

不幸にして細君の父と健三との間には斯《か》ういふ重宝な緩和剤が存在してゐなかつた。従つて細君が本で出来た両者の疎隔は、たとひ夫婦関係が常に復した後でも、一寸埋める訳に行かなかつた。それは不思議な現象であつた。

正常な日常意識に戻った健三にあっては、義父と女婿は不和であってはならないという世俗的倫理が彼の意識を圧迫する。健三は義父との不和を悔い、義父との関係を修復しなければならないと感じている。と同時に、いったん不和となった義父との関係は容易には修復できないことをも感じている。右の語り手の表現には、この健三の二つの思いが投影している。この語り手の言葉を、健三の意識に即していえば、義父との不和の原因である健三と細君との関係は元に戻っているのだから、義父との関係も復してほしいという願望が投影している。細君の関係が元に戻っているのに、義父との関係が元に服さないのは「不思議な現象であつた」という語り手の表現は、義父との関係を修復したいという健三の願望が現実離れしたものであることを、語り手が熟知していることを示している。

不合理な事の嫌《きらひ》な健三は心の中でそれを苦に病んだ。けれども別に何うする料簡《りょうけん》も出さなかつた。彼の性質はむきでもあり一図でもあつたと共に頗《すこぶ》る消極的な傾向を帯びてゐた。

七十九回のこの描写には義父との修復を願望しながら、そのための行動を拒否する健三の姿が描かれている。この健三の「頗る消極的な傾向」とはいかなる意味を持っているのであろうか。義父が自分のプライドや価値観を捨てて健三に近づくことがない以上、二人の「不和」を解消するためには、義父の自分に対する軽蔑に耐え、健三が義父に近づき、その「性質《たち》の宜しくない」「余裕」を是認し、義父の差別的価値観をも認めねばならない。それは健三にとっては耐えられないことであった。語り手はこのときの健三の意識を描いていく。

「己《おれ》にそんな義務はない」

自分に訊《き》いて、自分に答を得た彼は、其答を根本的なものと信じた。彼は何時までも不愉快の中で起臥する決心をした。成行が自然に解決を付けて呉れるだらうとさえ予期しなかつた。

健三は自分の価値観を守るために、世間的常識が要請する義父との修復のための行動をとることなく、義父との不愉快な不和を選んだのである。健三にとって自分の価値観を捨てることなく、義父との関係を修復できる唯一の方法は、細君の仲裁的行動にあった。語り手は細君の態度を描き出していく。

不幸にして細君も亦此点に於て何処迄も消極的な態度を離れなかつた。……（彼女は）自分と、自分の父と、夫との間に起る精神状態の動揺は手の着けやうのないものだと観じてゐた。……仕舞に何うなつても構はないといふ投げ遣りの気分が、単に消極的な彼女を猶の事消極的に練り堅めて行つた。

語り手の一見批判的に感ずる、細君の「何うなつても構はないという投げ遣りの気分」という表現には、細君に義父との仲裁的行動をとってほしいとする健三の願望が投影している。しかし、細君に父親と夫との不和を解消できる手段を執り得るであろうか。両者の不和が、対立する互いの価値観と強く結びついている以上、それは出来ないことであった。このことを考えるならば、ここに描かれている細君の「消極的」要素は、夫健三を守るための世俗的態度といえるのである。語り手はそのことを熟知している。それ故語り手は以下のように健三と細君の関係を描き出すのである。

斯《か》くして夫婦の態度は悪い所で一致した。相互の不調和を永続するためにと評されても仕方のない此一致は、根強い彼等の性格から割り出されてゐた。偶然といふよりも寧ろ必然の結果であつた。

右の引用で、語り手は健三と細君の性格を一見否定的に描いているように見える。しかしすでに見たように、健三の「消極的態度」の内実は、義父に代表される支配階層の「余裕」に基づく価値観（上流階層からする社会的秩序意識や弱者に対する軽蔑意識）の圧力に抵抗し、自分の価値観を守るために必要な現実的態度であり、細君の「消極的態度」の内実もまた夫健三を自分の父が象徴する世俗的圧迫から守るための態度であったというべきなのである。

右の引用に続く語り手の描写「互に顔を見合せた彼等は、相手の人相で自分の運命を判断した」という、一見消極的評価を伴っているように感ずる表現は、健三夫婦の「情愛」の性格（互いの価値観を超えた人間としての根源的結びつき）、時間と場所を共にすることによって生まれる、互いの人間的感情に共振することの出来る信頼関係を描き出しているのである。この描写における「寧《むし》ろ必然の結果であつた」という表現には、このような語り手の評価が内在している。

おわりに

本章では、語り手の描く健三の情愛の性格を、細君の病の発作との関係で検討してきた。健三の細君に対する情愛の性格は、精神的病を持つ夫婦「特有の」、人間の意識の内にある個我意識の根底にある人間としての根源的意識（類の感情）と結びついたものであった。一方、不愉快な気分に支配された時の健三は、細君の気持ちに寄り添うことが出来ず、細君の発作をも「策略」ではないかとする猜疑心に駆られる。しかし健三の癇癪の破裂は、細君に強い発作を引き起こし、その結果として健三は細君の生の実在の消滅に対する不安に駆られ、細君の心の奥底に存在する人間としての根源的意識（類の感情）に共振することになる。こうして彼の内にある類としての人間に対する信頼の感情が彼の内部に浮かびあがり、人間不信を内実とする彼の癇癪を鎮めていったのである。健三の癇癪が治まった後での、義父との不和解消への健三と細君の消極的態度にもまた、世俗の中で生きるための、互いの価値観を超えた人間としての信頼に基づく根源的結びつきという、健三夫婦の情愛が表れているのである。

『道草』における健三の癇癪の破裂と、それに繋がる細君の病（発作）との描写は、一見特殊な個人的問題のように見える。しかし本章で見てきたように、語り手は特殊な個人的問題のように見える二人の関係を通して、健三のうちにある人間の普遍的かつ根源的な人間としての類の意識を描き出しているのである。

健三の自覚する細君に対する「情愛」や、細君の内にある赤子への母性愛は、他者の意識の内に存在する、個我意識を超えた人間としての普遍的かつ根源的感情を、健三に強く意識させ、健三のうちに、個我を超えた類としての人間に対する信頼の意識を自覚させていくことになるのである。

注

（1）これらの場面についてはすでに第Ⅰ部第七章および第十章で論じた。内容が重なるが、ここでは細君に対する情愛の性格という観点から考えてみたい。

（2）清水孝純「方法としての迂言法《ペリフラーズ》」『漱石　その反オイディプス的世界』（翰林書房　一九九三年所収）。

（3）熊倉千之『漱石の変身　『門』から『道草』への羽ばたき』（筑摩書房　二〇〇九年）二一一頁

（4）新宮一成『ラカンの精神分析』（講談社現代新書　一九九五年）

（5）野網摩利子『夏目漱石の時間の創出』（東京大学出版会　二〇一二年三月）一三五頁

（6）「赤」のイメージについては野網氏の論に分析がある。このイメージは『それから』の最後の場面で、代助を焼き殺そうとする「人間」や「社会」の「赤い炎」のイメージともつながっている。

（7）細君の失神を伴う発作は、熊倉氏に指摘があるように、健三の意識の有り様を照らし出す鏡としての機能を持つが、彼女の発作の由来については描かれることはない。ここにも、『道草』の方法が顕著に表れている。

第三章　漱石手帳に書き込まれた『道草』の方法

漱石は『道草』執筆前後、その創作に関わるいくつかのメモを手帳に記している。これらのメモの記述には複数の視点が融合して存在しており、わかりにくい性格を持っている。ここでは『道草』執筆後、大正四年十月十一日以降のメモ（全集では断片六八Aとして分類されている、⑴から⑻までの箇条書きのメモ）に書き込まれている『道草』の方法について考えてみたい。

箇条書きの⑴では文展の絵を「小笠原流」、美術院展を「仮装行列」と批判した後、三行後に「己レノ写真ヲnature ノ上ニ焼きつける。／例　文人画」と記し、その下に「Symbolism 独乙ノ画ノ項参照」と書き付けている。

この記述には、漱石の以下の考えが示されている。自分という個性と nature（ここでは人間としての普遍性、あるいは人間存在を貫いている「自然」の意）との重なりが文人画の特色であり、作品に描かれた自分という個性の中に人間としての普遍性を表現するのが芸術の symbolism という方法なのだ。この考えは次の⑵の記述とのつながりからも『道草』の手法を念頭に置いていると考えられる。

⑵　小説、ノ尤モ有義ナル役目ノ一ツトテ、particular case ヲ general case ニ reduce スルコト、／（中略）／×新らしき刺撃アリテ然モ一般ニappeal スル為ニ第一ノ如クスル必要アリ、／×吾人ハ effect ノ為ニ然スルノミナラズ、人道ノ為ニ然セザル可ラズ

この記述にはおそらく『道草』の方法が念頭にあろう。ここで漱石は、『道草』において自分の特殊な個人的経歴を材料とし、その個人的な体験の中に人間共通の問題を書き込んだという自覚を記していると考えられる。『道草』研究でいえば、清水孝純氏の論「方法としての迂言法《ペリフラーズ》──『道草』序説」は、漱石がここで記している『道草』における「Symbolism」の方法の枠組みを解明したものといえよう。また『道草』の特色、健三と細君の間にしばしば起こる言葉争いの原因として、二人の育った環境の違いを書き込んでいること、健三の感情の爆発の根本原因を、個人的な病気（神経衰弱）に求めるのではなく、金の圧迫によると描いていること、またすでに多くの指摘がある、作品から摘出した様々な問題（幼児期に受けた心の傷と健三の性癖との関係や、健三の表層意識と深層意識とのつながり、生死というレベルから描かれた健三の生のありようや、彼の宗教への希求など）も、健三の特殊な個人的体験を通して描き出した人間の普遍的問題といえよう。「吾人ハ effect ノ為ニ然スルノミナラズ、人道ノ為ニ然セザル可ラズ」という記述には、健三の特殊な個人的あり方を通して人間の普遍的問題を追求した漱石の自負が感じられる。

(4)　批評家、胸中ニ一ツノ固マリアルベカラズ。有ユル塊マリナカルベカラズ。他ノ尺度ヲ以テ他ヲ評セザルベカラズ、versatile. 賊馬ニ騎シテ賊ヲ逐フ、

(5)　徹底ノ意、absolute freedom アリや、妥協ナリ。徹底トハ omniscient ノ上ニナル妥協ナリ、

(4)・(5)は批評についての記述であるが、その文意は分かりにくい。その理由は、この記述のうちに批評家の問題と『道草』で創出した語り手の問題が重ねられているからである。このような観点から右の記述を考えてみたい。まず、(4)・(5)を批評という観点から読めば、次のようになろう。(4)──批評家は、自分の信念に固執してはならず、あらゆる立場や基準を取り入れた上で、他人の尺度を踏まえて他人（の作物）を批評しなければならない。批

評家の視点は versatile（融通無碍）でなくてはならず、他人の土俵で他人の作物を批評してその長所と短所を指摘して、導かねばならない。（「賊馬ニ騎シテ賊ヲ逐フ」は『碧巌録』に出てくる禅語）。(5)——批評家は、あらゆる立場や基準を自分のうちに取り入れて、さらに自分の立場を徹底させ、「absolute freedom」すなわち「omniscient」（全知）となることが必要である。しかしそのときの批評の言葉とは、「妥協」とならざるを得ない。なぜなら全知の立場とは、規定できないものであり、批評は、（言葉が意味を限定する機能である以上）限定した立場や視点にならざるを得ないからである。（批評家の全知の立場は言葉においては「象徴」としてしか示すことが出来ない）。

批評という次元から(4)・(5)の記述を考えてきたが、論理的にも分かりにくい。特に versatile や「賊馬ニ騎シテ賊ヲ逐フ」といった禅的境地と関係する言葉は、現実の批評家の立場を前提として使われているとは考えにくい。ここでの「批評家」を作家あるいは作中の語り手と読み替えると文意は一貫する。ここでの「批評家」とは『道草』の語り手の批評のありかたを念頭に置いていると理解すべきではないだろうか。そこで次に(4)、(5)の記述を『道草』の語り手の批評という観点から眺めてみよう。するとこの記述には、以下のような漱石の考えが投影されていることに気がつく。語り手は一定の考えや尺度を以て登場人物を批評してはならない。語り手の立場は、「絶対自由」すなわち「全知」の立場にあり、その立場からすれば、現実世界の登場人物への（言葉による意味を限定する）批評は、「妥協」ということになる。その立場は融通無碍でなくてはならず、「賊馬ニ騎シテ賊ヲ逐フ」すなわち、登場人物の意識に即した言動を彼らに徹底させて、欠点をも含めたその特色が自ずから浮かび出るようにするのである。(4)・(5)の主意はこの点にあるのではないだろうか。

(6)　あらくれの評

(7)　人ハ自分に相談シテ言動セズ。故ニ気ニ入ラヌ者ナリ。若シ之ヲ忌マバ自己の標準ト他トヲ一致セシメザ

ルベカラズ　或程度迄出来る。（感化的形式的ニ）然シ他ノ立場ヲ考ヘナイ場合若クハ考ヘテモ理解デキナイ場合ハ全知ノ特権ヲ有ツテ居ナイ場合トテモ取除ク訳ニ行カナイ

(8)　生死ハ透脱スベキモノナリ回避スベキ者ニアラズ。毀誉モ其通リナリ。

(6)は大正四年十月十一日大阪朝日新聞に載った談話「文壇のこのごろ」での「あらくれ」の漱石評を指し（全集注）、(7)はその批評に関連した思索であると思われる。漱石は談話「文壇のこのごろ」のなかで、「あらくれ」については、現実をそのまま書いているだけで、その裏にフィロソフィーがないと批判し、武者小路については、「意味のあるものを書いて居る」と肯定的に評価し、その上で、「自然に書けば狭い範囲より出ないし、拡げれば不自然になるかもしれぬが」とその限界をも指摘している。(7)の記述はこのことを踏まえていると考えられる。このような観点から、(7)の「人」を他の作家、「言動」を他者の作品や批評、「自分」を批評家としての漱石、と仮定して(7)を読むことが可能である。しかしその場合留意すべきは、漱石はメモにおいては、全知の立場に立てば「気ニ入ラヌ」という感情を「取除ク」ことが出来ると記しながら、実際の批評では、「あらくれ」については、「一つの不満がある」（＝「気ニ入ラヌ」）とはっきりと語っていることである。このことは、漱石自身が批評家としての自分の立場が「全知ノ特権ヲ有ツテ居ナイ場合」に当てはまることを自覚していることを示しているのである。漱石は(7)を書いているとき、「あらくれ」評に関連して、自分の批評と「全知ノ特権」との関係を考えていたとおもわれる。

しかし、それにしても(7)の後半は分かりにくく、(7)と(8)との繋がりも不分明である。この分かり難さは、この時の漱石の主要な関心が別のことにあったからではないだろうか。(4)の背景に『道草』の語り手の問題があったように、このとき漱石の意識にあった主要な関心もまた『道草』における語り手の「批評」のあり方であったと思われる。文学作品での語り手の批評機能は作家の生のあり方と深く結びついている。それゆえ漱石は、語り手機能の徹

底のために、自己と他者の関係を、自分の生と禅的境地とのつながりのなかで思索していたと思われる。このような観点から、(7)の記述を論理が通ずるように強引に整理すれば次のような意味になろう。他者は私の意見を踏まえて「言動」しているわけではない。それ故にその他者の「言動」は、私の意見と一致しない「気ニ入ラヌ」ものとなる。しかしこれを避けようとすると、私の基準と、他人の考え方を一致させなければならない。それはある程度迄出来る。しかし私が他者の立場を考えない場合や、考えても理解できない場合は、「気ニ入ラヌ」という感情を取り除くことは出来ない。しかし私が全知の立場にいる場合には、その感情を取り除くことが出来るのである。

『道草』の語り手の批評という観点からするならば、(6)・(7)の記述からは、以下のような漱石の考えを読み取ることが出来る。語り手は、否定的な登場人物に対しても、「気ニ入ラヌ」感情を抱いてはならない。その感情を「取除」き、彼らを自由に行動させねばならない。それが私の創り出した語り手の性格とその役割であり、その語り手の視線から登場人物たちの言動を描き出すことがすなわち「自然」に即する芸術的創作なのだ。

(8)の記述では、漱石が禅的境地をつかもうと努力していることを示している。それは漱石が自分の生のありようと語り手の性格とが地続きであることを熟知しているからである。(8)の記述からは、以下のような漱石と『道草』の語り手との関係を読み取ることが可能である。私は生死を透脱し、世俗的な毀誉によって心を動かされる状態を超えねばならない。なぜならそのときに語り手もまた生死を超脱した全知の立場に立つことが出来、好悪の感情から抜け出し、自由自在にあるがままの登場人物を描き出すことが出来るようになるからだ。

右に「断片六八A」の記述を見てきたが、ここで『道草』執筆直前に書いたと考えられるメモ（断片六五）の記述「大我は無我と一ナリ　故に自力は他力と通ず」との繋がりにも触れておきたい。この記述は前後の文脈との関係がわかりにくいが、右のような読み方をするならば、漱石の悟りへの意識と『道草』の創作との関係についての、次のような考えが投影されていると考えられる。私は禅的な大我の境地を掴まねばならない。そのとき私は無我となり、自由自在の境地を得ることが出来る。そのとき私の生み出す語り手は、登場人物たちの考えや行為を批判したりすることなく、彼らの行為をその必然において徹底的に展開させることが出来るのだ。この私の悟りの獲得の努力は、語り手の視点を徹底させる努力（＝「自力」）でもあり、それはすなわち「自然」（＝「他力」）が導いている登場人物たちの言動をあるがままに描き出すことになるのだ。

この『道草』執筆直前のメモ（断片六五）には、『道草』の創作方法に対する自覚が投影している。この『道草』創作方法に対する自覚とその思索が、『道草』執筆後のメモ（断片六八Ａ）の記述にも継続して書き込まれているのである。それはやがて『明暗』のポリフォニー的創作方法として結実することになる。

ここで取り上げた漱石メモの分かり難さは、そのメモに次元の異なる複数の視点が融合して存在していることにあった。しかしすでに見てきたように、メモの主意は『道草』の創作方法、とりわけ語り手の性格とその機能の追求ということにあったというべきであろう。漱石は自他との繋がりや自分の生のあり方という次元で、『道草』で創出した方法とその語り手の機能の徹底を追求し続けていたのである。

結語

『心』において主人公の先生を人間不信によって自殺させねばならなかった漱石は、『道草』において、人間存在の価値を究明する必要があった。そのために漱石がとった方法は自分の人生の転換期であった学者から作家の道へと舵を切りつつあった時期に焦点を当て、その時の自分を主人公健三に仮託し、さらにその中に『道草』を書いている時点までの自分の意識の変遷をも凝縮し、健三の現在の意識とその時に浮かび上がる過去の記憶との関係をあるがままに描き出し、その推移を跡付けることによって、おのずから人間存在の根源が浮かび上がってくる方法をとった。

本書では、『道草』の語り手の視線に寄り添い、健三の意識の動きと、記憶との繋がりを「あとづける」ことによって、語り手が追い求めた人間存在の根源の解明を試みた。その結果、『道草』の語り手が健三の意識の動き全体を通して描き出した最も重要な点は、人間が生死を意識したときに立ち現れる、人間の意識の根源にある人間の類の意識の崇高さにあったといえよう。語り手は健三の意識の動きを追うことによって、人間の個我意識の根底にある、人間存在の根幹に達したのである。

健三の人間としての類の意識は、幼児の時にあっては「順良な彼の天性」として存在していたが、健三の心は島田夫婦との生活によって傷つけられ、「順良な彼の天性」は彼のうちに沈み込み、「強情」が彼の意識の前面に出るようになった。その「強情」は、一面では「順良な彼の天性」を守る力として機能したが、他面では、健三を不愉快な感情や一面的な見方に固執させる原因ともなった。

その心の傷は健三の「順良な彼の天性」（＝人間としての類の意識）と、世俗の中で生きるために必要な個我意識（強情もそのあらわれ）との乖離を生み出し、その乖離は健三を苦しめ、しばしば健三を「神経衰弱」という病的状態に追い込むことになった。しかし彼は、細君や御縫さんの、自分の生が消滅するかも知れないという状態の中で、自分の生は捨て置き、赤ん坊や子供達のことのみを考える、その無私の情愛（人間としての類の意識の崇高なあらわれ）に接して、人間存在への信頼を取り戻すことが出来たのである。そしてその信頼と確信は彼の家族や親族に対する責任を自覚させるだけでなく、自分に最もふさわしい仕事（文芸の創作）に入っていく契機をも作り出していったのである。

『道草』の語り手が、健三の意識の動き全体を通して描き出した最も重要なものは、人間が生死を意識したときに立ち現れる、人間の意識の根源にある人間の類の意識の崇高さであった。語り手は健三の意識の動きを追うことによって、人間の個我意識の根底にある、人間存在の根幹、人間に対する信頼の根拠を描き出したのである。

あとがき

本書に収めた諸論考を書く動機に触れておきたい。その切っ掛けは、鳥井正晴・宮薗美佳・荒井真理亜編になる『『道草』論集　健三のいた風景』への投稿を依頼されたことにある。この時私は「『道草』の語り手と健三の内面劇――義父の連印依頼（七十一回～七十九回）の場合」と題する稿を書いた。書き終わって私は『道草』の語り手の性格の一端をとらえたという思いがあり、同時にこの稿の視点で『道草』の全体像を解明する必要を強く感じた。これが『道草』の語り手の解明に取りかかった端緒である。しかし『道草』は手強く、予想外の時間が掛かった。

前著『漱石『明暗』の漢詩』を含めて、私の漱石文学の理解はバフチンの諸意識の対話という視点に多くを拠っている。しかし本書では、バフチンが『ドストエフスキーの詩学』で解明したような作者の創作的立場を『道草』においてまだ解明できていない。『道草』における語り手の視点の動きは分析できても、語り手の複眼的な視線の構造やこの時の作者の世界観は手つかずである。そのため本書をまとめる段階でも、不十分性を感じざるを得なかった。このテーマについては、私の残された今後の課題である。

本書の内容を考えるに当たっては、「文学論を読む会」でのバフチンの諸論文についての議論から多くのものを学んでいる。また「近代部会」（大阪国文談話会）の諸氏とりわけ鳥井正晴・仲秀和両氏からは『道草』の細部の理解について多くの教示を受けている。また玉井敬之氏からは『道草』の「自然」について教示を受け、さらには翰林書房への紹介の労をもいただいた。記して謝したい。翰林書房の今井肇・静江両氏からは出版に際して全体の統一や校正に多大のご配慮をいただいた。厚くお礼申し上げる。

本書の構成と初出について――

本書第Ⅰ部は『道草』の語り手の視線を、第一回から最終回まで各回の流れに即して追ったものである。第Ⅱ部では、テーマに即して『道草』の内容を分析した稿を集めた。そのため第一部と第二部では、その記述内容が重複しているところがある。御寛恕願いたい。

初出は次の通りであるが全体との統一のため加筆や削除をした部分がある。この三稿以外は、すべて書き下ろし稿である。

① 第Ⅰ部第十章「「義父の連印依頼」と健三の内面劇（七十一回～七十九回）」→「『道草』の語り手と健三の内面劇――「義父の連印依頼」（七十一回～七十九回）の場合」鳥井正晴・宮薗美佳・荒井真理亜編『『道草』論集 健三のいた風景』（和泉書院 二〇一三年九月）

② 第Ⅱ部第二章「健三の細君に対する「情愛」の性格」→「『道草』に描かれた健三の細君に対する「情愛」の性格」大阪経大論集第六十四巻三号（二〇一三年三月）

③ 第Ⅱ部第三章「漱石手帳に書き込まれた『道草』の方法」→「漱石手帳に書き込まれた『道草』の方法」日本文学協会近代部会誌「葦の葉」三三四号（二〇一二年一〇月）

附記――本書での『道草』本文は平成版『漱石全集』第十巻（岩波書店　一九九四年一〇月）により、ルビは適宜省略したが読み易さを考慮して補った箇所もある。

【著者略歴】
田中　邦夫（たなか　くにお）
1943年生
1975年　大阪市立大学　文学研究科　博士課程　中退
現在　大阪経済大学（人間科学部）名誉教授
著書　『二葉亭四迷『浮雲』の成立』（双文社出版　1998年）
『漱石『明暗』の漢詩』（翰林書房　2010年）

漱石『道草』の詩学

発行日	2019年1月29日　初版第一刷
著　者	田中邦夫
発行人	今井肇
発行所	翰林書房
	〒151-0071 東京都渋谷区本町1-4-16
	電 話　(03)6276-0633
	FAX　(03)6276-0634
	http://www.kanrin.co.jp/
	Eメール●kanrin@nifty.com
装　釘	須藤康子＋島津デザイン事務所
印刷・製本	メデューム

落丁・乱丁本はお取替えいたします

ISBN978-4-87737-433-4